그해 봄에 피었던 꽃

그해
봄에
피었던 꽃

김동형 장편소설

차 례

팡 팡, 여기저기서 기업 무너지는 소리가 고막을 울린다. 특히 오늘날의 자영업자들이 그렇다. 가슴이 찢어지는 아픔이 아닐 수 없다. 필자가 어릴 때 겪었던 6·25 피난 시절에 꼭 폭탄 떨어지던 폭음소리와 다르지 않다는 것이다. 비극이 아닐 수 없다. 생명을 가진 존재들은 지구상에서 65만 종에 이른다 한다. 그들 에너지를 먹고 산다. 인간의 젖줄은 경제다. 그 경제가 요즘 바닥을 모르고 낙후되고 있는 실정이다. 6·25 때는 전쟁으로 인하여 경제를 망쳤다지만 그래서 차라리 국민들은 포기를 하고 살았다지만 요즘은 그때와 엄연히 다르다. 이념갈등과 권력의 다툼 그리고 저마다의 탐욕과 계층 간의 물고 뜯는 과정에서 새우등만 터지고 있으니 국민들의 분노는 폭팔직전이라 할 것이다.

5천년 역사에 세계경제 10위권을 이룬 우리 세대의 우리 경제는 정말 위대했다. 그런 경제를 바로 당대 그들 자식들이 망치고 있지 않나 하는 생각이다. 후손들에게까지 가난을 절대 물려주어서는 아니 된다고 허리띠를 졸라매고 전쟁터 월남을 비롯해서 서독 광부로 그리고 열사 중동 사막지대에서 피땀을 흐리며 자식들 공부시켜 놓았더니 넥타이 매고 컴퓨터 앞에 앉아서 돈 많이 주는 좋은 일자리나 찾으면서 사회갈등 요인만 조성하고 있다니 이 노릇 어찌하면 좋단 말인가. 강성 노조들 때문에 견디지 못하는 기업들이 외국으로 빠져나가는 현상도 이젠 눈여겨봐야 하지 않을까 싶다. 좋은 일자리를 가지고 있는 여성들이 출산을 기피하는 현상도 직시해야 할 문제다. 새마을 운동과 더불어 국민총화로 경제를 이룩했다고 한다면 이는 구시대적 사고 적폐 청산의 대상이라 하겠는가?

끝으로 어려운 시기에 출판을 맡아준 도화출판사 김성달 대표와 박지연 선생께 진심으로 고마움을 전하고 또 보잘 것 없는 작품을 읽어주시고 더불어 좋은 글을 쓰도록 격려해주신 한국소설가협회 김호운 이사장님께도 감사를 드립니다. 그리고 늘 곁에서 일상생활을 챙겨주고 돌봐준 가족들과 아내에게도 기회에 고마움과 함께 사랑한다고 전해야겠네요.

세계 10위권 경제 대국으로 가는 길에 시발점이 되었던 유서 깊은 구로공단이 흔적도 없이 사라진지 오래다. 이제 그 자리에는 높다란 빌딩들만 빼곡히 들어선 채 디지털 단지로 변모했다지만 구로공단만큼 제 역할을 못 하는 듯 아쉽게도 기계 소리가 멎은 지 오래다.

기업주는 기업을 생명으로 알고 있다. 기업이 무너지면 기업주도 무너진다. 우리네 소상공인들이 더구나 그렇다. 쿵쿵 기업 무너지는 소리가 여기저기 6·25 때 폭탄 터지는 소리와 다르지 않다.

비보를 듣고 '그렇게 되었구나!' 넋이 빠진 사람처럼 그는 중얼거렸다. 30여 년 만에 듣는 홍말순 그녀의 소식이다. 끝내 발을 못붙이고 세상을 떠돌아다니던 그녀가 결국 죽었다는 소식이었다. 그녀의 시신은 이미 재가 되어 월미도 앞바다에 뿌려진 지 3개월이 되었단다. 고향 친구로부터 오랜만에 소주를 마시는 자리에서 여담 속에 섞여 나온 한 토막 소식이다.

－헤어진 딸이 하나 있을 텐데?

－그래, 그 딸 강희가 시신을 거뒀다나 봐!

그랬다. 그녀는 동대문 시장에서 Y셔스를 만들기 시작해서 운이 좋아 구로공단까지 입주를 했으나 위장취업자 등쌀에 챙긴 것 없이 빈손으로 무너지고 말았고, 그녀의 남편은 강남 어느 건축 현장에서 당시 교통사고로 죽었다고 했다. 그것도 떠다니는 소문에 의하여 들은 비보다.

홍말순 그녀는 다시 시작한다는 마음으로 30년을 뛰어다녔으나 그녀에게 기회는 다시 오지 않았다. 가여운 여인 결국 생명 줄을 놓았다니 가슴이 아프다.

지구상에는 65만 개의 생명체들이 살아가고 있다는 생물학자들의 연구결과다. 그렇다. 그들마다 각자 생명을 소유하고 있다는 것은 거룩한 일이다. 마찬가지 그중에 인간이 그들 모두를 지배하고 있다니 더욱 거룩한 존재일 거다.

불구하고 인간 세계는 너무도 험난하다. 나 살기 위해서 남을 죽이는 경우는 참극이다. 특히 권력을 가진 정치인들의 탐욕이 그렇다. 내 욕심대로 제도를 함부로 바꿔 국민들을 못살게 군다든지 아니면 정적을 죽이는 경우가 그렇다. 러시아의 레닌과 스탈린이 공산주의 체제를 확립하기 위하여 사람을 그렇게도 많이 죽였단다. 우리나라에서도 6·25동란에서 무려 400만 명이 죽었단다. 언제 통일을 가져올지 막연한 분단의 상황에서 지금도 김정은의 핵무기가 우리 민족의 머리 위에서 펑펑 날고 있으니 어떤 변란을 가져올지 누구도 모른다.

때문에 우리 국민들의 안보는 이상이 없는지 불안하기 짝이 없는데 경제까지 곤두박질하고 있으니 민생들이 살아가기가 더욱 어려운 시대가 아닌가 싶다.

춘투

근린 상가 건물 5층에 있는 옥탑이다. 여자 혼자 생활하기엔 살림살이까지 꽤나 규모가 있어 안성맞춤이 아닌가 싶다. 거실엔 소파도 있고 건너편에는 텔레비전이 벽에 붙어 위치하고 있다. 그리고 북향 쪽 벽에는 싱크대와 더불어 취사도구들이 가지런히 놓여 있다. 이만하면 강희에겐 다행이다 싶게 딸 수진과 함께 살고 있는 공간이다.

레스토랑은 같은 건물 2층에 있다. 강희가 경영하는 업소다. 영업을 끝내고 퇴근을 하면 늘 밤 11시쯤 된다. 4층까지는 엘리베이터를 타고 올라와서 5층은 층계를 이용한다. 수진은 두 돌이 안 지난 어린아이다. 강희가 업소로 출근을 해서 퇴근을 할 때까지는 4층에 건물주인 아줌마랑 온종일 같이 지낸다. 피붙이도 아닌데 친손녀처럼 심지어는 외출할 때도 수진을 데리고 다닐 정도로 생활을 같이한다. 성가실 텐데 그런 내색 없이 지극정성으로

11

돌봐주는 아줌마의 고마움도 큰 은혜다. 수진을 무척 귀여워하고 사랑도 한다. 수진과 같이 지내며 오히려 재미도 있다니 다행이다 싶다. 강희에겐 정말 고마운 일이다.

어린 것이 엄마에게만 매달린다면 언감생심 어찌 영업을 할 수 있겠는가. 출근할 때 강희는 4층으로 내려와 수진을 주인 아줌에게 맡기고 퇴근할 때 수진을 데리고 옥탑으로 올라온다.

한 모금 우유를 빨고 난 수진은 곤히 잠들고 있다. 수진의 얼굴을 내려다보는 강희의 마음 불쌍한 생각 없지 않지만 선택의 여지가 없다. '수진아! 이런 게 다 너와 나와의 시대적 운명이 아니겠느냐. 힘은 들어도 우리 참고 견디며 열심히 살아가자꾸나!'

강희는 거실로 나온다. 온종일 비워두었던 공간이라 그랬던지 무거운 적막이 낯설게 강희의 몸뚱어리를 갑자기 휘감는다.

빈방을 지켜온 가구들을 강희는 대충 훑어본다. 움직이는 물체가 없이 모든 살림살이들이 일괄적으로 침묵을 하고 있으니 전에 없이 실내 분위기가 무겁다.

강희는 리모컨 버튼을 찍는다. 텔레비전 영상이 열리면서 화면 속에서 쇠파이프가 강희 눈 속으로 확 튀어나오는 게 아닌가? 깜짝 놀란 강희는 기절할 뻔했다. 잠시 후 심신이 허해 강희 자신 착각인 줄 깨닫는다.

24시간 방영하는 종파 방송 연합뉴—스다. 텔레비전에 뜨는 영상에서 쇠파이프와 벽돌 조각들이 난무하고 있지 않은가? 경찰에서 말하는 춘투春鬪다.

광란의 물결이 볼썽사납게 광화문 광장을 온통 뒤덮고 있다. 전쟁으로 돌변하고 있는 현상이다. 쇠파이프와 몽둥이들이 죽기 살기로 치고받고 벽돌 조각과 짱돌들이 허공을 난무하는가 하면 최루탄 가스가 자욱하게 혼돈을 일으키고 있다. 괴성과 파열음은 정도를 넘어 그 비명소리 요란하다. 아주 극한적 상황이다.

저들의 명분은 임금 인상이라고 하지만 목적은 따로 있다는 것이다. 그런 그들의 목적 앞에 공권력이 저지를 하자니 충돌은 불가피 과열로 치닫게 된다. 3월에 접어들면 해마다 시작되는 시위 현장들이기도 하다.

죽여 살려 고함소리 요란하게 진동하는가 하면 극한적인 충돌 속에서 곧바로 인명피해는 속출되는가 여기저기 비명소리 요란하고 이어서 응급환자들을 실어 나르는 구급차들은 삐가 삐가 비상벨 소리를 내지르며 차도를 질주한다.

알레르기 반응이다. 강희는 부르르 몸을 떤다. 이어 가슴에서 불 화산이 터지는 느낌이다. 급속한 지각 변동으로 일어나는 불화살이 어딘가 탈출구를 찾는 분출 직전의 화산처럼 마구 강희의 몸속에서 팽창해 뒤틀린다.

신경질적으로 강희는 텔레비전 화면을 끈다. 터질 듯이 가슴에서 불 화산이 여전히 뭉클거리는 느낌이다. 저런 무모한 행동들이 기업을 몰락시키고 사회를 혼란시키는 행위들, 저런 시위대의 등쌀에 강희네 집안도 풍비박산이 되었다. 먼저 공장이 망했고, 아버지는 생명을 바쳤다. 엄마는 지금 살아있는지 죽었는지 생사조차 모르고 있는 지경인데 저런 꼴들이 과연 국가와 민족적 안전에 보장이 될까 싶다.

오늘도 어제와 다르지 않다. 극과 극으로 맞서는 노, 사간의 엇갈린 대립은 언제나 마찬가지 한 치의 양보도 없다. 말이 좋아 시위지 이건 너를 죽이지 않으면 내가 죽는다는 최악의 다툼이다.

물꼬로 몰려드는 고기 떼처럼 광화문 광장으로 몰려드는 시위 군중들은 민노총을 필두로 각계각층의 노조들이 연합적으로 모여 수십만 인파에 이르고 있다. 누구나 할 것 없이 살상까지 할 수 있는 흉기들을 소지하고 있다. 눈망울이 팽팽 도는 꼴들이 당장 누구라도 때려죽일 듯이 그 위세가 당당하다. 화염병, 벽돌 조각, 쇠파이프, 몽둥이 등이 난무 성난 노도와 같다.

언제나 임투賃鬪의 현장은 사회를 혼란 속으로 내몰면서 거리의 평화를 강타하고 있다. 봄이 올 때마다 저토록 격렬하고 난폭하게 시위를 해야 소기의 목적을 달성할 수 있다는 식이다. 시위가 크면 클수록 대가가 더 많이 돌아오니 밑져야 본전 식이다.

─여러분들은 지금 불법행위를 자행하고 있습니다. 해산들을 하십시오.

경찰들의 간곡한 설득에도 불구하고 언제나 당당한 저들은 물러날 기세들이 아니다. 수단방법도 가리지 않는다. 광화문 광장이 온통 전쟁을 방불케 함에도 또 사회 혼란을 가져오고 있어도 저들은 상관하지 않는다.

—악덕기업들은 각성하고 근로기준법을 준수하라. 늘 우리는 배가 고프다.

함성이 터지면서

—가자, 청와대로…….

머리띠와 어깨띠 그리고 완장과 숱한 전단에 이르기까지 붉은 색 일변도로 깃발까지 날리며 이적행위와 다름없이 광화문 광장을 온통 뒤덮고 있는 그들인지라 방어벽을 치고 있는 경찰들과 육탄전을 대비 점점 거리를 단축한다. 일촉즉발의 순간 해산을 독려하던 경찰들도 핸드마이크를 접은 채 잠시 시위대의 동태를 살피며 방어태세를 하고 있음이다. 비폭력으로 물러날 저들이 아니라는 것을 이미 경찰들도 계산을 하고 있다. 충돌은 불가피 극도로 긴장이 감돈다.

—가자 청와대로, 자, 가자 아…….

함성이 계속해서 터진다.

—전진하자, 전진이다.

동시에 시위대는 일제히 행동을 개시한다. 화염병 불화살이 쌩쌩 허공을 날고 그 틈사이로 벽돌 조각 짱돌들이 난무한다. 죽여 살려 고함소리와 더불어 몽둥이 쇠파이프도 여기저기 번득인다.

난폭하고 격렬한 시위대가 청와대로 돌진하기 위하여 드디어 행동을 개시한다. 대통령을 만나 직접 타협을 하겠다고 막무가내들이다.

상황의 전개가 위기로 완전 돌변 충돌은 불가피 하지 않던가?

이젠 더 이상 방관할 수가 없다. 폭풍노도와 같이 밀려오는 시위대를 향하여

─발사!

경찰도 지휘소에서 명령이 떨어졌다. 함께 페퍼포구가 불을 뿜기 시작을 했다. 팍팍 터지는 최루탄 가스가 자욱하게 안개 전국을 덮친다. 총구에서 뿜어 나오는 독한 매음이 숨통을 틀어쥔다. 역시 아비규환 고함소리와 함께 비명소리가 여기저기에서 터진다. 곧 세상이 뒤집힐 것만 같은 위기감이다.

국민들의 안보를 지키는 공권력은 국가 근간의 원동력이 아니던가. 어떠한 희생을 치르더라도 방어벽이 뚫려서는 아니 된다. 사회 안전망을 구축하는 것은 공권력의 의무와 책임이다. 사회불안을 가져오는 시위가 국가 안위를 해친다면 이건 내란이다. 집회와 더불어 구호로 외치는 비폭력은 저들의 구실이다. 살벌하게 대치하고 있는 경찰에 일보 직전까지 접근하던 시위대는 화염병과 벽돌 조각을 날리며 한 치의 물러남도 없다.

소득주도성장 정책과 저임금 제도를 따라가지 못하는 기업들이 지금 대책도 없이 펑펑 무너지고들 있다. 6·25 때 폭탄 터지는 소리와 별반 다르지 않다.

구로공단은 세계 10위권 경제 대국으로 가는데 시발점이 되었다면 누가 모르랴. 시위대도 공권력도 이건 전쟁이다. 저토록 참혹한 꼴들을 지겹도록 보아온 시민들의 눈에 저런 짓들이 과연 임금 인상만을 요구하는 정당한 행동으로 여겨질까, 저런 행위들

이 과연 산업개발 시점에서 겪어야 할 홍역이라고 이해가 될까, 우려감 없지 않다.

정치의 꽃은 선거라고 한다. 신성한 주권을 행사하는 제도권 아래 민주주의는 꽃이 핀다고 했다. 그런데 집단 이기주의가 팽배하는 이런 폭력들을 어찌 민주주의 행위라고 인정하겠는가? 아무리 화려한 명분도 폭력은 불법이다. 불법은 치안 질서를 해치는 악의 축, 필요 불급한 적대행위다. 사회 안녕질서에 근간을 뒤흔드는 폭력은 망국의 길, 이들을 더 이상 방치해서는 아니 될 것이다. 불순세력은 반드시 퇴출되어 마땅한 사회 안정 질서에 절체절명의 과제이다.

전투경찰은 사회 불순세력을 제압하기 위하여 50년도에 지리산 공비 토벌에서부터 이 땅에 태어났었다. 맥아더 장군의 인천 상륙작전으로 하여금 퇴로가 차단된 인민군을 비롯한 적색분자들이 지리산으로 들어가면서 전쟁의 양상이 달라졌고 전투경찰 제도가 생겨났다. 숭고한 국가 수호와 치안 질서 차원이다. 막중한 책임과 사명을 띠고 역할을 해야 할 공권력이 공비토벌 작전에 투입 그것도 선봉에서 역할을 했다. 그게 50년도 전투경찰의 모습이었다. 그러던 전투경찰의 모습이 지리산 공비토벌을 평정하고 한때 해산도 했다지만, 극렬해지는 시위 현장에 다시 모습을 나타내기 시작한 것은 70년대부터다.

격렬한 시위가 그러했듯이 불확실한 사회 혼란의 현장 속에서 시위 때마다 허공을 난무하는 몽둥이와 쇠파이프 짱돌들의 세례를 받아 가며 플라스틱 곤봉 따위로 방어를 하는 과정에서 그동안 322명의 젊은 전투경찰들의 생명이 안타깝게도 흔적 없이 왔다가 말없이 사라져 갔다는 것이다.

정치인들의 탐욕과 갈등이 팽배하는 시대적인 입장에서 오랜 세월 동안 병폐를 안고 대결 구도 속에서 희생양으로 그들은 명분도 보람도 없이 사라져 갔다.

정치적인 후진국 바탕에서 무분별한 민족적 분열은 곧 망국의 길, 내 나라 내 땅 우리 사회에서 얼마나 더 큰 불행을 미래의 주역들에게 물려주려고 이런 희생을 요구하는지 아무도 예측할 수 없는 참극이 우리들 눈앞에서 아무 거리낌도 없이 자행되는 판에 반성은커녕 되돌림의 형상은 계속되고 있으니 말이다. 지구상에서 오로지 우리 조국만이 분단된 채 국제사회 안보 라인에서 방치되고 있는 실정에서 저들은 정녕 국민들의 안보를 모른다 할 것인가?

아버지가 경영하는 강희네 봉제 공장 역시도 노, 사간의 갈등 구조 속에서 살아남을 수가 없었을 것이다. 저런 거센 물결 속에서 아버지가 무슨 힘이 있고 재주가 있어 기업을 살려 나갈 수가 있었는가?

강희는 부랴부랴 욕탕으로 들어간다. 옷을 훨훨 벗고 쏟아지는 물줄기를 머리 위에 대고 얼마를 뿌렸는지 피부가 마비되는 양 온 몸뚱이가 얼얼하다. 이어 강희는 손가락으로 자궁 속을 우벼 파며 씻고 씻는다. 얼마 동안 그래야 했던지 대야에 담긴 물이 벌겋게 물든다. 피다. 윤 양의 음액이 아직도 강희의 자궁 속에서 살아 움직거리고 있다는 착각이다. 그렇게 씻어야 강희 자신 직성이 풀리니 어쩔 수 없다.

창업

　강희네 공장은 구로 공단이 처음 설립되면서 초창기에 입주 창업을 했던 중소기업으로서 유서由緖 깊은 공장이었다. 창업, 그렇다. 그게 길바닥에 떨어진 동전 줍기처럼 쉬운 일은 아니었다.

　공장을 창업하자면 삼대 요소는 필수다. 첫째 생산 기술이다. 둘째 자금의 융통이다. 셋째 판로 개척이다.

　강희 아버지는 시골에서 태어난 평범한 농사꾼의 아들이었다. 그가 친구를 따라 동대문 시장에서 몸을 담게 된 곳은 Y셔스 공장이었다. 눈썰미가 좋은 아버지인지라 얼마 되지 않아 엄마랑 둘이 재봉틀 하나를 세 평짜리 가게에다 들여놓고 바느질을 시작한 것이 창업의 동기가 되었다. 그러다가 종업원 다섯 명까지 확장되면서 가내공업으로 발돋움을 했다. 처음 엄마랑 둘이 할 때보다 그래도 많이 발전을 했을 때다. 아버지가 직접 재단을 해서 미싱 팀에 넘겨주면 아내 홍말순은 미싱사 4명에 보조 1명으로 재봉질을 감당했었다.

초 단계는 주문에 의하여 의류도매상에 위탁판매를 주 거래처로 했지만 우연한 기회에 S백화점에도 일부 납품이 되었다. 그것도 처음 강희네 공장에서 직접 납품한 것이 아니고 의류도매상에서 강희네 상품을 백화점에 납품 시도를 해본 것이 잘 맞아떨어진 경우다.

어느 날이었다. 뜻밖에 S종합상사 마케팅부서 부장이란 사람이 아버지를 찾아왔다. 종합상사는 주된 마케팅사업으로 제품을 직접 생산 수출하는 업체가 아니라 유망 있는 사업체에서 만든 품질 좋은 상품들을 국제시장에 내다 파는 전문 업체다. 국제 시장에서 경쟁력이 있다고 보는 생산품들을 선별해서 수출을 선도하는 업체다. 즉 유통과정에서 네트워크 역할을 하는 업체다. 모든 길은 로마로 통한다 했던가. 국내에서 생산되는 모든 수출 품목들은 종합상사를 통해서만이 가능했던 수출, 입 시장의 체계다. 정부 정책에서 한 푼이라도 외화를 벌어들이기 위한 수단 방법이다.

다시 말해서 종합상사는 국제시장에서 품질로 경쟁력이 있는 상품들을 발굴하기 위해서 기업체를 찾아다니면서까지 수출품 개발에 선도역할先導役活을 했고, 백화점에 진열된 상품들까지도 면밀하게 살펴서 국제시장에서 경쟁력이 있다고 판단되는 상품을 선정 수출을 주도했다. 모든 상품은 종합상사를 통해서만이 수출이 가능했던 60년대 정부의 경제개발 수출 라인이다.

S종합상사는 정부에서 지정해준 국내 5개 업체 중 하나로 S그룹에서 운영을 했던 막강한 업체다.

모든 생산업체들이 높은 경쟁률에서 종합상사의 엄격한 심사에 통과만 되었다면 그 업체는 날개를 단 듯 땅 짚고 헤엄치기 행운의 지름길이기도 했다. 모든 수출입 업체들이 종합상사에서 마케팅해주는 라인을 선호했고 일차 그 라인에 선정만 되었다 하면 정부 심사에서 KS 마크로 인정서를 부여했을뿐더러 기술제휴까지 품질을 철저하게 관리도 해주었다.

엄정한 심사를 거쳐 수출을 했어도 현지까지 운송되었던 제품들이 불행하게도 반품되는 경우도 없지 않다. 그런 불상사와 불편을 막기 위하여도 심사 과정은 역시 엄격하고 철저했다. 내국상품이 국제시장에서 자금력이 떨어지고 기술 면에서 품질이 떨어지다 보니 신용 역시 인정을 받기가 좀처럼 쉽지 않았기에 당연했다. 후진국으로서의 설움이기도 했다. 국제시장에서 경쟁력이 떨어지다 보니 치열한 경쟁 속에서 상품 개발은 최우선 조건이었다.

아버지에겐 정말 우연한 행운이었다. 별따기식 경쟁률 속에서 종합상사 직원이 아버지의 업체를 제 발로 찾아와 선택을 했다. 분명 신이 내려준 기회였다. 수출 길을 찾기 위하여 업체들이 10리 길을 종대로 줄을 서서 차례를 기다리고 있는 판이다. 심사를 받는 과정에서 다행히 합격을 했다면 별따기식 행운이 될 수밖에 없었다. 그 과정이 너무나도 엄격하고 까다로워서 대부분의 업체들이 포기를 하는 판에 아버지의 공장에 행운이 저절로 굴러들어왔으니 천운이 아니라면 그런 라인에 선택이 될 수가 없었다.

백화점에 진열된 상품을 보고 찾아왔단다. 종합상사 매니저가 현지답사에서 직접 선택된 상품은 엄격한 심사와 상관없이 선택되는 수도 더러는 있었다.

어쨌든 그렇게 선정만 되었다 하면 재료는 조달청에서 자금은 은행에서 무담보 싼 이자로 정부 시책에 의하여 엄청난 혜택을 받게 된다. 물론 상표는 S종합상사로 마크가 붙는다.

이런 과정으로 가내 공업이 일약 확장되면서 구로공단에 입성까지 했으니 신의 한수가 아니던가?

5·16 혁명정부가 67년도부터 시작한 제2차 경제개발 5개년 계획이다. 정부에서 외화를 획득하기 위한 방법으로 심지어 빗자루까지 내다 파는 지극성은 어떻게 보면 게걸들린 거지 행세와 다름없었다지만 그랬던 성과는 오늘날 세계 경제 GDP 10위권에 진입할 수 있었으니 기적이라 아니할 수 없었을뿐더러 그 피나는 각자 노력의 대가는 태산을 쌓을 만큼 성과를 가져오게 되었다. 2017년 6월 15일 KBS1 방송에서 보도한 내용이다. 우리나라 국민 순자산은 1경 3078조 GDP 세계 8위 수치라고 발표했다. 감격했던지 방송을 하는 아나운서의 흥분된 목소리가 떨리고 있다. 놀라운 이런 기적이 꿈도 아니요 나이롱뽕으로 얻어진 것도 절대 아닌, 대한민국에서 일궈낸 성과이다.

세계 경제 2위로 스타덤에 오른 중국 상품들이 세계시장을 석권할 수 있었던 계기는 경제개발 정책에 박차를 가했던 입효의 지도자 덩샤오핑으로부터 시작되었지만 독자적으로 개발한 경제성과는 아니라는 거다. 싼 맛으로 소비자들이 중국 상품들을 이용한다지만 역시 품질 면에서 뒤떨어지다 보니 사실 인정을 받지 못한다는 것이다.

1등만이 살아남는다는 신조에서 무수히 연구개발한 상품들이 세계시장에서 넘버원 코리아(number won korea)로 칭송을 받게 된 것도 그냥 얻어진 네임(이름)이 아니다. 우리나라 상품들이 오대양 육대주를 누비며 훨훨 날개를 펴고 다닐 수 있었던 결과는 그만큼 피나는 노력의 대가로 가능했고 그 결과를 가져왔다는 것이다. 중국경제가 오늘날 세계시장을 석권했다는 상품들은 모두 모방 기술의 짝퉁일 뿐만이 아니라 날림이다. 특히 우리나라 상품들을 모방한 상품들은 저 임금제도에서 후진 기술로 값싼 물건을 날림으로 만들어 길바닥에서 흔들어 싸게 파는 정도일 뿐 세계시장에서 당당한 경쟁률로 으뜸 상품들을 제조 생산하는 우리나라의 기술 수준에 따라오기란 앞으로 최소한 20년의 세월이 필요할 뿐만 아니라 그 편차는 앞으로도 계속될 것으로 믿는다. 정치가 안정이 되고 사회 질서가 평온을 되찾을 때 말이다.

이 현상은 경제개발 오천 년 역사에서 우리 세대가 처음으로 일군 업적 그 역사는 길이 우리 후손들에게 영광스럽게 물려줄 것이다.

그 옛날에서 현재에 이르기까지 동북아 안보 라인에서 막강하게 군림해 온 중국에, 그 오랜 천년의 역사 속에서 지배를 받아온 우리나라가 잠시 동안일망정 품질 좋은 상품과 경제로 그들 중국을 지배했다는 것은 오늘날 우리 세대가 이룩한 업적일뿐더러 위대한 성과의 탑이라 아니할 수 없는 일이다.

아버지가 생산하는 Y셔스는 세계시장에서 으뜸의 소비성향을 가지고 있었다. Y셔스는 칼라(Y셔스의 깃)가 포인트다. 칼라가 생명 그게 상품의 가치를 좌우했다. 칼라가 구겨지지 않는 소재를 개발한 사람이 바로 아버지다. 거기에다 엄마 홍말순의 재봉기술로 사이즈 정확하고 견고하게 바느질 처리해 깔끔했으니 종합상사의 주목을 받을 수가 있었고 선정될 수가 있었을 것이다.

경쟁업체들이 저마다 유사하게 공장을 차렸지만 칼라에서 실패 망한 업체들 부지기수였다. 몇 번 세탁을 하다 보면 칼라가 풀이 죽어 후물거리거나 구겨진다. 빳빳하게 칼라를 받쳐주질 못하면 그 Y셔스는 맵시도 없고 수명도 짧아 생명력을 잃는다. 이런 단점을 아버지가 보완한 신기술로 개발 성공했다. 빳빳하게 칼라를 받쳐주는 비결은 구겨지지 않는 안감이다.

아버지가 납품한 Y셔스에 종합상사에서는 자기네 상표를 붙였으니 당연히 S메이커로 세계시장에 부각되었다. 주문량은 고공행진 전량 수출을 했다. 폭포처럼 쏟아져 내리는 주문량을 소화하자면 자연 공장 확장은 필수였다. 땅만 마련하면 공장은 종합상사가 지어주었다. 땅을 마련하는데도 자기 자산에 70%를 은행에서 대출해주었다. 기술지원까지 혜택을 받을 수가 있었다.

구로 공단에서 삼백 평 정도의 대지에 이층으로 건물을 올리고 보니 아주 훌륭했다. 종업원도 300여 명으로 늘어났다. 완전히 기업으로 발돋움했다. 처음 동대문에서 가내공업으로 시작한 강희네 공장이 이처럼 성장했다는 것은 역시 신이 내려준 기적이었다.

외화를 벌어들일 수 있다면 무엇이든지 수출을 권장하는 정부의 방침에 시기적으로 잘 맞아떨어진 업체다. 정부도 기업도 종업원들도 혼연일체 한마음 한뜻으로 협동한 결과다. 누구 한사람의 작품이 아니다.

그중 경영주인 아버지가 성실했다. 손바닥 크기 자투리 천도 절대 버리지 않고 재활용했다. 이익금은 은행융자금과 이자를 갚아나가면서 재투자도 했다. 남들보다 임금도 후한 편이었다. 성실한 경영주의 뒷모습은 바로 종업원들에게 모범이 되어 혼연일체 열심히 따라주었기에 가능했다.

그랬어도 개발도상국이었던 우리나라는 선진국 특히 이웃 일본의 경영수준에는 한계가 있었다.

임금도 맞을 수가 없었고 4대 국민보험을 비롯 근로자들의 복지문제 등에서 사회 여건이 따라 주질 못했다. 제품은 일본보다 앞섰다지만 기업을 경영하는데 20년을 앞섰다는 일본의 경영 여건에는 따라갈 수가 없었다. 첫째 임금과 더불어 제반 복지 문제가 그랬고 작업환경 역시 그러했다.

준비도 없이 6·25전쟁을 치러야만 했던 열악한 입장에서 적과 싸우자니 그럴 수밖에 없었을 것이다. 군대에서는 무에서 유를 찾는다. 까라면 까는 거다. 거기엔 이유가 없다. 야전삽 하나면 집을 짓는다는 일화가 있다. '하면 된다'는 신념이다. 불가능이란 없다는 나폴레옹의 신념이 무색할 정도로 우리 국민들의 가슴에도 그런 신념들이 강렬하게 불타던 시절이 있었다.

조선시대로부터 이어지는 가난은 일본의 침략을 맞이하였고 태평양전쟁 무렵에는 생필품으로 사용해야 할 모든 자원이 일본의 전쟁터로 공출 강제로 빼앗겼는가 하면 기근 현상은 많은 사람들의 목숨을 빼앗아 갔다. 물론 철도를 비롯 전기 등의 신기술과 더불어 정미소, 제제소, 철공장, 연탄공장, 농촌지역에 저수지 개발 등 일본인들의 산업 기술이 봇물처럼 쏟아져 들어오기도 했다.

뿐만이 아니다. 해방이 되고 더구나 6·25전쟁에 이르기까지 우리나라의 경제는 저점이 없을 정도로 곤두박질을 했었다. 60년도 초 당시의 국민소득은 70달러였고 수출 총액은 고작 1,700달러뿐이었다. 그중엔 공산품은 하나도 없었다. 아낙네들의 손길로 갯벌에서 캐내는 굴, 전복, 조개, 김 정도가 전부였다. 전량 일본으로 수출했다. 이것들이 오로지 일본뿐 또 다른 나라하고는 교역 자체가 없었다.

그나마 천연자원 갯벌이 있었기에 망정이지 그조차도 없었다면 수출은 전무했을 것이다. 또 다행한 것은 일본 사람들이 해산물을 좋아한다는 이유도 있었다. 아니면 그 정도의 수출도 불가능했을 것이다. 생선요리라면 일본을 따라잡을 어느 누구도 없듯이 세계 최고의 국가가 아니던가.

5·16혁명 후 공화당 정부가 들어서면서 62년부터 1차 경제개발 5개년계획이 끝나던 67년엔 수출, 입 1억 불 시대를 달성했다. 6배가 증가 예상을 초과 달성했다.

2010년도를 기준하여 북한의 국민소득은 700달러라고 한다. 그런데도 세계에서 가장 못사는 나라로 손꼽히고 있다. 굶어 죽는 사람 부지기수라고 파악이 되고 있다. 그런 입장에서 볼 때 우리 실정은 45년도 해방과 함께 6·25전쟁을 치르면서 경제지표가 지금의 이북 실정에 십 분의 일 정도밖에 안 되었으니 세계에서도 가장 가난했던 나라가 아니었던가. 요즘 북한에서 1명이 굶어 죽는다면 그때 우리 실정은 10명이 굶어 죽어야 했다는 계산이 나온다. 얼마나 지독한 가난이었던가 상상을 초월한다.

이승만 대통령의 외교정책에 힘입어 미국으로부터 무상으로 잉여농산물을 원조받아 부족한 식량을 보충했으니 망정이지 아니면 굶어 죽는 사람은 그만큼 더 많았을 것이란 계산이다.

우리의 가난은 그뿐만이 아니다. 오천 년 역사가 단 한 번도 식량을 자급자족해 본 적이 없다. 거기에 천재지변까지 겹치는 기근에는 대책이 없었다. 모심을 때 비가 오지 않는다면 지독한 흉년으로 백성들은 초근목피로 연명을 할 수 밖에 없었으니 얼마나 참혹했던가 싶다. 우리나라 기후는 해마다 봄비가 부족하다. 하필 모를 심어야 할 시기에 그렇다. 4월에 모를 심을 철인데 그때는 비가 오지를 않으니 물 부족 현상을 이룬다. 제때 모를 심지 못해 6월 장마철에나 마냥모를 심어야 했으니 결과 소출이 절반으로 감소된다. 그럼 흉년이다. 모를 심을 때가 장마철이라면 무슨 걱정을 하였겠는가. 우리나라 기후는 봄비가 늘 부족하다. 모를 심을 때면 꼭 가뭄이 드는 우리나라 기후다. 둠벙을 파고 거기에서 용두레나 두레박으로 일일이 물을 퍼서 모를 심어야 했으니 여간 고역이 아니었을 것이다. 그렇게라도 모를 심었다면 그건 풍년이다.

백성들의 안위를 책임져야 할 제왕은 기우제를 지내기 바빴다. 그게 우리나라 오랜 역사적 풍습이다. 기상학적으로 천 번 만번 기우제를 지낸다고 비가 오겠는가. 우리나라 정치지도자들은 그 짓을 단군 이래 오천 년 동안 고종황제에 이르기까지 이어져 왔으니 미개한 영농법이 아닐 수 없었다. 오늘날 농법은 양수기로 산꼭대기까지 물을 퍼 올리니 묵는 농사터는 한 평도 없다.

그나마 다행이었던 것은 보洑나, 저수지를 만들어 물을 저장 농수로 이용했다는 것은 왜정시대부터였다. 교통수단으로 걷지 않으면 말 타고 다니는 것이 고작일 때 철도 건설은 최대의 교통 혁명이기도 했다. 일제 치하에서 잃은 것도 있다지만 얻은 것도 있다.

역사가 증명하듯이 산업과 문화가 뒤떨어져 그러했던 고통의 세월을 운명으로 알고 오랜 세월 찌든 생활을 면치 못했던 뼈아픈 우리 민족의 참혹했던 과거다.

그런 뼈아픈 과거를 뒤돌아보며 조국분단 아래 자주국방을 외치며 선창, 선봉, '일하면서 싸우자'고 국민들의 협동을 당부 보리 혼식과 더불어 국산품 애용을 부르짖던 정부의 고육지책은 간절한 지도자의 염원에서부터 온 신념이었다.

외국 상품이라면 회를 치던 시절이다. 당시 우리 상품들은 오늘날의 중국 상품처럼 국제시장에서 천대를 받았기에 수출을 할 수가 없었다. 어느 나라든 외국 상품이라면 무조건 선호했던 나쁜 버릇을 가졌던 잘못된 국민적 사고였다.

범국민운동으로 부족한 쌀을 절약하기 위하여 보리 혼식과 함께 밀주를 비롯 엿, 떡도 하지 말자고 담벼락마다 표어를 붙였는가 하면 내수 경기를 살리기 위하여 국산품 애용 캠페인도 국민적 차원에서 홍보를 했었다. 공산품들이 절대 부족했던 시기에 외국 상품이라면 회를 치던 시절이다.

점심시간에 도시락을 못 가져온 아이들은 우물가로 나와 맹물이나 마시고 있는 판에 잘사는 집 아이들은 보란 듯이 하얀 쌀밥을 까놓고 먹고 있다면 이도 공평치 못한 사회현상, 국민들 간에 위화감을 조성하는 불공평도 없지 않았을 것이다.

어떤 일화

이미 알려진 사실이었다. 웃고 넘길 수 없는 한 토막 일화가 있다. 경상도 어느 초등학교 교실에서 일어난 사건이다. 땡땡땡 종소리와 함께 수업시간이 시작되면 각 담임선생님들이 수업을 하기 위하여 각자 교실로 들어온다. 그럼 제일 먼저 교사들이 하는 일은 사친회비 징수다. 거기엔 책값과 학급비까지 포함한다. 수업을 준비하는 것이 아니라 돈부터 걷는 일이다.

사친회비 징수가 끝난 다음 선생님은 '언제까지 가져올 것인가' 연체된 아이들부터 일일이 그 이유를 캐묻고 또 다그친다. 사친회비는 학교를 운영하는 재원이다. 국가에서 나오는 전도금이 있기는 했으나 턱없이 부족했으니 자급자족할 수밖에 없었다. 그중 일부는 선생님들의 전시수당으로 지급 월급을 보태줘야 했다. 선생님들은 학생들 공부 가르치는 것도 중요했지만 사친회비 징수도 못지않게 중요사항이었다.

겁에 질린 아이들은 선생님 앞에서 내일까지 가져오겠다고 당장 약속을 할 수밖에 없다. 그래야 선생님은 아이들의 약속을 받아주었다. 그런 아이들의 약속은 곧바로 거짓말이 된다. 아이들이 선생님 앞에서 약속을 했지만 그 약속은 부모가 지켜주어야할 몫이다. 그러나 부모는 그 약속을 지켜주지 못한다. 자기 아이가 학교에서 선생님으로부터 독촉을 받는다는 사실을 학부모가모르지 않는다. 그렇다고 그 약속을 지켜주자면 돈이 있어야 하는데 때문에 아이는 학교에서 선생님과의 약속을 지키지 못한 채바로 거짓말이 된다. 이것이 매일 반복되는 일이다.

─너 왜 사친회비 안 가져왔어? 어제 약속했잖아. 오늘도 거짓말야? 지금 당장 집에 가서 가지고 와, 알겠어! 이 녀석아.

선생님의 호통으로 사친회비를 안 가져온 아이는 교실에서 쫓겨 날 수밖에 없다. 집으로 되돌아간 아이는 엄마한테 칭얼댄다. 처음엔 쫓겨 온 아이가 불쌍해서 이웃집에 가서 돈을 꿔다가 주기도 했지만 그러나 그 짓이 한두 번으로 끝나는 일이 아니고 매월 반복되다 보니 그도 만성이 된다. 그럴 수밖에 이 약속은 이래도 안 되고 저래도 안 지켜지는 거짓말이 되는 것이다.

─당장 땟거리가 없어서 굶은 판에 사친회비가 어딨어? 얘, 그까짓 학교 당장 때려 치우거라?

엄마로부터 거절을 당한 아이는 갈 곳이 없다. 이런 상황들이 사친회비 징수에 따른 오륙십 년대 애환이었다.

이렇게 선생님이 한 사람씩 차례로 연체된 아이들에게 다짐을 해나갈 때다. 한 녀석이 완전히 홍당무가 되어 있었다. 사친회비도 많이 밀린 아이다. 처음엔 독촉하는 선생님이 무서워서 그런 줄로 여겼으나 이상한 감도 없지 않았다. 그래 가까이 가서 보니 선생님의 예감은 맞아떨어졌다. 녀석의 거치른 숨소리와 함께 입과 코에서는 술 냄새가 확확 풍겼다.

선생님의 분노는 폭발하는 TNT를 방불케 했다. 그 분노는 금새 머리끝까지 치민다. 사친회비도 밀려 미운털이 박인 녀석이다. 못된 송아지 엉덩이에서 뿔이 난다고 시키는 짓은 안 하고, 나쁜 짓만 했든가 선생님의 괘씸죄는 가혹한 형벌로 치달았다.

당장 선생님의 주먹은 녀석의 따귀를 왼손, 오른손 가릴 것 없이 번갈아 얼마를 내갈겼는지 모른다. 아마도 분이 풀릴 때까지 후려쳤을 것이다. 선생님 회초리는 훈육이라 하지만 주먹질은 분명 가혹한 폭력이다.

그렇지 않아도 아침 직원 조회 때 사친회비 징수 성적이 나쁘다고 교장 선생님에게 심한 질책을 받았던 모욕감도 있었던 터다. 매일 아침 직원 회의를 할 때마다 첫째 안건이 사친회비 징수 문제다. 징수 성적이 나쁜 담임부터 교장 선생님은 책임추궁을 한다. 선생님들도 죽을 지경이다. 선생님들이 거짓말하는 것이 아니다. 거짓말은 학생이 하는 것이고, 학생 뒤에서 학부모가 하는 것이고, 그 뒤에는 사회 경제가 말한다. 그 화가 이 녀석에게로 불똥이 튀었으니 따져서 무엇하랴. 이는 총칼 없는 전쟁판이다. 사친회비는 당장 학교 운영비다. 거기엔 직원들의 일부 급료

(전시수당)까지 포함하고 있다. 사친회비 징수가 부실하면 당장 학교 운영에 곤란을 겪는다. 학교 측에서도 불가피한 현상이다.

　―이 새끼야, 이런 못된 짓을 누구한테 배웠어? 느이 아버지냐? 느이 에미냐? 누구한테 배웠어, 말해 이 짜식아!

　어린 녀석은 선생님이 때릴 때마다 이쪽 저쪽으로 팍팍 고꾸라진다. 선생님이 오른 손으로 따귀를 때리면 녀석은 왼쪽으로 팍 쓰러지고, 선생님이 왼손으로 따귀를 때리면 오른쪽으로 팍 쓰러진다.

　술을 마신 불량학생에게 이유를 따져 무엇하랴. 원인을 캐물어 볼 필요도 없었고, 변명도 필요치 않은 상태에서 체벌이다. 녀석의 얼굴이 벌겋게 퉁퉁 부어올랐을 때까지 때렸다. 순식간에 일이었다.

　어린 학생은 변명도 못 했고 울지도 못하고 고스란히 매를 맞을 수밖에 달리 피할 길이 없었다. 반항할 수도 없고 도망을 할 수도 없었다. 선생님의 분노에 고스란히 매를 맞을 수밖에 달리 방법은 절대 없었다.

　얼마큼 때리고 맞았는지 모른다. 허나 분명한 것은 화가 풀릴 때까지 선생님은 때렸고 아이는 맞았다. 첫 시간부터 수업은커녕 교실 안은 살얼음판이 되었다.

　한참 후다. 다소 선생님의 분노가 진정되었을 때다.

　―그래 이유나 물어보자. 너 왜 술을 마시고 학교에 왔어, 이

나쁜 놈아! 너 솔직히 말해봐? 선생님 더 화나기 전에 이 새끼야. 아니면 너 퇴학시켜버릴 거야, 알겠어!

자초지종 원인을 묻는 대화가 시작되었으니 선생님의 화가 조금은 풀린 다음이다. 그때야 아이는 사실을 진술할 기회를 얻었고 속사정을 털어놓을 수가 있었다.

─오늘도 밥을 못 끓였다. 배고플 테니 이거라도 먹고 가거라!

밥 대신 한 사발 엄마가 아이에게 퍼준 아침 식사는 술지겜지이었다. 밀주를 만들어서 야매(몰래)로 조금씩 팔다 보니 그런 부산물이 나온다. 녀석도 몰라서 먹은 것은 아니다. 알면서도 엄마가 주는 거니 먹었고, 또 배가 고프니 먹을 수밖에 없었다. 그런데 그게 불량학생으로 낙인이 찍혔던 것이다. 선생님 말마따나 학생이 술을 마시고 학교에 왔다면 그건 풍기 문란죄에 괘씸죄까지 해당이 된다. 정학이나 퇴학 처분까지 받을 수 있는 중과실 죄이다. 허나 아이는 엄마가 주는 거니 아침식사 대용으로 먹고 학교에 왔을 뿐 다른 이유는 없었다. 아이는 사실 잘못이 없으니 무죄다.

녀석의 말을 들은 선생님은 어이가 없었다. 이럴 수가! 이유부터 물어보고 체벌을 했어도 늦지 않았을 걸 너무 경솔했다는 생각이다. 분을 삭이지 못하고 저지른 잘못이다. 얼굴이 퉁퉁 부어오른 녀석을 내려다보는 선생님은 울컥 눈물이 쏟아졌다. 대뜸 녀석을 부둥켜안고 선생님은 가슴을 치며 몸을 부르르 떤다.

─내가 잘못했구나, 내가 잘못했어!

흐느껴 울었던 선생님은 며칠 동안을 가슴 아프게 고심을 하던 끝에 그 죄책감으로 학교를 떠났다.

그깐 일로 선생이 사표를 내다니 가당치도 않다고 극구 교장 선생님이 만류했지만 양심상 선생님은 무엇보다 자신에게 용서가 안 되었다.

선생님은 아이들에게 정직하라고 가르친다. 그런데 그런 엄청난 실수를 했으니 이미 자격을 상실했다는 것이다. 교사의 양심상 더는 머물 수가 없었다. 그는 사범학교 출신으로 야심 찬 웅지를 품고 교단에 선 젊은 선생님이었다.

교장선생님은 만류를 했지만 담임 선생님은 결국 사표를 냈다. 여의치 않으면 공사판이라도 다니겠다는 각오로 선생님은 가슴 아프게 학교를 떠났다. 더는 아이들에게 죄짓는 선생 노릇은 양심상 할 수가 없다고 했다. 사범학교 재학 시절에는 낙후될 대로 낙후된 교육 현장에서 문맹퇴치 운동은 물론 새로운 초등 교육부터 개선해 보겠다는 웅지를 품기도 했으나 일선 학교 교사 생활은 그렇지가 못했다. 무엇보다도 사친회비 징수업무가 넘기 어려운 큰 산이었고 그래서 매일 학생들과의 실랑이는 그칠 날이 없었다.

이 소문은 날개가 돋친 듯 삽시간에 퍼지고 또 퍼졌다. 교사가 떠났다고 그런 관행이 하루아침에 없어지는 것은 아니다. 국가 경제와 사회 경제, 그리고 가정 경제가 빈곤했으니 앞으로 그런 해프닝은 어디든 있을 수밖에, 없어질 사건이 아니었던가? 초근

목피로도 감당이 안 돼 굶어 죽고 비관 자살하는 판에 사친회비 징수 문제는 언제든지 발생할 수 있었다.

그 사건은 입소문을 통하여 나라님 귀에까지 들어갔다. 이사건은 어린이도 선생님도 학부형도 누구의 잘못이 아니다. 잘못이 있다면 가난이다. 나라의 가난, 사회의 가난, 가정의 가난이다. 이는 모두 대통령인 나에게 책임이 있다. 가난은 나라의 적이요 민족의 적이다. 내 국가 내 민족에게 가난은 반드시 퇴치되어야 할 과제, 우리나라가 약소 민족과 후진국이 되고 분단이 된 원인도 모두 가난 때문이다. 일본에게 국헌을 찬탈당한 원인도 힘의 원리에서 온 가난이요, 민족상잔에 6·25전쟁도 모두 가난에서 비롯된 것이다. 가난은 반드시 퇴출되어야 할 민족적 사명이다.

이 사실은 먼저 영부인 육 여사가 새마을 운동의 일원으로 경북지방으로 사회봉사를 나갔다가 입소문으로 들은 소리다.

─소문이 그냥 떠도는 소리만은 아니듯 싶으니 당신이 챙겨봤으면 좋겠어요?

아침 식사 자리에서 영부인이 박 대통령에게 직언한 사건이다. 대통령은 당장 문교부 장관을 청와대로 불렀다. 이 소문이 사실인가 파악을 해보고 진실이라면 교사는 지금 당장 복직을 시키고 그 어린이 부모에게는 일자리를 마련해 주도록 하라고 명령을 내렸다.

그랬다. 대통령의 지시를 전달받은 교사는 새로운 사명감으로 다시 교단에 복직을 하였고 그 어린이 아버지에게는 구미공단에 일자리를 배려해준 일화이었다.

이승만 대통령 통치하에 문교정책 중 하나로 초등학교만큼은 의무교육으로 제정했으나 국가 예산이 여의치 못했으니 이름뿐 무상교육은 불가능한 실정 사친회비를 징수할 수밖에 다른 대처 방법이 없었다.

구로공단 설립

구로공단이 처음 오픈 할 그 무렵이다. 우리나라 형편으로서
는 국가 경제나 사회 경제로 견주어 보아 기술도 재원도 없는 불
가능했던 사업이었다. 의욕에만 앞서 공단은 조성해 놓았지만 입
주하는 업체도 마땅치가 않았다. 사업을 할 만큼 여건을 갖춘 기
업주들이 없었다. 궁여지책이었다. 일단은 외국인 기업을 유치하
는 방법으로 선회를 했다. 본래 목표부터 외국인 기업들도 유치
하겠다는 두 가지 방향으로 계획했던 공업단지다. 당시 우리나라
는 자본도 없고 기술도 없고 판로도 없고 뚜렷한 아이템도 없었
다. 기업이라면 엄두도 내지 못하고 막연하게 손 놓고 있던 미개
발국가의 형편 그대로이었다. 창업한다는 자체가 요원한 꿈이었
다. 아이템은 있어도 재원이 부족했고, 재원은 있으나 마땅한 아
이템이 없어 망설일 때이다. 또 판로를 개척한다는 것도 쉬운 일
은 아니었다. 여러모로 기업을 할 수 있는 여건 조성이 안 되었던

시기다.

대신에 외국인들은 우리나라에 투자가치가 있다고 보았다. 잉여 근로자들이 얼마든지 많았으니 싼 임금으로 고용할 수가 있었기에 외국 기업인들은 크게 호감을 가졌다.

그들이 자본을 투자하고 기술을 제공했다. 주로 미국인 기업들이었다. 그 인물이 다름 아닌 팬프리트 장군이다. 3성 장군으로 6·25 당시 참전도 했던 인물이면서 개인적으로 박정희 대통령과도 친분이 있었기에 그분에게 박 대통령이 부탁을 해서 기업인 20명을 몰고 와 구로공단에 입주를 시킨 인물이다.

창업을 한다고 그들이 모두 성공하는 것은 아니었다. 그중 자금을 투자하고 기술을 투입해서 다행히 경영에 묘를 살려 이익을 보아 마진을 챙긴 기업들도 있다지만 폐업으로 손해를 보고 쓸쓸히 떠나간 기업들도 있다.

그들에게서 우리나라 근로자들은 일해주고 그 대가로 품삯을 벌어서 썼다. 기업을 운영하다 보면 지역경제도 살아날 수 있다는 기대감도 있었다.

어쨌든 그들에게서 경영을 배웠고, 기술을 배웠던 첫 번째 설립된 공업단지로서 성공한 사례다.

탄광이나 간호보조원으로 서독에 취업을 나가지 않아도 일자리를 얻을 수가 있어 다행이었고, 3D 직업을 마다하지 않고 일본으로 밀입국 돈 벌러 나가지 않고 국내서 취업을 할 수 있으니 다행이었다. 특히 열악한 농촌생활 찌든 가난에서 탈피하고자 몸부림치던 아가씨들에겐 안성맞춤 신이 내린 일터였다. 찬밥 더운밥 가릴 것 없이 무슨 일이든 하고자 해도 어디 비집고 들어갈 일터가 없어 고심하던 그들에겐 천직이 아닐 수 없었다. 기숙사를 마련 숙식을 제공하는 공장은 지방에서 올라온 여성 근로자들에게는 선호의 대상이었다. 임금이 적고 근무조건이 열악하다는 것조차도 그들은 몰랐다. 근로조건이 무엇이고 노동법이 무엇인지 그들은 몰랐다. 그래서 임금은 얼마나 받아야 적정수준인지 근무환경과 근로 시간은 얼마로 해야 적당한지 이런 용어조차도 그들에겐 몰랐다. 일은 시키는 대로 밥은 주는 대로 먹으면서 불평 따윈 아예 할 줄을 몰랐다. 다만 일터가 있다는데 행운으로 여겼을 뿐이다.

이처럼 그들의 꿈은 소박했다. 착실하게 돈을 벌어 시골에 계신 부모님 봉양하고 부모 대신 동생들의 학비를 감당했다. 열악한 근무 조건에서 일을 했을망정 그들은 희망을 갖고 열심히 일을 했다. 그랬다. 서독 광부나 간호보조원에 견주면 그래도 신선놀음이 아니던가?

경제활동은 우선 자신을 위한 일이요, 가족을 위한 일이었다. 다음은 공장을 위해서다. 사회 경제에도 기여를 했고, 또 국가 경제에도 기여를 했다. 더구나 외화를 벌어들이는 수출산업에도 큰 몫을 감당했다. 연간 1,600달러 하던 외화 획득이 1만 달러가 넘었고, 날로 증가하는 수출량은 2만, 3만, 5만, 10만 하루하루가 달라져 갔다. 개중엔 망하는 기업도 없지 않았기에 모두 성공한다는 것은 과욕일 뿐이다.

생산라인 앞에 여자 종업원들이 횡대로 나란히 앉아서 자기 앞을 거쳐 지나갈 때 두, 세 개의 부속품을 끼우거나 납땜을 해나간다. 이렇게 한 바퀴를 돌면 텔레비전 같은 제품들이 완성되고 검사까지 거친 후 포장까지 된다. 그럼 이것이 곧바로 공항이나 항만으로 운송되어 수출되었다.

공단을 유치하고 어느 날 좋은 기분으로 박정희 대통령이 처음으로 구로공단을 방문했다. 공장마다 기계 소리가 멈추지 않는 활기찬 모습은 대통령 자신이 보기에도 대견했다. 어린 아가씨들이 열심히 일하는 모습을 보고 더구나 감격하기도 했다.

공장들을 둘러보던 대통령께서는 열심히 일하는 어느 아가씨 옆으로 가까이 가서 아가씨의 손을 만져보았다. 생각했던 바와 전혀 딴판이었다. 아가씨의 손등과 달리 손바닥은 갈라지고 딱딱하게 못이 박혀있었다. 다 같은 인간인데 대통령이라고 감정이 다를 수는 없었을 것이다. 대통령도 자식을 낳아 기르지 않던가? 그 광경을 목격한 대통령의 가슴도 뭉클했다. 잠시 말을 잇지 못하고 있던 대통령이 그 아가씨에게 물었다.

―아가씨의 이름이 무어지?

―김미숙이라고 합니다.

―고향은?

―전라도 영광입니다.

—부모님들은 다 살아 계신가?

—아버지는 돌아가셨습니다.

—왜?

일본에 징용으로 끌려간 뒤 소식이 없습니다.

—몇 살에?

—서른 셋에요.

—그래 엄마는 어디 계신가?

—시골에 계십니다.

—형제는 몇이나 되는데?

—사 남매예요.

—아들은 몇이고 딸은 몇이야?

—딸 둘, 아들 둘이예요.

—아가씨는 몇째로 태어났나?

—첫째로 태어났습니다.

—동생들은 다 어디에 있어?

—큰 남동생은 서울에서 대학을 다니고, 둘째는 시골에서 고등학교를 다니고 있고 막내가 딸인데 그 애도 중학교 다니고 있습니다.

—그래, 돈은 벌어서 어디에 쓰나?

—서울에서 대학에 다니는 동생을 데리고 있습니다. 나머지는 엄마에게 보내주고 있습니다.

후일담. 박 대통령과 대담을 했던 김미숙(가명)이란 여공이 공부를 시켰던 남동생은 누나가 어렵게 번 돈에 보람있게 선물을 해야겠다는 의지로 열심히 공부를 했던 결과 사법시험에 합격 판사로 재직 중에 있다는 기막힌 사연도 있다.

─그럼 엄마는 그 돈을 받아서 저축을 하나?

─아니예요. 저축할 돈이 있나요.

─그럼?

─고향에서 중, 고등학교에 다니는 동생의 학비도 대주고 있습니다.

대통령의 표정이 숙연해진다. 뭉클했던 마음을 삭이노라 잠시 침묵을 했다. 경제는 인간이 살아가는데 기본적 요소 생명과 같은 소중한 존재라고. 더 나아가 경제는 국력이요, 생명을 지키는 가장 소중한 존재라고 대통령은 불끈 주먹을 쥔다. 경제 없이는 아무것도 할 수가 없다?

─아가씨는 소원이 뭐야, 소원이 있다면 한 가지만 말해봐?

다시 물어보았다.

잠시 침묵을 깨고 아가씨가 다시 말을 이었다.

─저 같은 애가 소원이 있나요.

─아가씨는 내가 누구인지 알고 있나?

─대통령 아저씨 아닙니까?

아가씨는 대통령의 얼굴을 빤히 올려다보고는 담담하게 답변했다.

─그래. 내가 대통령 맞아. 그러니까 말이나 한번 해봐 혹시

알아.

아가씨는 잠시 고개를 숙이고 있더니

ㅡ학교 다니는 것이 소원이에요.

의외의 아가씨 답변에 대통령의 표정이 다소 진지한 빛이 감돈다.

ㅡ아가씨는 학교를 어디까지 다녔지?

ㅡ초등학교를 졸업하고 올라왔습니다.

대통령은 힘주어 아가씨의 손을 꼬옥 잡아주고는

ㅡ아가씨 힘들다고 좌절하지 말고 열심히 해, 좋은 날은 반드시 올 거야.

다음날 박 대통령은 기업 총수들을 불러 실업학교를 설립하도록 지시를 내렸다. 인재를 양성하는 차원에서도 불가피한 일이다. 교육은 먼 장래를 보장할 수 있는 투자다. 이래서 대표적으로 설립된 학교가 창원에 있는 한일실업고등학교다. 한때 고등학교 여자 배구로 유명했던 주야간 겸했던 학교다. 낮에는 일하고 밤에는 공부를 하는 주경야독이었다. 이로 인하여 우리나라가 교육에 열풍이 불었던 사실도 부인할 수 없는 일, 남들보다 잘살기 위해 열심히 일하고 가르치며 배웠다.

근로 현장에서 찡한 가슴을 안고 거리로 나온 박 대통령의 눈에 첫 번째 띤 거리의 풍경은 부모 잘 만나 흥청거리며 거리를 활보하는 젊은이들이었다. 두 번째가 학원가에서 데모하는 학생들이다. 돈이 없어 야학이라도 하겠다고 소박한 꿈을 이야기하는 근로자 아가씨들은 이 시간에도 피땀을 흘리며 죽어라고 일들을 하고 있는데, 그래서 국가 경제를 일익 감당하고 있는데, 부모 잘 만난 학생들이 하라는 공부는 아니 하고 데모나 일삼고 있으니 정신자세가 틀렸다는 것이다. 다 같은 민족이다. 그런데 누구는 하루 저녁 술값도 안 되는 돈을 벌자고 손발이 터지도록 일을 하는 판에 한편에서는 미니스커트 차림으로 남성들의 성적욕망이나 부추기는가 하면 남자인지 여자인지 구분을 할 수 없도록 머리를 바람에 휘날리는 장발은 정말 보기에 역겨웠다. 열악한 조건에서 열심히 살아보겠다고 몇 푼 안 되는 돈을 벌기 위하여 하루 잔업까지 12시간씩 피터지게 일하는 근로자들에게는 분명 위화감의 대상이 아닐 수 없었다.

그래 우리나라 형편으로 아직은 샴페인을 터트릴 시기가 아니다. 사회 분위기가 공평치가 못한 환경에서 근로 현장의 피와 땀을 흘리는 근로자들이 무슨 의욕이 생기겠는가? 시기적인 입장에서 특히 공장근로자들의 가슴에 저런 모습으로 상처를 주어서는 절대 안 되며 이는 자칫 사회적인 문제로 야기될 수도 있다. 젊은 이들의 방종은 사회 근간을 어지럽힐 수 있다는 생각이고 젊은이들 사고가 건전해야 나라가 발전할 수 있고 미래가 있다는 생각이었다.

그렇다면 정부차원에서 선도를 하는 수밖에 없지 않은가. 하지만 정부 차원에서 사회를 다스리는 데는 부작용도 따랐다. 특히 단속을 하는 일선 경찰관들 쪽에서 사회 불만을 촉발시켰다는 것이다. 경찰관들은 심심풀이 땅콩처럼 기분 내키는 대로 단속을 남발했다. 미니스커트와 장발 단속에 눈요깃거리가 되었다. 심심하면 행인들 중 얼굴 예쁘고 몸매 늘씬한 아가씨들을 불러 놓고 무릎에서 10센티미터가 떨어졌나 잣대로 잰다. 그게 미니스커트 단속 기준이었다.

짧은 치마를 입은 여자라면 학생이든 아가씨든 유부녀든 가리지 않았다. 무릎에서부터 풍만한 허벅지까지 10센티미터 단속 과정에서 여자들 사타구니 들여다보기 일쑤고 농담도 서슴지 않았다. 어쨌든 저마다 파출소에 끌려만 들어오면 망신을 당하고 가는 편이다. 학원은 물론 눈꼴시게 껄렁거리며 거리를 활보하는 머슴아들에게는 앞머리에서부터 정수배기를 넘어 뒤통수까지 바리깡으로 한번 쭉 밀어놓으면 영락없는 고속도로다. 이 같은 과잉 단속이 사회적 불만을 일으키면서 강제수단은 또 다른 부작용을 불러왔다. 시민들 자유를 억압하는 시행착오였다.

정부의 취지는 사실 좋았다. 시행과정에서 과잉사태가 부작용으로 발생하면서 빌미를 잡은 야당에서는 기회라고 포문을 열기 시작했다. 민주주의, 인권 탄압, 군사독재 등 비난의 소리가 서슴없이 빗발쳤다. 물론 야당 지도자들이 선두역할을 했다.

자유를 박탈하는 군사독재 인권탄압이라고 선창 학생들을 선동 불을 지폈다. 이런 일련의 사건들이 학원 시위를 부추기는 결과도 가져왔다.

산업 혁명

경제는 인간 삶의 절체절명에 선결 조건이다. 부국강병을 이룩하는 것도 경제요, 국민들의 삶을 여유롭게 하는 것도 경제다. 정권 탈취용으로 적당히 젊은 학생들을 자극 시위 현장으로 끌어내는 게 민주화가 아니다. 경제지표 5천 달라면 민주주의는 자연스럽게 이루어진다는 것은 동서양 마찬가지 정치 철학이요 상식이다.

진정한 민주주의를 실현시키고자 한다면 국민들이 편안하고 풍요로운 생활을 할 수 있도록 선도하고 보호해주는 정치제도가 진정 경제민주화일 것이다. 경제가 뒷받침되지 않는 민주화는 허구일 뿐이다. 경제가 수반되지 않는 민주화는 아무것도 이루어질 수 없을뿐더러 대신 경제가 받쳐준다면 무엇이든지 안 될 일이 없는 게 오늘날의 경제추세 제일주의다.

불구하고 저마다 피 터지게 노력을 해도 따라주지 않는 게 경제이기도 하다. 재산은 갖고 싶다고 마음대로 가질 수 있는 존재가 아니다.

우리나라 역사가 그러했듯이 지도자들마다 백성들 잘살게 하기 위하여 노력한 제왕들 무수히 많다. 노력은 했어도 여건이 따라주지 않아 계획한 대로 그 지독한 가난을 물리치지 못했을 뿐, 어느 누구도 백성을 사랑하지 않는 제왕은 없었다. 그랬어도 성공한 제왕들은 우리나라 역사에서 단 한 사람도 없었다.

박정희 대통령은 세계적인 추세에서 철강 산업은 선도 역할로서 절대적 유망사업으로 손꼽을 수 있다고 보았다. 인천에 대한 중공업(인천제철)이 있었고, 당산동에 동국제강이 있었으며 영등포에 이천 제강이 있었으나 수효에 생산량이 너무나 부족했고 열약했으므로 내수 공급에도 훨씬 못 미쳤다.

제철공장을 창업한다면 세계적인 추세에서도 마찬가지겠지만 우리나라 중화학 공업에도 초석이 될 뿐만 아니라 경제발전에도 한 축을 이루게 될 것으로 여겨졌다. 그러나 여건의 바탕이 전혀 못 미쳤다. 자본도 기술도 무엇 하나 마땅한 게 없었다. 제철공장을 창업한다는 것은 하나의 꿈이요 망상에 불과했다. 그러나 꼭 해야 하고 이는 필수조건이라고 다짐한 박정희 대통령은 장기영 경제부총리를 청와대로 불렀다.

－제철 공장은 우리나라 경제성장에 초석이 될 산업일거요. 가능한 방법으로 대책을 마련해 보시오?

더 설명이 필요 없는 지상명령이었다. 장 부총리는 서둘러 경제장관 회의를 소집했고 전문 학자들까지 동원되었다.

　─대통령 각하의 깊은 뜻이요. 이는 반드시 대책을 마련해야 할 것입니다.

　무엇보다도 재원을 마련하는데 각료와 경제학자들까지 연석으로 대책을 논의했으나 묘안이 나올 수가 없었다. 방법은 딱 한 가지 차관뿐이었다. 돈을 빌리는 데도 조건은 필수다. 먼저 환수할 장치부터 마련하고 돈을 꿔주라는 속담처럼 국제간에도 다를 바 없다.

　5·16혁명 정부가 들어서자 미국은 극히 냉소적이면서 관망하는 자세였고, 일본과는 아직 국교가 단절된 상태였다. 경제 선진국 유럽 국가들과는 국제간 교류가 아예 없었으니 손을 벌려봤자 헛손질이 뻔했다. 아무리 설명하고 사정을 해도 그들에겐 이빨도 안 들어갔다. 설득하기에 역부족이었다.

　대통령이 임무를 부여했는데 그 임무를 이행 못 하면 사표로 대신해야 한다. 장기영 부총리는 결국 자리를 물러날 수밖에 없었다. 대통령은 즉석에서 사표를 수리했다.

　다음은 박충훈에게 경제부총리직을 맡겼다. 역시 박 부총리도 속수무책이었다. 장 부총리처럼 차관을 얻으려고 지구촌 구석구석을 다 누볐으나 다리품만 팔았을 뿐 얻은 성과는 하나도 없었다. 박충훈 장관도 능력 부족으로 결국 사표를 제출하였고 또 수리가 되었다.

　적임자는 반드시 있다고 대통령은 확신했다. 그런 인물이 나올 때까지 박 대통령은 의지를 굽히지 않았다.

김학렬에게 경제팀을 맡겼다. 김학렬은 50년도 재경고시 1회 출신으로 수석 합격자였고, 나중에는 경호실장 박종규, 비서실장 이후락, 차지철을 능가할 정도로 대통령의 신임이 두터웠던 실세 중 실세로 부각되었던 인물이다.

그는 대통령으로부터 발탁되어 국가 경제발전을 위하여 밤낮을 가리지 않고 일을 하다가 폐암으로 49세의 일기로 73년도에 세상을 떠났다. 그가 운명을 하자 피도 눈물도 없다던 박 대통령이 '그는 내가 혹사 시켜서 죽였다'고 가슴을 치며 울었다는 일화도 있다.

김학렬 경제부총리는 박 대통령의 경제 과외 선생이라고도 불렸고 막걸리 파트너이기도 했다. 친형제처럼 가까이 지내면서 답답하면 때론 김 부총리 집을 찾아가 밤이 새도록 경제문제를 의논하다가 술이 취하면 애창곡 황성옛터를 부르면서 시름을 달래기도 했단다.

역시 대통령의 지시는 지상명령이었다. 김 경제팀은 고심할 수밖에 없었다. 이미 전임 장관들이 포기를 하고 떠난 자리다. 외국의 차관이 안 된다는 사실 알고 있는 터다. 차관이 안 된다면 그럼 불가능한 것 아니겠는가?

땅속을 파서라도 돈이 생긴다면 박 대통령은 아마 지구를 맞뚫자고 서둘렀을지도 모르는 신념의 소유자다. 지구를 곧게 맞뚫으면 반대편 남미의 칠레가 나온다. 그렇다. 박 대통령은 현실적으로 안 되는 줄 알면서도 자기에게 임무를 부여했을 것이라고 김학렬 장관은 받아들였다.

각료 및 경제학자들과 연석으로 대책을 논의해봤으나 결과는 뻔했다. 이불을 싸매고 몇 날 며칠을 두고 고심을 했어도 돈줄을 찾기란 언감생심 불가능할 때다. 역시 물러날 수밖에 없다고 단념을 할 무렵이다.

노량 앞바다다. 일본 놈들이 한국을 또다시 침략하겠다고 배를 타고 기세당당하게 현해탄을 넘어오고 있지 않은가? 임진왜란과 함께 을사보호조약에 이르기까지 왜놈들은 호시탐탐 침략을 노리고 있는 터다. 분노를 참지 못한 박 대통령은 김 장관에게 총사령관직을 부여했다. 당장 섬멸하라는 명령이다. 김 장관은 칼을 높이 들고 좌충우돌 혼신의 힘을 다했다. 드디어 적장 소서행장의 목을 향하여 칼을 힘껏 내려쳤다. 적장이 아악 비명을 지르는 순간에 깜짝 놀라 깨어보니 꿈이다.

황당했다. 꿈이란 게 원래 엉뚱하고 허망한 존재라지만 꿈치고는 너무나 선명했다는 것이다. 이상한 감이 없지 않아 꿈풀이 책을 들춰보았다. 칼로 적장의 목을 치는 것은 길몽 중 길몽이요, 그 길몽 중에는 뭉칫돈이 생길 꿈이란다. 무릎을 탁 쳤다. 그 밤에 김 장관은 청와대로 직행했다. 용무가 있을 때는 언제든지 대통령은 만날 수 있었다. 대통령 역시 시도 때도 없이 관계 장관들을 청와대로 불러들였고, 또 그들이 요청한다면 언제든지 국정을 논의했다.

―그래 방법을 찾아냈나?

보고드릴 게 있다고 새벽에 청와대를 방문했다면 보통 일은 아니라고 박 대통령도 예상했다. 안보팀과 경제팀은 밤낮이 따로 없이 청와대를 드나들었다. 김학렬 부총리가 긴급 사항이라고 청와대를 방문했다면 제철공장 문제를 가지고 왔음을 박 대통령은 짐작하고 있었다.

―예! 일본으로부터 전쟁피해 보상금을 받아내면 가능할 것 같습니다.

언제나 박 대통령은 직답을 원했다. 너절한 설명은 시간만 낭비한다는 것이다. 그 성격을 김학렬은 잘 알고 있다. 한마디 하면 박 대통령은 열 마디를 알아들었다.

단도직입적으로 설명을 했다. 김학렬 장관으로부터 보고를 받은 박 대통령의 표정은 의외로 심각했다. 얼마 동안이었는지 모른다. 그 침묵은 참으로 길고도 무거웠다. 일본이라면 언제나 적대감을 갖고 있던 대통령인지라 불호령이나 떨어지지나 않을까 긴장하던 김학렬 장관은 초조하기 그지없었다. 쥐구멍이라도 있다면 숨어버리고 싶은 심정이다. 무겁게 긴장감이 감돈다.

―그 길밖에 없다는 말이지?

대통령은 드디어 말문을 연다. 엉뚱한 생각을 한다고 핀잔이나 할까 두려웠는데 대통령께서 일단 긍정적으로 받아들이는 바람에 김학렬 부총리는 다소 안도감이 들었다.

―네 그렇습니다.

김학렬 부총리는 단호한 자세로 나섰다.

─그럼 추진해 봐.

순간 박 대통령은 결정을 했다는 듯이 즉석에서 허락을 했다. 그것도 박 대통령의 성격 탓 예스와 노가 분명했다. 한일협상은 이렇게 시작되었다.

젊은 피를 팔아먹는 월남파병을 즉시 철회하고 굴욕외교 한일협상을 즉각 중단하라는 구호는 야당 인사들을 비롯해서 거리를 누비는 학생들에게 빌미를 준 셈이다. 이들이 바로 6·3 세대들, 대표적인 인물로는 서울대 김덕룡이고 고려대 이명박이었다.

60년도 자유당 정권을 무너트린 그들로부터 이어받은 강렬한 학생 데모 열기는 나는 새도 떨어트릴 만큼 위세가 대단했다. 전국의 학생들이 연일 거리로 몰려나와 정부 타도를 외쳤다.

4·19 학생 데모는 자유당 정권을 무너트리고 경무대와 국회의사당까지 점령했던 극렬한 시위였다. 이 사건으로 이승만 박사는 대통령 직을 하야했고 실세였던 이기붕은 일가족 자살로 책임을 졌다. 오늘날도 정치인들이 입만 벌렸다하면 독재 정권이라고 매도하면서 민주화를 부르짖지만 그들이 부르짖는 민주화는 다만 정치도구로 사용할 뿐 책임도 질 줄 모르는 무모한 행패만 일삼지 않던가.

4·19 학생 동지회 회장(연대 총학생회장) 최경렬은 국회의사당 의장석까지 점령 난동을 부렸는가 하면 서울대학교 총학생회

장 안병규는 민족통일 연합회(민통연)을 결성 '가자 북으로 오라 남으로' 외치며 김일성을 만나 통일 문제를 협의하겠다고 주장했다. 김일성은 언제든지 오라고 했다니, 이처럼 무소불위로 학생들이 통일문제까지 들추며 무능한 민주당 정부를 향하여 매일같이 데모를 했음은 물론이고 또, 민주당 장면 정부는 학생들에 의하여 정부를 인수 받았으니 그들의 비위 맞추기에 급급했다 하니 이게 정부라 하였겠는가. 청와대의 담을 넘어 대통령 궁까지 점령 아예 정권을 내놓으라고 외치기도 했다. 4·19 학생 데모로 186명이 희생되었으니 장면 정부에서도 할 말은 없었으리라.

견디다 못한 박정희 대통령은 학생들 휴교령을 내린 후 그해 6월에 접어들면서 조기 방학으로 특단의 조치를 내려야만 했다.

대통령의 특명으로 중앙정보부장을 수석으로 대표단이 구성되었다. 실무자는 최성택이었다. 일본 사람들이 어떤 존재든가. 처음 우리 정부에서는 36억 달러를 요구했었다. 36년간 한국을 지배했으니 그 대가로 1년에 1억 달러씩 계산을 했단다. 당시 일본의 외환 보유고는 27억 달러였다. 터무니가 없었다. 심사숙고 끝에 8억 달러를 요구했으나 일본은 처음 1억 달러를 제시했다. 우여곡절 끝에 나온 협상 결과다. 무상 3억 달러에 유상 3억 달러로 협상이 타결되었고 상업 교류 협력으로 1억 달러가 추가되었다. 그도 미국의 압력이 있었기에 가능했다. 당시 환율은 650대 1이었다. 우리나라 돈으로 3,900억 원이었다. 이 돈이 대한민국 산업혁명의 기반이 된 것을 국민들이 다 아는 사실이다.

국가의 기간산업으로서 숙원사업이었던 포항제철에 일본으로부터 받은 청구권 국책 보상금 6억 달러 중에서 1억 달러를 투자 드디어 68년 5월 시공과 동시에 건설에 착수했고, 73년 7월 5년 2개월 만에 준공 철강을 생산하기 시작했다. 외자 711억 원 내자 493억 원, 총1204억 원 투자로 드디어 준공을 했다. 박 대통령의 계획을 한 치의 오차도 없이 해냈다. 내자는 당시 한일은행 오늘날 우리은행에서 대출을 받았다. 그래서 30년이 지난 오늘날까지도 그 고마움을 잊지 못하는 포항제철에서는 모든 주 금융거래는 한일은행 하고 만 관계를 하고 있단다.

오늘날 우리나라의 경제 규모로 볼 때 그 6억 달러는 보잘것없다고 하겠다. 삼성그룹에서 수출하는 액수만 하더라도 1백억 대를 훌쩍 넘기는 현재의 경제 규모다.

그 효과는 실로 컸다. 2003년도에 포항제철에서 생산한 철강은 내수가 2,135만 톤 수출이 680만 톤 총 2,802톤이다. 그중 31억 달러 정도를 수출을 했고, 내수는 88억7천 달러 총 119억7천 달러 수익을 올렸다. 오늘날 우수 중소기업에서도 10억 달러 수출 정도는 너끈히 올릴 수 있는 정도의 액수였지만 그 당시의 그 돈은 국가의 근간을 뒷받침하는 거대한 액수였고 자본이었다.

당시에 6억 달러의 가치는 지금에 60억 달러가 아니라 100억 달러보다도 더 가치 있는 돈이었고 그렇게 사용을 했다.

동남아 국가들이 일본으로부터 받은 보상금이 10억 달러 정도였다고 하지만 그 금액에 비교가 되랴. 포항제철에서 수익을 올린 금액만도 2008년 기준 일 년에 119억7천 달러라고 할 때 지금까지 30년 동안 포항제철에서 벌어드린 돈만 해도 대충 따져 3,591억 달러란 계산이 나온다.

또 당시의 6억 달러는 우리나라 땅을 반을 살 수 있는 금액이요, 우리나라 경제 발전에 초석이 되었음을 포항제철이 증명한다.

91년 10월 28일 자 동아일보에서 발표한 기사로 건설부에서 전국 토지가全國土地價 현황을 조사한 자료다. 당시 우리나라 남한의 땅값은 1조6천1백4십 달러로 그 돈은 미국 땅값의 70%를 살 수가 있었고, 중국 땅은 두 개를 살 수 있었으며, 프랑스 땅은 7개를 살 수 있는 가격으로서 GNP 대비 세계 최고 수준이라 했다. 상업은행 명동지점 땅값은 국내 최고가이면서 한 평에 1억4천만 원을 호가한다고 발표했다. 뿐만 아니라 서울의 땅값은 미국의 워싱턴이나 뉴욕을 능가했고 영국의 런던이나 프랑스의 파리를 능가했으며 중국의 북경이나 상해를 능가하는 대단한 가격이었다. 명실공히 세계 최고의 가치를 보유한 노란 자위 금값이요 보금자리가 아니던가. 위대한 탑이 아닐 수 없다.

오늘날과 같이 세계적 불황 추세와 함께 우리나라가 겪고 있는 입장에서 포항제철은 우리나라 수출에 IT산업과 반도체, 전자산업 그리고 자동차, 조선 등 6대 산업과 함께 으뜸의 효자 노릇을 톡톡히 하고 있는 업체다. 그 산업이 없었다면 오늘날 우리나라 경제가 무슨 힘으로 버티며 발전을 하여왔을 것이고, 세계적인 추세에서 엄청난 불황을 어떻게 겪어나갈 수 있었을 것인가, 다시 한번 짚고 넘어갈 일이다.

그런데도 일부 측에서는 굴욕 외교를 부르짖고 필리핀을 비롯 동남아 전쟁피해 국가들이 일본으로부터 받은 보상액이 우리나라보다 2배 내지 3배가 넘는다고 비난들을 퍼붓고 있다. 그럼 3배를 보상받은 그들 국가들이 현재 우리나라보다 얼마나 시기적인 입장에서 적절했고 효율적으로 사용하였는가 똑똑히 따져 물어야 할 일이며, 그들 국가들이 얼마나 경제적으로 발전을 하였는가 짚어봐야 할 일이다. 보상을 많이 받았다는 것도 중요하겠지만 무조건 적다 많다를 따지기보다 가치평가를 정당하게 물어 마땅할 것이고 얼마큼 효율적으로 사용을 했느냐에 기준을 두고 평가를 해야 할 덕목이다. 포항제철은 이렇게 우여곡절 끝에 창업한 산업이요 우리나라 경제의 젖줄이기도 하며 세계 철강국으로 발돋움한 최대의 산업이다. 광양제철과 함께 말이다.

일본의 차관은 일시불로 받은 돈은 아니었다. 그다음으로 받은 돈으로 같은 해 68년 2월 1일에 국가 숙원사업이던 경부고속도로를 드디어 착공했고 완공했다.

5·16 혁명 초기에 미국은 우리나라와 경제개발에 대한 차관을 아예 끊어 버렸다. 자유당을 비롯 민주당에 이르기까지 20억 달러를 우리나라에 무상 및 유상으로 제공을 했지만 아무런 효과가

없었을 뿐만 아니라 밑 빠진 독에 물 붓기 한국의 경제는 부도 위기에 처해 있었다. 미국 측은 한국에 투자를 위험 요소로 단정해 버렸기 때문이다.

혁명이 일어나자 꽁지가 빠지게 칼멜 수녀원으로 도망간 장면 총리가 수녀의 치마폭에 숨어서 미국 워싱턴 당국에 쿠데타 군을 제발 진압해 달라고 애걸을 했다지만 미국에서는 만약의 경우 장면 정부가 이대로 지속된다면 한국은 부도가 날 국가로서 그 위기가 다분하므로 또 그런 결과가 오면 미국으로서도 책임이 자유로울 수가 없으므로 장면정부의 무능을 질책, 묵시적으로 외면을 하였음은 물론이다. 존 F 케네디 미국 대통령이 혁명정부를 지지했던 이유도 여기에서 기인했다. 4·19 학생 데모로 얻어진 무능한 장면 정부를 완전 불신임해 버렸고 외면해 버렸다. 위대한 미국으로 명성을 떨친 존 F 케네디 대통령이 근대사 영웅으로 발돋움할 수 있었던 계기도 바로 선견지명이 아니던가?

미국은 민주주의의 선발대국으로서 장기집권을 독재로 또 군을 동원해서 정권을 탈취하는 것을 절대 용인하지 않으면서도 5·16 박정희 정부를 묵시적으로 존 F 케네디 대통령은 인정을 했다. 혁명정부 시절에 미국의 존 F 케네디 대통령의 초청을 받아 미국에 간 45세의 젊은 혁명정부 박정희 위원장은 반가이 맞아준 케네디 대통령과 함께 공군 파일럿용 검은 테 선글라스를 쓰고 어깨를 나란히 사진을 찍었다. 그 모습은 작은 체격에 작은 나라의 대표로서는 너무나도 당당했고 의젓했으며 자랑스런 그 기백에 온 국민들은 마음껏 찬사를 보냈던 기억이 역력하다.

당시 미국 정부로서는 혁명군은 독 안에 든 쥐 정도로 취급 제압한다는 것은 문제가 되지 않는다고 여겼다. 민주화를 외치는 학생들이 의롭게 동맹, 이승만 정부를 무너뜨렸다 하지만 학생들이 직, 간접으로 정치에 가담 국회의사당을 점령하면서까지 정치에 관여를 했다는 것은 아무리 명분이 좋다 하더라도 지나친 행위로 절대 용납할 수 없는 정치사일 뿐만 아니라 망국의 길일뿐이라고 미국에서는 우려했다. 학생들이 김일성을 만나 통일 과업과 안보문제를 해결하겠다고 설쳐댔으니 짐작할 만한 일이었다. 따라서 미국은 관망하는 민주당 장면 정부로는 한계가 있고 위험 수위에 왔다고 판단을 했다. 도저히 현재의 시국을 수습할 능력이 없다는 미국의 존 F 케네디 대통령의 정부가 보는 관점이었다. 그래서 케네디 대통령은 장면정권을 불신 외면한 채 박정희 혁명 정부를 인정했다. 그렇다고 젊은 군인들에 의하여 뒤집힌 혁명 정부를 믿고 차관까지 준다는 것은 시기상조라 좀 더 두고 보자는 상태였으므로 차관까지 줄 턱은 없었다. 일본 정부하고의 관계도 녹록지 않았다. 국교가 정상화되지 않은 상태였으니 차관까지 논의할 처지가 아닌 형편이었다.

가난한 집에서 보릿고개에 양식이 떨어지면 부잣집에서 장리쌀을 얻어다 먹어야 한다. 당연히 이자는 고액으로 곱 장리가 따라붙는다. 그것도 갚을 능력이 있는 사람에게만 거래가 되는 것이다. 능력이 없는 사람은 어디를 가든 문전박대다. 그렇듯이 일본제국으로부터 식민지 생활 36년간의 통치를 받아야만 했고 그것도 외세에 의하여 해방이 되었고 외세에 의하여 분단이 되었으나 3년 만에 겨우 반쪽짜리 정부를 수립하였지만 2년 후에 6·25 전쟁을 겪어야 했던 세계 최고 가난한 나라 대한민국에 국제사회에서 차관을 빌려줄 나라는 지구촌 어느 구석에도 없었다. 오늘날은 IMF 국제은행이 존재하지만 그 당시는 이조차 없었다. 차관이란 국가 간에 금융거래로서 이자를 주고받으며 돈거래를 하는 것이다. 국제간에도 이와 같은 여건이 마련되어야 상호 신뢰를 바탕으로 이루어지는 것이지, 갚을 능력이 없는 신생국인 꼴에 6·25전쟁으로 1천억 달러에 400만 명의 생명이 희생된 나라이면서 정치적으로 혼란에 혼란을 거듭하는 불건전한 대한민국에 아무리 사정을 하고 무릎을 꿇고 엎드려 빈다고 돈을 빌려줄 나라는 없었다. 이웃들 간에서도 돈거래를 잘못해서 패가망신하는 사람들 많듯이 국제간에도 돈거래만큼은 마찬가지 예민한 사항이 아니던가.

서독 방문

두 번째 재원을 마련한 국가는 서독이다. 서독 정부로부터 차관을 얻을 수 있었던 것은 광부와 간호보조사를 보내주는 조건이 따라붙었다.

이런 방법이 아니고는 혁명공약으로 내세웠던 빈곤 타파는 공염불이 될 판, 한국은행에서 보유한 외환 보유고는 당시 2천6백 달러가 고작이었다.

74년도 12월에 돈을 빌리러 박 대통령은 첫 번째로 서독을 방문했었다. 찬밥 더운밥 가릴 처지가 아니었다. 우리나라 대통령이 서독의 에르하르트 총리로부터 정식으로 초청을 받은 관계다. 천신만고 끝에 얻은 기회다. 세계에서 유일하게 분단국은 우리나라와 독일뿐이 아니던가? 에르하르트 총리는 동병상련의 입장에서 우리나라를 가장 많이 이해해주는 편이었다.

박 대통령의 서독 방문의 목적은 첫째가 차관이요, 둘째는 산업기술을 공유받기 위해서다. 초청은 받았으나 나라가 가난한 탓에 수행원들과 같이 타고 갈 비행기가 없었다. 그때 우리나라에는 KAN 항공소속 쌍발 프로펠러 비행기밖에 없었다. 그것은 성능이 약해 수행원들을 데리고 장거리 서독까지 간다는 것은 아예 불가능해 안전을 보장할 수가 없었다. 재협상 끝에 서독 정부가 배려를 해주었다. 싱가포르 노선을 서울까지 스페셜 케이스로 보내주겠다는 것은 특별 예우이었다. 그 비행기를 이용 박정희 대통령은 서독 방문길에 오를 수가 있었다. 국가적 체면 따위나 자존 같은 것은 아예 없었던 것일까 구걸하다시피 했으니 이를 다행이라 여겨야 할지…….

어쨌든 전쟁 폐허 속에서 서독이 이십여 년 만에 어떻게 세계 속에서 경제 초강대국으로 발전할 수 있었는가 그 비결도 배울 겸 방문을 했다. 다시없는 기회라고 생각한 박 대통령은 서독의 산업현장을 꼼꼼하게 수첩에 메모까지 하면서 살피며 견학이라기보다는 체험 공부를 했다.

젊은 대통령의 신념이 확고하고 의지력이 강했으며 성실하다고 생각한 에르하르트 서독 수상은 박 대통령을 국빈으로 최대한의 의전상으로 예우해주었다니 그래도 다행, 구차스런 일이라고는 하지만 박 대통령으로서는 외국 수상으로부터 처음 받아본 귀빈 대접에 황송했다. 지금 우리나라 대통령들은 어느 나라를 방문하든 국빈 대우를 받는다.

박 대통령은 인천제철(현대제철) 호남비료, 광산기자재, 동양 시멘트, 인천기계 등 5대 사업계획을 민, 관 합동으로 프로젝트를 만들어 가지고 갔고 서독 수상에게 차관 요청을 했다. 1차 1억 5천만 마르크 우리 환율로 9천7백5억 원이 차관을 얻게 했다. 첫 번째 외국 차관을 얻게 된 전대미문의 대사건이다.

대신에 에르하르트 서독 수상의 조건은 광부 7,000명과 보조 간호원 2,000명을 보내 달라고 요청을 했다. 당시 서독의 산업은 날로 발전을 하는 과정에서 근로자들의 부족 현상에 이르자 우리나라에 인력지원 요청을 하였고 박 대통령은 이를 기꺼이 받아들였다.

광부는 말 그대로 지하탄광에 들어가서 탄을 캐는 일이요, 간호보조원은 병원에서 사체처리를 비롯해서 환자들의 피 걸레나 빨고 병동 청소나 하는 일이었다. 당시 인력난에 봉착한 서독 정부에서는 노동력을 구하기 위하여 국제사회를 떠돌던 차다.

현재 우리나라 젊은이들이 기피하는 3D가 아니라 4D, 5D 직종이다. 이는 동남아시아를 비롯 중앙아시아 심지어는 러시아인들까지 취업으로 우리나라로 몰려오는 현상과 다를 바 하나도 없다. 그래도 우리나라는 그들에게 탄광 일은 시키지 않았다.

우리나라에 먹이를 찾아 몰려드는 철새무리들 외국인 근로자들 2백여만 명, 그들의 자리에 우리나라 젊은이들이 서독 광부나 간호보조원처럼 일을 한다면 실업자가 발생할 수 있을까. 오늘날의 젊은이들이 그렇게만 해준다면 우리나라 경제는 일본경제를 제치고 세계 2위 나라로 급부상할 수도 있지 않을까 싶다. 손에 기름 안 묻히고 책상에서 넥타이 매고 컴퓨터나 들여다보며 월급을 많이 받는 일자리를 선호하다 보니 실업자가 생기는 현상이기에 주제파악도 못하는 자들이 아닌가. 이들이 자기 자신 분수를 안다면 절대 실업자가 될 수 없을 텐데 그렇다. 남들 열심히 공부할 때 빈둥거리며 게임장이나 당구장 찾아다니며 여자들과 미팅 따위나 즐기다가 막상 학교를 졸업하고 취업을 하자니 아는 것이 있어야 답안지를 작성할 게 아닌가? 연장 탓이나 하는 목수와 무엇이 다르겠는가. 능력 없는 자들이 죽도록 고생하며 노력한 결과로 성공한 사람들을 손가락질하는 판이다. 놀고먹으면서 남의 탓이나 하는 이런 불만 세력들이 가사를 망치고 나라를 망치고 있다는 사실을 그들만 모르고 있다니 안타까운 일이 아닐 수 없다. 자식 공부시키기 위하여 그들이 어떻게 살아왔는데?

서독광부들과 간호보조원들은 그들이 바로 오늘날에 386세대들의 정치인과 위장취업자들 그리고 정부를 탓하는 100만 실업자들의 부모들이었다는 사실을 우리는 똑똑하게 기억해야 할 일이다. 내 부모 세대들이 이룩하여 온 소중한 경제를 자리때기 들고 그늘 찾아다니며 흥청거리는 꼴이란 실업자 치고는 너무 호사스럽지 않던가.

당시 우리나라 형편은 대졸 출신들도 일자리가 없어 전전긍긍하는 판이었다. 당초 선발기준에서 광부들 모집에 학력 따위는 아예 없었다. 신체 건강한 자들로 하여금 모집 공고를 냈다. 뜻밖이었다. 지원자들이 구름같이 몰려들어 30대1의 높은 경쟁률을 보였다. 경쟁률이 높은 만큼 선발기준도 까다로울 수밖에 없었다. 가용 인원을 떨어뜨리자니 별별 조건을 다 내세웠다. 그 선발 기준에 합격이 되었다면 그들은 세계적으로 우수한 젊은이들이었다. 가수요를 떨어뜨리기 위해서 아무 필요도 없는 학력 기준을 내세워 고졸자를 포함 대졸까지, 독자 제외하고, 신체 건강자로 선발을 했다. 석탄이나 캐는 자들에게 학력이 왜 필요했고 지식이 왜 필요하였겠는가? 물론 석탄을 캐는 일이기에 신체 건강하고 힘이 좋은 젊은이가 필요하였겠지만 가정환경 좋고 학력 따위는 왜 따져야 했는지 해프닝이 아닐 수 없었으며 우리나라의 고급 인력들이 서독에 가서 탄이나 캐는 일을 해야 했으니 이런 비참한 꼴이 어디 또 있을까 싶다. 합격의 주요 과목은 일부 외국어 실력과 모래 자루 어깨에 메고 달리기였다.

그렇게 선발된 그들을 장성 탄광에서 3개월간 교육훈련을 시킨 다음 서독 루르탄전 지대로 파견을 했다. 그런 우수한 젊은이들이 서독의 몇천 미터 지하 갱 속으로 들어가서 석탄 캐는 일을 했을망정 누구도 꾀부리지 않고 열심히 일했다는 사실에 서독 정부로부터 절대적인 신뢰를 얻었고, 이들이 바로 국위를 선양하는 데 일조를 했음은 물론 우리나라 경제개발에 원동력이 되었다는 사실이다. 역사에 길이 빛날 세대들이기도 했다. 이뿐이랴. 태양이 이글거리는 중동 모랫바닥에서 수로를 만들고 건축공사를 했던 이들도 마찬가지다. 이들의 사명은 오로지 가족들을 먹여 살리기 위함이요 자녀들 교육비를 벌자고 내 한 몸 희생정신으로 버텨낸 사람들이다. 그런 그들의 자식들이 오늘날 고학력 실업자가 되어 부모들이 모은 재산으로 먹고 놀며 빈둥거리고 있으니 너무도 불공평한 사회구조가 아닌가 싶다.

그들은 민주화가 무엇인지 모르는 사람들이라 그런 험하고 힘든 일을 했을까? 오늘날 정부 불만 세력들에게 묻는다. 현재도 야구 감독으로 명성을 떨치고 있는 S선수가 있다. 그가 인천동산 중, 고등학교에서 투수로 활동할 때 같은 투수로 쌍벽을 이루던 투수 김흥국이란 선수도 있었다. 초고교급 그들 투수가 있어 인천동산 중, 고등학교가 전국을 제패하기도 했다. 그토록 잘나가던 그 선수가 어깨부상에서 완전 회복을 하지 못한 채 선수생활을 접고 진로 과정에서 고민하던 중 광부를 지망 서독으로 떠났다. 그런 고급인력이 무사히 임기를 마친 뒤 귀국을 포기하고 제3국 미국을 선택하였으나 미국의 이민 정책에 문제가 걸려 남미 쪽으로 갔다는 마지막 소식으로 연락이 끊겼다. 단 한 번도 귀국한 일이 없었고 지금껏 소식이 없으니 어느 하늘 아래서 어떻게 지내고 있는지 죽었는지 살아있는지 알 수가 없다. 지구촌 어느 곳에서라든지 살아만 있다면 다행이겠지만 혼령마저 외지에서 떠돈다면 얼마나 억울할까 싶다.

탄광 측에서는 조를 짜서 일을 시켰다. 4명 1조로 매조마다 본국 사람 2명 우리 근로자 2명씩 섞어서 조를 짰다. 하루 작업량도 빼놓지 않고 지정해주었다. 작업량을 채우지 못하면 하루 일당에서 공제를 했으니 근로 조건은 잔혹할 정도이었고, 이는 현대판 인권에 관한 문제이기도 했다. 그 하루 작업량은 서로 꾀부리지 않고 부지런히 일을 해야 목표량을 채운다. 그런데 서독 사람들은 일하는 시간보다 쉬는 시간이 더 많았다. 하루 목표량을 채워야 하는데 빈둥거리는 것이다. 옆에서 보다 못해 부지런히 일을 하라고 우리 광부들이 책망을 하면

　—당신들은 계약기간만 채우면 본국으로 돌아가겠지만 우리들은 일생동안 이곳에서 묻혀야 하는데 젊었을 때부터 너무 힘을 빼면 40대 중반에 가면 체력이 떨어져서 일도 못 하고 얼마 살지도 못해. 수명이 아주 짧은 편이야. 이해를 해줘!

　일생동안 탄가루를 마시며 살자면 폐 기능이 저하되어 그럴 수도 있다 싶다. 이렇게 그들이 꾀를 부리는 변명을 늘어놓는다. 그들 몫까지 일을 하다 보니 우리 근로자들은 죽을 둥 말 둥 열심히 일을 하지 않으면 목표량을 채울 수가 없었다. 우리 근로자들이 서독 사람들로부터 부지런하고 성실하다고 칭찬을 받게 된 이유도 바로 그런 근로 현장에서부터 시작이 되었으니 이는 누구도 부인할 수 없는 일이다. 그렇다고 우리 근로자들이 힘이 없어 서독 근로자들에게 부당한 대우를 받은 것은 아니란다. 체격은 작아도 싸움이 붙었다 하면 펄펄 날았다 하니 당할 자가 없었고 격투기 하면 '코리아 넘버원'이라는 칭찬이 놀라웠단다. 이래저래 다행이 아니던가. 태권도 탓이겠지만 싸움에도 일등국이었단다. 작은 체격으로 서구의 커다란 덩치들을 가는 족족 때려눕혔다 하

니 이도 신기하지 않던가.

서독뿐만이 아니다. 열사의 중동지역을 비롯 국제적으로 어디든 간에 한국 사람들이 일 잘한다고 심지어는 일본에서까지 칭찬이 놀라웠다. 일을 잘못하면 본국으로 귀국 조치 된다는 근로계약서도 있다지만 그 계약서가 두려워서가 아니라 본래 우리나라 사람들이 책임감 강하고 부지런하기가 세계 제1위였단다. 그랬으니까 5천 년 역사가 증명하듯이 세계 10위권으로 자립 경제를 이룩한 자랑스런 세대들이 아닌가. 간호사들도 열심히 했다. 병원에 모든 궂은일을 도맡아 하면서 한마디 불평도 없이 일을 했단다.

그래서 우수한 근로자들을 보내줘서 고맙다고 특히 서독 수상으로부터 극찬을 받았다. 그런 여건 때문에 차관도 쉽게 얻을 수 있었다.

서독 임금은 우리나라보다 세곱 정도 더 높았던 까닭도 있었기에 몇 년만 열심히 하면 한밑천 톡톡하게 잡아가지고 나올 수도 있었다. 요즘 외국인 근로자들이 우리나라로 몰려오는 현상과 조금도 다를 바가 없는 상황이었다.

─이왕 여기까지 방문했으니 당신네 근로자들을 만나서 위로도 좀 해주고 가시오.

에르하르트 서독 총리는 박 대통령에게 세심한 부분까지 배려를 해주었단다. 직접 안내를 해주는 에르하르트 총리를 따라 구석구석 서독의 산업현장을 시찰 견학도 했다지만 빠지지 않고 우리나라 젊은이들이 일하는 현장도 방문했다.

근로자들은 현장에서 일하던 그 차림 그 모습대로 나왔다. 화려한 환영식장이 아니었다. 광부들은 새까만 석탄이 묻은 작업복 차림 그대로였고, 간호원들은 붉은 피가 묻은 가운을 입은 채로 나왔다. 그런 험한 꼴을 본 나라의 책임자요 지도자인 대통령의 마음이 좋았을 리가 있었겠는가. 박 대통령은 물론 영부인 육 여사의 눈에서도 눈물이 펑펑 쏟아졌다. 대통령의 입장에서 국민을 생각하는 마음이 자식 생각과 뭐가 다르겠는가. 목메여 잠시 말을 잊지 못하던 대통령이

―조국을 떠나 이역만리 남의 나라 땅에서 여러분들이 고생하는 이런 모습을 왜 대통령인 내가 모른다 하겠습니다. 원인은 조상 대대로 물려받은 가난 때문이 아니겠습니까. 여러분 조금만 더 참고 기다려 주십시오. 우리도 반드시 이 나라 서독만큼 잘사는 나라로 만들어보겠습니다. 그때까지 고생이 되더라도 참고 또 참으면서 우리 열심히 노력합시다.

박 대통령의 격려가 끝나자

―각하 우리에게도 그런 날이 정말 올까요? 각하 말씀대로 잘사는 나라 우리 조국으로 정말 돌아갈 날이 올까요? 내 땅에서 좋은 일자리를 얻어 가족들과 함께 오순도순 잘 살아갈 수 있는 날이 정말 올 수 있다는 말씀을 하셨습니까!

대통령의 격려사 도중에 느닷없는 어느 간호원의 절규가 터져

나왔다. 눈물을 손등으로 훔치며 말을 잇지 못하는 간호원을 바라본 대통령과 육 여사, 그리고 수행원, 근로자들까지 한 덩어리로 뭉쳐 서로 부둥켜안고 눈물바다가 되었다는 기막힌 사연은 수천년의 세월이 흐른다고 그 역사의 현장이 사라질 것인가?

그랬다. 서독으로 돈 벌러 나갔던 광부와 간호원들이 누구이겠는가? 광부들은 수십 킬로미터 지하 땅속에서 시커먼 탄을 캤고 간호보조원들은 병원에서 죽은 사람들의 몸뚱이를 닦아주고 피 묻은 옷을 빨며 돈을 벌었다 하면 오늘날 젊은이들이 믿어줄까?

우리나라 청년 실업률이 100만 명에 이른다 한다. 이들은 모두가 넥타이 매고 돈 많이 받는 직업을 선호하는 젊은이들이다. 그들은 3D 현장에서 손에 기름을 묻힌다든가 육체적 노동이 필요로 하는 직업은 절대 기피한다. 자기 무능은 생각지 않고 부모 탓이 아니면 일자리를 만들어 주지 않는다고 정부 탓이다. 이들 불만 세력들은 반체제 운동에 나서고 사회를 혼란시키는 원흉일 뿐이다. 지금 현재도 인천 남동공단에는 일손이 부족하여 업주들이 곤욕을 겪고 있는 실정이다. '일손을 찾는다' 전봇대 및 건물 담벼락마다 쪽지를 써 붙여놓고 일할 사람을 기업주는 눈이 빠지게 기다리고 있다.

그런 일자리는 우리나라에서도 얼마든지 많다. 중소기업에서 찾는 일자리들을 3D라고 기피한다면 서독에서 탄을 캐던 사람들은 4D, 5D 직업이라 아니할 수 없을 것이다. 100만의 실업자 모두들 부모 잘 만나 호강하는지를 왜 모르며, 그게 오만한 불만이요 게으름을 즐기는 젊은이들 행진이라는 사실을 왜 그들만 외면하고 있다는 것인가.

그리고 표를 먹고 즐기는 정치인들이 내세우는 여성 우대 정책에 의하여 봇물 터지듯 사회로 진출하는 여성들에 의하여 남성들의 일자리를 빼앗기는 사실도 한 번쯤 생각해 볼 일이다. 넥타이 매고 돈 많이 받는 좋은 일자리를 여성들에게 모두 빼앗겼으니 더구나 남성들이 설 자리가 없고 따라서 그런 현상은 앞으로 계속될 것이란다. 이뿐이겠는가. 여성들이 근로 현장으로 밀물처럼 쏟아져 나오므로 자연적으로 출산도 기피하게 되니 이도 반사회적 현상일 뿐이다.

우리나라 경제개발에 초석이 되었던 조국 근대화의 1세대였던 그들 광부 출신들은 오늘날 우리나라가 이처럼 잘사는 것을 누리지도 못한 채 계약 기간이 만료된 후 귀국을 포기하고 영구히 서독에 머문 사람들도 있고 제3국을 선택 이민들을 가서 고국으로 돌아온 사람들은 극소수란다.

근로자들과 헤어진 후 에르하르트 총리의 차에 동승해서도 박 대통령과 육 여사는 계속 흐느껴 울고 있을 때다. 그토록 애통하는 모습을 보고 에르하르트 총리는 감명을 받았던지 박 대통령의 어깨를 쓰다듬어 주며,

―우리도 최대한 협조를 해줄 테니 열심히 해보시오!

위로를 아끼지 않았다 한다. 그때 그 승용차는 본本과 쾰튼 간 40킬로의 아우투반 4차선 고속도로를 벤츠 승용차로 시속 160킬로 달리고 있을 때였다.

―히틀러가 만든 우리나라의 최대 자랑거리 대동맥 고속도로요? 한국도 빨리 이런 고속도로를 만들어 산업을 발전시키고 지역 격차도 해소하도록 하시오. 공산주의에 먹히지 않는 길은 오로지 경제로 힘을 기르는 수밖에 또 어떤 방법이 있다 하겠소.

에르하르트 총리의 격려도 있었다지만 박 대통령은 차를 도중에 멈추게 한 다음 고속도로의 노면, 교차시설, 중앙분리대 IC 등을 세밀하게 관찰도 하였고 서독 수행원에게 이것저것 궁금한 것을 물어보기도 했다. 그리고 주먹을 불끈 쥐고 또 한 번 다짐을 했다.

효율적 국토 이용계획에 첫째 조건은 도로기반 시설이었다. 국토를 개조해서라도 고속도로를 만들고 산업을 발전시켜 가난을 물리치겠다는 패기만만한 40대 대통령의 야망은 여기에서 또 한번 신호를 받았고 가슴에 의지를 담고 더불어 출발점이 되었다. 내 나라 내 국민들과 꼭 잘살아보겠다는 신념에 찬 박정희 대통령의 서독 방문은 충격적인 감명이었다.

박 대통령이 서독을 방문에서 무엇보다도 부러워하고 욕심을 냈던 산업이 바로 고속도로였다. 서독 수상과 함께 곧게 뻗은 고속도로를 160킬로 달릴 때 이것은 마치 환상이었다. 산업이 발전하려면 고속도로는 최우선, 순발력 없는 기동성으로는 불가능하다는 것을 다시 한번 깨닫고 또 깨달았다.

경부 고속도로를 건설하기 위하여 대통령은 관계 기관 장관들
과 참여 건설업체 대표들을 청와대로 모두 불렀다. 경인고속도로
를 착공한 얼마 후다. 박 대통령은 비장한 각오로 프로젝트 설계
도를 펼쳐놓고 하나하나 설명을 했다.

경부고속도로 건설은 국책 사업으로서 국가의 운명이 달린 사
업이다. 이 사업은 나라가 망할 수도 있고 또 흥할 수도 있다. 나
라가 망하고 흥하는 흥망성쇠는 바로 여러분들의 의지와 손에 달
렸다. 본 사업에는 이익을 볼 생각 마라. 대신에 이 공사를 힘차
게 성공의 깃발을 올려준다면 다음 국책 사업에는 충분한 이익을
남기도록 배려를 해주겠다. 신념을 갖고 임해주길 바란다는 취지
의 설명도 빼놓지 않았다.

따라서 대통령은 업주들에게 특별 재량권과 권한도 부여해 주
었다. 감독관청에게도 특별지시를 내렸다.

─장관도 예외 일 수 없고 관계 공무원들이 관행처럼 업자들
에게 공연한 트집으로 지나친 간섭과 거래를 한다든지 과잉 지적
으로 인하여 부당성이 발생할 경우 용서치 않을 것이다. 설상가
상 공사업체가 실수 지적사항이 발생한다 해도 책임을 추궁할 것
이 아니라 대통령에게 보고를 해라. 그럼 내가 직접 업주들에게
시정조치를 내릴 것이다.

대통령의 특별 당부다. 관계 부처 이한림 건설부 장관을 필두

로 공사는 박차를 가했다. 대통령의 특별 당부와 더불어 특권까지 부여받은 건설 업체들은 신바람이 났다. 낮과 밤이 따로 없었고 네일 내일이 따로 없이 혼연일체가 되었다. 공사는 일사천리로 진행되었다.

야당 쪽의 집단들은 당시에도 반대 아닌 반대를 일삼았다. 여당 흠집 내기요 정권 붕괴를 위한 방법으로 저지 운동 차원에서 결사반대를 외쳤으나 정부에서까지 밀어붙이자 그때부터는 빈정거리기도했다.

ㅡ만약의 경우 공기 내에 경부고속도로를 완공한다면 열 손가락에 불을 켠다.

띄우는 말로 국민들을 곧잘 우롱하던 YS 민주당 총재가 사사건건 까집던 말이다.

72년 2월에 4년을 공기로 완공 예정이던 경부고속도로는 70년 7월 2년 6개월 만에 1년 6개월을 단축 드디어 그 모습 웅장하게 드러냈다. 속전속결 세계 역사상 바야흐로 유례없는 신화를 창조해 낸 결과다. 난공사가 왜 없었겠는가? 있다 한들 '하면 된다'는 의지 속에 난공사 따위는 문제가 되지 않았다. 현대건설의 정주영 회장의 신화도 여기에서 비롯되었다 한다.

1킬로미터에 1억 원의 예산으로 425킬로미터의 총공사비 420억을 투입, 한 치의 오차도 없이 화려하게 깃발을 올렸다.

이익을 생각지 않았던 기업주들은 어느 국책사업 공사 때보다 이익을 많이 남겼단다. 이유는 공기를 단축했기 때문이다. 그런데 반대를 일삼던 야당 총재 YS는 열 손가락에 불을 못 켰으니 삐뚤어진 그 심술쟁이가 얼마나 가슴앓이를 했을까 짐작이 가는 대목이다.

국가와 민족에게 아무리 좋은 정책도 저 사람이 하면 안 되는 것이 오늘날 정치인들의 세태다. 내가 해야 업적도 남기고 국민들로부터 인기가 올라가니, 그래야 장기적으로 정치생명을 누릴 수 있으니, 그릇된 그들의 심보가 국민들에게 얼마나 많은 피해를 가하는지 그들은 모르지 않을 것이다. 알면서도 저들의 비겁한 행위는 서슴지 않을 것이다. 그게 민주주의란다.

동일방직 알몸 여공 시위

경제개발 도상국 시대에서 구로공단은 우리나라에서 최초로 만들어진 제1호 공업단지이였다. 따라서 우리나라가 OECD 경제 선진국으로 가는 발원지도 되었고 수출 공업국으로 가는 첫 번째 공업단지이면서 또한 위장취업의 첫 번째 발원지이기도 하고 여성 근로자들의 시위 발원지이기도 했다. 그랬다. 70년대는 여성 근로자들이 시위를 주도했고 80년대 후부터는 민노총을 비롯 금속노조들이 시위를 주도했다. 단순 임금 인상을 요구하는 시위가 아니라 나라의 근간을 흔들어 놓은 과격 시위가 등장 시대적 흐름에 유서 깊은 곳이기도 하다.

경제발전 초석의 입지로 애환이 서린 유적지이기도 하려니와 무차별적으로 개머리판 없는 총기난사 사건이 발생, 온 국민이 경악을 금치 못했던 이종대, 문도석의 사건이 발생했던 곳도 바로 구로공단이었다.

동일방직 여종업원들의 알몸 시위가 치명적이고 이색적인 시위였다면 야당 당사에서 야당 총재와 합세했던 YH 시위 사건 역시 세계사의 괄목할만한 여성 시위 사건이었다.

강제로 시위를 진압하려는 경찰들에게 반항하는 과정에서 아예 접근을 하지 말라고 벌건 대낮에 이십 대 전후 아가씨들이 훨훨 옷을 벗어 내동댕이치고 알몸으로 시위를 했다는 것은 기상천외한 발상으로 국가적 위상 하락에 치명적인 방법이었다.

제발 폐업만은 하지 말아달라고, 일자리를 빼앗는 폐업은 제발 하지 말아 달라고 호소하는 여성 근로자들이 야당 당사에서 야당 총재와 합세한 극한적이고 처절한 행위는 기발하면서도 악랄한 시위가 아닐 수 없었다. 국내 언론 뿐만이 아니라 세계 언론에까지 떠들썩할 정도로 흔들어 물의를 일으켰으니, 일련의 국제적 사건으로 몰고 갔음은 물론 정부와 함께 온 국민이 경제개발 자립경제에 몸부림치던 시기에 얼마나 큰 사건이었는가 짐작이 가는 일이다. 또 있다. 국회에서 똥을 뿌린 무식한 김두한의 돌출 행동도 정치사에 큰 소용돌이를 일으킨 사건이면서 세계사 전무후무한 일로서 국가적 위상이 땅에 짓밟힌 일이기도 하다. 일련의 이런 사건들이 이색적 방법을 선택했다는 것이고 세계의 언론사들에게 관심을 집중시켰을 뿐만 아니라 깜짝 놀랄 정도로 실지 내용보다 너무 부풀려진 내용들이었다. 약한 여성이란 이점을 내세워 동정을 호소하고 구하는 행위들을 얼마나 효과적으로 이용했는가 짐작이 가는 대목이기도 했다. 우선 동일방직 여성시위

사건은 경찰이 강제 해산을 하는데 접근을 못하도록 하자는 방법에서 벌건 대낮에 건물 꼭대기를 비롯 정문에서 온 시민들이 지켜보는 앞에서 옷을 훨훨 벗고 완전 알몸으로 시위를 했으니 얼마나 희귀한 일이었던가? 시위를 진압하는 경찰이 인권을 얼마나 잔인하게 탄압했으면 저런 일들이 발생할 수 있느냐는 것이고, 또한 야당 당사에서 야당 총재와 손잡고 폐업만을 막아 달라고 우리들에게서 일자리만은 제발 빼앗지 말아달라는 폭압정치를 세계만방에 향하여 나팔을 불었는가 하면 정부 타도를 외친 그런 이색적인 억지 시위는 세계 어디에도 없었지 않았나 싶다. 전 세계인들이 깜짝 놀라도록 언론에 고발했으니 당사자들은 얼마나 통쾌하게 여겼겠는가 싶다.

이런 이색적인 여성 근로자들의 시위와 김두한의 국회의사당 오물 투척사건은 세계사 인권 탄압으로 정부를 세계만방에 고발하는데 대성공을 이루었던 사례가 되기도 했다. 그들로 인하여 대한민국의 국가 위상과 신용이 얼마나 손상되었는지 그들은 한 번쯤 반성의 여지는 있었는지, 또 정부가 얼마나 부패하고 인권 말살 정책을 폈는지를 주장하는 그들이야말로 경제개발 도상 국가에서 얼마나 반국가적 해당행위가 되었는지, 또 이는 바로 미필적 고의죄가 적용됨을 그들은 반성이나 하고 있는지 모를 일이다.

황제국 러시아에서 레닌의 불세비키 혁명으로 얼마나 많은 사람들을 학살했고 국·공대립에서 중국이 얼마나 많은 사람들을 학살했는지 그들은 알고나 있다는 것인가. 그토록 잔인하게 학살을 했어도 그들 국민들은 우리나라와 같이 비겁하고 악랄한 그런 시위 같은 짓은 없었지 않은가. 민주주의를 외치던 천안문 광장에서 탱크까지 동원 수만 명을 학살했는데도 불구하고 립(立)지도자로 덩샤오핑을 왜 중국인들이 존경하는지를 그들은 알고 있을까. 안타까운 일이 아닐 수 없는 사건들일 뿐이다. 경제를 개발한다는 것이 어디 그게 쉬운 일이라더냐. 우리나라 경제는 전 세계인들로부터 인정을 받고 존경을 받는다. 그런 우리들의 조국 위상을 그토록 무참하리만큼 손상시켰다면 다시 한번 생각해볼 일 아니던가?

그렇다. 이 사건은 임투보다 폐업을 하지 말아달라는 기막힌 이색적인 시위로서 이 나라 역사의 큰 물줄기를 바꿔놓는 결정적 요인이 되기도 했다.

경제개발을 이룩하고 핵무기를 개발한 다음이다. 인권문제로 사사건건 시비를 거는 미국의 카터 대통통령에 맞서 '너 때리면 나도 너를 때리겠다'는 의지와 함께다. 온갖 노력의 대가로 만들어 놓은 7·4공동협약을 하루아침에 무산시킨 김일성은 6·25 남침으로 민족상잔의 비극을 초래했던 원흉이 아니던가? 이는 제2의 6·25를 사전 방지하기 위해서라도 무력으로라도 반드시 통일은 시켜야 한다는 박정희 대통령의 신념이었다.

하여 통일된 조국을 금수강산으로 개발, 거룩한 우리 배달민족끼리 오순도순 살아갈 수 있는 역사를 이루고야 말겠다고 야심차게 추진하던 위대한 정부가 아쉽게 무너져야 했던 엄청난 사건의 발단이 되기도 했었다.

폐업

갑자기 동녘 하늘로부터 사납게 휘몰아치던 먹구름이 때아닌 천둥번개와 동반 우박까지 쏟아져 내린다. 꽁꽁 얼어붙었던 땅속을 헤집고 힘겹게 움트는 새싹들에겐 철퇴가 아니던가.

김재규에 의하여 10·26사태를 맞은 정부는 경제 성장에 탄력을 잃은 채 사회 혼란을 거듭하면서 동일방직과 YH사건에서 승리감에 도취한 근로현장에서의 노,사 분규는 유행처럼 번져갔고 그 양상은 갈수록 치열했다. 압축된 스프링 팽창하듯 정부를 무너트렸다고 자부하는 시위 현장은 거칠고 과열을 거듭했다.

투쟁 일변도一邊倒의 악착같은 열기로 진념을 불태우며 대통령의 꿈을 키우던 YS는 민주화를 외치는 그들과 동지의 개념으로 정치를 했다. 어느 이념 어느 현장이든 시위만 했다 하면 그들의 요구 조건에 해결사 노릇을 했다. 누구든 피켓만 들고 나서면 이유 여하를 막론하고 돈뭉치를 들고 다니며 보상을 해주었으니 시위꾼들에겐 보람을 느낄 일이 되었다. 국책사업 현장을 비롯해서 도로공사 현장이 그러했고, 아파트 현장이 그러했으며 한국전력 공사현장이 그러했다.

이런 식으로 누구든지 보상만 받았다 하면 하루아침에 졸부들이 되었다. 이게 경제민주화란다. 모두가 국민의 세금으로 해결하는 제도가 조성되었다. 트집이 없어 시위를 못 할 뿐이지 정부는 시위 현장마다 따라다니며 그들이 요구하는 대로 무조건 보상해 주는 형태로 YS정부는 이렇게 변질되어 같고 그렇게 자리매김을 했다. 남이 벌어놓은 돈 가지고 인심 쓰고 다니는 판이 되었다.

숭어가 뛰면 망둥이까지 뛴다고 정치한답시고 국회의원들이나 국가 고위 관리들도 인심을 쓰고 다녔다. 그렇게 인심을 쓰고 다녀야 인기를 얻어 국회의원 한번 더할 것이 아닌가. 정치를 한다는 사람들이 국민들의 세금과 기업인들의 돈 가지고 인심 쓰고 다녀도 하긴 손해날 것 없는 판에 고맙다고 대우받아 좋고 인기올라가 출세하니 일거양득이다. 꽃놀이패가 아니던가.

과천 종합청사와 여의도 국회의사당 앞에는 일 년 열두 달 데모가 끊일 날이 없고, 대형 시위 현장은 광화문 광장이다. 우후죽순 돋아나는 근로 현장의 데모는 시위라기보다 전쟁을 방불케 한다. 드디어 시위 열풍은 살인적 행위로 난무했고 그 칼날에 쓰러지는 기업 현장은 처참할 꼴로 폐허화되었다.

이런 판에 강희네 Y셔스 봉제 공장도 예외일 수는 없었다. 사사건건 근로자들과 마찰이 생길 수밖에 없었다. 경영주가 근로자들의 눈치를 살피며 기업을 해야 할 판 주객이 완전 뒤바뀌었다. 근로자들의 비위를 맞춰주지 않으면 기업을 경영할 수가 없는 세상이 되고 말았다. 해마다 홍역을 치러야 하는 춘투春鬪다.

불황에 자금난을 겪는 경영주 앞에서 근로자들은 임금 인상 투쟁 일변도여서 폐업이 아니면 빚을 얻어서라도 근로자들의 욕구를 채워줘야 했다. 그래도 근로자들은 만족할 줄을 몰랐고 시위는 그칠 날이 없다. 만족의 고점은 보이질 않는다.

그랬다. 기업이 망하는 것도 한순간이었다. 최근 들어 근로기준법을 들추는 근로자들의 행동이 갑자기 달라졌다. 타협할 여지도 없이 파격적인 임금 인상은 물론 잔업수당과 상여금까지 그들의 요구에 감당이 안 되었다. 시차를 두고 점차적으로 해주겠다는 데도 막무가내들이었다. 일련의 이런 사태들이 동일방직 알몸 사태와 YH사건 후 태풍의 눈으로 휘몰아친다. 근로자들이 정부를 무너트린 사례에서 그들 앞에 모든 기업주들은 기업 운영에 곤욕을 치러야만 했다.

4월에 접어들면서 어느 날 갑자기 파업을 불사하는 사태가 아버지 공장에서 발생했다. 시간이 필요하다고 했지만 그동안 착취한 이익금으로 잔업수당을 비롯해서 상여금 400%로 따져 1월부터 소급정리해서 당장 돈을 내놓으란다.

근로자들은 한 발자국도 양보가 없다. 결국 파업 사태가 오고야 말았다. 그렇지 않아도 엎친데 겹친다고 유사 업체들이 죽순처럼 생겨나는 바람에 매출이 점점 떨어지는 시장 형편에서 대책이 없었다. 종업원들의 파업 사태로 납품기일을 맞추지 못해 납품을 했던 상품들이 엉뚱하게도 반품까지 발생했다. 미국까지 건너간 물건이 되돌아오는 사태다. 걷잡을 수 없도록 난제들이 겹친다. 이쯤 되고 보니 종합상사에서도 더 이상 대책이 없었던지 지원이 끊기고 말았다.

당장 운영비가 필요했다. 공장을 담보로 추가 대출을 받았고 그것도 모자라 제이금융권 보험회사와 신용금고로 두 번째 담보 대출을 한다. 그래도 감당이 안 되니 다음은 사채다.

이쯤 되다 보니 이판저판 막가는 실정으로 강제처분이다. 제1 담보권자는 은행이다. 우선순위로 은행이 제일 먼저 챙기고 다음은 제2금융권에서 챙긴다. 다음이 사채업자다. 허나 3위권에 있는 사채업자가 챙길 돈이 부동산 담보에서 남아 날 턱이 없다. 걷잡을 수 없을 정도로 공장이 채권자들에 의하여 휘둘렸다.

사채업자들도 엄연히 현금을 빌려준 사람들이다. 그들이라고 땅 팔아다 사업하는 것 아니다. 현금을 빌려줬으니 기업이 망한다고 포기할 수는 없는 일이다. 당연히 그들도 빌려준 돈을 회수해야 한다. 그러니까 돈을 받기 위하여 채권자를 쫓아다녀야 하고 폭력 수단까지 동원한다.

여기에 채무자들이 견디기 어렵다. 경매로 공장은 물론 모든 재산 다 넘어갔어도 남은 건 빚 독촉뿐 당장 기업주는 끼니 걱정까지 해야 할 판에 몰려드는 채권자들은 줄을 잇는다.

견디기 어려우니까 도망도 하고 가정이 파산하고 그래도 못 견디면 업주들은 자살까지 내몰린다. 결국 아버지의 봉재 공장도 그런 지경까지 왔다. 있는 재산 다 털어 주었으니 남은 것이라고는 녹슨 재봉틀하고 마음의 상처뿐이다.

아버지도 가족들을 데리고 사채업자들을 피해서 방 한 칸, 부엌 한 칸짜리 월세방을 찾아 달동네를 전전했지만 귀신같이 찾아다니는 사채업자들의 눈을 피하기란 불가능했다. 마지막 수단으로 가족들은 우선 낙향시키고 아버지만 서울에서 전전했다. 가족들을 위한 일이라면 아버지는 어떤 일이라도 마다하지 않았다. 처음부터 다시 시작하겠다는 각오다.

아버지는 고등학교 때 고향 친구를 찾아갔다. 그는 자기와 당장 일을 같이 하자는 것이었다. 강남에 위치하고 있는 대지가 삼만평에 무려 13만여 평의 대형 건축물을 짓는 건축공사 센트럴파크 현장이다. 대지의 한쪽 길이만도 삼백 미터 넘고 건물 바닥 평수가 이만 오천여 평이나 되고 보니 축구장보다도 훨씬 큰 규모다. 그 건물 안에 호텔도 있고 고속버스터미널도 있고 백화점도 있다. 지하에는 3호선과 7호선, 9호선 전철역이 세 개나 있다.

처음부터 다시 시작을 하겠다고 어금니를 물었던 아버지가 이 현장에서 사고 났다. 아버지가 맡아했던 작업은 대형 신축 건물 방연커튼을 설치하는 공사다. 샤후드를 용접하는 작업장은 지하

3층이다. 그러자면 자재를 작업 현장으로 운반을 해야 했다. 차량은 타이탄 봉고 트럭이다. 소형 화물트럭의 적재함 총 길이는 2, 6미터이다. 그 적재함에 일회 운반해야 할 화물은 총 길이가 8, 5미터나 되고 넓이는 7센티, 두께는 1,5센티로 되어있는 스타트 (셔터) 열 개씩을 묶은 화물을 10개의 다발을 차량에 상차하면 총 중량 500킬로그램이나 된다.

문제는 화물이 차량의 길이보다 세 곱절이나 길다는 것이다. 화물을 차량의 운전대 지붕에서 적재함 뒤 난간 위에 걸쳐놓고 운반을 하자니 밧줄로 꽁꽁 묶어야 지탱이 된다. 그렇지 않아도 무게가 있는 데다 녹슬지 말라고 윤활유까지 발라놓아 화물이 미끄러워 여간 조심하지 않으면 운반하기가 아주 까다로운 작업이었다. 차량 위에다 화물을 걸쳐놓았기에 힘 받을 곳이 없으니 자칫 미끄러져서 떨어지기 십상이다.

운전은 아버지의 친구인 조장이 했고 아버지는 조수 노릇을 했다. 그날 아버지는 운전자와 같이 상차도 하고 하차도 하면서 화물을 운반했다. 거리는 지상에서 지하 3층 작업장까지 이백 미터쯤 된다. 화물을 상차할 때도 하차할 때도 운전자와 같이 두 사람이 한 묶음씩 양쪽에서 들어서 차에 올려야 했고 하차할 때도 마주 들고 내려야 했다. 또 화물을 싣고 차량이 진행할 때는 아버지가 적재함에서 화물이 미끄러져 떨어지지 않도록 살피는 것이 임무다. 화물의 길이가 워낙 길다 보니 차량이 회전할 때마다 벽에 걸려 떨어질 수도 있다. 작업 능률상 어쩔 수 없는 입장이다.

누가 시키고, 말고를 떠나서 그런 방식의 작업은 당연했다. 별다른 방법이 없는 까다로운 작업이다.

교통사고 특례법에서 적재함에 사람의 승차는 금지된 사항이다. 아버지는 입사 초보자였기에 당연히 운전자의 지시를 받아야만 했다.

9회를 내고 마지막 횟수다. 네 시간 동안을 하다 보니 지루하기도 하고 몸도 지칠대로 지쳤다. 온몸이 나른해진다. 마지막 회차다. 차량이 화물을 싣고 지하 3층으로 서서히 랩을 돌아서 평지까지 내려가 코너에 다다랐을 때다.

차량이 랩을 돌며 비탈을 내려갈 때 아버지는 적재함 난간에 걸터앉아서 화물을 잡고 있었으나 차량이 평지에 이르자 아버지가 조금 긴장이 풀려 방심한 탓으로 화물에서 손을 뗀 순간이었다. 코너에서 운전자는 기아를 변속한 다음 핸들을 돌려 직선코스에 접어들기 위하여 가속 페달을 밟자 부릉 소리 내며 90도 각도로 좌회전을 했다. 울컥 속도를 내면서 차량이 앞으로 쭉 빠졌다. 이때 적재함에 있던 아버지의 상체가 원심력에 의하여 확 뒤로 제켜지면서 균형을 잃었다. 순간 아버지는 벌렁 뒤로 자빠지면서 시멘트 바닥에 쿵 떨어졌다.

안 되는 놈은 뒤로 자빠져도 코가 깨진다 했다. 불행하게 아버지는 시멘트 바닥에 거꾸로 떨어져 머리를 다쳤다. 처음엔 심하게 다치지 않은 줄로 알고 병원으로 옮겨 응급처치를 받았으나 아버지는 혼수상태에 빠졌다.

다시 깨어나지 못한 아버지는 병원에 입원을 한지 2개월여 만에 그토록 염원했건만 엄마의 간절한 소망에도 헛되이 허망하게 세상을 떠나고 말았다.

생때같은 남편을 하루아침에 보낸 비참한 상황에서 엄마는 슬퍼할 새도 없이 사고 수습을 해야 했다. 병원 치료 기간에서부터 장례를 치르기까지 사고 수습 과정에서 뭐가 뭔지 용어 자체도 이해가 가질 않았다. 미칠 지경으로 복잡했다.

보험 규약을 읽어본다고 확실하게 전문 용어를 이해할 수도 없거니와 자동차 사고 특례법에 대한 조항 하나도 아는 게 없다 보니 눈앞이 캄캄했다.

운전자를 데려다 놓고 현장 조사를 한다 해도 조목조목 따져 챙길 실력도 능력도 없다.

사고 현장을 망자 과실로 들춰내는 보험회사 측은 크게 나눠 세 가지 내용으로 압축을 한다. 첫째 사고 현장에 목격자가 없다는 것이다. 둘째 차량적재함에 사람이 승차했다는 것은 불법이다. 셋째 공사현장에서 의무로 되어있는 안전모를 쓰지 않았다는 것이다. 이렇게 망자의 과실로 모두 떠넘겨도 망자는 죽어 말이 없고 목격자가 없다는 이유로 완전히 증거는 인멸된 상태에서 유족 측에서는 답답할 수밖에 없었다. 아는 게 있어야 주장도 할 게 아닌가.

가정주부로 미싱사였던 엄마는 어디에서부터 무엇을 어떻게 수습해야 좋을지 전혀 감이 잡히지 않는다. 보험사를 상대로 법적으로 대책을 논의할 사람도 없었고 대항할 사람조차도 없었다.

남편 부재 상태에서 세 살배기 어린 딸 강희를 데리고 어떻게 살아야 할지 막막하기 그지없었다. 시집도 친정도 도움받을 사람이 마땅치 않았다.

웃기는 것은 운전자는 운전자대로 자기 잘못은 없다는 식으로 법적 책임에서 빠져나간다. 또 현장에서 사망한 사건이라면 경찰에서 구속을 원칙으로 조사를 하겠지만 사고 후 2개월이나 지난 후에 사망을 했으니 이미 운전자는 불구속 상태에서 조사를 받게 되었다.

현재로서는 보상 문제가 중요하다. 목격자 증인이 꼭 필요한 시점에서 운전자는 자기 유리한 대로 진술을 하다 보니 모든 잘못은 망자에게 돌아갔다. 수사당국에서는 목격자도 없고 확보된 증거도 없으니 운전자의 진술을 바탕으로 사건을 처리할 수밖에 없단다.

운전자가 당연히 구속되어야 보상 과정에서 타협하기도 쉽고 보상가격도 올라갈 수가 있다는 것을 엄마는 늦게서야 알았다. 운전자가 구속되었다면 보험사를 비롯 담당 회사와 그 가족들이 서둘러 해결을 할 텐데 사건은 그렇게 돌아가지 않았다. 운전자가 불구속되고 보니 모든 관계자들이 책임을 회피하는데 역점을 두고 있는 실정이다. 모두 망자의 과실로만 취급을 하니 회사에서도 이 핑계 저 핑계다. 답답한 것은 유족 뿐 주객이 완전 바뀐 상태가 되고 말았다.

초동수사 때 조목조목 챙겼어야 했는데 내용 파악도 제대로 못한 채 장례를 치르고 났으니 기회를 놓친 유족으로서는 불리한 사항이 한두 가지가 아니었다. 사고를 당한 유족들이 경황없는 틈을 타서 별로 대항을 하지 못한 채 사건은 운전자의 진술대로 그냥 넘어가고 말았다.

지푸라기라도 잡아야 할 형편에서 첫 번째로 보험사와의 다툼에서 무엇보다도 보상액이 너무도 엉뚱했다. 손해배상 청구소를 아니할 수가 없었다.

처음 환자의 상태는 두부외상이었으나 입원 가료 중 급속히 악화되어 뇌경막하 출혈로 인하여 뇌부종, 뇌헤르니아에 의한 뇌간 압박으로 증상이 진행되었다. 완전 뇌사 상태로 전락해 버린 것이다. 혼수상태에 빠져든 환자는 세 차례나 재수술을 받기도 했다. 허나 그토록 쾌유를 빌었던 엄마의 소망도 져버린 채 식물인간으로 떨어지고 말았고 결국 사망을 하고 말았다.

유족 측은 지체 없이 수사 경찰에 환자가 사망했음을 통보하고 운전자 구속 수사를 요청했으나 이미 시기를 놓친 상태이다.

경찰에서는 이미 처리가 되었고 검찰에서는 사건을 운전자 과실 부분만을 따져 집행유예로 처리가 되어버린 상태다. 이쯤 되고 보니 회사에서도 책임을 회피하는데 더 좋은 기회가 되었다. 이제 대적할 만한 상대는 보험회사뿐이다. 그런데 보험사도 만만한 상대가 아니다. 때문에 유리한 합의를 할 수도 없거니와 보험사로부터 질질 끌려다니는 형편이어서 상황은 백팔십도로 반전

했다.

노동청에서 나온 행정표준 간행물의 1985~2005년까지 생명표라는 기준이 있다. 개인 소득기준을 참고로 사고나 재해 발생에 보상기준을 마련한 것이다. 제반 근로복지공단이나 보험회사들은 여기에 준하여 보상을 하라는 것이다. 특수 직업을 제외하고 일반적인 직업을 가진 자들에게 생명에 가치를 기준한 평가한다.

생명은 누구나 하나이다. 그런데 그 가치는 천차만별이다. 나이 많은 일용근로자들은 일이천만 원에 불과하지만 개인소득이 좋은 의사나 변호사 기타 고소득자들은 몇 십억 원까지 간다. 젊고 고학력자라도 직업이 없으면 그건 일용근로자 취급이다. 비행기 사고나 기타 집단적인 사고가 발생하여 유족들이 단체권을 발동하면 상황은 달라진다. 우리나라는 데모를 해야 인정을 받는 세상이 되어버렸으니 이런 모순은 곳곳에 방치되어 있는 실정이다.

때문에 소득이 일정치 않고 힘없는 사람들은 개고기 값에 불과 절대 자동차 사고나 재해 사고로 죽어서는 안 될 일 그런 사람들은 두 번 죽는 꼴이 된다.

아버지는 경력이 없고 기술자격증도 없다고 일용근로자 취급이다. 보험회사 사람들은 아버지에 대한 생명 값으로 더도 들도 말고 1억 원으로 보상금을 제시했다. 이게 보험사에서 생명 값으로 정부금융 기관으로부터 승인받은 호프만식 계산법이란다. 그 액수는 너무나도 터무니가 없다는 생각이었다. 엄마가 강력하게

반발하자

—그렇다면 아주머니 맘대로 하십시오. 고소를 하던지 아니면 소송을 하던지 좋을 대로 하십시오.

하며 보험회사가 제시한 액수는 불변이었다. 아버지의 경우 형사상으로 고소하기는 이미 기회를 놓쳤다. 운전자는 이미 불구속 상태에서 1년 징역형에 3년 집행유예 처분을 받은 상태다. 일사부재리 원칙이란다. 민사소송을 하자니 법률적으로 아는 지식도 없어 직접 대항할 능력은 더구나 없다. 변호사를 선임할 수밖에 없었다. 기본 선임비와 성과금 10%만 따진다 해도 그 액수가 만만치가 않았다. 옛날이야기다. 재판 두 번 하면 집안 망한다는 풍문이 있지 않던가.

엄마는 진퇴양난에 빠졌었다. 무작정 쏘다녀봤자 저녁에 집에 들어올 때는 파김치, 3고 현상으로 고통만 가중될 뿐이다.

남편을 잃은 슬픔이 그 첫째요, 당장 생계에 위협을 받으니 둘째다. 다음은 인간 취급을 받지 못하니 그게 셋째다. 주위 사람들의 시선 또한 차갑다. 못 할 일이 아니던가.

보험회사들은 사법고시 출신들로 구성된 법률 팀을 갖고 있다. 국가에서 성적순으로 판, 검사를 임명한 뒤 필요하면 일반 행정직에서도 일부 선별한 나머지는 사법고시 출신들을 보험회사 같은 기업체에서 채용도 한다. 고문(단골) 변호사도 두고 있다. 고문 변호사를 선임할 때는 수임비가 일반인들의 수가보다 1/3값이면 선임한다. 이처럼 막강한 팀을 구성하고 있으니 항상 배짱 흥정이다. 그러기 때문에 일반인이 보험사를 상대로 법으로 간다는 것은 한번 쯤 생각해 볼 마지막 선택이다.

어떠한 경우에서도 차량 적재함에 승차한다는 것은 법에서 금지하고 있다. 허나 특수성을 감안할 때 예외 규정도 없지 않다. 불구하고 위험성을 내포한 작업일수록 안전성을 고려했어야 마땅했거늘 이를 무시하고 작업을 진행했다면 당사 간에 부주의에서 온 사고로 인정할 수밖에 없다. 재판은 언제나 증거 위주 원인을 중요시한단다. 발생 원인에서 불리하면 재판은 어렵게 갈 수밖에 없다. 화물이 떨어지는 경우를 방지하기 위하여 운전자가 요구할 수밖에 없는 경우와 적재함 난간에 걸터앉아 작업을 진행한 망자 역시 부주의에서 온 사건이라고 재판부에서는 인정을 했다. 그렇다고 볼 때 이 사건 자체가 사망한 사건인 만큼 망자에게 과실 30%을 인정한다.

재판장은 최종 변론을 이렇게 마친 후

─선고 취지─아버지의 하루 일당은 33,000 x 일개월(22기준일) x 일 년(12개월) x 60세 정년으로 22년에 총액이 1억 9천1백6십 원이다. 여기에 부양가족 2인분 위로비 4천만 원과 장례비 5백만 원을 포함이 된다. 그럼 2억 3천6백6십6만4천 원이다. 여기에서 자기 과실비가 30%에 자기 생계비 1/3을 공제하면 1억 1천5백9십6만5천3백6십 원이다. 따라서 이 사건 송달 일까지는 연 5푼, 그다음 날부터는 완제일까지 연 2할 5푼의 각 비율에 의한 금원을 지급하라.

이게 38세인 아버지에 대한 보상 판결이다. 남편을 잃은 것도 분하고 원통한데 보험회사의 부당한 처사로 인하여 보상비 조차도 이런 취급을 받고 보니 엄마로서는 기가 막혔다.

재판을 해서 이렇게 일부 승소는 했다. 그렇다고 이게 다 차례가 오는 금액은 아니다. 변호사비를 공제해야 한다. 처음 재판을 할 때 선임비를 선납하면 성공 사례비는 판결 금액에서 10%이지만 선임비를 지불하지 않은 경우에서는 20% 이상을 변호사 비로 지불을 해야 한다. 일반 사건에서는 사건의 중대성을 감안할 때 특히 부동산 같은 수임료는 30% 이상 호가할 수도 있다.

엄마는 선임비를 감당할 경제적인 능력이 없었다. 엄마는 선임비 없이 사건을 변호사에게 맡겼다. 때문에 성공사례비 20%을 공제하고 나니 결국 실 수령액은 9천2백7십7만2천2백8십8원이었다. 여기에서 엄마가 이 년 동안이나 사건을 쫓아다니면서 쓴 비용을 따진다면 너무 억울한 액수의 판결액이다.

잘난 사람들의 생명은 금수저 값이고 못난 놈의 생명은 흑수저의 계산법이다.

비인간적 행위로 보험사들이 재벌회사가 된 까닭도 여기에 있지 않은가? 보험사는 모두 재벌그룹에서 설립했고, 그랬으니까 보험사가 우리나라에서 제일 처음으로 최고층 건물 63빌딩을 가졌고, 교보빌딩도 생겨나지 않았던가? 어느 주간 신문사에서 조사 발표한 내용으로 볼 때 개인 건물로는 80년대 코엑스빌딩 재산의 가치가 우리나라에서 1위요, 교보빌딩이 2위요, 롯데가 3위,

63빌딩이 4위라고 하지 않던가? 재판에서 보험사를 이긴다는 것은 요원한 꿈이다.

악연

생전 잊어지지 않을 것 같은 엄마에 대한 원망도 많이 무뎌졌다. 엄마를 따라다니는 친구들을 볼 때마다 엄마가 그리워 눈물 짓던 어린 시절을 보낸 강희의 마음도 세월 따라 많이 변화를 이루었다. 이젠 엄마가 그립지도 않고 원망의 가치도 없다며 살아온 세월이 이십여 년이 흘렀다.

앉은 자리에 풀도 안 날 독한 년이라고 엄마를 탓하던 할머니보다 아빠를 데리러 미국에 간다던 엄마의 말을 더 믿었던 강희는 엄마가 돌아오기만을 기다리고 또 기다렸었다.

―너네 엄마는 바람 나서 도망을 갔대?

동네 아이들이 놀리고, 학교 아이들이 놀려대도 강희는 엄마의 말을 굳게 믿었다.

―아냐, 돈 벌러 간 아빠 데리러 우리 엄마는 미국에 갔어.

―그럼 왜 안 와?

―미국이 머니까 금방 못 오는 거야.

―미국이 아무리 멀어도 비행기 타면 하루면 온다는데 어째서 니네 엄마는 안 오는 거니?

―우리 엄마는 돈이 없어서 걸어서 올 거야.

―얘 웃기는 애네, 미국이 어딘지 너 알기나 알어?

―알어, 지구 반대쪽에 있다는 거.

―그런데 거기서 여기까지 어떻게 걸어서 와?

―우리 엄마는 걸어서라도 꼭 올 거야.

―미국에서 오려면 태평양 바다가 있는 데 사람이 바다를 어 떻게 걸어오니?

―바다는 배를 타고 땅은 걸어서 올 거야. 그래서 오래 걸린다 고 그랬어.

애들이 놀려도 강희는 그런 식으로 엄마와의 약속을 굳게 믿 으면서 보란 듯이 아빠와 함께 미국에서 엄마가 돌아와 주기를 바라고 기다렸다. 돈도 많이 벌어 와서 친구 영미와 같은 예쁜 운 동화를 사주었으면 좋겠다는 희망도 가졌었다.

초등학교 저학년 시절을 할머니 밑에서 이렇게 보냈지만 강희 가 손꼽아 기다리던 엄마는 끝내 오지를 않았다. 차츰 고학년이 되면서 할머니의 말이 믿어지기 시작했고, 놀려대는 애들한테도 엄마가 올 거라고 더 이상 항변을 하지 못했다. 할머니 말대로 새 끼를 버리고 떠난 엄마는 앉은 자리에 풀도 안날 독한 년이란 생 각도 들었다.

어릴 때의 아이들에게 엄마는 정말 소중한 존재다. 옷을 봐도 세련미가 달랐고 곱게 빗은 머릿결에 예쁜 리본을 꽂은 솜씨를 봐도 달랐다. 도시락 반찬도 다른 아이들은 계란말이도 있는가 하면 때론 고기찜도 가져왔다. 깔끔하게 김밥도 싸오는데 늘 강희의 반찬은 무장아찌 아니면 김치였다. 가을 운동회도 그렇고 소풍을 간다 해도 다른 아이들은 곱게 차려입은 엄마가 푸짐한 음식을 차려놓고 다정하게 먹여주고 입혀주는데 거기에 할머니는 따르지를 못했다.

그런 엄마가 언제부턴가 부럽고 보고 싶기도 했다. 엄마는 지금 어디에서 무엇을 하며 지내고 있는지 때론 슬프도록 보고 싶기도 했다. 지금이라도 당장 강희야 부르며 쪽문을 열고 들어올 것만 같은 착각도 했다.

강희가 세 살 때 아버지가 교통사고로 죽었다. 엄마가 삼십 대 중반 때이다. 조선시대가 아닌 엄마가 젊은 나이에 수절하기를 기대하는 사람은 아무도 없었나 보다. 강희는 엄마가 죽도록 원망스러웠다. 그러나 단 한 번도 그런 엄마를 미워하거나 원망해 본 적은 없다. 고등학교에 다니면서부터 엄마를 이해하는 각도가 달라졌다.

여자가 남편 없이 혼자 살아가려면 무엇보다 생활비 마련이 되어야 했다. 공장을 망해먹고 난 엄마에게 재산이 남아있을 턱이 없었다. 공장은 부도가 나도 기업주는 산다 하지만 아버지는 그렇지가 못했다. 공장을 망해먹고 나서 엄마는 채권자들의 눈을 피해 강희를 데리고 남편의 고향집 시댁으로 낙향을 했다.

─여보, 고향으로 내려가서 사채업자들의 눈을 피하고 있어.

공장이 망한 뒤 한바탕 채권자들이 몰려와 난리를 치른 뒤였다. 푸푸 한숨을 내쉬며 분을 못 참고 있던 아빠의 결단이었다.

─싫어.

엄마는 단호했다.

─당분간이야. 당장 여기서는 빚쟁이들 때문에 견딜 수가 없잖아? 월세 보증금이라도 마련되면 연락을 할게. 그때까지만 강희 데리고 시골에 가 있어?

사정하듯 아빠는 엄마를 달랬다. 이렇게 남편의 권고로 낙향은 했지만 시댁에 재산이 있는 것도 아니었다. 갑자기 낙향한 여자가 시골에서 해볼 만한 여건은 아무것도 없었다. 그럴 때 아버지가 교통사고로 사망을 하자 사고 수습을 하기 위하여 당분간 서울에 왔었지만 다시 시골로 낙향을 할 수밖에 없었다.

엄마는 살아야 한다는 일념으로 할머니를 따라다니며 농사일도 해봤고 남의 집 일까지 다녔다. 논이 700평 정도에 밭이 300평 정도 땅이 있었다. 할머니와 모를 심어가며 열심히 농사를 지었다. 일 년 동안 열심히 매달려 농사를 지어봤지만 가을에 쌀 열 가마 수확을 보는 정도다. 요즘 시가로 쌀 한 가마 15만 원으로 따진다면 150만 원 정도다. 일 년 동안 150만 원을 벌자고, 봄부터 시작되는 일거리는 타불 타불 많았다. 시골 일이란 게 순전히 노동일이었다.

그럴 즈음 천둥에 개 뛰어들 듯이 난데없이 어떤 사내가 마을로 들어왔다. 잉크 물 좀 먹었다는 최철민이란 젊은 사내였다. 사돈에 팔촌이나 될까 말까 친척을 찾아서 물어물어 박 씨네로 찾아왔다. 그것도 하루 이틀 동안도 아니었다.

최철민은 별다르게 하는 일도 없이 장기 체류를 했다. 농사철에 남들 바쁘게 일들을 하는 판에 빈둥빈둥 나무 그늘 찾아다니며 세월을 보내는 것이 최철민의 일과다. 나이는 삼십 초반 대다. 그 사람이 하는 일은 겨드랑에 책을 끼고 다니는 일이었고 강태공 낚시질이었다. 산모퉁이를 돌아가면 저수지가 있다. 고기를 잡기보다는 세월을 잡기 위한 그러니까 세월 낚시였다.

겨드랑에 끼고 다니는 책은 주로 두 권인데 그중에 한 권은 오백 면쯤이나 되는 어느 사전처럼 두터운 변증법 이론에 대한 책이요, 또 하나는 노동법이었다. 최철민은 늘 그 책들을 탐독했다.

최철민은 온종일 방안에 처박혀 있을 때도 있다. 그가 무엇을 하는지 내용은 아무도 모른다. 박 씨네 아줌마의 말에 의하면 책을 보기 시작하면 며칠 밤을 새워가며 보고 아니면 마냥 어정거리며 돌아다니는 것이 그의 생활 태도란다. 도대체 신분 파악이 안 되는 사람이었다.

저수지라지만 변두리는 얕은 물가도 있으니 물놀이도 십상이다. 햇빛이 쨍쨍 내리쬐는 여름날 물놀이는 생각만 해도 시원한 낭만이었다.

강희가 그랬다. 동내 아이들과 정신없이 물놀이를 하다가 깊은 물속으로 미끄러졌다. 강희는 엄마의 당부도 있어 물놀이는 좀처럼 아니했었다. 그런데 마을 또래 머슴아들 때문이었다.

강희는 싫어했지만 머슴아가 짖궂게 자꾸 물을 끼얹는다. 홧김에 강희도 대항을 했다. 이렇게 물싸움이 시작되었을 때 순간 강희가 미끄러지면서 깊은 물속으로 폭 빠져버렸다.

어린 강희는 수영을 못했다. 물속에서 강희는 정신없이 허우적거렸다. 코와 입속으로 사정없이 물을 들이켰다. 강희는 숨이 꽉 막혔다. 이 광경을 본 아이들은 겁이 나서 어쩔 줄을 몰라 할 때 초등학교 다니는 아이가 먼저 사람 살려요! 소리쳤다. 그러자 여러 아이들이 일제히 '사람 살려요' 소리를 쳤다.

물에 빠진 강희와 얼마 안 떨어진 둑에서 마침 최철민이 낚시질을 하고 있을 때다. 최철민의 행동은 민첩했다. 꼭 고기를 사냥하는 물새처럼 날렵했다. 순간적으로 몸을 날린 최철민은 쏙 물속으로 잠수했다. 최철민은 잠시 후 강희를 가슴에 안고 수면 위로 떠올랐다. 누가 보아도 기적과 같은 일로 대단해 보였다. 최철민은 강희를 모래밭에 뉘어 놓고 귀를 강희의 코에 대본다. 고개를 갸우뚱하던 최철민은 이내 강희를 엎어놓고 양쪽 옆구리에 손을 얹은 다음 가슴 위로 꾹꾹 주기적으로 눌렀다 폈다 한다. 심폐소생술이다. 백지장 같았던 강희의 얼굴이 이내 발그레하게 빛이 돌더니 푸 한숨을 내쉰다. 강희는 많은 물을 토해내지는 않았다.

누가 보아도 신기했다. 기적이다. 남 일에 누가 나서서 위험을 자처하겠는가? 잘못하면 강희와 같이 죽을 수도 있다. 극히 모험적인 행동, 그런데 최철민은 해냈다. 사경을 헤매던 강희는 이렇게 살아났다.

고마운 마음에 그날 저녁 강희 엄마는 최철민을 집으로 초대했다. 별 의도는 없었다. 저녁이라도 대접하면서 고맙다고 인사나 하려는 의도이었다.

있는 반찬 없는 반찬 다 들춰내어 성의껏 차렸지만 시골에서 별다른 꾸미가 없다 보니 대부분 채소 나부랭이들이다. 그랬어도 최철민은 저녁 식사를 맛있게 했다. 그런 다음 최철민과 같이 엄마는 툇마루에 걸터앉았다. 여름날치고는 하늘이 맑은 편이다. 남산 전망대에서 내려다보이는 서울의 야경처럼 까만 밤하늘에 쫙 깔린 별들이 총총히 일렁인다.

엄마랑 그렇게 대화가 시작된 최철민의 표정은 때로는 심각했다가 때로는 얼굴에 미소도 뜬다. 최철민은 노동운동가라고 자기를 소개했다. 기소중지자로서 경찰에 쫓겨 다닌단다. 국가에서 금지하는 법을 어기고 쫓겨 다니는 신세라면 인격적으로 창피하게 생각해야 하는 거 아냐? 최철민은 전혀 그런 표정 아니다. 오히려 행동이 당당하고 떳떳한 표정이다. 산업선교회의 사주를 받아 노조가 결성되지 않은 공장에 가공인물로 위장취업을 해서 임금투쟁도 하고 불합리한 노동환경을 내걸고 쟁의하는 것이 그게 그 사람들의 민주화 운동이요 민주열사란다. 위장취업 1세대로 구로공단 출신이다.

임금을 착취하는 기업주의 횡포는 반드시 근절되어 마땅하고 기업마다 노조는 결성되어야 노, 사 간에 공평하게 균형을 이룬다는 지론이다. 특히 기업주들의 부당이득을 정부에서 막아주질 않는다면 투쟁을 해서라도 막아야 한다는 것이다. 인건비 착취는 인권을 유린하는 비도덕적 행위란다. 그래서 최철민은 근로자들을 선동 노동조합도 결성도 해준다는 것이다. 그런 그는 수차 검거되어 경고도 받았고 실형 언도를 받아 1년간 수감생활도 했다.

85년도 11월에 서울지법 남부지원 1호 법정에서 있던 일이다. H어패럴 노동조합 농성에 따른 공판정의 절규라고나 할까? H어패럴 근로자 임금 인상 농성 기간 중에 동조 농성을 벌이다 구속 기소된 전 부흥사 근로자 최철민 피고인(S대학교 사회학과 4년 제적) 등 5명에 대한 결심 공판이 진행 중이었다. 증인 심문이 끝나고 검사 구형 논고가 시작될 무렵이다. 판사는 피고인 5명 가운데 동조 농성자인 안경득(28) 피고인에게 엉뚱한 질문을 했다.

안 피고인은 임금을 얼마큼 더 받아야 임금 인상 농성을 중단하겠느냐고 솔직한 심정으로 답변을 해보라고 했다.

순간 법정을 가득 메운 피고인들 가족과 친지 그리고 동료 해고 근로자들은 물론 재판 관계자들을 비롯 교도관들까지 엉뚱한 재판장의 질문에 긴장감과 더불어 가벼운 호기심까지 일었다.

―한국노총이 산출한 성인 남자 1인당 최저 생계비는 12만 원이고, 노동청에서 산출한 근거는 10만 원입니다. 9급 공무원 10

호봉 봉급은 15만 원이고요. 이런 점을 고려해서 한국노총에서 산출한 대로 우리 근로자 임금이 15만 원 정도는 되어야 한다고 생각합니다.

서슴없이 답변하는 안 피고인의 적정 임금액은 다소 뜻밖이었다. 15만 원은 그가 H어패럴 공장에서 실제 받던 월 임금의 10만 원에 50% 정도이었으니 터무니없는 주장은 아니었다.

―욕심이야 한이 없는 일이겠지만 15만 원의 근거는 어디에 기준을 두었나요?

판사의 질문에 안 피고인은 서슴없이 다음과 같이 설명했다.

―현재 우리 근로자 대부분은 공장 근처에서 대개 방 하나에 4명이 합숙하고 또 자취들을 하고 있는 실정입니다. 이런 생활여건에서는 하루 종일 일을 하고 와서 피곤한 몸을 마음 편히 쉴 수가 없다 하겠습니다. 까닭에 독방은 욕심이고 두 사람이 생활할 수 있는 자취방이라도 하나 있었으면 좋고, 만물이 소생하는 봄철에 유채꽃이 만발한 제주도 관광은 못 할망정 푸른 물결이 출렁이는 파도와 함께 낭만의 해변 동해안으로 휴가철에 피서라도 한번 가고 싶고, 겨울철 온천장에 다녀올 수는 없다지만, 가을엔 설악산 단풍 구경이라도 할 수 있는 경제적인 여유로, 일 년에 두 차례 정도는 국내 여행이라도 하고 싶고, 명절 때 남들과 같이 자가용은 타지 못 할망정 대중교통을 이용해서라도 선물 보따리를 들고 고향 부모님들을 찾아가 효도도 하고 싶으며 가방끈이 짧은 저희 처지로서는 일 개월에 한두 권 정도 최소한 교양서적이라도

사서 볼 수 있으면 좋겠다는 생각입니다. 나머지 20%는 저축, 그러려면 제가 말씀드린 15만 원 정도가 필요합니다.

피 터지게 농성을 벌여 구속까지 된 피고인 답지 않게 인간다운 삶을 추구하는 안 피고인의 진술은 지극히 현실적이었고 소박했다.

─임금이 15만 원 된다면 그땐 농성을 중단할 수 있다 이 말인가요?

─그렇습니다. 그 정도라면 더 욕심부리지 않고 첫째 나를 위하고 둘째 공장을 위하고 셋째 사회 경제에 이바지한다는 긍지로 열심히 일하며 살아보겠습니다.

전남 담양이 고향인 안 피고인은 가난 때문에 초등학교를 마친 뒤 상경 10여 년을 공장에서 일하면서 현재 H어패럴 공장에서 한 달 받는 돈은 하루 일당 3천3백 원 여기에서 한 달 두 번 휴일을 빼면 9만 4천 원이란다.

─이 돈으로서는 하루 종일 일하고 지친 몸을 이끌고 자취방으로 들어와 따뜻한 밥 한 끼 지어먹고 푹 쉴 수 있는 여건이 못된다는 것입니다. 그래서 농성을 했습니다.

이 소리를 묵묵히 듣고 있던 판사는 이번엔 H어패럴 기업주 김 사장에게 다시 질문을 했다.

─김 사장은 피고인의 진술에 대하여 어떻게 생각하고 있습니까?

─무엇보다도 기업이 살아남아야 근로자들의 복지 문제도 생

각해 보는 것 아니겠습니다. 그동안 기업주도 기업을 살리노라 허리 띠 졸라매고 열심히 일했습니다. 그런데 근로자들은 그렇지가 않습니다. 기업이 망하든 흥하든 상관없이 무조건 임금부터 올려달라는 것입니다. 더구나 작업은 안 하고 농성만이 일삼는 몇몇 주동자들 때문에 사사건건 충돌하므로 현재 입장에서는 도저히 공장을 운영할 수가 없습니다.

그뿐이겠습니까? 근로자들이 주장하는 것만큼 기업주들이 따로 돈을 챙긴 것이 없다는 것입니다. 다만 시설투자하느라 눈, 코 뜰 새 없이 일해 왔고, 남는 돈으로 재투자도 했으니 명년부터는 근로자들의 복지 관계에도 생각해 볼 수 있다 하겠습니다.

─생각하고 있다면 얼마 정도입니까?

─근로자 안 피고인이 주장하는데 준하여 개인차는 있겠지만 기능공에 대하여는 5년 계획으로 9급 공무원 수준으로 인상해 주도록 노력해 보겠습니다.

방청석에서 우와 하는 소리가 들린다. 극히 합리적인 사고였다.

─그러려면 일 년에 10% 이상씩 인상해야 하는데 가능하겠습니까?

─근로자들이 현 상태로 열심히만 해준다면 우리 공장의 사정으로 봐서 불가능한 것은 아닙니다.

─H어패럴 근로자 여러분 어떻습니까?

─좋습니다.

─그럼 쌍방이 합의를 하겠습니까?

근로자들을 향하여 판사가 묻는다.

—예!

재판장의 중개로 노사의 분쟁은 극적으로 이렇게 합의가 되었다. 실형 언도를 받아할 처지에 즈음해서 피고들에게 다행히 선고 유예가 되었다. 그렇다고 노사분쟁이 끝난 것은 아니다.

동료 때문에 이런 성공 사례도 있다고 최철민은 자랑삼아 이야기는 했지만 한 번 젖은 그들의 의식은 설령 구치소에서 출소를 했다고 달라지는 것은 아니다. 역시 최철민은 이 현장 저 현장을 찾아다니며 전국을 누볐다. 위장취업을 한 후 노조 결성까지 성공사례도 여러 차례 있었고 또 들통이 나서 쫓겨나는 일도 있었으며 현재는 지명수배자 신세라고 했다.

10·26 사태로 비운에 간 박정희 대통령 제3공화국이 무너지자 야당 인사들을 비롯한 시위대들이 그처럼 열망했던 민주화가 드디어 오는 것으로 착각들을 했었다. 하지만 혜성처럼 나타난 신군부 세력들은 12·12사태를 불러왔고 막강한 제5공화국 군사정부를 탄생시킴으로 민주화 세력들은 안타깝게도 그 열망을 접어야 했다. 이런 강력한 정부에서 최철민 같은 세력들이 바라는 민주주의는 망상에 불과했다. 언감생심 꿈인들 가당키나 했던가?

강희가 물에 빠진 사건 이후 최철민과 엄마와의 간격은 자석이 쇠를 빨아들이듯 속도가 붙었다. 위장취업일망정 벌어서 자기 혼자 쓴다고 하지만 최철민도 자기 치다꺼리하기도 바쁘다. 학생

시절에 하라는 공부는 안 하고 연일 위장취업으로 데모 현장에만 따라다닌 그다. 제적을 당한 후부터는 완전히 위장취업 쪽으로 돌아섰다. 다행히 자기 비용은 자기가 벌어서 쓰다 보니 넉넉지는 않지만 시골에 계신 부모에게 신세는 안 질 정도란다. 동아리에서도 최철민은 늘 행동파 쪽이다. 신입생 때는 동아리 선배들을 따라 다녔고 고학년이 되면서 선배들로부터 물려받은 임무가 자연 데모 현장을 주동하게 되면서 주로 위장취업 쪽으로 선택이 되었다. 정의감에 불타고 행동이 과격해지면서 이왕에 했다 하면 끝장을 보는 집념이 생겨나기도 했다. 시간이 있으면 변증법적 이론에 심취 탐독을 했고 또 전공이 사회학과였으니 그럴 수밖에 없었다.

처음부터 사회학을 선택한 것은 아니다. 성적은 미달되는데 학교는 명문을 선택하고 보니 과를 낮출 수밖에 없었다. 커트라인이 낮은 비인기 과목을 찾다 보니 사회학과였고, 사회학과를 공부를 하다 보니 사고가 사회주의에 젖어들게 되었다. 자연 공평한 사회를 구현하고 싶은 욕망이 생기게 마련이고, 레닌 혁명처럼 사회주의가 그냥 실현되는 것이 아니라면 투쟁을 해서라도 쟁취를 해야 된다는 욕구가 생겼다.

욕망으로 모임을 따라다니며 학생 시절을 보내다 제적을 당했으니 정상적인 취업의 길은 멀기만 했다. 설령 취업이 되었다 해도 수준에 맞지도 않았다. 학문과 이론에 비하여 취업 현장은 너무도 열악했다. 경영진과 마찰이 생긴다는 것은 필연이고 그 마찰과 충돌을 하다 보니 경영진도 근로자들도 파산의 길로 치달을 수밖에 없었다.

학력을 속이면서까지 위장취업에는 이제 달인이 되었다. 썩어도 준치라고 최철민은 명문대 출신이다.

최철민은 노동운동에 전문 지식도 가지고 있었고, 충분한 경험도 가지고 있다. 산업선교회의 지원까지 받으면서 협력도 잘 되었다. 노동운동에 참여를 했다면 올 때까지 온 것이다. 이 공장 저 공장을 전전하다 보니 완전 프로가 되었다. 변증법적 이론과 노동법에 관한한 통달한 사람이었다.

샹트 페테르부르크는 핀란드 국경과 같이 하고 있는 러시아의 2대 도시다. 표트르 대제가 스웨덴과의 전쟁에서 승리한 뒤 1712년 모스크바에서 수도를 옮겨오면서 건설한 도시다. 세계에서 가장 아름다운 도시로 건설하겠다는 표트르 대제의 심혼이 서린 도시이기도 하다. 런던의 대영 박물관과 프랑스의 루브르 박물관에 이어 세계 삼대 박물관에 속하는 에르미타주 박물관도 이곳에 위치해 있다. 현재 홍보물 책자에 따르면 에르미타주 박물관의 소장품은 회화, 그래픽, 조각 등으로부터 황실에서 사용했던 장식품과 응용예술, 가공품, 메달과 주화, 역사적인 인물들의 사진에 이르기까지 전시품이 300만 점에 이른다고 한다. 따라서 400개의 방과 홀에 진열된 전시품을 다 보기 위해서는 240Km를 걸어야 하고 전시품 당 소요시간 30초씩 관람을 하고 하루 8시간으로 계산했을 때 약 7년 반이 걸린다니 그 규모가 가히 짐작이 가는 부분이다. 대형 황금마차, 파바리온 시계, 레오나르드 다빈치의 성처녀와 주 예수상을 이야기하면서 차별 없는 공평한 사회에 대하여 특히 레닌이 이곳에서 마르크스주의 혁명을 할 때 핀란드 국경을 넘나들면서 투쟁을 성공했다던 유서 깊은 역사의 도시이기도 하다.

최철민은 열망했다. 마르크스주의 프롤레타리아 혁명가 레닌을 떠올리면서 열변을 토할 때가 많았다. 그럴 때의 최철민의 눈빛은 여름 태양처럼 이글이글 타올랐고 적을 증오하는 얼굴은 불끈불끈 목에 심줄이 튀어나왔다.

에르미타주 박물관을 중심으로 서, 북 방향 뒤편에는 피의 광장이라고도 하고 피의 사원이라고도 한다. 피의 광장은 볼셰비키 혁명의 시발점이 되었던 곳이다. 임금 인상을 요구하기 위하여 일요일 근로자들이 대규모로 집회를 가졌다. 니콜라이 황제 2세 때다. 근로자들은 무언의 시위였다. 니콜라이 2세 황제는 불행하게도 그 당시 황궁에 없었다. 네덜란드 수도 헤이그에서 만국 평화회의를 마치고 지방 도시 에카테린부르크 수양지 별장에서 겨울철 휴가를 즐기고 있을 때다. 러시아의 니콜라이 2세 황제가 만국평화회의를 주도할 때 고종의 밀사를 받고 조선의 독립을 호소하기 위하여 만국평화회의에 참석고자 했으나 일본의 방해로 뜻을 이루지 못하자 분개한 나머지 이준 열사가 할복 자살을 했던 유서 깊은 곳이다.

황제는 수없이 레닌의 볼셰비키 혁명으로부터 도전을 받았고 시달렸던 터라 데모라고 하면 신경이 곤두섰다. 니콜라이 2세 황제는 그들의 불법행위에 절대 용서가 안 되었다. 데모의 발원지로 여겼던 진압군에게 고심 끝에 발포 명령을 내렸다. 명령을 받은 진압군은 무차별하게 발포했다. 겨울철 눈 쌓인 광장이 붉은 피로 물들었다. 현장은 처참할 정도로 홍건하게 핏물이 흘렀다.

이 사건은 니콜라이 2세 황제가 몰락하는데 결정적 계기가 되었다. 이 상황을 기회로 레닌은 대중 심리를 극한적으로 이용 황실을 향하여 총 공세를 폈다. 거세게 몰아치는 레닌과 노동자들의 폭력에 황실 수비대 병력으론 방어하기 역부족이었다. 전세戰勢가 뒤집혔다. 수세守勢에 몰린 니콜라이 2세는 불행하게도 에카테린부르크 수양지에서 그들 가족들과 한적한 시간을 보내고 있을 때 레닌군의 습격을 받아 그들의 폭력에 의하여 가족과 함께 비참하게 죽임을 당했다. 그처럼 호화롭고 위대하고 권위적인 황권이 드디어 레닌에 의하여 무참하게 쓰러지고 말았다.

전세가 불리할 때는 납작 엎드리고 유리할 때는 살모사처럼 고개를 치켜들고 공격하는 것이 공산주의 투쟁에 기본적인 전략이다. 레닌도 그랬다. 불리할 때는 핀란드 국경으로 도망 잠적했다가 시국이 조용해지면 다시 진입 암약 활동을 전개 반격을 거듭했었다. 피의 광장 사건은 레닌에겐 천외의 기회가 되었다. 국경을 넘나들며 줄기차게 프롤레타리아 혁명을 주도했던 레닌에게 날개를 달아주는 꼴이 되었다. 민심이 황제를 떠나는 기회를 잡아 일대 봉기를 했다. 레닌의 혁명은 드디어 성공을 했다.

최철민은 세계적인 인물로 누구를 존경하느냐고 물으면 서슴지 않고 레닌을 손꼽았고 다음은 국공대립에서 장개석을 몰아낸 파波의 지도자 모택동을 손꼽았다. 30만 명의 군대를 이끌고 대만으로 쫓겨가야 했던 장개석의 비참한 정치적 패배였다.

최철민이 주장하는 사회는 늘 공평이었다. 누구는 잘살고 누구는 못 사는 차별사회는 대중의 적, 이는 반드시 타도되어야 한다는 것이다. 그때가 올 때까지 우리의 민주세력들이 쟁취를 해야 하고 그 뜻을 새로운 우리 세대들의 힘으로 실현하지 않으면 우리 조국은 미래가 없다는 지론이다.

최철민은 강희아빠의 교통사고 보상금에 대하여도 비분강개를 했다. 엄마가 어려운 상황에 처해 있을 때 만약의 경우 지금의 최철민이가 엄마 옆에 있었다면 많은 도움을 받았을지도 모른다는 생각이 들었다. 못내 아쉬워하는 엄마로서는 최철민이 대단한 인물로 여겨졌다.

위장취업자들 때문에 Y서스 공장이 망하고 그 여파로 아빠가 억울한 죽음을 당했다는 사실도 엄마의 기억에서 차츰 멀어지면서 어느 듯 최철민의 이념이 엄마의 마음을 흔들었나 보다.

낮에 경찰이 다녀갔다고 했다. 최철민은 블랙리스트에 올라있는 기소중지자다. 언제 어느 때 검거될지 모르는 위인이다.

─가면 어디로 갑니까?

옆에서 엄마 홍말순이 보기에도 최철민이가 딱했다.

—갈 데가 어디 있겠어요.

갈 곳이 정해진 것도 아닌데 떠나야 한다니 그도 답답한 일이다. 달빛이 유난히도 밝다. 달빛에 어리는 최철민의 얼굴 표정이 몹시도 어두웠다. 최철민의 말마따나 시대를 잘못 타고난 젊은이의 고뇌라 할까. 군사정부 체제를 반대하고 더 나아가 체제를 무너뜨리고자 투쟁하는 최철민의 외로운 모습에 그녀는 연민을 느꼈다. 아무리 생각을 해도 최철민의 행동은 무모한 짓 같기도 했지만 정의롭게 보이기도 했다.

—막연하게 어떻게 떠나요. 갈 곳을 마련해 놓고 떠나도 떠나야지요?

—없어요. 갈만한 곳은 다 다녔어요.

—그렇다고 손 놓고 있을 수야 있겠어요.

—어떤 때는 자수하고 싶은 생각도 들어요.

—그래서야 안 되겠지요. 고생한 보람이 없잖아요.

—그래요. 막상 자수를 하려고 해도 그동안 헛고생한 것이 억울해요.

—왜 아니 그렇겠어요.

저녁만 먹으면 원주민들은 잠자리에 들기 바쁘다. 바람 지나가는 소리가 이따금 들려올 뿐 고즈넉한 시골 밤은 무겁게 정적이 깔린다.

—나야 어차피 떠나야 한다지만 누님도 여기에서 더 머물 형

편이 아닌 것 같은데?

─나 역시도 대책이 없어요.

홍말순도 그랬다. 시골에서 더 버틸 의욕도 능력도 없었다. 농사일은 알고는 못 할 짓이었다. 우선 타산이 맞지 않는다. 떠나야 한다고 생각은 했지만 막연한 생각뿐 구체적인 계획을 세워 본 적도 없었다. 견딜 수 없다는 것은 확실했다.

─뭐, 계획이라도 있는 거예요?

그녀를 바라보는 철민이 아주 진지했다.

─아직은 없어요.

그녀는 아직 급한 것은 아니란 생각이 들었다.

─우리 같이 떠날까요?

철민은 엄마의 손을 꼭 잡으며 표정을 살핀다. 다음 엄마의 대답을 기다린다.

─누님도 이곳을 떠나야 한다면 잘된 일이네요.

그렇다. 떠나야 한다는 것은 기정사실이다. 그런데 어떻게 떠나야 할지 그게 그리 단순치가 않다. 대책이 없다. 무엇보다도 기거할 곳이 있어야 하고 다음으론 일자리가 있어야 한다. 그런데 그게 다 없다. 이런 상황에서 단순하게 결정할 수도 없었다.

─보증금 없는 월세방도 있어요? 이것저것 가릴 것 없이 그렇게라도 시작해보는 거지요, 설마 산 입에 거미줄 치겠어요?

─너무 터무니가 없어서 그래요.

─이것저것 따질 때가 아니잖아요. 궁여지책이지만 그렇게 시

작해보는 거지요.

최철민은 혼자 친척집이나 친구집을 전전하는 것보다 달동네라도 서울에서 월세방이라도 얻어 살림을 하면 이웃들에게 의심을 받을 이유가 없으니 안전할 것도 같았다.

선불을 주면 보증금 없이 살 수 있으니 쫓는 경찰이 아무리 귀신이라 할지라도 그런데까지 찾아오지는 못 할 것 같았다.

—그렇게 우리 같이 지내요?

—그게 무슨 소리예요?

엄마는 놀랐다. 연상인 데다 딸까지 가진 여자에게 총각이 청혼을 하다니 이건 너무나도 엉뚱했다. 결혼은 우선 격이 맞아야 생각해 볼 아닌가.

—왜, 제 말이 믿어지지 않습니까?

—그걸 나보고 어떻게 믿으라고요?

—믿으세요. 물론 가족들이 반대를 하겠지만 불가능이 어디 있어요. 일은 저질러 놓고 보는 거죠. 사랑하는데 거기에 조건이 왜 필요합니까?

—역행은 하고 싶지 않습니다.

홍말순은 처음 단호하게 거절했다. 가당치도 않은 일이다. 언감생심 어찌 그런 생각인들 하겠는가?

—형식 따위는 우리 모두 집어치우고 생각은 간단하게 해요?

—약식도 한계가 있지 어찌 그럴 수가 있겠어요?

—하객을 불러놓고 화려하게 예식을 하는 것은 하나의 명분이

지 그게 큰 의미가 있는 것은 아니잖아요.

─그건 그렇지가 않아요. 가족 친지와 하객들 앞에서 많은 축
복을 받으며 결혼을 해도 사네 못 사네 헤어지는 판에 우리가 어
떻게 역혼을 한단 말이에요?

─우리 당장 목욕하고 옷 갈아입은 다음 냉수 떠놓고 해보자
구요. 서로 사랑하면 되는 거지 거기에 조건 따윈 왜 따져요?

엄마는 당혹스러웠지만 최철민의 표정이 너무도 진지했다. 일
시적 감정만은 아닌듯싶었다. 최철민은 즉시 행동으로 옮겼다.
수돗가에 나가 옷을 훨훨 벗고 목욕을 하더니 외출복으로 옷을
갈아 입었다. 상에 촛불을 켜놓고 사발에 냉수를 떠놓은 다음 엄
마를 끌어당겼다. 속전속결이다. 얼떨결에 엄마도 최철민의 행동
에 생각할 겨를도 없이 대책 없이 끌려들어 갔다.

서로 사랑만 한다면 그까짓 조건쯤이야 얼마든지 극복해 나갈
수 있다고 최철민은 말을 한다. 최철민에겐 위장취업 현장에서
많은 사람들을 설득하고 선동하는 능력이 있었다. 처음 사랑을
시작할 때도 그랬고, 현재도 그랬다. 거절할 사이도 없이 그는 상
대를 현혹하는 능력이 있었다. 이러면 안 된다고 마음 다짐을 하
면서도 엄마는 속수무책으로 말려들었다. 마음과는 달리 행동은
점점 엄마의 의지와는 상관없이 최철민에게 끌려들어 갔다.

그녀는 철민이 시키는 대로 냉수를 떠놓고 절을 했다. 이왕에
여기까지 온 것 앞으로 잘 되었으면 좋겠다고 마음속으로 빌 뿐
이었다.

냉수를 떠놓고 부둥켜안은 그들은 얼마를 울었는지 모른다. 그리고는 떠나기로 결심을 했다. 같이 막상 떠나기로 결심은 했지만 딸 강희가 문제가 되었다.

　－몇 개월만 강희를 할머니한테 맡기면 안 될까?

　우선 기거할 곳을 마련하는 것이 급선무다. 최철민의 의견이었다. 그러려면 강희를 할머니에게 맡겨놓고 가는 것이 좋을 듯싶다는 철민의 권고다. 그래야 아이도 고생을 안 하고 우리들도 자리 잡기가 쉽다고 했다.

　－누님과 같이 살면 강희는 자동 내 딸이 되는 게 아냐? 걱정마, 나도 강희를 무척 사랑해. 죽을 목숨을 내가 살린 게 아니겠어. 그래서 애착이 더 간다구. 누구보다도 내가 강희를 사랑하고 있으니 믿어.

　철민의 말 속에는 확고한 신념이 있었고 사랑이 깊게 깔려 있다고 생각한 엄마는 그런 철민을 굳게 믿었다. 어린 강희를 들쳐업고 막연하게 거리를 헤맬 수는 없다고, 엄마의 생각도 그랬다.

　할머니는 엄마를 일러 화냥년이라고 했다. 화가 났을 때의 할머니는 짐승만도 못한 년이라고도 했다. 인간의 탈을 쓰고 어떻게 그럴 수 있느냐고 탄식까지 했다. 미물인 짐승도 제 새끼는 버리지 않는데 어떻게 사람으로 태어나서 지가 배 아파 난 새끼를 버리고 떠날 수 있느냐고 악담까지 했다. 어쨌든 엄마는 이렇게 최철민과 떠났다. 엄마가 떠나던 전날은 읍내 장날이었다.

엄마는 강희를 데리고 읍내로 나갔다. 대중교통이 없으니 읍내까지 시골길을 걸어서 오갔다.

엄마는 강희를 데리고 옷가게에 가서 예쁜 옷도 사주었고, 운동화도 새로 샀다. 생선가게에서는 명태도 샀고 정육점에 가서는 소고기도 샀다. 그리고 어물점에 가서는 미역도 샀고, 아무튼 그날 엄마는 돈 아까운 줄을 모르고 거금을 썼다. 제과점에도 들러서 과자와 사탕도 샀고, 평상시 강희가 좋아하는 인형까지 사주었다.

그날 저녁 밥상은 강희의 생일 밥상보다도 더 푸짐했다. 강희로서는 생전 처음 받아본 진수성찬이었다. 미역에다 고기를 넣은 국이 있었고, 명태는 고추장을 버무려 찜을 했으며 김도 구웠다.

강희에게 새 옷을 입혀놓고 앞뒤와 옆모습까지 살펴보면서

─우리 강희 참 예쁘구나!

연신 엄마는 감탄을 했었다. 저녁을 먹고도 강희는 마냥 즐거워 신이 났다. 새 옷과 운동화를 가슴에 안아도 보았고 신어도 보았다. 과자도 사탕도 계속 입에 물고 있었다. 그래도 엄마는 아꼈다가 내일 먹으라고 간섭도 안 했다.

좋아 어쩔 줄 모르는 강희를 건너다보며 엄마도 기뻐했고, 고개를 돌려 눈물을 훔치기도 했다. 그랬어도 강희는 그 영문을 몰랐다. 평상시 안 하던 짓을 할 때는 무언가 조짐이 있다는 것을 어린 강희로서는 깨닫질 못했다. 엄마가 흘리는 눈물은 눈에 티가 들어가서 그런 줄로 알았다. 새 옷과 운동화를 머리맡에 놓고

강희가 잠이 들었을 때는 자정이 넘어서였다. 초저녁에는 좋아서 잠이 오질 않다가 늦게 잠이 들었다.

바람 따라 하늘 높이 날아가는데 연이 갑자기 회오리바람이 몰아치면서 뱅글뱅글 허공에서 곤두박질을 하는 게 아닌가. 강희는 뒤집혀 땅으로 곤두박질하는 연 꼬리를 보며 살려달라고 엄마를 부르다가 깜박 잠이 깼다.

꿈이었다. 아직도 창밖은 캄캄하다. 멀리 개 짖는 소리가 간간이 들린다. 봄이라지만 아직도 방안의 공기는 차다.

침침한 방안엔 붉은 석유 등잔불이 깜박거린다. 꿈이 너무도 황당하다. 엄마는 잠을 안 잤는가 머리맡에서 강희를 내려다보고 있었다. 강희가 잠에서 깨자 엄마는 얼른 얼굴을 훔친다. 엄마는 혼자 울고 있었다.

─엄마 안 잤어?

─그랬단다.

─왜 그랬어?

─예쁜 강희 얼굴을 보니 엄마가 좋아서 그랬지!

─그런데 왜 엄마는 울었어?

엄마는 잠시 숙연했다.

─강희야 너 엄마가 없어도 할머니랑 잘 지내야 한다.

엄마는 목이 메이는 듯 목소리가 탁했다.

─엄마 어디 가?

─그래.

―어디?

―아빠 데리러 갈 거야.

―그럼 미국 가?

―그렇단다.

―나도 같이 가는 거야?

―아냐, 너는 못 가!

―왜?

―강희야. 미국을 가려면 하늘같이 높은 산도 넘어야 하고, 강도 건너야 하며 땅덩어리보다도 더 큰 바다도 건너가야 하는 데 너는 산을 올라갈 수도 없고, 강도 건너고 바다도 건너야 하는 데 헤엄을 칠 수가 없잖니!

―그럼 엄마는 헤엄을 쳐서 바다를 건너 갈 수가 있어?

―그럼 엄마야 높은 산도 오를 수 있고 헤엄도 칠 수 있지.

―언제 가는데?

―내일.

―그럼 언제 오는 데?

―서른 밤 자고 올 거야!

엄마는 열 손가락 짝 폈다 오므렸다 폈다, 세 번을 강희에게 보이며 살짝 미소를 짓는다. 강희에게 엄마의 그 모습은 영원히 지워지지 않는 마지막 모습이었다. 웃는지 우는지 일그러진 엄마의 표정이었다. 허나 강희에게 거짓말을 하는 그 표정은 틀림없었을 것이다.

―그럼 아빠도 같이 오는 거야?

―그렇지.

―아빠가 오면 아주 오는 거야?

―그렇고말고.

―아이 신나라!

강희는 아빠가 온다니까 마음이 즐겁기만 했다.

―그러니까 엄마가 없는 동안에 할머니랑 잘 지내야 한다. 할머니 말씀도 잘 들어야 하구. 앞으로 학교를 다니게 되면 공부도 잘하구!

―알았어. 할머니 말 잘 듣고 있을 테니 아빠 데리고 빨리 와야 돼?

―그리고 아프지도 말고 건강하게 잘 자라야 된다.

―네 알겠습니다.

―그럼 강희야 내일 아침에 엄마가 없으면 아빠 데리러 미국에 간 줄 알고 찾지 마라.

―알았어, 엄마.

―그리구 혹시 할머니가 아침 일찍이 니가 웬일이라고 묻거든 엄마는 미국에 있는 아빠 데리러 갔다고 하면 할머니는 알 거야. 강희야 엄마가 올 때까지 정말 할머니 말 잘 듣고 건강하게 자라야 한다. 알겠니? 엄마의 마지막 부탁이란다. 물론 강희는 잘 해낼 줄 안다. 그런데 만약에 니가 할머니 말 잘 안 듣고 공부도 못하면 너를 미워할지도 몰라? 그럼 할머니에게 구박 덩어리가 되

는 거야. 알겠니?

　—그런데 엄마 왜 자꾸 울어?

　—당분간 강희와 떨어져 있으려니 앞으로 보고 싶을까 봐 그렇지 뭐.

　—엄마, 걱정 마. 엄마가 시키는 대로 할머니 말 잘 듣고 공부도 잘하면서 엄마를 기다릴 거야.

　—그래 알았다. 그렇다면 엄마도 안심하고 다녀오겠다.

　멀리서 닭 우는소리가 간간이 들려오는 강희네 조그만 초가삼간에도 깊은 잠에 빠져들었는가 바스락거리는 쥐새끼들의 발걸음도 뚝 끊긴 봄철의 긴 밤은 그렇게 깊어가고 있었다.

　엄마는 강희를 꽉 끌어안았다. 숨이 답답할 정도였으니 얼마큼 힘을 주었는가 짐작이 간다. 마지막 제 새끼를 품어보는 어미의 심정이었을 것이다. 강희는 그날 엄마의 품속에서 아주 편안하게 잠이 들었다.

　강희가 아침에 잠에서 깨어보니 엄마가 빠져나간 이불 속은 텅 비어 있었고, 밥 짓는 엄마의 손에 그릇 부딪히는 소리도 부엌에서 들려오지 않았다. 어젯밤 이야기대로 엄마는 떠나고 없었다. 휑하게 뚫린 집안 구석에서는 엄마의 그림자도 사라졌는가 싶다. 그렇다. 엄마는 최철민과 그렇게 떠나고 말았다.

　엄마가 시킨 대로 강희는 할머니 댁으로 갔다. 할머니 댁은 한동네 윗말 양지뜰이다. 멀지 않다.

　—할머니?

할머니 댁 대문을 들어서며 강희는 할머니를 길고 크게 불렀다. 부엌에서 밥을 짓던 할머니가 나오면서

─강희야 너 아침 일찍이 웬일야?

할머니는 반색을 한다. 엄마의 심부름을 온 줄로 알았던 모양이다.

─이쁜 내 새끼 잘 있었어?

강희의 얼굴을 비벼대며 할머니는 예뻐 어쩔 줄을 몰라했다. 정신없이 강희를 보듬던 할머니가 생각이 났다는 듯이 강희의 양 어깨를 두 손으로 잡은 뒤 얼굴을 빤히 들여다보며

─그래 웬일이냐 아침 일찍이, 엄마 심부름 왔어?

─아뇨. 엄마가 서른 밤만 할머니 집에 가서 있으라고 해서 왔어요.

─그게 무슨 소리야?

금세 할머니 표정이 달라진다. 갑자기 달라지는 할머니 표정에 강희는 멋쩍어 아무 소리도 못하고 있자.

─왜? 엄마가 할머니 집에 가서 있으라고 하든?

─엄마는 오늘 아침에 아빠 데리러 미국 갔어.

할머니는 금세 표정이 달라진다. 그리고 하늘이 꺼져라 한숨을 쉰다.

강희의 대답이 떨어지자마자 할머니는

─이게 웬일야. 갑자기 무슨 뚱딴지같은 소리야 으응!

한숨짓는 할머니는 곧 쓰러질 듯하더니 와락 강희를 껴안는

다.

　─아니, 이게 어쩐 일 이라냐!

　할머니는 하늘이 무너지는 느낌으로 탄식한다.

　─세상에 이럴 수가.

　연신 탄식을 하던 할머니는

　─여보 이리 좀 나와 봐유?

　사랑방을 향하여 버럭 소릴 지른다. 기가 막힌 일인가 보다.

　─할머니 왜 그러는 데?

　─왜 긴, 니 에미가 미국 간 줄 알어 이것아?

　─엄마는 아빠 데리러 간다고 했는데….

　─니 아빠가 어딨어!

　할머니는 화가 치미는 듯 버럭 소리를 지른다.

　─이년이 미쳤군 미쳤어!

　할머니는 연신 혼자 지껄여 댄다. 그때 할아버지가 사랑방에
서 난방 셔스를 걸치며 마루로 나왔다.

　─춧 춧, 그럴 것 같았어, 역시 짐작한 대로구먼!

　할머니의 품에 안긴 채, 뭐가 뭔지 몰라 머쓱하게 서 있는 강희
에게

　─어여, 방으로 들어와? 춥겠다.

　할머니에 비하여 할아버지는 짐작이라도 했다는 듯이 강희를
받아들인다. 어쩔 수 없다는 듯 무언가 포기해야 되는 거 아니냐
는 것이다.

―그래도 그렇지, 짐작 못한 것은 아니지만 이 걸 떼놓고 어떻게 발길이 떨어질 수 있었느냐 말야!

할머니는 도저히 믿어지지 않는 모양이다.

독한 년! 할머니는 그때 엄마를 일러 처음으로 독한 년이라고 했다. 이 어린 것을 버리고 저 혼자 살겠다고, 환장을 한 년이 아니라면 그럴 수가 없다고 했다. 암만해도 뭐가 씌우지 않고 그런 짓을 할 수 있느냐고 그랬다.

강희만 모르고 있었다. 저마다 친구들이 아빠를 자랑할 때

―우리 아빠는 미국에 있다.

강희는 아빠가 돈 벌러 갔다고 자랑을 했었다.

―아냐 니네 아빠는 없어? 니네 아빠는 죽었어.

친구들이 거짓말한다고 놀려 댈 때 강희는 아니라고 펄펄 뛰며 우겨댔다.

―우리 엄마가 그랬어. 우리 아빠는 미국에서 돈 많이 번다구. 돈 많이 벌어 가지고 내년에 온다고 그랬다. 내년에 아빠가 오면 우리는 서울로 좋은 집 사 가지고 이사할 거라고 했어.

강희는 누가 뭐라 해도 엄마의 말을 믿었다. 그래서 강희는 아빠를 기다리며 희망을 가졌다. 무엇보다도 아빠가 오면 서울로 간다는 것이 제일 좋았다.

―내년이 지났는데 왜 아빠는 안 와?

손꼽아 기다리던 강희는 궁금해서 견딜 수가 없었다.

―응 아빠한테서 연락이 왔는데, 서울에다 집 살 돈이 아직 부

족하다는 거야. 그래서 또 내년에 온다고 했어.

그렇게 기다리던 아빠가 없다니 강희는 하늘이 무너지는 듯했다. 친구들의 말은 못 믿어도 할머니의 말이야 어찌 못 믿겠는가?

－할머니 그게 무슨 소리야? 엄마는 아빠 데리러 미국에 간다고 했는데 그럼 엄마가 거짓말했다는 거야?

－왜, 아니겠니. 왜 엄마를 놓쳤어 기집애야 매달리지 않구?

속이 터지는지 할머니는 강희에게 소리를 버럭 지른다. '불쌍한 내 새끼' 하며 강희를 감싸 안고 울먹거린다.

서울에 오자 최철민은 심경의 변화를 가져왔다. 사사건건 철민은 그녀의 뜻과 어긋났다. 연고도 없이 달동네 삭월세방에 처박혀있으니 경찰에 그림자는 따라다니지 않아 안심은 된다지만 도피생활 철민은 더 못 견뎌했다. 건축 현장에서 질통에 벽돌을 걸머지고 층계를 오르내리는 일 며칠 다니더니 그만이다. 힘들어 죽어도 못하겠단다.

역시 변증법 같은 불온서적과 근로기준법 관한 책들이나 탐독하던지 아니면 외출이다. 이 땅에서 결코 민주화의 꽃은 활짝 피워야 한다는 것이다. 그때까지 결코 민주화의 운동은 중단할 수가 없다는 것이다.

그런 철민의 옆에서 그녀는 힘이 들었다. 어떻게 해야 할지 판단이 안 섰다. 미친년이라고 할머니의 원망은 그치질 않을 것이고, 그런 할머니 밑에서 어린 강희의 꼴이라니. 그렇다고 이 꼴로 되돌아갈 수도 없는 처지가 되었다.

근래로 철민은 외출도 잦았다. 민주화 운동 패들과 어울린다. 어쨌든 군사 정부는 종식되어야 한다. 그때까지 우리는 투쟁을 해야 한다고 주먹을 불끈 쥐는 철민의 눈빛은 태양열처럼 이글이글 타올랐다. 정말 황당했다. 강력한 5공화국 정부가 일부 데모꾼들에 의하여 무너진다는 것이 가당키나 한다던가.

시골에서의 약속은 의지할 곳 없어 외로울 때 이야기다. 물을 만난 고기는 더 큰 물을 선호한다. 최철민은 결코 이루고야 말겠다고 초지일관이다. 차츰 서로 생각이 다르다 보니 최근에는 대화도 안 될 정도다. 이미 설득의 시기는 지났다. 그녀로서는 철민을 남편이라고 부를 수도 없고, 정부라고 할 수도 없는 처지다. 아내의 입장이라면 피터지게 싸워서라도 말리겠지만 이건 너무 어정쩡하다. 그런 불편한 사이에서 지나치게 간섭할 수도 없다. 민주화 운동이고 뭐고 다 집어치우고 가장의 역할이라도 잘 해준다면 냉수를 떠놓고 맹세는 했을망정 남편으로 받들겠지만, 이건 너무 애매모호하다. 간섭할 수도 없고 방관할 수도 없다. 너무 경솔했던 지난날에 후회를 거듭할 때면

―우리 누님! 고생 많은 것 왜 내가 모르겠어. 조금만 더 참아. 내가 바라는 세상은 멀지 않아 꼭 올 거야. 그땐 호강시켜 줄 거야.

밖에서 한잔 걸치고 들어오는 날이면 입버릇처럼 철민은 주절대기도 했다. 요즘 외출이 잦다. 그러던 철민이 모처럼 집에 들어왔다. 술 한잔을 걸친 상태다. 발을 씻고 막 밥상 앞에 앉으려는

때다.

―계세요. 계세요?

굵직한 남자의 목소리다. 철민은 갑자기 긴장한다. 철민은 버릇처럼 방안을 휘 둘러본다. 피할 수도 없고 진퇴양난이다. 완전 막다른 골목이다. 철민은 검지 손가락을 다문 입에다 갖다 댄다. 입술과 손가락이 십자를 그린다. 대꾸를 하지 말라는 표시다. 홍말순은 마구 심장이 뛴다. 위기의식이 전신을 휘감긴다. 이런 위기를 어떻게 피해 나가야 할지 덜컥 겁이 난다.

―경찰예요. 최철민이 들어왔지요. 어서 문 열어요. 빨리 못 열겠어요?

발길로 걷어차는가 합판으로 만든 또아문이 쾅쾅 부서지는 소리가 난다. 한밤중에 난리가 난 듯 이웃들도 잠들을 깼다.

―물어볼 말이 있어요. 어서 문을 열어요. 만약의 경우 문을 안 열면 문짝을 부수고 들어갈 거요!

미행을 했든지 아니면 잠복근무를 했던 모양이다. 워낙 동네가 달동네라서 집을 찾아온다는 것이 쉽지가 않았을 텐데 어떻게 알고 찾아왔는지 그것까지 알 수는 없다. 또 경찰관이 아니라면 찾아올 사람도 없다. 누구에게든지 거처를 일러준 사람이 없는데 미행을 했음이 분명했다. 철민도 얼굴이 파랗게 질린다. 철민의 표정을 살피며 홍말순이 주춤거리고 있을 때다. 체념을 했는지 철민은 문을 열라고 고갯짓을 한다. 아니나 다를까. 잠근 문고리를 따자 확 문을 제키고 들어 닥친 사내들은 두 명이었다.

—너 최철민 맞지?

그들은 철민을 보자 다짜고짜 낚아챈다. 팔을 뒤로 꺾고 수갑을 채우는 데 불과 몇 초 사이에 이뤄진다. 신분이 노출된 후 철민은 꼼짝없이 그들에 의하여 검거가 되었다. 철민은 위장취업 및 민청학련 사건과도 연관이 있었다.

홍말순 그녀의 인생이 점점 꼬여가는 판이다. 딸 강희를 데려온다는 것은 엄두도 못 내고 옥살이하는 철민의 뒷바라지하기 바빴다. 아니할 수도 없는 이러지도 저러지도 못 할 처지 난감했다.

봄부터 시작한 춘투春鬪가 끝날 무렵 5월 후반에 접어들면서 학생들의 연이은 데모로 화염병과 최루탄은 계속 난무했다.

'호헌철폐, 군부 종식'을 부르짖는 6월 항쟁의 열기가 뜨거웠다. 거리마다 데모 대열에 몰려든 군중은 점점 사나운 파도처럼 물결쳤고 야당 국회의원들을 비롯한 민주투사들이 학생들과 시민들까지 합세를 했다.

공권력으로 진압하기는 이미 정도가 넘어섰다. 군까지 동원 강제진압을 단행해도 데모의 열기는 끝나질 않았다. 계엄령 발동까지는 아니었다. 정부에서도 심사숙고했지만 12·12사태와 같은 경우는 한 번으로 족해야 했다. 한 정권에서 두 번까지 사용할 카드는 아니었다.

국외 상황도 여의치 않다만 미국을 위시한 나라밖에서 보는 눈초리도 곱지 않다. 임기가 끝나가는 5공화국으로서는 고심을 아니할 수가 없었다. 단임제와 헌법수호는 국민들과의 약속으로 어떻게 퇴진해야 명예롭게 정권을 이양할 수 있을지 고심 중이었다.

또 어떻게 넘겨줘야 헌정 사상 전례가 없는 평화적 정권교체를 슬기롭게 할 수 있을까 고심 아니할 수가 없었다. 단임제를 명예롭게 넘겨 줄 때 5·18 사건도 상계, 문제될 게 없지 않겠느냐 생각도 들었다.

시국이 너무 시끄러워 호헌도 할까 카드를 만지작거리기도 했다지만 욕심은 금물이란 생각도 들었다. 그러던 어느 날 드디어 6·29선언이 발표되었다. 386세대들의 쾌거였다. 5년 단임제 제6공화국이 탄생하는 첫 단추였다.

배신

6·29 선언 후 국민들의 의사결정에 직선제 대통령이 결정되는 투표가 실시되었다. 대구 경북을 지지기반으로 민주정의당의 TY가 출마를 했고, 부산, 경남을 지지기반으로 통일 민주당의 YS가 출마를 했으며, 광주 호남지방을 기반으로 평화민주당의 DJ가 출마를 하였다. 백만 인파를 몰고 다니는 선거 열기는 세계적으로 유례없는 과열 현상을 빚었다. 전국에서 유권자들을 버스로 실어 날랐다. 서로의 양보 없이 과욕이 부른 YS와 DJ의 연합은 결코 이루어지지 않았다. 선거는 민선 대통령 TY를 당선시키는 결과를 가져왔다. 6·10 항쟁을 무색케 한 선거였다.

학생들이 피 터지게 투쟁해 얻어낸 정권교체의 호기를 지역주의에 팽배한 두 지도자의 과욕으로 물거품이 되고 말았으니 탐욕이 빚어진 결과라 할 것이다. 단일화를 실패하면서 영원한 동지가 하루아침에 적이 된 현상이다. 그들이 부르짖는 민주화는 헛

된 망상, 입으로만 찾는 정권욕에 불과한 민주화일 뿐이었다.

5공화국의 제2인자로 실세였던 군 출신 TY가 다시 직선제 대통령에 당선되면서 5년 단임제 6공화국이 탄생하게 된 것은 야당 두 지도자들의 욕심이 부른 과욕에서 표가 분산된 까닭이다. 여기에 실망감을 감추지 못한 세력들은 학생들과 민주화 투쟁을 했던 세대들이다.

6공 정부 제1기가 들어서면서 수감된 지 8개월 만에 실형 5년을 받았던 최철민이 대통령 특별사면으로 석방되었다. 최철민은 민주투사 영웅으로 당당하게 돌아왔다.

이어서 총선의 결과다. 역사적으로 여소야대의 원내 구성도 되었다. 야당에게 국민이 준 값진 선물이었다. 그러자 정부에서는 야당에게 선심성 조치로 민주항쟁 인사들을 사면 석방조치를 했다. 드디어 최철민은 민주화 투사로 열렬한 환영을 받으며 금의환영했다.

감옥생활 동기 민주투사 동아리 회원들은 연일 분주했다. 그중에서도 위장취업에서 감옥 동기까지 이들의 의기투합은 피를 나눈 사람들처럼 결속력이 대단했다. 철민도 당당하게 그 일원이 되었다. 철민의 입지가 좋아지고 굳어지면서 홍말순과의 관계는 차츰 멀어져 갔다.

제6공화국이 탄생하면서 민주주의 열풍은 태양처럼 뜨겁다. 자기만이 가장 국민들을 사랑하는 것처럼 입만 벌렸다 하면 민주주의를 외치는 386세대들과 정치인들이었다.

TY정부를 종식으로 군 출신 정치인들은 역사 속으로 묻혀버리면서 6공화국 제2기 대통령에 YS가 당선되었다. 여의도가 빽적지근하게 대통령 취임식이 화려하게 진행되었다. 드디어 YS의 소망이 이루어지고야 말았다.

이어서 2기 총선도 이루어졌다. 금품 선거, 공약 남발, 상대 후보 비방으로 혼잡한 네거티브로 상대 당과 상대 후보들 흠집 내기로 사자후 열변을 토하는 후보들의 목소리는 하나도 달라진 게 없다. 대로에는 확성기 소리가 판을 치고, 골목길에 하얗게 쌓이는 전단들은 쓰레기장을 방불케 한다. 건축물 벽마다 맥질하는 포스터는 흉물처럼 지나는 사람들의 눈길을 찌푸리게 한다.

TV방송 신문, 라디오, 등 모든 매스컴 프로그램들은 선거 위주로 방영을 하다 보니 달라진 선거풍토는 아무것도 없었다. 교회도 성당도 절도 어디를 가나 선거 열풍에 휩쓸린다. 여당은 여당대로 야당은 야당대로 한자리를 더 확보하기 위하여 한 표 작전이 치열하다 못해 전쟁이다. 누가 국가와 민족을 위하여 진정으로 일할 수 있는지 또 참신한 적임자인가, 너무 공약들을 남발하다 보니 유권자들은 헷갈린다.

6공화국 1기 여소야대의 정치권에는 입신을 못했지만 활기를 되찾은 민주화 열풍은 거세게 소용돌이 쳤고 여야 3당이, 민주정의당, 통일민주당 자유연합 즉 TY, YS와 JP 등이 합당하면서 정치 판세는 또 다르게 소용돌이쳤다. 최철민의 동기 중에 이미 여의도에 입성한 선두주자들도 있었다.

6공화국 2기 YS와 DJ의 대결에서 대통령에 당선 문민정부가 들어서면서 승천한 최철민도 그중의 한 사람이 되었다.

민주화 열사로 당당하게 서울에서 공천을 받았다. '캐치 프레이즈'가 '불순분자 최철민 열사로 돌아오다'다. 최철민이 열사 신분으로 승격했다. 운동권 시위 경력이 타 후보와 비교하여 화려한 편이다. 민청학련 출신 성분으로 1차 투옥을 했고 2차로는 위장취업으로 투옥을 했었다. 민청학련 그룹에서도 최철민의 신분과 경력은 화려했다. 자기들끼리의 명성만큼 인기 또한 좋았다. 고향을 놔두고 서울에서 공천을 받았다는 것은 문민정부에서 인정을 받았다는 증거이고 당선 가능성이 충분하다고 계산이 나온 것이었다. 공천심사에서 당당하게 통과했다.

야당 중진급들로부터 지원유세와 거리행진에서 집중적으로 지원을 받은 최철민은 당당하게 여의도로 입성을 했다. 386세대 선두주자 격으로 제 역할을 당당하고 멋지게 해낸 인물이다. 집안이 좋은 것도 아니고 선거비용이 뒷받침 한 것도 아니면서 그의 인물됨은 민주화 투쟁 경력으로 인정을 받아 승천했다. S대 사회학과 중퇴다.

최철민의 여의도 입성을 홍말순은 바라지 않았다. 철민이 잘나갈수록 자기와의 거리가 멀어진다는 것을 그녀는 짐작하고 있었다. 철민이 여의도로 입성하면 자기는 떠나야 할 사람이란 걸 홍말순 자신 짐작하고 있던 어느 날이다.

　─이젠 세상도 바뀌었고 나 또한 할 일이 많은 사람이니 이쯤
으로 우리의 인연은 끝을 내는 게 좋을 듯싶은데……?

　드디어 최철민의 결별 선언이었다. 철민은 양복 안주머니에서
봉투 하나를 꺼내서 내민다. 봉투가 터질 듯이 팽팽했으니 분명
수표는 아닐 것이다. 현금이라면 편지 봉투 안에 들어갈 수 있는
한계가 일백만 원이다. 일백만 원을 내놓고 그녀에게 떠나가라는
것이다. 5년 동안이다. 먹이고, 입히고, 용돈까지 대주며 심지어
는 잠자리까지 대가는 고작 일백만 원뿐 이게 전부다.

　그녀는 너무나도 기가 찼다. 아무리 염치가 없다고 짐승만도
못한 행위를 서슴지 않다니 피가 거꾸로 솟는다. 5년 동안 키워
준 강아지의 충심이라면 생명까지 바칠 것이다.

　─이 돈 가지고 너나 잘 먹고 잘 살아라 이 나쁜 놈아!

　커피숍에서 일이다. 성격상 그런 행위를 서슴지 않는 최철민
은 인간 같지도 않았다. 그 자리에서 그녀는 더 있고 싶지가 않았
다. 버럭 악을 쓰고 그녀는 커피숍을 튀어나왔다. 최철민이 거리
까지 따라 나왔다. 그녀의 손에 봉투를 억지로 쥐여준다.

　억울한 생각에 가슴 터질 듯이 분노가 치민다. 그녀는 봉투를
찢고 묶음까지 끊어버린 뒤 만 원짜리 백 장을 최철민의 얼굴에
확 뿌렸다.

　─이 돈 나는 필요 없어, 너나 잘 먹고 잘 살아 이 나쁜 놈아!

　번화가 대로변이다. 무심중 길 가던 사람들이 깜짝 놀라 그들

에게로 시선이 모아진다. 만 원권 백장은 먼저 최철민의 얼굴을 탁 강타한 다음 확 흩어진다. 돈벼락이다. 마침 바람까지 불어댔다. 만 원권 지폐는 낙엽처럼 너풀너풀 허공을 날으는 놈도 있다. 진퇴양난 어이가 없었던지 최철민이 멍하니 서 있다가 발밑에 떨어진 돈만 줍는다.

아까웠던 모양이다. 그렇다고 버려두자니 그 꼴이 영 아니었다. 풍선에 색종이 터져 나오듯이 만 원권 지폐는 길바닥에 허옇게 깔려 가랑잎처럼 바람에 날리는가 하면 떼굴떼굴 굴러가는 놈도 있다. 점점 멀리 흩어지는 지폐를 아이들하고 나이 지긋한 아줌마들은 최철민의 눈치를 슬슬 보며 줍기 바쁘다. 신사들도 너풀너풀 바람에 날리는 지폐를 탁 채서 주머니에 슬그머니 집어넣기도 하고 길바닥에 떨어진 지폐를 행인들이 주위의 눈치를 보며 슬쩍 줍기도 한다. 그 꼴이라니 길거리의 풍경치고는 경이로운 파노라마로 야릇했다.

지체 없이 홍말순은 인파 속으로 사라졌지만 허둥지둥 길바닥에 엎드려 돈을 줍고 있던 최철민은 그 꼴이 너무 볼썽 사나웠다.

이젠 끝이 난 듯싶다. 그녀가 머물고 있는 조선 기와집 구질구질한 단간 월세방으로 최철민이 다시 찾아올 리가 만무했다.

수감생활을 하는 최철민의 옥바라지를 그녀는 열심히 했었다. 식당 주방일 하면서 받은 급여를 가지고 틈틈이 형무소를 찾아다니며 뒷바라지를 했었다. 그랬던 철민에게 그녀의 역할은 이쯤으로 끝이 난 셈, 최철민 역시 이제 그녀의 도움 따위는 필요로 하지 않았다. 따지고 보니 최철민과 그동안은 너무도 황당한 세월이었다. 그러다 보니 막상 딸 강희에겐 신경 쓸 사이도 없었다. 찾아가 본 일도 없거니와 누구에게 소식조차도 들어본 일도 없다. 몇 년 동안 그런 생활이 계속되었으니 이젠 강희 앞에 얼굴을 들고 찾아갈 면목도 없게 되었다. 그게 일 년이 되고 이 년이 되고 삼 년을 미루다 보니 더욱 찾아갈 수가 없었다.

최철민의 뒷바라지로 지금 홍말순은 빈손이다. 이제 와서 강희에게 실패한 엄마의 꼴을 보여줄 수도 없었고 강희를 감당할 능력도 없었다. 자리를 마련한 다음 강희를 데려오겠다고 차일피일 미루다가 세월을 놓친 것이다. 뭔가 자리가 잡히길 고대했지만 어깨를 짓누르는 무거운 삶은 점점 압박될 뿐 그게 뜻대로 되질 않았다.

홍말순은 언감생심 최철민을 한때 동반자로 희망을 가져보기도 했었다. 월세방 생활일망정 같이 시작을 했으니 어려워도 같이 가야 한다는 생각도 가져보았다. 최철민이 잘되면 그녀도 강희도 다 잘될 것으로 믿었다. 그렇게 믿었던 최철민은 그녀 따위는 이제 안중에도 없었고 거추장스런 존재일 뿐이었다. 철민은 그녀 따위와 어울릴 사람이 이제는 아니다. 민주투사 경력이 화려하다 보니 더구나 그랬다. 신분이 완전 달라진 그의 길은 활짝 열린 셈이 되었다. 그런 철민은 그녀와의 동반 길에 갈음막이만 될 뿐 도움이 되는 일이 아니었다. 이제 최철민은 홍말순이 넘겨

다볼 인물이 아니었다.

　—이제 어려울 때 우리들의 인연은 추억으로 생각하자구.

　얄팍한 봉투를 내놓으면서 철민은 노골적으로 그녀에게 결별
을 선언했다.

　—보상이라고 할 수야 없겠지. 나 아직 경제적으로 능력 없는
것 잘 알잖아? 성의로 생각하고 받아 줘. 그리고 내가 의정 단상
에 나가게 되면 그때 한번 찾아와. 그동안 신세 진 것 다 갚을께!

　최철민은 이렇게 쉽게도 결별 선언을 했었다. 성격상으로도
철민은 그런 사람 그녀도 그걸 안다. 역시 민주투사 철민을 넘겨
다볼 수는 없었다.

　서로 가는 길이 다르다. 철민에게 매달린다고 달라질 것은 없
다는 생각이다. 아니 모양만 우습게 될 판이다. 홍말순은 철민으
로부터 또 한 번의 좌절을 겪어야 했다. 어차피 떠날 사람 미련을
버리자고 이를 악물었다.

　그녀는 오기와 분노로 이렇게 최철민과 헤어졌지만 앞이 캄캄
하다. 수십 길 절벽으로 떨어지는 느낌 무너지는 세상이 절망일
뿐이다. 애초부터 최철민에게 큰 기대는 없었다. 그렇지만 몇 년
동안을 같이 지냈던 터라 자신도 모르게 기대를 했던 모양 막상
혼자라는 게 두려웠다.

　최철민과 헤어진 엄마는 어디를 어떻게 헤매었는지 모른다.
동녘 하늘이 뿌옇게 밝아 올 때까지 밤새워 서울의 거리를 그녀
는 걷고 또 걸었다.

갈 곳이 없다 보니 막연했다. 무엇이든지 다시 시작을 해야 한다니 앞길이 캄캄했다. 어떻게 또다시 시작을 해야 할지 도대체 막연했다.

우선 장기 투숙 여인숙 방에 가방을 풀었다. 우물쭈물할 때가 아니었다. 그녀는 다시 무교동 먹거리를 쏘다녔다. 동대문에서 가내 공업을 했으니 서울 거리가 낯설지 않았다. '여종업원 구함' 유리창에 붙여놓은 광고는 흔했다. 여자가 식당일 구하기는 어렵지 않았다.

화려한 먹거리는 아니다. 대로변 뒷골목에 적당히 술집과 음식점들이 형성되었을 뿐이다. 주로 서민들이 즐겨 찾는 칼국수집도 있고 해물탕집도 있다. 실내포장마차도 있다. 일식집이라고 간판은 유창해도 그저 흔한 생선집 정도다. 홍말순이 팔을 걷어붙이고 또다시 나선 집은 한식집이었다. 숯불갈비에서부터 탕까지 골고루 차린 집이다. 해장국까지 한다. 주방 팀이 있고 김치를 비롯 반찬 팀이 있다. 홀에서 서빙 팀을 비롯 허드렛일까지 20여 명 쯤 되는 한식집이다. 주인 여자는 카운터를 맡고 있다. 불황 없이 꾸준히 손님들이 몰려들어 그 골목에서는 유일하게 돈을 벌었다고 소문도 난 집이다.

몸으로 때우는 노역이라서 신역이 고될 뿐이기에 그녀는 다시 이를 앙물었다. 주인이 시키는 대로 또 설거지부터 시작했다. 집도 절도 없으니 식당에서 먹고 자고 했다. 숙식이 당장 해결되니 갈 곳 없는 여자들에게는 안성맞춤이다. 메뉴가 해장국까지 하다 보니 24시간 영업이다. 주인들은 그런 종업원들을 더 선호한다. 새벽 해장국 장사를 하니 다른 직종보다는 임금도 좋은 편이다.

홍말순도 그랬다. 식당에서 공짜로 먹고 자며 일을 하다 보니 실지로 돈 쓸 때가 없다. 별로 갈 곳이 없는 그녀는 외출도 삼가했다. 월급은 그대로 통장으로 들어갔다. 인물이 받쳐주니 바로 홀서빙 일을 맡게 되었다. 일 년 정도 서빙을 맡아보다가 홍말순은 주방장 보조로 다시 들어갔다.

그녀는 재봉틀 솜씨도 좋았지만 음식에도 손이 매운 편이다. 어깨너머로 주방장 밑에서 꼬박 3년을 열심히 했다. 자그마치 6년을 버텼다. 이제 그녀는 주방장까지 한식집에서는 어떤 일이든지 척척해낼 자신이 있었다. 광에서 인심 난다고 장사를 잘해주니 주인으로부터 특별 보너스까지 우대를 받았다. 노력의 대가 6년 만이다. 냄새만 맡아도 해장국이 잘 끓여졌나 알 수가 있을 정도로 달인이 되었다. 눈 감고 소금을 쳐도 간이 맞는다. 양념을 어떻게 배합하면 맛을 내는가 이치도 깨달았다. 돈도 모았다. 통장도 제법 무거워졌다. 일 억하고도 우수리가 붙었다. 통장을 내려다보는 그녀는 흐뭇했다. 이젠 강희를 데려와도 얼마든지 감당할 수 있을 것 같은 자신감이 생겼다.

그녀는 저녁마다 눈에 밟히는 딸 강희를 생각하면 몸이 부서진들 어떠랴 싶었다. 강희를 데려오려면 열심히 일을 해야 된다는 일념이 앞장섰다.

엄마가 자신을 버리고 도망했다는 사실을 깨닫게 된 것은 강희가 중학교에 들어가서부터다. 중학교에 다니다 보니 초등학교 때보다 세상을 보는 눈이 많이 달라졌고 이해하는 각도도 넓어졌다. 남의 말을 들을 줄도 알고 사리를 판단할 줄도 알게 된 강희는 아빠가 미국으로 돈 벌러 갔다는 엄마의 이야기가 어쩜 상식에 맞지 않는 거짓말이라는 것도 깨닫게 되었다.

ㅡ복도 지지리도 없는 자식이지 글쎄 뭐람.

교통사고로 죽은 자식 생각에 할머니는 늘 한숨지었다.

ㅡ이것아 마음 단단히 먹거라. 니 아버지는 교통사고로 죽었고 니 엄마는 너를 버리고 도망을 했어.

때로 강희가 엄마 생각을 할 때 곧잘 할머니는 그렇게 일러주었다. 어릴 때부터 할머니는 너는 네 스스로 네 인생을 살아가야 한다고, 다른 애들처럼 팔자 좋은 애가 아니라고 했다. 강하고 억척스럽게 키우려고 어릴 때부터 할머니는 이런 식으로 강희에게 다짐을 주었다.

할머니 형편도 그렇다. 생때같은 아들을 하루아침에 잃었으니 깊은 시름에 빠질 수밖에 없었다. 강희와 할머니뿐인 집안은 언제나 무거운 그늘에 잠겼고 깊은 시름에 빠졌다. 삶에 대한 활기도 없었다. 무얼하는지 온종일 들에 나간 할머니는 해 질 무렵에나 집에 들어왔다.

강희는 남녀 공학 6개 반 320명 중에서 중학교를 수석으로 졸업했다. 이제부터는 할머니를 강희가 모셔야 한다는 생각에서 상

업학교를 선택했다. 할머니의 뜻을 따랐다. 그런데 담임의 생각
은 달랐다. 강희는 수재라고 했다. 서울에 명문학교를 추천했다.

─지 에미라도 있어야지, 늙은 할미가 혼자 저걸 어떻게 건사
하노?

─강희는 서울에서 태어난 아이가 아닙니까?

담임선생님의 간곡한 권고로 할머니까지도 결심을 했다. 시골
살림을 정리하고 나니 신림동 달동네에서 빌라 25여 평짜리 전세
거리는 되었다. 이사 오던 무렵부터 할머니는 돗자리 펴놓고 길
바닥에서 장사를 했다. 간단하면서도 쉬운 게 그래도 채소였다.
강희는 K여고에 합격을 했다. 그게 마지막 학력고사로 다음부터
는 추첨제로 학제가 바뀌었다. 강남이 개발될 무렵이었다. 무엇
보다도 공립이었으니 타 학교에 비하여 학비도 다소 저렴했다.

고등학교 성적은 Y대학 경영학과에는 무난했다. 그때부터 강
희는 할머니 고생을 생각해서 고3입시생 과외 공부도 시켰고 돈
이 되는 곳은 가리지 않고 아르바이트도 서슴지 않았다. 그렇게
열심히 하다 보니 등록금 정도는 감당이 되었다. 그만해도 할머
니에게는 크게 부담을 덜어주었다. 강희는 더 이상 욕심부리지
않고 S그룹 공채로 입사를 했다. 연구직보다는 경험도 쌓을 겸 경
리를 담당하라는 상무이사의 권고대로 경리를 맡게 되었다.

여기까지 강희를 키우면서 할머니는 많이 울기도 했다. 들판
에 나가 일하는 할머니 따라다니며 심부름하는 꼴도 불쌍했고,
제방에서 공부를 하지 않으면, 책상에서 꼬부린 채 새우잠을 자

는 꼴이 그렇게 측은해 보였다. 강희는 엄마에 대하여 쓰다 달다 일언반구 침묵했다. 그 꼴이 할머니의 가슴을 더욱 아프게 했다.

초등학교에 들어가기 전의 일이다. 한 달 아니라 일 년이 지나도 오지 않는 엄마가 보고 싶어 할머니에게 물어보았다.

─할머니! 엄마는 언제 와?

─기집애야 니 엄마 얘기는 하지도 말어. 남자에 환장한 년이 널 생각이나 하겠니.

가슴에 손을 얹으며 할머니는 버럭 화를 냈다. 할머니는 엄마를 그토록 미워했고 엄마 이야기만 꺼내면 역정을 냈다. 평상시도 강희에게 늘 엄격했다. 어린 생각에 강희는 엄마가 없어서 할머니가 저런다고 무섭기도 했다.

차라리 밖에 나가 친구들과 어울리는 편이 보기 좋을 것 같은데 그렇지 못한 강희를 훔쳐보며 할머니는 늘 눈물을 흘렸다. 인간 탈을 쓴 에미가 어린 제 새끼를 버리고 어떻게 떠날 수 있느냐고 독한 년이라고 악담을 했다.

분단의 비극

45년도 8월 15일 드디어 일본국이 항복을 했다. 해방이 되었다고 우리나라 국민들은 전국 방방곡곡에서 태극기를 휘날리며 마음껏 기뻐들 했다. 해방이 되었으니 그 기쁨 어떠했으랴. 그러나 해방과 함께 더 큰 불운이 덮쳐 온다는 것은 꿈에도 몰랐던 우리 민족이었다. 그런 원흉이 몰려오리라 누군들 짐작했으랴. 그 불운이 바로 분단이다. 또 분단이 가져온 비극은 6·25이었다.

그렇다면 일본의 패망으로부터 얻어진 해방은 진정한 우리의 것이 아니었다. 이제 와서 그때를 후회한들 무슨 소용, 민족적 실망은 실로 컸다.

만약의 경우 1945년 8월 9일 세계 제2차 대전이 막바지에 이르렀을 때 소련이 선전포고를 했듯이 우리나라도 당시에 선전포고를 했다면 당당한 전쟁 참전국이요 연합군으로 입성할 수가 있었을 텐데 그렇지 못해 유감스럽게도 분단이 되었다.

전쟁 피해국인 우리나라가 왜 분단이 되었는지 우리 국민들은 50년이 지난 현재도 다들 모르고 있다는 사실이다.

그렇다. 분단과 6·25는 우리 정치 지도자들의 무능이 자초한 일이란 걸 국민들은 모르고들 있다. 당시 우리나라 임시정부에서도 규모는 작지만 일당백의 강력한 군대를 가지고 있었다. 그게 광복군이다. 나라를 되찾기 위하여 결성된 엄연한 군대였다. 지청천 장군과 김홍일 장군이 광복군을 지휘하고 있었다. 그 광복군을 출전시키고자 지청천 장군과 김홍일 장군이 임시정부 김구 주석을 찾아가 선전포고를 하자고 간청을 했다. 45년도 8월 9일 소련이 선전포고를 하면서 전쟁에 개입했다.

─일본은 곧 연합군에 패망할 것입니다. 소련도 선전포고를 했으니 늦기 전에 우리도 빨리 선전포고를 해야 됩니다. 그래야 우리나라도 당당한 전쟁 참전국이 될 것이요, 연합군의 일원이 될 것입니다. 지금도 연합군 측에서도 우리나라가 빨리 참전하기를 기다리고 있습니다. 더 늦으면 큰일납니다. 만약 일본의 통치 하에서 일본이 항복을 하면 우리나라는 참전국이 될 수가 없습니다. 그렇다면 다음은 연합군의 지배를 받아야 할지도 모릅니다. 그게 진정으로 해방이라 할 수 있겠습니까?

지청천 장군과 김홍일 장군의 지론이었다. 지청천 장군과 김홍일 장군은 중국군 별 세 개의 장군이다. 근대사 역사적인 인물로 우리나라 출신으로서 외국군 별 세 개까지 승진한 장군은 오직 네 사람뿐이다. 그중 고종황제와 엄 귀인의 사이에서 탄생한 영친왕이 일본의 볼모로 끌려가서 있을 때 예우 차원에서 일본국은 육군사관학교를 졸업시킨 후 일본군 장교로 임명해 별 세 개까지 진급 중장이 되었고, 지청천과 김홍일 장군이 국민당의 장개석 군의 중국군 중장이었다. 그리고 팔로군 출신으로 북한에 김무정 장군이 있다. 영친왕은 일본의 왕족으로 예우 사령관 직책을 부여받아 군 생활을 하면서 태평양전쟁 때 참전한 일도 있었다. 그러나 나머지 세 사람은 초급 장교 시절부터 전투에 참가했고 그 능력을 인정받아 진급을 한 것이다. 인정해 주어야 할 역사적인 인물들이다.

―아니오? 지금은 서둘 때가 아니오. 일본은 당장 망할 나라가 아닙니다. 연합군이 일본 본토에 입성한 뒤에 선전포고를 해도 늦지 않습니다. 시기상조 섣불리 선전포고만 했다가 일본국이 항복을 아니 하고 전쟁이 계속될 경우 우리 군의 희생은 클 것이요. 조금만 더 관망을 해봅시다.

―선전포고를 했다고 꼭 일본군 정기 군과 정면 대결하는 것은 아닙니다. 주변에 경찰관서 주재소나 헌병초소 하나라도 점령을 한다면 전시 효과는 충분해서 참전국이 됩니다.

―지금도 만주에서는 계속 테러 전쟁을 하고 있지 않습니까. 이것만으로도 참전의 효과는 충분합니다.

―허나 만주독립군은 대표성이 없다는 것입니다. 우리나라를 대표하는 대한민국 임시정부에서 선전포고를 해야 반드시 유효합니다. 부분 전쟁을 하기에는 우리 군대도 훈련이 잘 된 일당백

입니다. 꼭 전쟁에 참전을 안 해도 선전포고 그 자체만으로도 명분과 효력은 충분히 나타낼 수 있습니다.

―전쟁은 막바지에 이르렀는데 지금 선전포고를 했다가 희생만 더 커지는 것보다 미군이 일본 본토에 입성을 한 뒤에 선택해도 늦지를 않습니다. 경거망동은 희생만 커질 뿐입니다. 더 큰 낭패를 볼 수도 있을 터이니 조금만 관망해 봅시다.

이 문제는 더 이상 거론의 대상이 되어서는 안 된다고 김구는 일축했다. 국가를 대표하는 임시정부에서 주석을 맡고 있는 김구 선생의 반대다.

드디어 6일 히로시마에 원자탄이 투하되었다. 8일 소련이 선전포고와 함께 만주 일대와 평양남북도 그리고 함경남북도 일대를 초토화시켜버렸는가 하면 9일 나가사키에 두 번째 원자탄이 투하되었다. 세계사에 전무후무한 일이다. 가공할만한 그 위력은 지구가 부서질 만큼 대단했다.

라디오 방송을 통하여 일본 천황의 비참한 목소리가 흘러나왔다. 무조건 항복을 하겠단다. 일본국 천왕은 더 이상의 전쟁은 막대한 국력만 소비될 뿐 승산이 없다고 판단했다. 그토록 막강했던 일본이 원자탄 두 개를 맞고 쓰러지는 광경이었다. 천하를 통일할 듯이 그토록도 야심차고 악랄했던 일본인들이 결국 미국에 의하여 항복을 했다. 전쟁에서 승승장구하던 일본이 항복을 했다. 일본은 전쟁에서 거대한 청나라도 항복을 시켰고 러시아도 항복시켰다. 뿐만이 아니다. 필리핀을 비롯 동남아 일대를 모조리 점령했다. 일본은 천하무적의 존재가 되었다. 어느 나라든지 전쟁을 했다면 수단 방법을 가리지 않고 승리만을 목적으로 싸웠고 그래서 반드시 이기고야 말았던 국가다. 아시아에서는 대적할 국가가 없었다. 어떠한 수단으로도 미국만 제압한다면 명실공히 태평양 일대에서는 초강대국으로 우뚝 솟을뿐더러 존립할 수 있다는 계산이다. 천하를 통일하는 것이다. 뿐만이 아니다. 일본이란 나라는 남의 나라를 침략만 했지 침략을 받아본 역사가 없는 나라다.

역사적으로 거대한 중국 같은 나라는 역시 우리나라를 포함 주변 중소 국가들 즉 동남아 국가들을 기회 있을 때마다 침략 식민지 국가로 군림했다. 우리나라에도 그러했듯이 흉년이 발생할 때마다 조공 정책을 펼쳐 곡식들을 거둬들여 부족한 식량을 충당했고, 정복전쟁을 할 때는 군사력 동원과 군마들을 각출했다. 심지어는 여자들까지 동원해 가면서 국력을 행세하던 중국도 일본국에게는 침략을 못했을 뿐만 아니라 오히려 점령을 당하지 않았던가.

아무튼 일본이 전쟁에서 항복을 했다는 것은 자기네 나라로서는 역사적인 사건이요 치욕의 사건이다. 만약의 경우 미국이 일본과의 전쟁에서 패했다면 조선은 영원히 일본의 식민지 국가로 전락 영원히 지구상에서 사라졌을지도 모를 일이었다.

어쨌든 우리나라는 일제의 침략에서 어부지리로 해방정국을 맞이했다. 외부의 세력으로 해방이 되었다. 우리나라는 일본국에 가장 만만했던 나라였고 먹기 좋은 떡과 같은 존재, 임진왜란이 그랬듯이 일본은 수시로 우리나라를 침략했었다.

해방은 되었다지만 국력이 약했으니 언제 어떤 폭풍이 몰아닥쳐 올지 아무도 예측할 수 없는 풍전등화 신세가 되었다.

때문이다. 연합국의 지배를 아니 받을 수 없는 지경, 이로 인하여 우리나라는 엄청난 대가를 치르지 않으면 안 되는 비운의 나라로 전락하고 말았다. 심히 우려했던 바다.

연합국 측에서 동, 서독으로 독일을 분단 시켰듯이 태평양전쟁이 끝나자 연합군 측에서는 전쟁 범죄국의 국력을 약화시키고 무장 해제를 시키겠다는 명분 아래 일본국을 분단코자 했다. 헌데 엉뚱하게도 점령군 사령관 더글러스 맥아더 장군이 반대를 하지 않던가. 처음에 유엔군 측에서는 맥아더의 그런 태도에 의아해서 관망해 보았지만 그 태도는 점점 노골화되어가지 않던가.

내용인즉 패망한 일본국을 자기의 노력으로 재건까지 시켜보겠다는 의도였다. 비록 전쟁에서 원자탄을 맞고 쓰러졌지만 그런 일본국에 대한 연민으로 맥아더는 재건을 시켜보겠다는 의도이었다. 상당한 기간이 필요하겠지만 그러려면 우선 분단을 막은 다음에, 재원은 필요에 따라 적절하게 충당하겠다는 의도였다.

맥아더의 의지는 너무도 확고했다. 그래야만 역사적으로 성공한 점령군 사령관이 될 수 있다는 판단이었다.

크고 작은 전쟁은 지구촌에서 헤아릴 수 없이 많았다. 허나 그 많은 전쟁 영웅들이 싸워 승리는 했을망정 점령국을 재건시키는 데는 모두들 실패했단다. 그래서 자기만은 절대 그런 전철을 밟아서는 안 된다고 계산을 했다. 맥아더의 영웅적 야심이었다.

전쟁도 이기고 패망한 국가를 재건해 주는 일 또한 쉽지 않겠지만 거기까지 성공을 해야 역사적으로 진정한 세계의 전쟁 영웅으로 인정을 받을 수 있다는 야심이었다. 그렇게만 된다면 자기야말로 세계사 전무후무한 전쟁영웅이 될 수 있다는 것이다. 그리고 전쟁은 이겨 일본국을 항복시켰으나 원자탄을 사용했다는 것은 너무 잔인한 처사 폐허 속에서 신음하는 그들의 마음을 달래주기 위하여서도 반드시 일본의 분단은 막아줘야 한다는 엉뚱한 생각을 하고 있었다.

또 전쟁다운 전쟁도 하지 않고 단지 선전포고를 했다는 이유만으로 당당하게 연합군에 입성한 소련군의 입김은 어느 나라보다도 셌다. 하긴 극동지역에서의 연합군이라야 실지 참전한 나라는 미국과 소련밖에 없었다. 그러했으니 소련의 입김이 강할 수밖에 없었다. 일본을 분단시키면 북쪽은 소련이 점령 지배하에 두는 것은 당연한 이치이기에 소련의 주장도 미국 다음으로 막강했다. 거기에 상응한 대가를 무엇으로든지 내놓으라는 식이었다.

전후 처리 문제는 이해 당사국들로 하여금 미묘한 국면을 맞게 되었다. 무엇보다 맥아더 장군으로부터 시작된 주사위는 좀처럼 해결책을 찾지 못했다. 당연히 범죄 당사국인 일본을 독일과 같이 분단시켜 북쪽은 소련에게 넘겨주는 당연한 일에 점령군 사령관 맥아더 장군의 고집에 부딪혀 좀처럼 해결책을 찾지 못하고 갑론을박 할 즈음이다. 미국 육본성 참모장 대령 딘 러스크 대령 (존슨 대통령 때 국무장관 역임)이 안을 제시했다. 조선을 분단시키자는 제안이다.

─당연히 참전을 했어야 마땅했거늘 기회만을 엿보았던 조선국이었기에 분단을 시켜도 별다른 저항세력은 없을 것이고 무방할 것이라 여겨짐으로 3·8 이북을 소련 점령하에 넘겨줌이 좋겠습니다.

딘 러스크 대령의 제안은 묘안이 되었다. 강대국들의 이권 노름에 사태는 심각하게 돌아가고 있는데 막상 당사국 우리나라는 저항능력뿐만이 아니라 발언권조차도 없었고 회의 장소에 참석도 못 했으니 도마 위에 오른 고깃덩어리에 불과했다.

막상 국토와 민족이 두 동강으로 분단이 되는 순간에 임시 정부 김구를 비롯한 그 잘난 임정 요원들은 물론 정치인들은 어디에서 무슨 짓들을 하고 있었는지 묻고 싶은 대목이다. 해방정국에서 그토록 목소리 크고 잘난 정치인들은 정쟁과 권력에만 눈독을 들이는 판국이었지 아무도 나선 사람들이 없었다는 것이다.

싸움판을 말려 놓으니까 뒤늦게 큰소리친다더니 통일 정부를 주장하면서 김일성이를 만나겠다고 월북을 했던 임시정부 주석 김구는 어디에서 무슨 일을 하고 있었기에 그의 목소리는 들리지 않았다는 것인가.

선전포고를 하자고 지청천 장군과 김홍일 장군이 주장할 때 그토록 말리던 그 잘난 김구와 더불어 독립자금을 먹고 살았던 임시정부 요인들은 도대체 어디에서 무엇을 하고 있었기에 사태가 이 지경으로 돌아가는데 그림자도 보이지 않았느냐는 것이다.

조선을 분단시키자는 러스크의 제안에 회담 분위기가 활기를 띠더니 만장일치로 통과되었다. 반대하는 사람은 한 사람도 없었다.

우리나라는 엄연히 전쟁 피해 당사국이다. 그런데 왜 하필 우리나라가 분단되어야 했는지, 그렇다면 그 잘난 정치인들은 모두 어디에서 무슨 짓들을 하고 있었기에 포효동물에 잡혀 먹는 초식동물들의 신세처럼 잡혀 먹혀야 했는지 안타까운 일이 아닐 수 없었다. 우리나라 말고도 일본에 점령된 국가는 동남아 쪽에도 얼마든지 많았다. 그런데도 하필 우리나라가 분단이 되었다.

이유라면 첫째 일본의 점령국 중에서도 우리나라는 일본의 속국으로 정부가 없었다는 것이고 둘째는 지리적으로 소련과 국경을 같이 하고 있다는 것이다. 일본의 침략 행위를 폭로하고 자주 민주국가임을 인정받고자 1907년 고종황제의 밀사로 이상설, 이위종과 더불어 헤이그 만국평화 회담에 참석하고자 했던 이준 열사가 일본의 방해로 뜻을 이루지 못하자 할복 자살을 하지 않았던가.

억울하다고 항의 한 번 제대로 해보지도 못한 채 아야 소리도 없이 국토가 두 동강으로 분단이 되고 말았으니 정말 한심한 노릇 아닌가. 국가를 위하여 독립운동을 했다고 국가로부터 훈장을 타고, 보상금을 타겠다고 수단 방법을 가리지 않는 인물들 입이 있으면 나서보란 말이다.

인연

엄마에 대한 원망이 가시질 않는 강희의 마음은 결혼 같은 것은 일찍부터 포기를 했었다. 최철민을 따라간 엄마에 대한 반감일 것이다. 어린 자식을 버리고 떠나간 그런 엄마는 이 세상에 다시 존재해서는 아니 된다고 분을 삼킬 때마다 결혼 같은 것은 앞으로 자신의 삶에서는 없을 거라고 강희는 다짐을 했었다.

그런 강희에게 삼 년 동안 선호의 끈질긴 접근은 부처님도 감동할 정도였다. 열 번 찍어 넘어가지 않는 나무 없고, 지극한 정성은 부처님도 감동시킨다 했듯이 한때의 강희 다짐도 영원할 수 없었다. 선호의 접근을 비켜가려고 수없이 약속을 어겼어도 연분은 따로 있었다. 선호는 포기를 안 했다. 강희에게 눈이 뒤집힌 사람이 아니라면 자존심 따위하고는 상관없이 어떻게 저럴 수가 있을까 싶을 정도로 접근을 했다.

선호가 퍽치기 범의 칼에 찔려 병원에 있을 때는 서로 그런 감정까지는 없었다. 문병 차 여러 차례 방문할 때 선호는 상처가 깊은 환자였고, 강희는 선호에게 어떻게 보답을 해야 할지 경황 중이라서 이성 간의 감정 따위는 없었다.

예기치 않았던 엄청난 사건 앞에 칼에 찔린 선호는 상처에 대한 고통도 고통이려니와 출근도 못한 채 병원에 있으려니 마음이 편할 리가 없었다.

선호는 날치기 범을 잡으려다 칼에 찔렸다고 의로운 사람이니 용감한 사람이니 귀감이 가는 사람이니 의사상자 등 신문방송에서 떠들어도 선호의 감정은 평상시와 다르지 않았다. 강희도 그랬다. 느닷없이 이런 일을 당하고 보니 경황이 없다. 선호에게 송구할 뿐이었다. 다만 후 처리를 어떻게 해야 할지 그게 걱정이 되었다.

선호가 입원을 한지 십일쯤 되던 날이다. 담당 의사가 퇴원을 해도 좋다는 진단을 내리고 퇴원하던 날이다. 강희가 선호를 퇴원시키려고 병원을 찾아갔을 때다. 병원 진료비도 계산을 해야 하고 보상금도 지불을 해야 마땅했다. 그런데 선호는 병원에 없었다. 아침에 서둘러 퇴원을 했단다. 어찌해야 할지 강희는 난감했다. 일찍 서둘지 못한 것이 후회스러웠다. 선호의 치료비는 당연히 강희가 감당해야 할 일이었다. 회사에서도 우선 치료비부터 지불하고 보상 문제는 차후 피해자의 의견을 참고하자고 했다. 그런데 자비로 퇴원을 했단다.

그러지 않아도 쓸데없는 짓을 했다고 선호 어머니는 아들을 책망도 했었다. 또 자기 아들을 저렇게 다치게 했다고 강희를 보는 시선도 곱지 않다. 쓸데없는 짓을 했다는 것이다.

―저 때문입니다. 죄송합니다.

강희가 처음 인사를 했을 때

―여자가 돈을 가지고 다니려면 항상 조심했어야지.

선호가 다친 이유는 강희의 부주의에서 왔다며 핀잔을 했던 선호 어머니의 원망이었다. 모진 사람 옆에 있다가 벼락 맞았다고 했다.

우연히 발생한 일이지 그게 어디 강희의 잘못으로만 단정할 수 있단 말인가? 하기야 돈을 휴대하지 않았다면 그런 일은 일어나지 않았을 것이다. 그렇다고 그게 어디 강희 잘못이란 말인가.

회사에서 거래은행까지는 500미터가량 되었다. 강희가 다니는 회사는 태평로에 있었다. 많은 액수라면 차량을 이용했을 것이다. 영업을 하는 직원들이 아니라면 특히 여직원들은 아침에 출근을 하면 퇴근할 때까지 밖에 나가는 일은 좀처럼 없지만 경리담당자들은 필요에 따라 은행에 갈 일이 가끔은 생긴다.

밖에 나오니 쨍 햇빛이 쏟아진다. 눈이 부시다. 거리에 수북하게 쏟아진 노오란 은행잎이 사박사박 발에 밟히기도 하고 계속 쏟아져 내리고 있다. 아직도 나뭇가지에 매달린 노란 잎이 꽃처럼 무성하게 피어도 있다.

오백만 원 되는 액수를 현금으로 찾았다. 부장님이 그렇게 시

컸다. 그 돈을 손가방에 챙겨 넣고 강희는 거리로 나왔다. 번화가 답게 인파의 행렬은 여전히 붐빈다. 활기찬 서울 거리는 세계 어느 도시에 비교를 해도 우월하다는 비즈니스로 외국을 자주 드나드는 상무님의 극찬이다. 바닥은 좁고 들끓는 인구가 많으니 자연 그럴 수밖에 없지 않겠는가.

은행에서 나와 50미터 정도 걸어서 왔을까. 소공동 일대가 그렇듯이 플라자호텔 후문 쪽에서 이면 도로로 꺾어져 막 골목으로 접어드는 순간이었다. 강희의 어깨에 멘 가방을 느닷없이 누가 탁 잡아챈다. 그렇지 않아도 은행 창구를 나올 때 이십 대 젊은이가 강희에게 유심히 관심을 갖는 듯했지만 그러나 남자가 여자에게 관심을 갖는 것쯤으로 예사롭지 않게 잠시 생각을 했을 땐가 싶다. 돈 가방은 오른쪽 어깨에 메고 있었다.

퍽치기 범이다. 한 놈은 오토바이 핸들을 잡고 뒷좌석에 탄 놈은 강희의 가방을 낚아채는 게 아닌가. 느닷없는 공격에 강희로서는 속수무책이었다.

─항상 가방 조심해? 험한 세상에 무슨 일이 생길지 누가 알겠어?

은행 심부름을 시킬 때마다 경리부장이 늘 당부하는 소리다. 돈 심부름을 강희에게 시키다 보니 염려가 되어서 하는 소리다. 강희 역시도 그랬다. 그런 소리도 하도 듣다 보니 시큰둥했다. 잔소리 같기도 했다. 그럴 때마다 '네.' 대답은 시원스럽게 해도 사실 건성이었다. 설마 하는 마음으로 한 귀로 듣고 한 귀로 샌다.

뉴스에서나 나올 일 백주대낮에 설마 그런 일이 생길까 싶었다.

어떨결에 당했지만 강희는 '도둑이야' 놈들을 향하여 소리를 질러댔다. 찢어지는 듯한 여자의 비명소리에 길 가던 행인들이 일제히 발길을 멈추고 진풍경을 흥미롭게 구경이나 할 뿐 막상 도와주는 사람은 없다고 할 때다.

분명 행인 중의 한 사람이었다. 반대쪽에서 오던 웬 젊은이가 날쌔게 몸을 날려 오토바이 뒷좌석에 탄 놈의 옷자락을 잡고 확 낚아챘다. 순간적이었다. 골목이라 하지만 행인들의 틈 사이를 비집고 오토바이가 자유롭게 내달리기는 협소했었다. 확 뒤틀리는 오토바이에 따라 중심을 잃은 탑승자 두 놈들과 함께 행인도 같이 아스팔트 바닥에 나둥그러졌다. 순간 놈들과 젊은이는 몸싸움이 벌어졌다. 돈 가방을 서로 붙들고 놈들과 행인 사이에 실랑이가 벌어졌다. 태권도 선수가 묘기를 부릴 때처럼 붕 하늘을 나는 순간이야말로 정말 아슬아슬해서 꼭 초능력자들의 행동과 같았다.

그런 찰라 놈들은 오토바이를 타고 잽싸게 도망을 했고 젊은이는 피를 흘리며 길바닥에 쓰러졌다. 젊은이가 왼쪽 옆구리에 놈들의 칼을 맞은 것이다. 위급할 때 놈들이 칼을 쓰는 것은 보통 있는 일이다. 어떻게 보면 사생결단이었다. 붉은 피가 많이 흐른다. 그런데 쓰러진 그 행인이 강희의 가방을 두 손으로 움켜쥐고 있지 않던가. 너무도 황망한 일이었다. 날치기 범들은 의외의 공격에 오토바이까지 나둥그러지자 당황한 나머지 도망가기 급

급했다. 돈 가방을 챙길 여유도 없이 몸만 빠져나갔다. 허긴 도망가는 그들의 방법이기도 했다. 물건을 찾으면 보통 피해자가 추격을 포기하기 때문이다. 물건을 포기하지 않으면 계속 따라붙기 때문에 놈들도 위험을 느끼기 매한가지다.

젊은이가 돈 가방 든 놈을 잡아채자 핸들을 잡았던 놈이 잽싸게 칼로 공격자를 찌르고 도망을 했다는 목격자의 말이다. 주위 사람들의 신고에 경찰이 출동을 했고 119가 출동해서 서둘러 그 젊은이를 병원으로 옮겼다. 칼은 옆구리에 깊이 찔렸으나 마침 장기는 다치지 않았다니 천만다행이었다.

피를 많이 흘린 까닭으로 혼절했던 젊은이는 이튿날 깨어났다. 불행 중 다행이었다. 장기라도 다쳐 생명에 위협을 받았다면 어떻게 할 뻔했나 생각만 해도 끔찍한 일이었다.

이런 사건은 방송에서나 볼 수 있는 일이지만 강희 자신이 직접 당한다는 것은 상상밖의 일이었다. 그 행인이 바로 선호였다.

인연치고는 너무나 기구했다. 선호가 죽을 수도 있었던 사건이었다. 요즘 세태에 남 일에 목숨 걸 사람이 어디 있겠는가. 전철에서나 버스에서나 소매치기들의 행동을 승객들이 목견을 해도 구경만 할 뿐 좀처럼 누가 나서주지 않는 세태에서 선호 같은 의로운 사람도 드문 일이었다. 소매치기나 날치기 범들은 위급할 때 도망은 결사적이다.

소매치기들은 현장에서 잡히지만 않으면 근거가 없다. 그래서 쫓는 자와 쫓기는 자와의 현장은 불꽃이 튈 만큼 치열했다. 죽기 살기 생사의 갈림길이다. 그런 놈들을 쫓는 경찰들도 쉽게 포기하지 않는다. 경찰관들도 어려운 일인데 선호는 그걸 해냈다. 워낙 선호가 날렵하게 공격을 하니까 놈들도 대책이 없었던 모양이다. 소매치기에게 천적은 경찰이지만 현장에서 잡혔다 하면 거의 용감한 시민들에 의해 잡히는 경우 많다. 당당하게 주먹을 가진 젊은이들이 정의감에 불타는 의로운 행동을 하는 경우다. 이런 사람들을 날치기 범들은 제일 두려워한다. 죽어라고 뛸 때 옆에서 발을 걸어 넘어져 붙잡힐 때도 있고 발 빠른 시민에게 덜미를 잡히는 경우도 있다.

우연히 그 현장에 있었던 선호가 불의를 못 참은 것도 성격과 무관치 않다. 저런 나쁜 놈이 있나, 하는 생각에 선호는 몸을 날렸다. 초등학교 때 달리기 선수를 했으니 순발력도 있었다.

어쩜 죽을 수도 있었던 긴박한 상황에서도 선호는 겸손했다. 남하기 힘든 일을 하는 것도 선호의 성격 탓이라고 했다. 뛰기를 잘하는 사람들이 남을 따라잡는 것은 취미다. 앞사람과 간격이 좁혀질 때마다 스릴을 느끼고 추월할 때는 쾌감을 느낀다고 했다.

범인은 못 잡아 아쉬워했지만 돈 가방은 찾았으니 다행이라고 고맙다고 인사를 하는 강희에게 선호는 픽 웃는다. 그 인상이 강희의 머릿속에 언제나 각인이 되어 있었고 그 생각이 떠오를 때마다 선호의 그 표정이 그렇게 자랑스러울 수가 없었다.

선호가 병원 치료를 할 때 물론 강희는 자주 병원을 찾았다. 저렇게 많이 다쳤으니 무척 걱정이 되었다. 문병도 문병이지만 심심해하는 그를 위해 퇴근 후 병원을 찾아 대화도 나누며 친구도 해주었다. 약속이나 한 듯이 서로 신분에 대하여는 묻지도 따지지도 않았다.

그랬던 선호가 강희에게 연락도 없이 자비로 퇴원을 하면서 소식이 끊어졌으니 안타까운 일이 아닐 수 없었다. 마땅히 치료비는 강희가 계산을 해야 했다. 회사에서도 공무로 인정 치료비와 적당한 보상비까지 계산을 하고 있었다. 잃어버린 돈을 그 청년이 찾아 주었으니 당연한 처사이기도 했다. 그런 경우인데 청년이 자비로 퇴원을 했으니 난감한 사람은 강희였다. 선호의 거처를 병원 원무과에 물어봤지만 개인 정보라서 곤란하단다.

고심하던 어느 날 구청에서였다.

—불상한 것 강희야 너를 두고 내가 어떻게 눈을 감느냐고 늘 걱정을 하던 할머니가 지독한 감기가 폐렴으로 전이되면서 끝내 세상을 떠났다. 병원 치료를 할 사이도 없이 너무도 허망하게 갑자기 세상을 떠나셨다.

돌아가신 할머니 호적정리를 하기 위하여 강희가 구청 호적계를 찾았다. 할머니 이정순 이름자에 붉은 사선이 그려진다. 피붙이라고는 할머니밖에 없는 처지에 할머니마저 떠나고 보니 또다시 울컥 슬픔이 치민다. 그런데 놀란 것은 강희 이름 옆 오른쪽 모친 란에 '홍말순'이란 이름 석 자는 아직도 살아있음을 강희가 확인을 했다. 주민등록상에는 삭제가 되었던지 홍말순이란 이름은 없었다. 집안에서 홍말순은 아주 떠난 사람이라고 주민등록은 할아버지가 정리를 했던 모양이다.

하늘이 무너지는 듯한 슬픔과 함께 쓰러질 것만 같은 지친 몸을 지탱하며 막 돌아서려는 순간이었다. 누가 강희 앞에서 우뚝 선다. 깜짝 놀랐다. 선호였다. 그 경황 중에 선호를 만났다. 생각 지도 못했던 일이었다. 선호의 직장이 마침 서울시청 산하 구청 이었다.

지방행정 5급 고시로 시작 순환근무제로 구청 총무과에 있단 다. 강희가 호적정리를 할 때 처음부터 선호는 강희를 지켜보고 있었단다. 건드리기만 해도 쓰러질 것 같은 강희 모습에 선호가 그냥 지나칠 수는 없었단다. 선호는 완전히 건강을 회복한 상태 다. 가끔 강희가 생각났었단다. 그렇다고 찾아볼 생각은 아니었 지만 우연히 만나고 보니 반가웠단다. 그래서 호적정리를 마치고 돌아서는 강희를 잡았단다. 강희 역시도 한 번은 꼭 선호를 만나 야 된다고 마음먹고 있던 중이다.

─세상에 그런 경우가 어딨어요?

너무도 우연인지라 반갑다 보니 강희는 펑 눈물이 쏟아졌다. 그렇지 않아도 할머니 때문에 슬픈 감정을 추스르지를 못하던 때 다. 강희를 물끄러미 건너다보던 선호 역시도 그런 표정의 강희 에게서 연민을 느꼈던지 또 퇴근 시간도 되었기에 커피숍까지 같 이 왔고 대화는 그렇게 시작이 되었다. 커피 마실 시간마저도 거 절할까 봐 강희는 마음을 졸이기도했다. 병원비까지 자비로 부담한 채 강희도 모르게 퇴원한 사람이 아니던가?

선호는 간단하게 커피나 하자고 했으나 강희가 식사를 시켰다. 한 번쯤은 꼭 대접을 해야 할 사람이다. 규모는 작지만 조강하게 차려놓은 레스토랑이다.

선호는 사양을 했지만 보편적 메뉴로 스테이크를 시켰다.

─상처는 다 났어요? 진심으로 고마웠어요.

강희가 먼저 말을 걸었다.

─예, 걱정하지 마세요. 저는 아무렇지도 않습니다.

툭툭 털며 씽긋이 웃는 선호의 밝은 모습은 상당히 인상적이었다.

─그래도 한 번쯤은 연락을 했어야 되는 거 아니었어요?

─생색내는 것 같아서 거기까진…….

─그런 법이 어딨어요. 당연히 인사는 받았어야지요?

─그렇지 않아도 강희 씨 인상이 좋아서 한번쯤 연락을 해볼까 했지만 부담 줄 것 같아서 포기했지요.

선호가 웃음을 띠며 부담 없이 쉽게 하는 소리가 강희의 마음을 편하게 했다.

─그게 왜, 생색이에요. 당연하지요.

생각보다 선호는 마음 씀이 밝았다. 여자를 대하는 몸가짐도 좋았다. 선호에게 전달해야 할 치료비와 보상비는 지금 강희 책상 서랍 속에서 잠자고 있다. 공적으로 회사에서 부담을 했다. 어떻게 전달할까 궁리 중에 있었다. 보상 차원에서 볼 때 사실 강희에게 책임을 묻기는 애매했다.

사실 그랬다. 선호가 의로운 행동을 했지만 그래서 다쳤지만 그 책임은 강희에게 법적으로 구성할 수는 없다 할 것이다. 형사법에서도 그랬다지만 민법 보상에서도 꼭 강희에게 책임을 묻기란 애매했다. 그래서 선호는 강희에게 따질 것 없이 자기가 병원 치료비도 감당했고 선호 부모들도 그렇게 의논이 되었기에 자비로 계산을 했던 것이다. 그러나 도의적인 책임까지는 강희 쪽에 기운다.

─마침 음악회 티켓이 있어요. 호암아트홀에서 S양 피아노 귀국 연주회예요. 이번 주 토요일이거든요? 별다른 일정 없으면 같이 갈래요?

강희의 청에 선호는 쾌히 승낙했다. 어차피 한 번은 더 만나야 한다. 베토벤의 쏘나타 월광곡 5번 2악장 등을 포함 연주회를 마치고 저녁을 또 같이했다. 배가 고픈 때였으니 그냥 헤어질 형편은 아니었다.

저녁을 먹는 자리에서였다.

─공은 공이고 사는 사예요. 이 돈은 선호 씨 것입니다.

회사에서 병원치료비와 보상비조로 나온 공금이란다. 당연히 회사에서 계산을 해야 한다고 상무이사가 결재를 했단다. 소공동에 위치한 S그룹 인사전략팀 총수가 있는 자리다.

강희가 손을 내밀자 선호는 완강했다. 그렇다고 물러날 수도 없었다.

―이는 공중에 뜬 돈이에요. 선호 씨까지 거절한다면 회사에다 반환을 해야 합니다. 그럴 수야 없잖아요?

강희가 누누이 설명을 했다.

―그럼 정표로 커플링이나 할까요? 오래도록 간직하면 되잖아요.

강희의 태도가 너무도 진지했던지라 거절하는 것만이 능사는 아니란 생각에서 선호가 찾아낸 아이디어였다. 좋은 생각이라 여기고 R백화점으로 강희가 앞장섰다. 다이아 알박이로 주문을 했다. 부담된다고 사양을 했지만 선호는 좋아하는 표정이었다. 물론 강희도 같이 주문했다. 디자인 선택에서 선호 것은 강희가 강희 것은 선호가 서로 선택을 해주었다.

이렇게 만나게 된 동기가 강희에게는 사무적이었지만 선호에게는 데이트가 되었던 모양이었다. 커플 반지를 찾는 날 또 같이 만났다. 자연스럽게 미팅이 된 셈이다. 서로 어색하지도 않았다. 선호의 청으로 저녁을 먹고 영화도 한 편 보았다.

그런 후 선호에게서 자주 연락이 왔다. 서로의 관계가 자연스럽게 이어졌다. 선호 역시 서둘지도 무리하지도 않았다. 강희로서는 그만 관계를 끊어야만 한다고 다짐을 하지만 그게 마음 같지 않았다. 그렇게 접촉이 잦다 보니 선호의 생각이 달라졌다는 데 문제가 생겼다.

사랑한다고 했다. 강희는 기회가 있을 때마다 독신주의자라고 결혼에 대한 생각은 한 번도 해본 일이 없다고 선호가 알아듣도록 누우이 설득을 했다. 토요일 퇴근이 좀 빨랐다. 극장 구경을 가자는 선호의 청을 거절하고 골목으로 들어섰을 때다.

늦가을인지라 오후 여섯 시 무렵인데도 골목이 어둑했다. 벌써 노을이 졌는지 어둠이 내리기 시작했다. 강희가 막 골목을 꺾어질 무렵이다. 검은 물체가 앞에 불쑥 나타나 강희는 움찔했다. 어느 젊은이 한 쌍이 사랑을 나누는데 마침 골목에서 몸을 비벼대고 있지 않던가. 강희는 깜짝 놀랐다. 퍽치기에 놀란 가슴은 아직도 가시지 않았다.

이를 본 강희는 민망했지만 동시에 엄마의 얼굴이 떠오른다. 왜 갑자기 엄마의 얼굴이 떠오르는지 모르겠다. 엄마는 그때 최철민을 따라가지 않으면 안 되었을까? 꼭 따라가야 할 피치 못 할 사정이라도 있었단 말인가? 그 사정이란 게 뭐였을까. 그런 엄마를 놓고 강희는 수백 번 뇌까리고 수천 번 자문자답을 해도 답이 나오지를 않는다. 강희는 아직 이성적 경험이 없어 모른다. 그러나 엄마와 최철민을 생각할 때마다 자신은 절대 결혼은 않겠다고 다짐했었다.

씨족의 번성은 자연의 순리라 하겠지만 저런 행위는 동물적 욕망일 뿐 인격과 미덕은 아닐 거라고 강희는 부정을 한다. 인간에게는 지성이 있다. 그러기에 동물과 다르고 동물과 다르기에 인간은 천하를 지배할 수 있는 능력을 갖고 있다. 감정이 내킨다고 행동이 따라간다면 그게 어디 인간이라 할 수 있겠는가? 인간은 인간답게 내 스스로의 감정을 다스리며 살아가야 존재가치를 유지하는 것이다. 슬퍼도 참아야 하고 기뻐도 내색을 하지 말아야 하며 좋으나 싫으나 언제나 분수에 맞춰 감정처리를 지켜야 본분에 마땅할 것이다.

엄마는 너무 감정에 치우쳤나 싶다. 저런 짓이 그리워 자식을 버렸다면 강희도 할머니처럼 엄마를 절대 용서할 수가 없을 것이다. 그래 엄마는 절대 용서받지 못 할 선을 넘었다. 다시 돌아올 수 없는 길을 엄마는 갔다는 생각이다.

엄마가 그리울 때마다 강희는 할머니처럼 엄마를 원망했다. 아빠를 데리러 미국에 간다고 엄마는 강희에게 거짓말을 하고 떠났다. 그런 엄마를 생각할 때마다 강희의 신념은 굳어져 갔다.

─저걸 빨리 시집을 보내야 내가 편히 눈을 감을 텐데! 내가 서울에 뉘가 있어 저걸 시집보낸단 말이냐!

강희의 결혼을 주선해주지 못하는 할머니는 이렇게 걱정했다. 할머니에게 서울은 타관객지다. 아는 사람이 없다는 것이다. 시골에서와 달리 서울로 오면서부터 할머니는 이웃을 모두 잃었다. 마음도 약해지셨다. 할머니의 체질은 시골에 사셔야 제격인데 졸지에 서울로 왔으니 쉽사리 적응이 안 되었을 것이다. 시골에 있다면 할머니를 통해 강희 중매가 수십 번은 들어왔을 거란다.

─저는 시집 안 가요, 할머니!

할머니가 답답해서 걱정을 하지만 강희는 걱정하는 할머니를 설득했다. 강희는 날개가 꺾인 할머니가 오히려 편했다. 맘에도 없는 결혼 때문에 자꾸 선보라고 성화를 한다면 그도 성가신 일이었다.

너무 어릴 때 일이라 강희는 엄마의 얼굴 모습을 뚜렷하게 기억하질 못한다. 안개에 덮인 모습처럼 가물가물하다. 지금쯤은 어디에서 무엇을 하며 어떻게 지내고 있는지 마음이 외로울 때는 가끔씩 엄마가 생각이 난다. 아무리 원망을 하고 미워한다고 핏줄인데 그게 그리 쉽게 마음에서 지울 수가 있을까? 미움도 정이라고 했다.

핏줄이라고 다 용서가 되는 것은 아니잖은가. 차라리 남이라면 이렇게 그리워할 일도 없고 미워도 하지 않을 것이다. 핏줄이기에 더 미워하고 용서가 되지 않는다. 새처럼 날아간다면 발에 밟히는 불행을 건너뛸 수가 있을까.

기다리는 방법을 강희는 모른다. 기다릴 줄을 몰라서 나는 엄마를 원망하는 것일까? 그래서 마음의 병을 얻었는지도 모른다. 기다릴 줄을 안다면 나는 이토록 지독한 마음의 병을 얻지는 않았을 것 같다. 사랑하면서 기다리는 방법은 없을까? 미움도 없고 원망도 없는 그런 방법 말이다.

ㅡ결혼을 하거라.

성깔이 얼음장처럼 짱짱하시던 할머니도 나이가 들면서 성격도 많이 누그러지셨다. 엄마가 일 년 만에 포기한 농사일을 할아버지가 돌아가신 십 년 후까지 혼자 논, 밭 합쳐서 천이백 평 정도 되는 농사일을 거뜬하게 추슬러 오지 않았던가? 일생 동안 농촌 생활을 해오면서도 어렵다는 생각을 단 한 번도 해보지 않던 할머니시다. 그런 할머니가 강희 따라 서울로 오면서 기력이 더욱 쇠잔해지면서 마음까지 약해지셨고 비감에 젖을 때마다 강희의 결혼을 권고했다. 누구 말따나 새장 같은 이십사 평짜리 빌라에서 생활을 하자니 징역살이와 별다름이 없었을 것이다. 훨훨 들판을 헤젖고 다녀야 할머니는 직성이 풀리는 분이다.

─저 결혼 안 할 거예요.

세상 여자들이 다 남자 없이는 못 산다고 해도 나는 살 수 있다고 강희는 다짐하면서 혼자 살 수 있는 방법과 능력을 갖추기 위하여 열심히 노력해 왔다.

─니 엄마가 옆에 있다면 니가 그런 생각을 했겠느냐 만은 그래도 결혼은 해야지 어떻게 혼자 사누.

할머니는 강희가 결혼을 해야 맘이 편할 거라고 한다. 지에미가 곁에 있다면 벌써 결혼을 시켰을 거라고 할머니는 믿고 있다. 강희가 결혼을 해야 무거운 짐을 내려놓는 양으로 이야기를 하신다. 강희 결혼 때문에 항상 어깨가 무거운 모양이시다. 당신 생전에 결혼은 시켜야 홀가분할 듯이 여기며 당신의 주변머리까지 운운한다.

─니 엄마가 그랬듯이 여자는 혼자 살기가 어려운 법여.

여자는 남자의 사랑을 받아 가며 자식을 낳고 키우면서 살아야 보람을 찾는다는 지론이다. 강희가 결혼을 반대하는 것도 엄마에게서 받은 영향 때문이라고 할머니도 짐작은 하고 있다. 마땅한 사람이 있으면 결혼을 해야지 세상을 혼자서 어떻게 살아가겠느냐고 했다. 중이 제 머리 못 깎는다고 옆에서 주선을 해주어야 하는데 그렇지 못해 마음 아프다고 자책까지 하신다. 할머니는 강희에게 그만 엄마를 용서하라고 했다.

그랬다. 고향에서라면 할머니는 동네방네 다 돌아다니며 우리 강희 중신 좀 해달라고 떠벌리며 다녔을 것이다.

엄마로부터 얻은 반감은 강희에게 절대적 독신주의를 낳게 하였지만 오랫동안 선호의 끈질긴 정성으로 시멘트처럼 응고된 강희의 다짐도 사랑에는 더 버틸 수가 없었던 모양이다. 선호의 사랑으로 강희가 독신주의를 파계했다는 것은 혁명적 판단이었다.

뒷동산 양지바른 곳에 할아버지가 계신 곁으로 할머니마저 떠나보낸 강희는 혼자가 되었다. 고향에 아버지의 친척들이 약간 있다고는 하나 강희가 접촉할만한 사람은 없었다.

할머니마저 떠난 강희는 혼자가 되었다. 가족도 없이 외롭게 살아가는 그런 강희를 선호는 바람모지 들판에 홀로 핀 들꽃처럼 연민을 했다. 바람이 불어도 비가 쏟아져도 피할 수 없는 황량한 들판에서 홀로 떨고 있는 모습을 바라보고 지켜보는 선호의 그런 사랑이라서 더욱 간절했었다 할까. 강희가 박절하게 거절해도 선호는 노여움도 타지 않았다. 체면 따위도 버리고 접근해 왔다. 선호는 강희 쪽을 설득하기보다, 자기 부모들을 설득하는데 벽은 더 높았다.

─니가 미쳤니? 어디서 어떻게 굴러먹었는지 뿌리도 없는 아

이를 데려다가 어떻게 하겠다는 거냐? 당장 집어치워라. 세상에 쌔고 쌘 게 여잔데 왜 하필 그런 애냐?

어머니뿐만 아니다. 아버지 그리고 온 가족이 다 반대를 했다. 오직 선호 혼자만 강희가 아니면 안 된다고 고집을 했다.

선호 어머니 말처럼 눈에 뭐가 씌우지 않고서야 저럴 수가 있을까 병적인가 싶었다. 강희에게 당하는 것은 냉대를 넘어 수모였다. 어떤 날은 새벽까지 문밖에서 기다리다가 날이 새고서야 자리를 뜨기도 했다. 출근 때문이다. 그런 날은 피곤해서 어떻게 직장에서 일을 했는지 알 수가 없을 정도다. 접근하는 방법도 다양했다. 강희네 집을 방문도 했고 직장으로 찾아오기도 했다. 전화야 하루에도 수 차례였다. 선호가 그렇게 접근을 해도 강희의 마음은 한결같았다. 선호가 싫고 부족해서가 아니고 강희는 아예 결혼을 포기 독신을 주장했었다.

강희가 결혼을 포기하고 남자를 멀리하는 것은 단순치가 않았다. 모두가 엄마에게서 받은 영향이다. 엄마를 일러 할머니는 독한 년이라고 했다. 엄마는 어린 딸자식을 버리고 남자를 선택했다. 남자를 쫓아간 엄마에 대한 강희의 반감이라고 해야 마땅할 거다. 남자에 대한 절대적 기피 증세다.

그랬던 강희가 막상 결혼을 하고 보니 할머니의 말처럼 사람은 역시 어울려 사는 것이 마땅하다는 느낌이었다. 선호의 사랑은 결혼 전이나 후나 변함이 없었다. 선호는 성격상 잔정은 없어도 심지가 굳었다. 선호의 부모들까지 반대를 했지만 자식 꺾는

171

부모 없다 했다.

시작은 고마운 생각으로 했지만 강희에게 오는 선호의 사랑은 극진했다. 목석이 아니라면 그런 선호의 사랑을 뿌리칠 수가 없었다. 선호에게 기울기 시작한 강희의 사랑도 깊어지기 시작했다.

차남이라서 부모를 모실 일도 없었다. 결혼과 동시에 살림을 났다. 남자가 아내 사랑하고 직장에 잘 다녀 가족들 부양만 잘하면 되었지 여기에서 또 무얼 바라겠는가?

—왜 하필 그런 애냐? 걔 말고 여자가 그렇게 없어? 그 애는 팔자가 센 애야. 너와 처음 만나게 된 것도 그게 보통 일이었니? 그애 때문에 죽을 고비까지 넘겼잖아 이 자식아!

이런 어머니를 선호는 포기하지 않고 끝내 설득했다. 조건을 들추면 들출수록 불리한 입장이었지만 강희에게도 매사 성실하고 인물이 뛰어난 점도 있었다. 나이도 선호와 세 살 차이 궁합도 좋았다는 것이다. 모친의 반대에도 불구하고 고아와 다름없는 강희를 삼 년 동안이나 따라다니며 결혼까지 이끌어준 선호를 강희는 늘 고맙게 여겼다. 선호 아버지의 사회적 지위로 보아 결혼식을 거창하게 할 수도 있었지만 조촐하게 예식을 치렀다. 그게 선호의 엄마에게는 아쉬웠지만 선호 아버지와 선호의 뜻이었다. 특히 강희가 그랬다.

결혼하던 날 강희는 무척 울었다. 부모의 축복도 받지 못한 채 할머니 살아생전에 이런 모습을 보여드려야 했는데 하는 아쉬움에 너무 가슴이 아팠다.

사랑하는 만큼 강희는 선호를 믿기로 했다. 인人처럼 서로 의지하며 살기를 다짐했다. 강희 옆에 선호가 있고, 선호 옆에 강희가 있다는 믿음의 사랑이었다.

결혼 6년 차다. 아들 호진이와 딸 수진이도 얻었다. 그동안 세월은 잘도 돌아갔다. 선호의 권고로 결혼하면서 강희는 직장도 그만두었다. 팔을 걷어 붙이고 열심히 가정생활에 충실했다. 결혼 전후와 달리 선호 엄마가 강희를 인정도 하고 신뢰도 했다. 며느리로 받아주면서 사랑도 했다. 누구나 그러했듯이 강희는 남들로부터 적의가 없는 편안한 몸과 맘가짐을 지녔다. 우선 악의가 없는 인물이면서 아름다웠고 심성도 고왔다. 남들 앞에서 나서지도 않고 자기 자신에 충실하는 그런 다소곳한 여인이었다. 그랬으니 시어머니에게 인정을 받을 수가 있었다. 선호 역시 강희를 남 갖지 않은 아내를 가진 것처럼 소중하게 여기고 사랑했다. 가정이 편안하게 돌아가다 보니 모처럼 강희도 마음의 안정을 가져올 무렵이다. 어느 가요 노랫말이다. 행복이란 이런 거다 싶다.

결별

대학 친구에게서 전화가 왔다. 너무나 뜻밖이었다. 꼭 만나고 싶은 친구다. 졸업 후 처음이다. 발령받은 남편 따라 그동안 지방에 있다가 볼 일로 서울에 온 김에 전화를 했단다. 강희 결혼 후 처음인 듯싶다. 너무도 친한 친구였는데 어떻게 하다 보니 오랫동안 소식이 끊겼다. 목소리만 듣는 정도로 헤어질 친구가 아니었다. 그냥 내려가겠다는 친구 밥 한 끼라도 같이 해야 할 것 같았다. 대학시절 단 사람 마음을 터놓고 이야기를 할 수 있었던 친구다. 전화하는 친구의 위치에서 가까운 곳을 선택하다 보니 무교동 먹거리 K 한식집이 있었다. 분위기는 없어도 맛으로 유명한 집이다. 남편이 출근하는 구청하고도 가까운 거리다. 모처럼 같이 나누는 식사 이름 있는 집에서 대접을 하고 싶었다. 가끔 남편이 불러내어 같이 식사를 했던 곳이기도 했다.

오랜만에 만난 학교 친구다 보니 동창들 이야기로부터 남편과 자녀들 가정이야기까지 오래도록 수다를 떨다가 시간이 많이 흘렀다. 어둠이 내릴 무렵 커피숍을 나올 때다. 옆 골목으로 빠지면 러브호텔도 몇 개 있는 유흥가 골목이다.

처음엔 자신의 눈을 의심했었다. 남편이 그 골목으로 어떤 여자와 들어가는 모습이 눈에 언뜻 띄지 않던가. 이 넓은 서울 바닥에서 하필 이런 우연이 있을까 싶다. 부랴부랴 친구와 커피숍 앞에서 작별을 한 후 남편이 들어간 골목으로 재빠르게 따라갔다. 신속하게 행동을 했으니 망정이지 조금만 늦었어도 목견을 못 했을 뻔했다. 러브호텔로 팔짱 낀 여자와 막 사라지는 남편의 불륜 행위가 목격되지 않던가.

토요일 오후였다. 추근추근 비도 내린다. 우산 한 개를 두 사람이 함께 들고 가는 모양이었다. 여자가 남자의 팔짱에 매달려 간다. 처음에는 설마 했지만 의심을 떨쳐 버릴 수가 없었다. 강희가 뒤따라가는 것을 전혀 눈치 못 채고 그들은 짐작대로 러브호텔로 들어간다. 그들이 러브호텔로 사라진 뒤 강희는 눈이 확 뒤집힌다. 무척 충격이 컸다. 심장도 터질 것만 같았다. 이 일을 어떻게 해야 좋을지 당황스럽기만 했다. 얼마 동안을 러브호텔 앞에서 머뭇거렸다. 한참 안절부절못했다. 믿었던 남편이 저런 짓을 하다니 참담한 심정이었다. 경찰에 신고를 할까 생각도 했었지만 참았다. 러브호텔 간판과 시간을 체크하고 여자의 인상착의와 옷차림을 확인한 다음 끓어오르는 분노를 움켜잡고 집으로 돌아왔다.

더 이상 추적은 러브호텔 측으로부터 협조를 얻어야 확인이 가능하겠지만 고객 보호차원에서 업주가 거기까지 협조해 줄 까닭도 없을 것으로 미뤄 짐작, 이 정도에서 멈추고 말았다. 선호와의 결혼 생활에 문제가 발생하고 있음이다.

그날 저녁 강희는 선호에게 조용히 따져 물었다. 당황한 선호는 변명을 해볼까도 했지만 고심하는 강희 앞에서 차마 거짓말까지 내놓을 수는 없었다. 전후 사실 몽땅 선호는 솔직하게 고백했다. 처음 만나게 된 동기는 룸살롱이었고 거나하게 술이 취한 상태였다고 설명을 시작했다. 이미 알고 있는 듯한 강희에게 구차한 변명 따위로 강희 마음을 아프게 할 수 없다는 의도에서 그랬다.

공직에서 허가권 민원자리에 있다 보니 술대접 정도는 자주 있었다. 그날도 혼자가 아니라 국장을 따라 나갔다. 그럴 때는 식사로부터 술자리까지 대접이 융숭했다. 또한 도우미의 유혹도 여간 아니었다. 선호는 지위가 높은 공직자는 아니었지만 민원 자리에 있다 보니 술자리는 쉽게 얻어지는 입장이다. 지방행정 5급 고시 사무관이었다. 꼬챙이는 거꾸로 들어갈 수가 없다. 진행되는 업무가 하향식도 있다지만 상향식도 많다. 우리나라 모든 정부 부처 각 분야가 실무 담당은 대개가 사무관이나 6급 주무관들로부터 민원은 시작된다.

허가권을 가지고 있는 민원부서는 가만히 있어도 술은 생긴다. 중요보직의 사무관이나 주무관들에게는 더욱 그렇다. 크고 작은 민원 업무들이 줄줄이 서 있다. 유혹에 빠져들기 십중팔구 거절한다는 것도 쉽지 않다. 구청에서 과장 대리는 중간 간부다. 초급 사무관이기에 과장 대리다.

대접을 받는 자리에 미인계는 필수다. 그런 날의 분위기들은 도우미들이 좌우한다. 청탁의 자리라는 것도 그들이 먼저 안다. 청탁의 자리라면 당연히 대접받는 사람으로 분위기가 쏠린다. 대접받는 사람의 분위기가 만족해야 청탁하는 물주의 목적이 이루어진다는 것쯤은 도우미들도 잘 안다. 그럴 때의 물주는 봉사료에도 인색하지 않는다는 것은 도우미들이 직업에서 터득한 상식이다. 대접받는 손님이 녹아떨어질 때까지다. 이쯤이라면 어떤 사내라고 자유로울 수가 있겠는가?

이튿날 아침 부랴부랴 서둘러 러브호텔을 빠져나온 선호는 출근시간에도 빠듯했다. 집에 들러 속옷을 갈아입고 나올 시간도 없었다. 선호는 그렇게 외박을 했다. 큰 실수이었다. 그랬어도 강희는 선호에게 의심 따위는 없었다. 평상시와 다름없이 가정은 잘 돌아갔다. 그렇다. 선호 역시 아내가 부족해서 한눈판 것은 절대 아니다. 술기운이 아니면 호기심이다.

강희는 선호를 지극히 사랑한다. 그랬으니 S그룹 인사전략팀에 공채로 입사를 했고 경리실에 있었으니 회사에서도 인정을 받지 않았던가. Y대학 출신에 입사 성적도 좋았고 인상도 좋았으니 그것도 그룹 총괄 상무이사 비서실로 발령을 받았었다. 대단한 자리이었다. 그런 강희가 거절을 해서 경리 팀으로 왔다. 강희가 사표를 제출했을 때는 상무이사까지 놀라는 표정이었고 사표를 반려까지 했었다. 그런 자리를 선호도 그랬고 부모님들까지 권고도 있었기에 미련 없이 버리고 퇴사를 하고 가정으로 돌아온 강희다. 그만큼 강희는 선호를 신뢰했고 극진히 사랑했다. 그런데 선호가 실수를 했다.

술김에 우연히 하룻밤 지냈던 일이 원인이 되었다. 그건 호기심이었지 가정을 버릴 만큼은 아니었다. 잠시 동안이었지만 윤양을 좋아는 했었다. 윤 양에겐 미안했지만 그게 전부이었다. 선호를 사랑했던 윤 양도 마찬가지다. 직업이 그렇다 보니 스쳐 가는 남자들도 많다. 그중엔 선호보다 인물 좋고 돈 많고 마음 따뜻한 남자들 얼마든지 있었다. 윤 양을 따라다니는 사내들 또한 부지기수다. 그중엔 진실한 사람도 없지 않다. 그런데 하필 선호와 정이 들었다. 윤 양에게 선호는 누구와 같이 돈이 많은 사람도 아니다. 지방행정 5급 고시 출신일 뿐이다. 크게 지위가 높고 비전 있는 사람도 아니다. 그런데도 윤 양은 선호를 좋아했다. 예측 불가능한 불륜일 뿐이었다.

아내와 정부는 엄연히 달랐다. 아내의 사랑이 있고 정부의 사랑이 따로 있다는 생각을 했었다. 그게 때로 혼란을 겪게 했는지 모르겠다. 아내의 사랑은 깊고 진실하다면 윤 양의 사랑은 산뜻하고 화려했다. 아내는 마음의 사랑을 하고 윤 양은 율동적 사랑을 했다. 아내는 깊고 진한 사랑을 하지만 윤 양은 몸짓으로 좋아한다. 윤 양은 한 번 만나면 두 번 만날 수 있는 매력을 가진 여자라고 여겨진다. 한때 정도 오가고 사랑도 했었다.

그러나 선호에게 있어 그 실수는 엄청난 사건으로 비화해 비운을 가져오게 되었다. 끝내 강희가 집을 뛰쳐나왔다. 다른 실수라면 강희는 모두 용서를 할 여자다. 그런데 여자관계이기 때문에 용서가 안 되었다. 엄마를 용서 안 하듯이 남편도 마찬가지다. 하긴 부부가 이혼하기까지는 대부분 삼각관계로 오지 않던가. 줄타기 인간의 삶에서 실수는 언제든지 올 수 있다. 그럴 때 서로간 신뢰가 필요하고 이해도 필요했다. 그런 시련을 양자가 지혜롭게 견디지 못하면 헤어져야 하는 불행이 닥쳐올 수 있다. 강희가 그랬다. 선호를 만나면서 직장까지 버리는 극단 선택을 했다. 모든 것을 포기하면서 강희는 가정에 올인을 한다고 했다. 그런 소중한 가정을 강희는 떠났다. 결벽증이 강희를 그렇게 만들었다.

남편 곁을 떠나지만 어린 딸까지 두고 떠날 수는 없었다. 남편의 외도를 한 번쯤 슬기롭게 넘겨주면 가정이 모두 편할 테지만 문제는 앞으로 남편과의 성생활을 도저히 지속할 수가 없을 것 같다는 생각이다. 부부가 한 침대에서 살을 맞대고 지내면서 성생활을 기피한다는 것은 고통이다. 그 고통은 강희 쪽 보다 선호 쪽에 있다고 여겨졌다. 두 아이를 가졌지만 아직 선호와의 결혼생활은 시작에 불과하다. 선호에게 성생활을 거부한다는 것은 일종의 고문이다. 그게 한두 번이나 일시적인 것도 아닐진데 일생동안 거부하면서 어떻게 같이 침대 생활을 한다 할까. 곰곰이 생각을 해 보지만 강희는 머리를 흔든다. 그럴 바엔 차라리 떠나는 것이 현명하다는 결론이다.

─두 번도 아니고 남자가 한 번 실수를 했다고 그게 가정까지 파괴할 일이라 더냐? 아범도 뉘우치고 있잖니. 한번 믿어 볼 일이지 꼭 이래야 되겠어?

옆에서 지켜보던 시어머니도 속이 터졌든지 맘대로 해보라고 역정을 낸다. 그렇다고 강희 마음이 달라지는 것은 아니다. 자신은 절대 엄마의 전철을 밟아서는 안 된다고 마음을 다져왔었다. 엄마는 성이 그리워 어린 강희를 버리고 남자를 따라갔다. 할머니는 그런 엄마를 일러 화냥년이라고 했다.

특히 선호가 애타게 만류했지만 강희의 고집을 꺾진 못했다. 무엇보다도 선호와 성생활을 할 수 없다는 진심도 털어놓았다. 선호는 삼십 대 초반이다. 한 이불 속에서 그런 선호와의 성생활을 거절한다는 것은 고문보다 더 견디기 어려운 고통이었다. 강희 자신이 받아줄 수가 없다는 것이다. 강희는 앞으로 더 이상 성생활을 지속할 수가 없다는 생각이다.

선호의 성기에 윤 양의 음액이 함께하고 있다는 과대망상이다. 자궁벽에 착 달라붙은 윤 양의 음액은 아무리 씻어내도 씻기지를 않을 결벽증 증세다. 이미 강희는 정상적인 개념을 떠나고 있다. 그 결벽증은 강희에게 정상적인 성생활을 거부한다. 불행한 일이 아닐 수 없다. 선호가 접근해 올 때마다 윤 양의 음액이 묻어온다는 선입감 때문에 도저히 강희는 받아줄 수가 없는 증세로 깊어갔다. 그럴 때면 영락없이 엄마와 최철민의 몸뚱아리가 뒤엉키는 추한 모양새가 떠오른다. 그런 상상에 몰두하면 선호의 접근을 도저히 받아 줄 수가 없다. 때문에 잠자리에서 선호의 접근을 거절할 수밖에 없다면 이는 지독한 고문이요 죄악이란 생각이 앞선다. 아무리 생각을 달리하려고 몸부림치고 자신을 자학해도 마음먹은 대로 그게 안 되고 있다. 분명 지독한 고통이다. 강희뿐만이 아니다. 선호의 고통도 마찬가지다. 성생활이 안 되는 부부생활을 어떻게 지속할 수가 있을까? 강희는 선호를 무척 사랑한다. 사랑한다고 성생활이 가능한 것은 아니다. 사랑하는 사이라면 성생활은 문제 될 것이 없다고 하겠지만 선호에겐 그렇지가 않다. 당장은 힘들어도 마음 착한 선호를 위해서라도 헤어져야 마땅할 것이다.

변신

　막무가내로 뿌리치고 결국 집을 나왔지만 막상 강희 자신도 막연했다. 어떤 대책이 있었던 것도 아니고 갈 곳이 마련된 것도 아닌데 집을 뛰쳐나왔다.

　여자 혼자 살아가려면 수중에 돈이라도 있어야 했다. 그런데 강희는 당장 쓸 돈도 없었다. 차비조차도 없었다. 속 보이는 것 같아서 수중에 있던 생활비까지 몽땅 털어놓고 집을 나왔다. 말리다 못 한 남편도 그랬지만 시어머니도 단념을 했는지 수진이는 떼어놓고 가라고 윽박질렀다.

　ㅡ수진이는 제가 데리고 갈 겁니다. 누구에게도 맡길 수 없어요.

　엄마를 찾으면서 울고 지낼 수진을 생각한다면 그건 절대 포기할 수 없는 일이었다. 엄마 없이 어린 시절을 보내야 했던 강희로서의 뼈아픈 상처다. 딸 수진에게까지 엄마 없는 슬픔을 넘겨

줄 수는 없다는 생각이다. 이것이 남편의 뜻과 시어머니 뜻을 따를 수 없는 조건이었다.

－수진이는 제가 키워서 보내 줄 거예요. 걱정 말아요!

수진이가 이다음에 커서 자립할 때쯤 되면 보내주겠다는 것이다. 당신의 피붙이 상처 내지 않고 곱게 길러서 보내주겠단다. 엄마 없는 슬픔을 수진에게까지 고통을 넘겨주어서는 아닌 된다는 강희의 절대적 고집이었다.

－대신에 호진은 당신에게 맡길게요.

수진을 등에 업고 강희는 달랑 속옷을 포함 몇 가지 옷만을 가방에 챙긴 다음 길을 나섰다. 거센 바람을 타는 눈발이 대각선으로 펄펄 난다. 그 눈길 속을 강희는 시름시름 걸어 나갔다. 연민의 눈길로 건너다보는 남편 선호와 시어머니 시선을 뒤통수에 매단 채 기어코 집을 뛰쳐나왔다.

무작정 길바닥을 걸었다. 허공을 나는 눈발처럼 강희 생각도 어지러웠다. 도대체 무얼 어떻게 해야 할지 강희 자신도 대책이 없다.

하루에 한 번꼴로 다니던 동네 시장 골목 간판들이 그녀의 눈길을 수없이 스쳐도 아무것도 잡히질 않는다. 골목을 빠져나와 대로변에 다다랐지만 막연한 건 마찬가지다. 얼마를 걸었을까? 지나가는 시내버스가 강희 앞에서 멈춘다. 아무 생각 없이 버스에 올랐다.

길바닥에 깔려있는 승객들을 태우고 내리며, 버스는 분주하게 내달린다. 버스 창문 밖으로 서울역이 보인다. 강희는 버스에서 내렸다. 별다른 생각도 없었다. 강희는 역으로 들어갔다. 무의식이 의식을 지배하듯이 발길 닫는 대로 매표창구 앞으로 간 강희는 외투 주머니 속으로 손을 깊이 찔러 넣었다. 다행히 손에 잡히는 물체가 한 움큼 있었다.

─자 이거라도 가지고 가.

결코 강희의 고집을 꺾지 못한 남편이 어떻게 해볼 도리 없다는 체념에서 강희 외투 주머니 속에 찔러준 돈이다. 반으로 접힌 지폐가 주먹에 뿌듯하게 잡힌다.

당신 이대로 나가면 돈 한 푼도 줄 수 없다고 어깃장을 부릴 때 강희는 오기로 한 달 생활비 조로 쓰던 수중에 있던 돈까지 몽땅 털어놓지 않았던가. 가계부 책갈피 속에 남아 있던 그 돈을 남편이 억지로 강희 주머니 속에 찔러주었다. 주로 만 원권에 천 원짜리 몇 장도 섞어서 육십만 원 정도는 되리라 짐작이 된다.

그녀는 만 원권 한 장을 꺼내서 매표창구 속으로 밀어 넣었다.

─어디요?

─…….

매표원이 묻는 말에 선뜻 강희는 대답을 못 했다.

─손님, 어디예요?

뒤에 기다리는 사람들이 많은데 어물거리는 강희의 태도에 매표원은 신경질이 났던 모양 다그친다.

피붙이들이야 그렇다지만 대학 동창들 중 가깝게 지낸 친구들도 없지 않지만 이런 꼴로 누구도 찾아가고 싶지는 않았다. 세상이 모두가 싫어졌다.

　一그 돈만큼 그냥 알아서 주세요?

　一뭐라고 하셨어요? 지금 이 돈 액수만큼 표를 달라고 하셨습니까?

　매표원은 다소 의아한 듯 억양을 높이더니 강희를 다시 건너다보고는 약간 고개를 갸우뚱한다. 속으로 미친 여자가 아닌가 생각하는 모양이다. 기차를 타고 무작정 가다가 맘 내키는 대로 내리겠다는 생각이다.

　一그 액수만큼 달라구요.

　一바쁜 사람 붙들고 지금 장난하는 거 아니지요?

　자기 잘못은 없으니 설령 잘못되었다 해도 원망은 말라는 식이다.

　一주세요.

　매표원이 어떻게 생각하든 강희 역시 상관하고 싶지 않다. 모두 체념상태다.

　一장항선 무궁화호 지금 바로 홈으로 나가면 탈 수 있을 겁니다.

　매표원은 티켓과 거스름돈 동전 몇 개를 창구 밖으로 밀어준다. 티켓을 받아든 강희는 목적지가 어딘가 행선지를 들여다 보았다. 장항선 마지막 역까지다.

　영등포를 출발, 안양역을 지나면서 탄력을 받은 기차는 바람을 가르며 전속력으로 달리기 시작한다. 우선 집구석에서 웅크리고 앉아 속 끓이는 것보다 후련하단 생각이 든다.

눈발이 점점 커진다. 온통 세상은 하얀 눈발에 뒤덮인다. 등에 업힌 수진은 엄마가 지금 무슨 짓을 하고 있는지 알바 없다는 듯 색색 잠들고 있다.

─수진이 돌잔치 음식점에서 할까 아니면 집에서 할까?

─집에서 내 손으로 해주고 싶은데 당신은?

─그러면 나야 더 좋게 생각하지!

수진 돌잔치에 행복한 고민을 하던 선호의 말이 엊그제이었는데 그 돌잔치마저도 뿌리치고 나왔다. 이왕 떠나려면 미련 두지 말고 빨리 떠나는 것이 좋을 듯 싶었던 강희다.

도시지역도 스치고 들판도 지나면서 기차는 얼마쯤 내달렸다. 창밖으로 건축물들이 운집한 도시 지역이 강희 눈에 띈다. 갑자기 내리고 싶은 충동감이 생긴다. 천안역을 지나 장항선에 들어선지 두 번째 도시다. 목적지가 따로 있는 것도 아니기에 잠시 망설이던 강희는 서둘러 내렸다. 온정역(온정은 없다)이다.

해가 질 녘이다. 막상 내리고 보니 역시 막연했다. 길가에 늘어선 건물마다 광고판들은 형형색색으로 번쩍거린다. 어디로든 가야 한다. 어디로 갈까 생각해 보지만 모두가 낯선 도시풍경이다.

원래 아는 사람이 있어서 집 떠나온 것은 아니다. 각오는 되어 있다. 강희 자신이 선택한 길이기에 후회할 일도 아니다.

서울을 떠나올 때 내리던 눈발은 많이 가늘어졌지만 하얗게 세상을 덮고 있다. 하얀 눈길을 밟으며 강희는 온정역 광장을 나와서 횡단보도를 건넌 다음 왼쪽으로 꺾어져 3백 미터쯤 걸었다. 온정관광호텔이 눈에 띈다. 호텔과 같은 건물 안에 신정관이란 대중 온천탕도 눈에 띈다. 조카 단종을 몰아내고 왕위에 오른 세조가 피부병에 못 견뎌 치료차 왔다는 역사가 있는 온천탕이다. 그리고 좌측으로 길 건너편에는 제일호텔도 있다. 부도 사태로 한때 나라 안이 온통 떠들썩할 정도로 언론에 오르내렸던 영동그룹의 모체란다. 소녀시절 식모살이로부터 시작을 했던 어느 여인의 삶이 몽땅 묻어나는 듯한 간판이 손님들을 호객한다. 보기 드문 여걸이었다.

하나씩 길가에 늘어선 간판을 더듬으며 강희는 걸었다. 짧은 겨울 해는 구름 낀 서쪽 하늘에서 불길 같은 황혼을 발사하면서 무지개를 띄운다.

─엄마 엄마 저 무지개 좀 봐!

어릴 때 엄마 손을 잡고 무척도 좋아했던 무지개를 모처럼 보게 되니 감개가 무량하다.

날씨가 어두워져도 들어갈 만한 곳이 마땅치 않다. 아까보다는 가늘지만 아직도 눈발은 계속된다. 싸늘하게 몰아치는 찬바람에 목덜미로 오싹 냉기가 스며든다.

설렁탕 전문집이 눈에 띈다. 따끈한 국물이 생각난다. 온종일 신경을 끓였더니 속이 쓰리다. 정처 없이 집을 떠나온다는 것이 그게 어디 보통 사람이 할 짓이라더냐. 스위스 모텔이란 간판도 눈에 띈다. 피로와 함께 몸이 늘어진다. 어디라도 들어가서 무얼 먹든지 아니면 따뜻한 온돌방에서 이불을 뒤집어쓰고 편안히 눕고 싶다.

'이러면 안 되는데,' 강희는 주먹을 불끈 쥔다. 등에 업힌 두 살배기 수진은 아직도 곤히 잠들고 있다. 엄마의 손으로 정성껏 음식을 만들어 돌잔치를 해주겠다는 꿈은 망상에 불과했나 보다.

첫날부터 마음을 이렇게 약하게 먹으면 앞으로 어린 것을 데리고 험한 세상 혼자 어떻게 살아갈 거냐고 강희는 자신을 다짐한다.

강희는 설렁탕집으로 들어갔다. 간단하게 먹을 수 있는 메뉴로 갈비탕도 있다지만 따끈한 설렁탕 국물이 더 구미를 당긴다. 물, 컵을 가지고 따라온 젊은 여자 서빙에게 강희는 설렁탕을 시켰다. 크진 않지만 정갈하게 꾸며 놓은 인테리어다. 몇 테이블 손님들도 있었다. 지글지글 연기를 풍기며 소금구이를 즐겨 먹는 남녀 네 명의 손님들은 부부 동반 같기도 하다. 남편 선호가 가끔 시어머니 모르게 강희를 밖으로 불러내어 외식을 할 때는 꼭 소금구이를 시켰다.

강희는 머리를 턴다. 이제 남편 선호는 잊어야 할 사람이다. 멀리 떠난 부부의 관계는 다시 돌아오지 않을 것이다.

마침 방바닥도 따끈했다. 강희는 등에 업힌 수진을 방바닥에 내려놓고 얼굴을 내려다본다. 막 잠에서 깬 수진은 엄마 얼굴을 올려다보면서 방긋 웃는다. 강희는 수진을 꼬옥 껴안는다.

　―맛있게 드세요.

　서빙 도우미가 설렁탕을 강희 탁자 위에 차려준다. 뚝배기 안에서 김이 모락모락 피어오른다. 먹음직스럽기도 해서 강희는 한 스푼 국물을 떠서 맛을 본다. 수진의 건강은 바로 엄마의 건강이란 생각이 든다. 입맛은 쓰지만 뜨끈한 국물 맛에 곁들어 국수가닥 사리를 몇 젓가락 떠먹어 봤지만 더는 목구멍을 넘어가지 못했다. 숟가락을 내려놓았다. 대신에 뚝배기를 들고 국물은 홀짝홀짝 마셨더니 추위가 풀린다. 수진에게도 국물과 밥 알갱이를 조금씩 떠서 입에 넣어주었다. 보채지도 않고 웬일인지 오늘따라 주는 대로 오물오물 잘도 받아먹는다. 엄마를 잘못 만난 수진이가 갑자기 불쌍한 생각에 가슴이 울먹한다.

　―몇 살인가 예쁘게 생겼네요.

　서빙 도우미가 수진을 내려다보며 빈 그릇을 쟁반에 챙겨간다. 식당에서 멀지 않은 곳에 모텔을 잡았다. 서빙 도우미의 소개를 받았다.

　―우리 언닌데 조용한 방 있어요?

　여자 혼자 장기 투숙을 할 계획에서 구석진 조용한 방이 필요했었다. 신혼여행으로 제주도 어느 호텔에서 선호와 같이 지내보고 두 번째 외박인지라 주위가 사뭇 낯설었다. 구석진 방이라 창문이 옆 건물과 마주하고 있어 답답한 감이 없지 않았지만 거처가 마련될 때까지 이곳에서 며칠은 더 있어야 할 것 같다.

밥을 먹어서 그랬던지 수진은 쉽게 또 잠이 든다. 집에서는 그러지 않던 아이가 밖에 나오니 오히려 칭얼대지 않아 다행이다 싶다. 온종일 고심했던지라 불과 몇 시간이 지나지 않아 잠이 깬다. 눈 내린 허허벌판 길을 잃고 허둥대다가 꿈에서 깨었다. 강희 신세를 잘 반영한 꿈인가 싶다. 새벽 세 시경이다. 작은 소음까지도 끊겨서 그랬던지 사방이 온통 정적에 잠긴다. 다시 잠을 청하려 했으나 집을 떠나올 때 일그러진 남편의 표정과 분을 못 참아 울부락거리던 시어머니의 표정이 자꾸 떠오른다. 정말 엄청난 사건이다. 진정 내가 험악한 세상에서 혼자 살아남을 수 있을까 두려움뿐이다.

선호는 여러 차례 실수했다고 진정으로 강희에게 사과를 했었다. 그랬어도 강희는 고집을 풀지 않았다. 어느 가정이든지 이만한 실수와 불화쯤 얼마든지 있을 테지만 가정까지 깰 수는 없기에 서로 이해하면서 잘들 지내고 있지 않던가? 그런데 왜 하필 강희만 아니 되는 것일까? 어쩌자고 가출해서 여기까지 왔는지 어린 수진을 데리고 앞으로 어떻게 하려고? 긴 밤을 지새우던 강희는 새벽녘에서야 잠이 들었던 모양이다.

문을 두드리는 소리에 잠이 깼다.

—젊은 여자가 혹시 나쁜 맘 먹지나 않았나 싶어 조심스러워서 깨웠다오?

주인아주머니의 넉살이다. 식당 집으로부터 소개를 받았기에 신경이 써지더라는 것이다. 하긴 어린 것을 데리고 모텔을 찾아들었으니 그런 의심도 받을 수도 있으리란 생각이다.

―죄송합니다. 맘 써주어서 고맙고요.

강희는 몇 시간 동안 시내를 쏘다녔다. 우선 직업소개소를 찾아 무작정 헤매었으나 눈에 띄질 않았다. 없지는 않을 테지만 지방 도시라 흔치는 않은 모양이다.

어디를 가나 부동산이란 간판은 흔했다. 혹시나 하는 생각이었다. 곧 해 질 녘이라 그랬던지 안에서는 불이 환하게 켜져 있다. 강희는 별다른 기대도 없이 문을 열고 들어갔다. 대여섯 명의 60대 아저씨들이 점 백짜리 고스톱들을 치며 소일하고 있었다.

웬 젊은 여자가 어린애를 들쳐 업고 때늦게 들어오는 것이 이상했던지 아저씨들 시선이 일제히 강희에게로 쏠린다.

―늦게 무슨 일로 찾아왔어요?

그중에 한 아저씨가 묻는다.

―혹시 일자리 좀 있을까 하고요.

강희는 담담하게 대답을 했다.

―일자리는 직업소개소로 찾아가야지요?

좀 엉뚱하다는 듯이 책망 비슷하게 답변을 한다.

―늦게 어린애를 데리고 무슨 일자리를 찾는다고 왔어요?

화투장을 부채처럼 손에 펼쳐 든 채, 강희 맞은편에 앉아있는 아웃도어 차림의 아저씨가 되묻는다. 다소 의아한 말투다.

―갈 곳이 없어서요.

―그럼 집이 이곳이 아니란 말예요?

―네에.

―어디서 왔는데요?

―서울서 왔습니다.

―그럼 가출했단 말인가요?

이번엔 그 옆에 앉은 아저씨가 흥미 있다는 듯이 강희를 올려다보며 묻는다.

그 질문에는 고개를 숙이고 대답을 못 했다.

―이제 그만들 하지.

강희에게 말을 건네던 아웃도어 차림의 아저씨가 일행들을 바라보며 화투장을 내려놓는다.

―갈 곳이 없는 모양인데 우선 우리 집으로 갈래요?

―자네 집으로 데리고 가서 무얼 어쩌려고?

강희가 부동산에 들어가자 제일 먼저 말을 걸었던 가게주인아저씨가 엉뚱하다는 듯이 묻는다. 일행들도 호기심 어린 눈으로 아웃도어 차림의 아저씨를 바라본다.

―우선 저녁이라도 먹여야지. 또 젊은 여자가 어린 것 하고 숙박업소를 드나들 수도 없는 일일 테고.

강희는 다소 황망했다. 대뜸 집으로 가자는 그 아저씨의 태도가 경솔하지만 남을 해칠 그런 아저씨는 아니듯 싶기도 했다. 상대가 60대 중반으로 보이는 노인이요 또 강희 처지가 애까지 딸린 처지가 아니던가? 집에는 가족도 있을 것이다. 낯선 여자를 집으로 데리고 간다는 것도 쉬운 일은 아닐 텐데 아무 거리낌도 없이 하는 말이 사심은 없을 듯싶었다.

ㅡ저래도 저 아저씨, 보기보다 좋은 분야, 따라가도 괜찮을 거야.

복덕방 주인아저씨가 훈수까지 한다.

아저씨는 상가 건물 4층에서 할머니와 단둘이 살고 계셨다. 초등학교 교장을 마지막으로 정년을 맞은 분이란다. 연금도 있고 상가에서 나오는 월세도 연금보다 더 많은 돈이 나온단다. 삼 남매 자녀들은 모두 직장 따라 서울로 살림을 내주고 내외분이 별 걱정 없이 여생을 지내는 편이란다.

ㅡ애기 엄마 처지가 딱해서 데리고 왔어요. 복잡하게 생각하지 말고 우선 저녁이라도 같이하면서 사정 이야기를 나눠봅시다.

ㅡ이이는 모두가 자기 맘대로라니까. 어서 와요, 어린 것 하구 추운데 고생이 많겠네.

처음엔 뜨악한 표정으로 남편을 힐끔 곁눈질한 부인은 강희를 살피고 나서

ㅡ얼른 애기 내려놓고 우유라도 먹여요, 어린 것이 춥겠다.

사모님은 서둘러 주방으로 가서 밥상을 챙겼다. 강희까지 세 사람이 식탁에 둘러앉아 식사를 나눈 다음이다.

난데없이 데리고 들어온 불청객에 한마디쯤 불평도 있으련만 전혀 그런 내색도 없는 부인의 성품이 세상을 고분고분 살아온 모습이었다.

자초지종 강희의 사정을 듣고 난 아저씨다.

─부담 갖지 말고 내 집에 머물면서 천천히 일자리를 알아봐요. 젊은 여자가 어린 것하고 잘못하면 큰일나겠다.

─그렇게 해요. 부담 갖지 말고 편이 지내요. 빈방도 있겠다 그깟 식사 몇 끼야 같이 못하겠수.

거실 소파를 비롯한 살림살이들은 다소 구형들이지만 한때는 인기가 좋았던 자개장이 눈에 뛴다. 매화나무 가지에 앉은 공작새가 꼬리를 길게 늘어뜨리고 있는 연결무늬 장이다. 유행은 지났다 하지만 지금도 화려한 멋이 품위가 있어 보였다.

─두 식구 살기 적적한데 당신도 잘됐지 뭐, 딸같이 생각하고 당분간 지내보자구?

아내의 허락도 없이 경솔했던 자기 행동에 조금은 어색했던지 그런 식으로 아내에게 동의를 얻는다.

─그럴게요.

애까지 데리고 다닐 정도로 처지가 딱한 여자가 설마 나쁜 짓이나 할까 싶었던지 부인도 별 의심 없이 편안하게 받아준다. 일생동안 교직자 아내로 조용하게 살아온 성품이 그대로 나타난다.

─고맙습니다.

오다가다 만난 여자를 집으로 데리고 들어와 한 식구처럼 지내자고 하니 정말 고맙게 받아들이는 마음이었다. 누가 누굴 믿는다는 것이 쉬운 일은 아닐 텐데 저렇게 쉽게 사람을 믿다가 무슨 꼴을 당하려고, 처음엔 아저씨의 호의가 의심스러웠지만 강희도 역시 믿음이 갔다.

기둥뿌리 박고 살아가는 두 노인들이 설마 별짓이나 할까 했다. 또한 아무것도 가진 게 없는 강희로서는 크게 잘못되어 봐야 여자의 몸뚱어리다. 아이까지 딸린 여자에게 그런 못된 짓까지야 할까 싶기도 했다. 당분간이다. 당분간만 견디며 대책을 마련해 보겠다고 강희도 두 내외의 호의를 믿었다. 우선 거처가 마련되었으니 강희는 당장 급한 불은 껐다.

지상 5층 건물 옥탑이다. 작지만 거실 있고 부엌도 있다. 이어서 방도 두 개가 있다. 목욕탕도 있다. 가게를 운영하면서 간단하게 생활할 수 있도록 꾸민 방이다. 독신 생활하기엔 불편이 없을 만큼 공간을 가지고 있었다. 강희를 그곳으로 아줌마가 안내를 한다. 이층에서 커피숍을 운영하던 여자가 생활을 했던 곳이란다. 붙박이 서랍장도 있다. 방을 비운 지 얼마 되지 않았던지 곰팡이 냄새도 없어 다행이다 싶다.

─마땅한 일자리는 나도 알아볼 테니 서둘지 말고 천천히 알아봐요.

조급하게 서둘지 말라고 강희를 격려한다. 강희로서는 다행스럽다는 생각이 든다. 아저씨 말대로 서둘 필요는 없을 것 같다. 일단 강희는 이렇게 타지생활을 시작했고 레스토랑을 시작한 것도 아저씨의 안목과 권고였다.

레스토랑은 11시쯤 영업이 끝난다. 자정이 가까워 올 시간대다. 손님은 대개 열 시쯤이면 끊어진다. 열 시가 넘으니 코너 쪽 테이블에서 커피를 마시며 정담을 나누던 젊은 데이트족이 업주의 눈치를 보더니 계산을 마친 다음 '잘 쉬었다 갑니다.' 꾸벅 인사까지 한다. 마지막 손님이다.

주방 아줌마도 청소를 마치고 서둘러 퇴근을 했다. 홀 청소가 끝난 후 서빙 하던 은진이도 퇴근을 했다. 이제부터 혼자 남은 강희는 하루 매상을 계산도 하고 내일 영업 준비를 마친 후 막 퇴근할 무렵이다.

만남의 광장처럼 들어오고 나가는 사람들로 온종일 떠들썩했던 홀은 은진이 마저 퇴근을 하고 보니 분위기가 갑자기 어떤 무게에 짓눌린다. 음악마저 껐더니 더구나 그렇다. 온종일 듣다보면 음악 소리도 지겹다. 클래식 같은 것은 더구나 시끄러워 귀가 먹먹할 정도 정신이 어지럽다.

오늘도 평균치보다 장사가 잘된 편이다. 재룟값 계산부터 임금과 기타 잡비까지 비용을 공제하고도 마진은 곱절로 올랐다.

이 업소를 처음 시작할 때는 막연했었다. 경험도 없었고 더구나 맨손이라서 엄두도 내지 못했던 일이었다. 그런 지경에서 리모델링을 하고 간판을 걸고 오픈까지 준비하는데 일들이 한두 가지가 아니었다. 혼자는 절대 엄두도 못 낼 일이었지만 건물주인 아저씨의 주선으로 오픈이 가능했었다.

커피숍을 했던 자리다. 영업이 부진했던 탓으로 손님 발이 끊어졌다. 본래 손님이 없었던 자리는 아니었는데 영업이 실패한 이유는 경영부실이었다고 한다. 영업주가 어떤 남자를 사귀면서 경영에 소홀했다. 그 후 손님이 떨어지기 시작해 최근에는 집세도 못 내는 형편으로 전락해 버렸단다. 이럴 때는 임대인이나 임차인도 쌍방이 모두 어려워진다.

그럴 즈음에 강희가 나타난 것이다. 주인아저씨는 가게를 강희보고 이용해 보라는 것이었다. 처음 강희에겐 당치도 않은 권고였다. 몸뚱이뿐인 강희에게 경험도 없이 무슨 재주로 가게를 운영해보라는 것인지 도무지 엉뚱했다. 감당할 수가 없었던 강희는 솔직한 심정으로 사양했다.

─내가 뒤를 봐줄 거야, 걱정 말고 시키는 대로 해봐.

그냥 흘리는 정도가 아닌 주인아저씨는 진지했다.

─저는 뜨내기예요. 훌쩍 야반도주하면 그만인걸요?

─걱정할 것 없다. 난 자네를 믿는다.

─저 경험도 없어요? 그래서 드리는 말씀인데 설령 장사가 안 되면 어쩔려구요. 저 책임질 능력 없다는 것 잘 아시잖아요. 자신 없어요.

─알고 있다. 자네보고 책임지라고 하지 않을 테니 걱정 말거라. 정히 자네가 못 할 땐 다른 사람에게 맡겨도 된다.

주인아저씨의 권고다. 첫째 목이 좋은 편이고, 둘째 강희가 젊고 인물이 받쳐주는 데다 착실했다. 셋째 건물도 깨끗했으니 가능하다는 생각이다.

모든 시설은 주인아저씨가 꾸며주겠단다. 대신에 은행이자를 포함 월세는 강희가 감당을 하는 조건이다.

─그렇다면 자네는 밑져야 본전 아냐?

그런 소리를 하는 아저씨는 씩 웃기까지 했다. 아저씨는 건물을 담보로 전액 은행에서 대출을 받아서 사업비를 충당해 주었다. 강희가 마음 결정을 하기까지는 주인아저씨의 이런 확신 때문이었다. 간판은 향촌 레스토랑으로 아주 산뜻하게 달았다. 아저씨의 안목이었다.

─사람보다 사실은 간판이 영업을 해주는 거야.

간판을 올려다보는 아저씨는 흐뭇해했다. 막상 오픈을 하고 보니 망설일 때와는 달리 손님이 많았다. 커피숍을 했던 자리라서 커피를 마시러 오는 손님들도 꽤나 많았다. 점심 식사 때와 저녁식사 때는 좌석이 없어 손님을 못 받을 정도다. 지방 도시 먹거리는 아니라지만 중심 번화가다. 공공건물로는 군청이 있고 거기에 따른 사무실들이 많이 위치한 지역으로서 상권이 살아있는 규모가 있는 사거리 풍경이다. 농협도 있고 소형병원도 있다. 갈빗집도 있고 일식집 중화요리도 있다. 근처에 초등학교도 있고 은행들도 있다. 옷가게도 있고 약국도 있다. 따지고 볼 때 목이 좋은 편이다. 어떻게 보면 욕심도 내 볼 만한 장소였다. 물론 독점은 아니었다. 읍내에서 동업자 업소가 하나 있었으나 위치도 그렇고 규모도 적은데다 시설도 비교가 되지 않았다. 물론 손님은 날아다니는 새 떼와 같다. 참새 떼들은 앉는 자리가 따로 없다. 숲만 잘 어우러져 있으면 쫓아도 새들은 날아든다. 나중에 안 일이지만 밀어 붙이기 식으로 권고했던 주인아저씨는 나름대로 계산이 있었음이다.

먹는장사는 여자 장사다. 손님들의 시선을 끌어들이는 매력만 있으면 실패는 없다는 생각, 남자들을 상대로 한 영업에 인물만 받쳐주면 가능하다는 주인아저씨의 구상이었다.

첫 달은 개업발로 예상을 초월한 매상이었다. 망설일 때와는 확 달랐다. 아침 산책을 하는 사람들을 상대로 식전에는 모닝커피도 했다. 아침부터 자정 무렵까지 영업을 했다. 무려 하루 열다섯 시간씩이나 일을 해도 힘든 줄을 몰랐다.

결벽증

신경질적으로 강희는 텔레비전 전원을 끈다. 캄캄한 어둠이 바윗덩어리 만큼이나 무겁게 압박해 온다. 미세한 먼지들까지도 동작을 멈추는 밤의 정적이다.

달빛도 가로등 빛도 없는 어둠뿐이다. 강희는 전기 스위치를 켠다. 남편과 성생활을 할 때 그랬듯이 5촉짜리 빨간 백열등만 어둠을 밝힌다.

말초 신경이 발작 또다시 온몸이 스멀거리기 시작 체내 세포들이 요동을 친다. 불청객처럼 찾아드는 신경성 증후군이다. 수면 부족으로 하루 종일 만성두통에 시달릴 때와 달리 이맘때가 되면 영락없이 찾아드는 증상이다. 게슴츠레했던 정신이 말똥말똥 되살아나면서 온몸에 짜릿 전율을 느끼게도 한다. 반대로 기가 하체로 나른하게 빠져 내린다. 흡연자에게 니코틴의 함량이 미달될 때 느껴지는 갈증이면서 일종의 중독증이다.

꼭꼭 바늘로 찔러대던 두통도 이맘때가 되면 차분한 상태로 멈추게 된다. 누가 보기에 꾀병 같다. 약속처럼 영락없이 찾아오는 신체적 이상 현상이다. 남편의 외도로부터 생긴 증상이다.

의사는 집착증이라고도 하고 결벽증이라고도 한다. 한 가지에 너무 집착해서 생기는 증상이다. 치료는 꾸준히 해야만 한단다. 이런 증상을 그냥 놔두면 점점 진행 최악의 경우 불치의 우울증 단계까지 갈 수도 있다고 했다. 그러나 막상 본인 자신은 병이라고 인식을 하지 않는다. 다만 나쁜 습관이라 하겠지만 이도 분명 병이라 할 것이다. 자가진단이지만 나쁜 습관은 고쳐야 한다면서도 그게 마음대로 되질 않는다. 남의 흉은 탓하면서도 정작 자신의 흉은 모르는 것이 결벽증이다. 신경을 억제하는 약도 복용하지만 습관이 쉽게 고쳐지는 것도 아니다. 틀림없는 신경성 발작이다. 날카롭게 갈리는 신경이 지금 곤두서고 있다.

눈빛도 번뜩인다. 허공을 가르는 칼처럼 예리하게 날이 선다. 이럴 때는 영락없이 기억력도 되살아난다. 이런 나쁜 기억력들은 빨리 털어버려야 병이 낫는 거라고 의사는 말한다. 아무리 흔들어 머리를 털어 내도 그게 쉽게 털리질 않는다. 거머리는 손으로 잡아떼면 되지만 생각을 지운다는 것은 불가능, 그게 맘대로 되는 게 아니다.

강희는 시계를 들여다 본다. 역시 시침은 자정을 넘어 새벽으로 가고 있다. 자식을 잃은 슬픔도 세월이 가다 보면 차츰 잊게 마련이고, 남편이 죽어 세상이 무너질 것 같아도 세월 따라 다 잊게 마련이다. 부모를 때려죽인 원수를 향해서 들끓는 분노도 영겁과 망각의 세월 속에서 차츰 삭이게 마련이거늘 지금의 강희는 아니다. 2년이 결코 작은 세월은 아니다. 헤아릴 만큼 마음도 헤아렸다. 이젠 무뎌질 때도 되었건만 강희의 실망과 분노는 시멘트처럼 가슴속에 응고 풀리질 않는다.

강희는 옷을 홀홀 벗고 욕탕으로 들어간다. 비누의 거품 속에서 머리에서 발까지 특히 자궁 속 깊은 곳까지 윤 양의 음액을 구석구석 씻고 씻는다. 남편 선호로부터 오염된 윤 양의 음액이 자신에게 옮겨졌으리라는 강희의 착각이다. 윤 양과 강희 사이에서 선호의 행위가 윤 양의 음액을 강희에게 강희의 음액을 윤 양에게 나쁜 전염병 세포처럼 오염시켰으리라는 엄청난 착각을 강희는 하고 있는 것이다. 엄마와 최철민과의 불륜을 떠올릴 때마다 불청객처럼 영락없이 찾아오는 현상이다.

선호와의 성생활은 이제 더이상 불가능하다는 무서운 강희의 착각 증후군이다.

소식도 없는 엄마의 가출로 기다리는 세월 속에서 할머니마저 세상을 떠나셨다. 하늘이 무너지는 충격이었다. 고등학교 2학년 때 일이었다.

어린 딸 강희를 버리고 떠난 엄마는 절대 용서받지 못할 여자라고 다짐을 하고 또 다짐을 했었다. 핏줄도 핏줄 나름이라 하겠지만 성을 즐기자고 핏덩이를 버리고 떠난 그런 여자를 과연 엄마라고 부를 수 있을까?

분명 그 여자도 어느 하늘 아래 최철민이란 자와 즐기고 있겠지. 그렇게 불길한 여자를 피붙이라고 용서를 할 수 있을까? 여자에게 남자는 그토록도 소중했던 존재였던가. 그래서 엄마는 어린 딸을 속이고 야반도주를 했다는 것인가? 누군가 돌봐주지를 않는다면 죽을 수밖에 없는 어린 생명을 버리고 어떻게 떠날 수 있었는지 그처럼 독한 여자의 얼굴은 어떻게 생겼는가 한번 만나보고 싶은 생각이 없지 않았지만 그럴 때마다 몸서리를 치곤했었다. 지금의 강희는 엄마를 찾고자 한다면 언제든 찾을 수 있다는 생각이 든다. 그게 고등학교 시절 강희가 할머니로부터 최철민이란 사람과 야반도주했다는 사실을 듣고 알게 되었다.

언젠가 우연이었다. 저녁을 먹고 대강 설거지를 마친 다음 단칸방에서 텔레비전을 보고 있을 때 할머니가 깜짝 놀란다. 국회의원 몇 명이 시사토론에 나와서 위장취업과 6월 항쟁의 추억담을 자랑스럽게 재조명하고 있을 때다. 그중에 체격이 작은 한 사람을 가리켜 저 사람이 최철민이라고 했다. 할머니가 일러주면서 '천하에 나쁜 년, 놈들'이라 이를 부드득 갈며 눈물을 흘렸다.

ㅡ그년이 저놈을 따라 야반도주를 했으니 지금부터는 너도 저것들을 똑똑히 기억하거라! 저자 때문에 니 엄마가 어린 너를 버리고 떠났으니 너는 똑똑히 기억해야 할 것이 아니냐?

아버지 공장도 위장취업자들이 무너트렸고 그 경력으로 출세를 하였고, 그런 저놈이 좋다고 같이 도망을 했다는 사실을 너는 알고 있어야 할 것이 아니냐.

그때 강희도 할머니가 일러주는 대로 그 두 사람을 향하여 분노했고 이를 악물었다.

최철민은 이 나라에서 유명 인사가 되어 있었다. 하룻밤 사이에 시대적 영웅으로 발돋움했다. 가끔씩 대담으로 나오는 그 인물을 텔레비전에서 보았다. 운동권으론 강경파에 속하는 인물로 널리 알려진 사람이다. 보수 쪽에서는 저 사람을 일러 갑질 논객으로 골수 좌파라 했고, 진보 쪽에서는 강경파 선두주자로 이름하고 있다. 그런 유명한 자이기에 당장이라도 국회 의사당으로 찾아만 간다면 그에게서 엄마의 행적은 금방이라도 알 수 있겠지만 아직 그럴 마음은 추호도 없었다. 엄마가 지금까지 저 사람과 같이 살고 있다는 보장도 없다. 여러모로 상상도 해보았지만 인간의 본분까지 망각한 저들에게 무슨 기대를 하겠는가?

혹시 몰염치한 저들이기에 여자가 얼굴 두껍게 내가 너희 엄마라고 찾아올 수도 있을까. 그럴 때 절대 용서할 수 없는 저 여자를 엄마라고 받아줄 수 있을까?

강희는 몸서리를 친다. 아직도 선호의 정액과 윤 양의 음액이 강희의 자궁 속에서 살아 움직이는 느낌이다. 서둘러 화장실로 들어갔다. 또 발작이다. 수도꼭지를 비틀어 세면대에 물을 받는다. 다음 바지를 벗고 또 팬티까지 벗는다. 쪼그리고 앉아 자궁벽을 팍팍 씻기 시작한다. 손가락으로 계속 문지르며 닦아낸다.

윤 양의 음액이 꼭 메프스 바이러스와 같은 악성 괴질로 자궁벽에 머리를 박고 피를 빨아먹는 느낌이다. 강희는 깨끗이 씻어 제거를 해야 한다는 생각이다. 하지만 아무리 씻어도 개운치가 않다. 남편의 정액과 윤 양의 음액이 어우러진 괴질처럼 아직도 자궁 속에 붙어 있는 느낌이다. 이젠 윤 양과 남편의 관계도 끝이 난 것으로 강희도 짐작이 간다. 그들의 관계는 잠시 동안이었다는 것도 안다. 강희가 그들의 사이를 알고 난 후부터 그들은 바로 헤어졌다.

아무튼 그들의 흔적은 모두 지우고 닦아내고 씻어 내야 한다. 한 번 붙으면 절대 떨어지지 않는 급결 본드처럼 응고된 선호의 정액과 윤 양의 음액이 강희의 자궁에 착 붙어 있어 떨어지지 않고 있다. 아주 작은 그들의 흔적이라도 내 몸 안에 존재하여서는 절대 아니 된다.

부부는 피붙이가 아니다. 무촌이다. 그래도 세상에서 가장 가까운 사람이다. 대신 헤어지면 가장 먼 사람이 된다.

강희는 얼마 동안을 문지르며 그들의 음액을 씻어 냈지만 앞으로도 얼마를 더 씻어내야 완전 세척이 될지 모른다. 자궁을 씻어낸 물이 이미 벌겋게 물들고 있다. 피다. 또 피가 흐른다. 상처 난 자궁 부위에선 고춧가루를 뿌린 듯 얼얼하고 또 쓰리고 아프다. 그랬어도 마음은 개운치 않다. 멘스대를 찬다. 욕실을 나왔다. 강희는 얼굴을 찡그리며 고통을 견딘다.

강희가 저토록 집착증에서 헤어나지 못하는 것도 모두 엄마로 시작된 분노와 원망일 것이다. 어린 딸을 버리고 사내를 따라간 엄마를 강희는 용서할 수가 없다. 엄마를 버린 최철민을 머릿속에서 지워버릴 수가 없다. 그가 생각이 날 때마다 온몸에 소름이 돋는다.

영업을 끝내고 퇴근을 하고 보니 밤 11시가 넘었다. 이 건물의 1층은 점포가 둘 전자 대리점과 금은방이 있다. 지하는 노래연습장이다. 2층은 강희가 경영하는 레스토랑이다. 3층은 피아노 학원이다. 4층이 주인집 아저씨 내외가 살고 있는 살림집이다. 강희가 쓰는 방은 이 건물의 5층 옥탑이다. 주인집 아저씨가 이층에서 커피숍을 하던 미스 김을 생각해서 일부러 방을 하나 들였단다. 부엌도 있고 화장실도 있다. 혼자 살기엔 안성맞춤이었다.

오늘도 장사는 잘했다. 리모델링을 아담하게 잘 꾸며 놓았다고 입소문이 나더니 생각보다 손님 발이 좋았다. 레스토랑은 음식 맛보다는 분위기가 먼저다. 실내장식이 아늑하고 친절한 서비스가 젊은 손님들을 끌어들일 수 있었다. 그것이 영업의 매력이기도 했다.

강희가 그랬다. 젊은 나이에 인물이 받쳐주고, 늘 친절하다 보니 손님들이 꼬여 들기 시작했다. 통장에 차곡차곡 쌓이는 예치금이 재미가 날 정도다. 오전에는 모닝커피에서 음료수를 팔고 점심때부터 식사다. 저녁 손님이 굵고 컸다. 밤늦게는 술이다. 장사가 쏠쏠했다. 쉴새 없이 자정이 넘도록 눈코 뜰 새 없이 돌아가도 힘든 줄을 몰랐다. 바쁘다 보니 선호 생각도 차츰 잊어졌다. 강희는 자신에게 온 행운으로 생각했다. 힘들어도 열심히 하자.

선호와 헤어진 지도 벌써 8개월째 접어들었다. 강희 스스로 선택한 일이기에 후회는 하지 않는다. 외로움이 밀려올 때마다 선호 생각이 나지만 혼자 생활을 하다 보니 편리한 점도 있다. 강희는 잠옷을 걸치고 소파에 앉았다. 딸 수진도 곤히 잠들고 있다. 엄마가 없어도 이젠 습관이 되어서 혼자 잘도 놀고 잠도 잘 잔다. 안집 할머니가 수진을 극진히 돌봐주기 때문이다. 수진이도 할머니를 좋아했다.

폭행 사건

하루 매상을 정리하고 마지막 문단속을 할 때다. 손님 한 분이 들어온다. 중국을 오가며 사업을 한다는 그 자다. 단골손님 중의 한 사람이다. 이 자는 꼭 밤늦게야 왔다. 사십 대 초반 나이다. 최근에는 대개 술 한잔을 걸치고 온다. 이 삼 일에 한 번 정도 오되 꼭 혼자 온다. 이 손님의 수준은 맥주가 아니면 칵테일 한잔이다. 양주로 매상을 올려주는 수준도 아니다. 맥주나 권하면서 강희를 좋아한다고 넉살도 부렸다.

어쨌든 찾아오는 손님이기에 고맙게 여길 뿐이다. 때론 사랑한다고 하지만 아무런 영양 가치도 없는 이야기라 그냥 흘려버렸을 뿐이다.

─나 술 한잔했지. 집에 들어가는 데 여기가 마지막 코스가 아닌가? 김 마담과 커피 한잔하고 싶어서 왔다면 그 심정 알만하지 않겠어. 뭘 알아 달라는 건지 강희가 모르지는 않겠지만 모른 척

할 뿐이다.

그자 입에서는 소주 냄새가 확 풍겨왔다. 혀도 약간 꼬부라졌다. 그렇다고 이성을 잃을 만큼 취한 것은 아니다. 미친 척하기 좋을 정도로 진상이다.

-너무 늦게 오셨어요. 지금 막 영업을 끝냈는데 어떡허죠?

강희로서는 사실 난처했다.

-어떻게 하기는 커피 한 잔 주면 되는 거지. 뭘 따지나?

그냥 갔으면 좋으련만 갈 태도가 아니었다. 박절하게 대할 수도 없었고 간단하게 차 한 잔 들면 그걸로 끝날 줄 알았다.

술집에 종사하는 여자들은 술을 아니 마실 수가 없다. 그래서 물장사 오래 하다 보면 위장병은 단골이고 남는 건 옷 나부랭이뿐이란다. 손님 중엔 심심하니까 아가씨를 옆에 앉혀놓고 스킨십으로 말장난하며 술을 마시는 손님도 있다. 그게 접대부들의 영업 방법이기는 하나 서빙으로 은진이밖에 없는 향촌 레스토랑에서는 그런 경우는 없다.

-뭐로 하실 건데요?

-칵테일 더블로.

이미 주방은 불이 꺼져 있었다. 캄캄한 주방에 다시 불을 켜고 들어간 강희는 위스키에 향을 타가지고 나왔다. 그가 앉은 테이블에 내려놓자

-왜 한잔만 가지고 왔어. 마담도 한잔하라구.

-저는 됐어요.

가볍게 거절을 했다. 영업시간이라면 모를까 이젠 술을 마시는 것도 겁이 난다. 빨리 방에 들어가 눅눅한 몸뚱어리에 훨훨 물이라도 끼얹고 잠이나 자고 싶은 생각뿐이다.

－같이 한잔하자니까 왜 그렇게 도도하게 서 있어?

테이블을 가운데 놓고 마주 앉은 강희에게 강요를 한다. 약간 격앙된 표정이다. 고집부리는 것도 손님의 비위를 상하게 할 수 있다는 생각에 강희는 다시 주방으로 들어가 우유 한잔을 가지고 나왔다. 궁둥이를 궁싯거리며 옆자리 비우더니 강희에게 앉으라고 권한다. 자기 옆자리다. 권하는 차원을 넘어 강압적이다. 그는 강희가 테이블 맞은쪽에 앉을까 미리 선수를 치고 있다. 마음 같아서는 그의 맞은쪽 좌석에 앉는 것이 편할 것 같았지만 비위를 건드릴 필요는 없을 것 같았다. 겨울밤이 깊어간다. 커다란 홀에 늦은 밤 두 사람만이 호젓하게 있으려니 어쩐지 서먹하고 싸늘했다. 밤늦게 더구나 그자와 단둘이 앉아있다는 것이 심적으로 부담이 갔다. 홀은 이층이다. 출입문을 닫고 보니 더욱 외진 분위기다. 방음장치까지 철저하게 했던 터라 도로에서 질주하는 차량들의 엔진 소리조차 들리지 않는다. 쇳덩어리에 짓눌리듯 위압감이 든다.

싫지만 강희는 그 사람의 옆자리에 앉았다. 그는 원샷으로 티를 꿀꺽 삼킨다. 강희는 우유를 한 모금 덜 마시고는 테이블에 잔을 내려놓았다. 잔이라도 들었다 놨다 하면 들 멋쩍을 같다. 그는 금방 나갈 자세가 아니다. 한 모금에 훌쩍 마시고 난 그는 멋쩍었

던지

―한잔 더 가져오지.

―늦었으니 그만하지요.

―가져오라는 데 웬 잔소리가 많아.

이자가 진상이란 걸 강희가 모르지 않는다. 차 한잔에 진상을
부리고 있다. 그래도 강희는 괘념치 않고 손님 비위를 맞췄다. 그
는 차츰 숨소리가 거칠어진다. 맨정신도 아닌 술기운을 빌어 미
친 척한다. 깊은 밤에 사내하고 단둘이 있다는 것이 강희는 왠지
부담스러웠다. 그렇다고 피할 수도 없다. 거절하면 그가 화를 낼
것 같았다. 그 사람이 시키는 대로 다시 주방에서 또 칵테일 한
잔을 가지고 나왔다. 테이블을 앞에 놓고 마주 앉을까 하다가 그
의 옆자리로 다시 갔다. 가급적 비위를 거스르지 않고 달래서 보
낼 작정으로 영업을 하다 보면 어쩔 수 없는 경우다. 그럴 땐 피
하는 것이 좋을 듯싶기에 그랬다. 손님이 왕이라는 권위를 그는
지금 이 시간에 행세하고 있다.

그는 티를 또 원샷에 꿀꺽 마신다. 불규칙한 그의 숨결은 점점
높아갔다. 대화거리도 마땅치 않다. 침묵은 점점 무겁게 흐른다.
예감이 영 안 좋다. 그는 자꾸 출입구 쪽을 살피며 주위를 경계하
는 눈치다. 이상이 없다고 생각했던지 그는 강희의 얼굴 쪽을 빤
히 들여다 본다.

강희는 또 한 모금 우유를 마시고 컵을 테이블에 내려놓았다.
이럴 때는 대화라도 이어지면 좋으련만 당장 대화거리도 궁했다.

―나, 마담 사랑하고 있다는 것 알고 있지? 오늘 저녁 분위기도 그렇지 않은데 우리 기분 좀 낼까?

―무슨 소리에요? 지금도 늦으셨어요. 빨리 집으로 들어가세요. 사모님이 기다리고 있을 텐데.

강희는 냉정하게 받아쳤지만 그는 아랑곳하지 않는다. 그의 손길은 강희의 허벅지에 얹힌다. 순간 강희의 사타구니가 움찔 온몸에 소름이 쫙 돋는다. 자궁이 쓰리고 아프다. 그렇지 않아도 꺼림칙해서 뒷물을 했었다. 급결 본드처럼 접착된 윤 양의 음액이 아직도 강희의 자궁에 엉겨 붙어 있는 판에 세척을 하지 않고는 군시러워 견디기 어려웠다.

이런 강희를 놓고 시집 쪽 가족들이 무척 걱정도 했지만 막상 당사자인 강희는 그 심각성을 모르고 있다. 다만 선호와 윤 양의 음액이 아직도 자궁벽에 붙어있다는 착각에서 씻어낼 뿐 강희 자신은 별문제가 없다는 것이다.

강희가 처음 영업을 시작할 때 망설인 이유 중의 하나도 주로 남자들을 상대로 하는 장사라서 그랬다. 남자들이 접근해 오는 것이 죽어도 싫다. 그래서 가급적 카운터를 지켜왔다. 남자 손님들의 신체적 접근에 과민 반응을 일으킨다. 결벽증과 집착증 그리고 성性기피증이란 것을 강희 본인만 모르고 있다.

그렇다고 영업상 내 맘대로 할 수 있는 것도 아니었다. 사람마다 성격이 다르듯이 비위 성향 역시 천차만별이다. 영업집에서 손님의 권위는 언제나 제왕으로 군림한다. 그들의 비위를 맞추기란 쉽지 않다. 거슬릴 때 손님들의 책망은 혹독하다. 손님은 왕으로 모셔야 한다. 그런 게 싫어 강희는 주로 카운터를 지킨다지만 손님들의 권고에는 영업상 무작정 거절 할 수 없었다. 서울과 달라 지방 도시가 그랬다. 특히 이 사람이 그런 종류의 진상이다.

아니나 다를까. 그자의 접근은 평상시와 달리 저돌적이었다. 오른손으론 등을 더듬고 왼손은 대뜸 앞가슴으로 덥석 올라온다. 강희는 부르르 몸을 떤다. 알레르기 반응이다. 심지어는 송충이가 기어오르는 느낌이라서 오싹 소름까지 돋는다. 생각 같아서는 확 뿌리치고 싶지만 이를 악물고 참았다. 그리고는 슬그머니 그자의 손을 물리치고 자리를 일어났다.

—이러지 마세요!

—왜 싫어?

—점잖은 분이 왜 이러세요?

강희는 우선 자리를 옮기겠다는 생각으로 일어났다.

순간 그자는 강희의 팔뚝을 잡고 확 낚아챈다. 엉겁결에 강희는 자리에 털썩 주저앉았다. 놈은 강희의 어깨를 밀고 덮치려 한다.

—제발 이러지 마요!

뒤로 자빠지면서 강희는 사정을 했다. 우악스럽게 저돌적인 놈의 행동은 막무가내다. 강희는 놈의 가슴을 양팔로 힘껏 밀쳤다. 끄떡도 하지 않는 놈은 더욱 힘이 들어갔다. 강희의 가슴에 놈의 체중이 무겁게 실린다. 상체의 블라우스가 찢겨지고 신체 일부분이 노출된다. 놈의 체중은 점점 압박되어 온다. 힘으로는 도저히 당해 낼 수가 없는 형편이다.

강희는 놈의 눈깔을 향하여 힘차게 주먹질을 했다. 다행히 강희의 주먹은 놈의 눈두덩에 명중되었다. 앗! 비명을 지르며 놈은 음찔한다. 기회다 싶어 강희는 얼른 놈의 가슴을 밀치고 빠져나왔다.

강희가 한 발짝 뒤로 물러나자 놈은 다소 진정이 되었는지 다시 덤벼들기 시작했다. 강희는 재빠르게 도망을 했다. 이런 실랑이를 할 때 눈치가 있는 놈이라면 포기를 했어야 했다. 그런데 놈은 다시 덤벼들고 있다. 쫓고 쫓기면서 홀 중심에 있는 어항을 몇 바퀴 돌았다. 결국 놈에게 강희는 덜미를 잡혔다. 어항 바로 옆자리에 있는 소파에 강희는 다시 깔리기 시작했다. 놈의 가슴 밑에 깔리면서 있는 힘을 다하여 저항을 했지만 역부족 더는 버틸 수가 없었다. 블라우스가 찢어지는 최악의 경우까지 왔다.

반항을 하던 그때 강희의 눈길에 번쩍 흥기가 눈에 띈다. 그 물체가 카멜론의 전설에 나오는 아더왕의 에스카리버처럼 번쩍 빛을 받는다. 어항 받침대 모서리에 놓여있는 빈 소주병이다. 어제 손님이 마신 빈 병이다. 낮에 치웠어야 했는데 깜박했던 탓에 빈 병이 아직도 그 자리에 놓여 있었다는 것을 모르고 온종일 영업을 했다.

더 이상 버티지 못 할 처지다. 강희는 머리맡에 있는 소주병을 거꾸로 잡았다. 놈의 머리통이 강희의 가슴을 파고들고 있었고 손은 사타구니를 더듬고 있었다. 흥분할 때로 흥분한 놈은 강희의 소주병을 못 보고 있었다. 그때다. 놈의 머리통을 향하여 죽어라고 내려쳤다. 분노는 명중했다. 쨍그렁, 병 깨지는 소리다. 순간 놈은 악 비명을 내지르며 자기 머리통을 움켜쥐며 움찔했다. 미친개는 몽둥이가 약, 최대의 방어는 최대의 공격이라 했다. 강희는 필사적으로 놈에게 공격을 했다. 깨진 소주병을 들고 놈을 향하여 마구 찔러댔다. 정신을 못 차리는 놈은 몸을 움츠리고 있다. 강희의 분노는 무차별적으로 놈을 향해 사정없이 공격했다.

어느 순간이었는지 모른다. 아악, 외마디 소리를 지르며 놈이 무방비 상태로 완전 피투성이가 되었다. 그때서야 강희의 분노 폭발이 동작을 멈췄다.

케냐 셀링케티 동물의 왕국이다. 톰슨가젤이 평화롭게 먹이를 뜯는 아프리카 대평원에 굶주린 치타가 나타났다. 치타는 거리가 제일로 가까운 놈에게 목표를 설정한다. 치타는 낮은 포복으로 톰슨가젤과 거리를 최대한 좁히다가 드디어 공격을 개시했다. 톰슨가젤은 숫놈이면서 체격도 컸다. 치타는 최대속력 110킬로미터까지 지상에서 가장 빠른 달리기 선수란다. 자메이카의 우사인 볼트가 9초 64로 세계 신기록을 세워 인간탄환이라 했다. 이를 킬로미터로 환산하면 36킬로미터다.

인간의 최대기록보다 치타는 세 곱 이상 더 빠른 능력의 소유자다. 자동차만큼이나 빠른 지상에서 으뜸가는 순발력과 스피드다. 그런 놈이 톰슨가젤에게 공격을 시도했다. 먹느냐 먹히느냐의 순간이다. 또한 톰슨가젤의 생존법은 빠르게 도망하는 속도전이다. 요리조리 도망하는 톰슨가젤을 쫓는다는 것이 빠른 치타라할지라도 용의치 않다. 사냥 성공률은 40%란다. 사자는 30%란다. 치타의 지구력은 300미터가 한계란다. 지구력까지 갖췄다면초식동물들이 어떻게 살아남겠는가.

역시 치타의 앞발에 뒷다리가 걸린 톰슨가젤은 폭 앞으로 고꾸라진다. 치타는 톰슨가젤의 멱통을 콱 문다. 순식간에 이루어진 장면이다.

그런데 목덜미를 물리기는 했을망정 톰슨가젤도 필사적으로저항한다. 치타가 톰슨가젤의 멱통을 정통으로 물지 못했던 모양이다. 비록 치타는 여전히 톰슨가젤의 멱통을 물고 늘어지지만 멱통을 물린 톰슨가젤은 치타의 옆구리를 뿔로 치받으며 필사적 공격이다. 톰슨가젤은 공격형 송곳니가 없다. 날카롭지는 못할망정 대신에 거대한 뿔이 있다. 어찌된 일인지 좀처럼 쓰러지지 않는 톰슨가젤의 공격에 견디다 못한 치타가 물었던 톰슨가젤의 목통을 놓는다. 이때다. 자유의 몸이 된 톰슨가젤이 오히려 치타에게 역공을 한다. 전세가 역전되었던지 오히려 치타가 도망을한다.

죽기 살기로 대항하던 톰슨가젤이 몇 발짝 추격을 멈추고 도망가는 치타를 우뚝 서서 바라보고 있다. 그런데 도망하던 치타의 걸음걸이가 절뚝거리는 것이 아니겠는가. 톰슨가젤의 뿔에 받힌 치타는 옆구리가 찢어져 치명적인 상처를 받았던 모양이다.

해설자의 말에 의하면 상처를 받은 치타는 끝내 회복을 하지 못한 채 사냥 능력을 잃은 상태에서 며칠 후 굶어 죽는 비운을 맞이했단다. 누가 먹이를 가져다주는 것도 아닌 포효동물도 상처가 깊으면 사냥을 할 수가 없다. 생존의 법칙이다.

그렇다. 죽기 살기로 최대의 방어로 적과 싸운다면 초식동물이라고 매번 포효동물의 먹잇감이 되지는 않을 텐데 초식동물은 불행히도 싸울 줄을 모른다.

톰슨가젤에게 치타가 죽다니 거짓말 같은 이야기지만 동물의 왕국에서 나온 이야기다. 어쩜 강희의 태도가 궁지에 몰린 톰슨가젤의 마지막 반항처럼 그랬는지도 모른다.

쓰러진 놈의 목구멍에서 피가 넘어오는 소리인지 숨이 넘어오다가 핏덩어리에 막혀서 나는 소리인지 알 수는 없었지만 울컥울컥 뭔가 막힌 소리가 난다.

구급차에 실려 가던 놈은 완전 의식불명 상태였다. 강희는 놈이 죽은 줄로 알았다. 죽었어야 했다. 다행인지 불행인지 모를 일이었다. 놈은 5일 만에 병원에서 의식을 찾았다. 의사의 말이라지만 살아났다는 것이 천운이라 했다. 끊어진 동맥을 연결하는 응급조치를 잘한 때문이란다. 퇴근했던 의사들이 긴급 출동을 했고 기동성 있게 수술을 했던 덕택으로 다행히 살아났다는 것이다. 놈은 명줄도 길었다. 허나 강희에겐 살아났다고 다행한 일은 아닌 듯싶다. 상처가 너무 크고 깊었다. 제일로 치명상을 입은 상처는 턱 밑을 찔린 목이었다. 재수술을 몇 번씩 해 목숨은 살렸지만 목청이 나갔다. 반벙어리라고 할까? 발음이 새고 헛김이 나면서 발음이 정확지 않았다. 죽느니만 못한 신세가 되었다. 2급 장애인 판정을 받았다.

나이 사십 대 초반인 그자는 이래서 사회활동이 좌절되었다. 놈은 그나마 하던 장사도 때려쳤다. 지금 그에게 남은 일은 가해자로부터 얼마큼 합의금을 받아내느냐 하는 게 과제다. 그게 앞으로 그자의 생존법이기도 했다. 합의금으로 일생을 먹고 살겠다는 계산이다. 그의 요구는 3억을 내놓으라고 한다. 상상을 초월한다. 도저히 합의가 될 수 없는 조건이다. 엉망으로 찢긴 얼굴 성형수술까지 포함한다.

이것도 팔자라고 해야 할까. 새처럼 날아간다면 밟히는 불행을 건너뛸 수도 있으련만 아무리 몸부림을 쳐도 닥쳐오는 불행을 피할 수는 없었나, 그 세월 속에 매달려 살기 너무 힘이 든다고 강희는 신세 한탄이다.

미결수 생활

밤이 깊었다. 각 호실마다 일제히 소등된 지 벌써 오래다. 밤 열 시에 소등하는 것은 구치소의 생활 규칙이다. 캄캄한 암흑세계 소란스럽던 가을밤의 하루도 이렇게 깊어간다.

모두들 잠자리에 든지 벌써 두 시간이 지난 듯싶다. 사건이 어떻게 진행될지 저마다 불안한 마음으로 온종일 시름을 하던 때와 달리 수감자들은 세상만사 다 잊고 곤히 잠들고 있다. 내일 일은 내일 생각하자는 식이다. 고심을 한다고 되는 일도 아니고 머리를 턴다고 생각을 비우는 것도 아니다.

몇 시쯤 되었는지 확인이 안 된다. 차라리 강희도 저들과 같이 깊은 잠에나 빠져들고 싶지만 이제부터 잠든다는 것은 쉽지 않은 일이다. 남들이 잠들 시간에 강희만 혼자 정신이 맑아지고 있으니 이도 견디기 어려운 신체리듬이다.

방 동쪽 벽에 붙어있는 조그마한 환기통이 있다. 그 문을 통해서 밖으로부터 흐린 불빛이 새어 들어온다. 달빛인지, 가로등인지 안에서는 분간하기가 어렵다. 벽에 등을 기대고 앉아있는 강희에게 잠자는 동료 수감자들의 얼굴이 뿌연 형태로 보인다.

여자들의 미결수 감방이다. 네 평정도 될까? 강희를 포함하여 6명이 수용되어 있다. 간통죄로 들어왔다는 인수 엄마는 착하게 생긴 얼굴표정 만큼이나 잠도 얌전하게 자고 있다. 얼굴로 보아서는 법 없어도 살아갈 수 있을 것 같은데 팔자가 기구했나 보다.

여자들의 범죄행위는 대개가 단순하다. 사기죄가 아니면 절도죄 그리고 간통죄다. 거짓말을 해서 남의 돈을 떼먹은 것이 들통이 나면 그게 사기죄가 되는 것이고, 여자들의 절도죄는 남의 담을 넘어서가 아니다. 백화점이나 쇼핑센터에서 흔히 있는 견물생심에서 오는 행위다. 아이쇼핑을 하다가 돈은 없고 갑자기 물건에 탐욕이 생기면 그 충동감을 억제하지 못하고 저지른 행위가 CCTV 회로에 걸려드는 경우다. 그것도 대단하게 값이 나가는 고급품도 아니다. 평상시부터 필요하다고 생각했던 물건을 봤을 때 수중에 당장 돈이 없거나 또 돈을 주고 사기는 아깝다 보니 그런 욕심이 생긴다.

설마 하다 자칫 영허의 몸이 되는 수 있다. 하기야 누구든 돈이 거짓말을 하는 것이지 사람이 거짓말하는 것은 아니다. 남의 돈을 빌려 쓰자니 때론 거짓말도 필요하다. 그런데 그 돈을 제때에 변제치 못하면 그게 사기죄가 되는 것이다. 값을 능력이 없다고 생각이 되거나 약속된 기일에 돈을 갚지 못해도 사기죄가 성립이 된다.

간통죄도 묘하게 걸려드는 경우가 많다. 우연히 외간 남자를 사귀다 보면 간통죄가 되는 것이다. 간통죄야 뻔하지 않은가? 세상은 남자 반 여자 반이다. 남녀가 어우러져 사는 세상 남녀가 만난다는 것은 늘 있는 일이다.

서로 어울리다 보면 때로 커피도 식사도 같이 나누는 경우가 생기고 술도 한 잔 곁들이게 된다. 그러면 자기 자신 어려운 감정에 빠질 때도 있다. 분위기에 약할 때도 그렇다. 평상시 독한 마음으로 순결을 다짐해도 무너질 때는 대책이 없다. 한번이 두 번 세 번 연속되면서 것 걷잡을 수 없다.

6·25 후 봇물 터지듯 서양문화가 밀려오던 시기에 일부종사만을 부르짖던 우리나라의 성姓 개념도 급물살을 타기 시작 요즘은 뒤질세라 빠르게 개방이 되고 있다. 이런 추세에서 그게 그토록 가정이 깨질 만큼 중요한 사항은 아닌 듯싶다. 어쩌다 타인과 성 접촉을 했다고 해서 그게 다 들통나는 것도 아니다. 무사히 넘어가기도 하기에 성생활이 문란해졌다는 것도 시대적인 입장에서 인정해야 할 일이다. 들통 안 나고도 얼마든지 즐기는 사람들도 많다. 간통죄에 걸려드는 것은 부주의에서도 오고 꼬리가 길면 잡힐 수도 있다. 억수로 재수 없을 때 일이다.

이 방에 6명 중 2명은 그런 연유로 잡혀 왔다. 어떻게 보면 팔자가 좋은 여자들의 짓이기도 하다. 1명은 사기죄로 걸려들어 왔는데 그 사기죄가 애매하다. 알리바이를 잘못 성립시켜서 그랬다. 영업하는 아가씨다. 동생 등록금 때문에 업소에서 선불로 당겨쓰게 되었다. 일이 잘못된 것은 갑자기 걸린 독감이었다. 며칠 출근을 못 했더니 그게 결국 선금을 갖다 쓴 일로 사기죄가 된 것이다. 절도죄로 걸려든 여자도 죄라면 죄다. 생리 때가 되면 이상하게 버릇이 생긴다는 어느 여인의 하소연이다. 생리 때 조심한다 해도 평상시 좋아했던 물건이 눈에 띄면 충동감을 억제하지 못하고 작은 유혹에 엄청난 죄과를 치르게 된단다.

인수 엄마도 곤히 잠들고 있다. 세상 걱정 다 버리고 곤히 잠들고 있는 인수 엄마를 내려다보자니 동병상련이라 할까 연민의 정이 흐른다. 팔자가 좋았다면 고관대작의 집 안방에서 도우미들을 거느리며 손님 대접에 진두지휘를 해도 모자람이 없을 아름다운 인물을 타고난 여자가 어쩌다 이 꼴이 되었는지, 여자 팔자란 정말 알 수 없는 일인가 보다. 여자가 인물이 고우면 팔자가 세다고 했다. 그래서 그럴까?

6명의 수감자 중 다른 여자들은 사기죄나 절도죄로 들어왔다지만 강희와 인수 엄마는 죄목이 다르다. 인수 엄마의 경우는 불가항력이었다고 해야 할까. 중죄인 살인죄의 혐의를 받고 있다.

인수 엄마는 참전 월남 군인의 유가족이다. 남편은 육군사관학교 출신이다. 가난한 집안 형편 때문에 군을 선택할 수밖에 없었다. 가난은 인간의 최대 적이라고 했다. 인간 생활에 불편은 가난이 좌우한다. 그가 육군사관학교에 합격이 되자 동내 사람들은 집안을 살릴 사람이라고 칭송이 대단했단다. 군장교 생활에서도 학교 성적이 좋았던 탓으로 모범생으로 동료들 간에 칭송이 자자했다. 하여 모범 장교 소위로 파월 장병에 추천도 되었다. 남편은 소대장으로 작전에 나갔다가 적의 기습공격에 전사를 했다. 전쟁터에 나간다고 다 죽는 것은 아닌데 그는 불행한 군인이었다.

젊은 나이에 인수 엄마는 결혼식도 올려보지 못하고 졸지에 독신이 되었다. 강원도 오옴리에서 파월 장병 게릴라 소탕작전 훈련을 받는 기간에 면회를 갔다가 임신을 했다. 엄마는 수술을 하라고 권고했지만 죽은 그이를 생각해서 참아 그렇게까지 할 수는 없었단다. 불행인지 다행인지는 몰라도 아들을 낳았다. 남편이 죽지만 않았다면 결혼 후도 얼마든지 출산을 할 수 있기에 엄마의 뜻대로 선뜻 수술을 했을 것이다. 남편이 죽었다는 소식을 듣고서는 더구나 수술까지 한다는 것이 죄악을 저지르는 행위 같아서 망설이게 되었고 그래서 출산을 했는지도 모른다. 죽었다는 그 사람의 핏줄이라는데 수술을 한다는 것이 죄의식이 들었고 그 사람을 두 번 죽이는 듯싶어 출산을 했다. 아들 인수 녀석만 아니었다면 그녀의 인생은 많이 달라졌을 것이다. 그녀는 녀석을 어쩌지 못하고 초년 인생부터 청상靑孀과부로 녀석과 일생을 같이 살아야 했다.

그동안 인수가 성장하는 데까지 고생도 많이 했다. 인수의 진로는 처음부터 의료계였다. 대학에 입학만 하면 별다른 시험 과

정도 거치지 않고 의사는 된다. 졸업만 시키면 돈 벌기는 개인 소득으로 제일로 쉬운 직업이다. 소득의 가치가 보장이 된다. 입학하기가 어려울 뿐이다. 인수는 의사가 되어서 그동안 고생한 엄마 호강시켜주겠다고 초등학교 때부터 진로를 설정하고 주먹을 불끈 쥐었다. 엄마의 뜻도 마찬가지였다. 인수가 의사가 되겠다고 마음을 먹게 한 것도 실인즉 엄마의 바람이었다. 고생하는 엄마를 생각해서 인수는 밤을 새워가며 공부했다. 노력한 대가는 한 치의 오차도 없이 너끈히 달성했다. 엄마 닮은 녀석은 얼굴도 곱살했다. 가랑가랑한 체격에 인상도 좋아 의사를 하면 제격일 것도 같았다.

그런 인수를 바라보는 엄마는 모진 고생 다 잊고 희망을 불태웠다. 이십 대 초반에 남편을 잃고 미혼모가 되어 오직 인수 하나를 바라보며 살아왔다. 어떤 엄마인들 다르겠느냐마는 인수 엄마 역시 아들을 위하는 일이라면 무슨 짓이든 할 수가 있었다고 했다.

목은 좋지 않지만 칼국숫집을 했다. 여자로서 별다른 재주도 없거니와 기술도 없는 처지에서 먹는장사가 제일로 났다 싶어 시작했더니 과히 계산은 빗나가지 않았다. 저축은 못 해도 인수 등록금에 용돈까지 쪼들릴 정도는 아니었다. 인수가 졸업을 하고 취업을 한다면 그 후에야 이 한 몸 모진 세상에 거꾸로 매단다고 못살아 가겠는가 싶었다.

음식 장사는 맛을 내는 것이 승패를 가름한다. 좋은 음식 솜씨에 남보다 저렴한 가격을 제시하면 손님은 오지 말라고 해도 온다. 몇 개월째 하다 보니 솜씨가 있다고 평판이 좋게 나돌았고 단골손님도 생겼다. 단골손님이 생겨서 좋으나 그것도 일장 일단이 있었다.

무조건 좋다고 만족할 수만은 없었다. 여자가 밖으로 나와 남자들을 대하다 보니 불편한 점도 한두 가지가 아니다. 임자 없는 독신녀에게는 언제든 남자들이 따라붙는다. 인수 엄마는 40대 중반 보통 여자들보다 인물이 곱살하다 보니 더구나 그랬다. 단골로 오는 남자 손님들이 꽤나 많았다. 그게 좋은 점도 있고 나쁜 점도 있다. 여자가 예쁘게 보이고 싶은 마음은 본능이다. 그러나 인수 엄마에게는 아니다. 음식 솜씨도 있는 편에 인상이 좋아 장사는 잘돼 좋으나 대신에 그게 화를 불러오게 되었다. 대개가 호기심이다. 사귀고 싶어 접근하는 남자들에게 항상 조심스러웠다.

인수가 졸업 때까지는 죽어도 해야 한다. 그런데 혼자 사는 여자에게 남자들의 접근은 끊기질 않는다. 인수 등록금 책임지고 아파트까지 마련해주겠다는 그런 놈팽이도 없지 않다. 그 정도면 인수 엄마에게는 달콤한 조건이 아니겠는가? 허나 그건 여자들을 유혹하는 남정네의 감언이설 함정이기도 하다.

인수가 졸업할 때까지는 어떠한 경우에도 버텨야 한다. 어떠한 유혹에도 말려들어서는 아니 된다. 남이 지켜주는 것이 아니라면 자신의 의지로 지켜나가야 한다고 다짐하는 터다.

인수에게도 마땅한 아르바이트 자리가 생겼다. 의예과에 다니면 과외 할 자리를 찾는데 어렵지 않았다. 늘 엄마의 고생을 안타깝게 생각해 오던 중이다. 여건은 맞춰야 했다. 혼자 지내는 엄마를 두고 학생 집에서 숙식을 할 수도 없다. 내 공부 때문에 아르바이트에 너무 시간을 빼앗겨서도 안 된다. 일주일에 두 번 정도다. 인수는 토요일 일요일을 선호했지만 그런 곳이 마땅치 않았다. 아니면 보수가 적었다. 그러던 중에 학생의 성적도 좋았고 집안도 좋았다. 용돈을 하고도 책은 충분히 사볼 수 있는 정도이고 등록금 마련까지도 절약한다면 가능했다. 만족한 조건이다. 즉석에서 결정을 하고 난 후다.

불쑥 엄마 생각이 난다. 친구가 도서관을 가자고 그렇게 권고하는 것을 뿌리치고 엄마에게 이 기쁜 소식을 전하고자 일찍 귀가를 서둘렀다.

막 현관에 들어설 때다. 가게엔 손님은 한 사람도 없었다. 술집이 아니고 보면 영업이 대체적으로 밤 아홉 시면 끝난다. 그러면 엄마는 대부분 치울 것 치우고 나서 내일 영업 준비를 해야 한다. 그런데 쪽방에서 처참한 여자의 비명소리가 찢어질 듯이 터져 나오는 게 아닌가. 그건 엄마의 비명소리다. 어떤 놈이 엄마를 방으로 끌고 들어가서 마구 폭행을 하고 있지 않은가. 엄마의 상체는 T셔스가 찢어진 채 이미 알몸이 되어 있었고, 청바지를 입은 하체도 거의 벗겨지는 상태다. 그래도 청바지가 보호막이 되어 시간을 연장해 준 꼴이 되었다. 그래서인지는 몰라도 엄마는 늘 청바지를 착용했다.

엄마가 칼국숫집을 시작할 때 자금이 부족했었다. 월남전에서

죽은 남편의 보상금이 있었기에 언감생심 자영업에 생각을 갖게
되었다. 얼마 되지 않는 돈 곶감 빼먹다가 그런 생각을 했다. 아
들 등록금이 눈앞에 닥치니 생각을 아니 할 수가 없었다. 무슨 짓
이든 해야겠다는 절박감이다. 자영업을 하자면 언제든지 자본에
묶이니 선뜻 나설 수도 없었다. 소자본으로 쉽게 할 수 있는 것을
찾자니 그도 쉽지 않았다. 부족한 돈을 마련하고자 했지만 그도
쉽지 않았다. 여기저기 뛰어다녔지만 마땅치가 않았다. 원금을
회수할 가능성이 없다고 판단이 되었든지 엄마에게 자금을 융통
해 주겠다는 사람이 없었다. 혼자 사는 여자에게 뭘 보고 돈을 꿔
주겠는가. 그래서 하네 못하네 쉽사리 결정을 못 하고 한동안 주
저하고 있었던 엄마의 처지를 인수는 알고 있었다.

자금 마련 때문에 소침해지는 엄마를 옆에서 볼 때마다 인수
는 안타까운 마음을 금치 못했다. 엄마의 처지에서 남의 돈을 빌
린다는 것은 용이치 않을 것이다. 엄마는 거의 단념하는 것 같았
다.

그러던 어느 날이었다.

—애, 글쎄 돈을 빌려주겠다는 사람이 있다니 이렇게 고마울
데가 어디 있다더냐. 벌어서 조금씩 갚으라고 그것도 무이자로
돈을 빌려주겠다는구나?

엄마는 기뻐 어쩔 줄을 몰라했다. 엄마는 장사를 이렇게 시작
했었다. 그러던 어느 날 학교에서 돌아온 인수는 뜻밖의 장면을
목격하게 되었다.

─당장 내 돈 내놔 씨발 년아, 내가 돈이 썩어서 너 깐 년한테 가게 돈 보태준 줄로 알아. 그까짓 몸뚱이 썩어지면 그만인데 그게 대단하냐? 그래서 돈만 떼 처먹고 마는 거야. 씨발년아?

요즘 따라 치근거리는 놈 때문에 힘들어하는 것을 인수가 모르지 않던 터다. 엄마에게 돈을 융통해준 놈의 흑심은 따로 있었다는 것을 당시 엄마는 생각을 못 했다. 놈은 엄마에게 폭언과 함께 사정없이 폭행을 하고 있었다.

─제발 이러지 마요. 이러시면 안 됩니다.

놈의 배 밑에 깔린 엄마는 필사적으로 저항을 하지만 놈의 완력에 벗어날 수가 없었을 것이다. 말로 통사정을 하지만 놈의 완력은 멈추지 않았다.

─이왕 기다린 김에 조금만 더 기다려 주세요. 금방 갚아드릴께요. 제발 이러지 좀 마세요!

모진 폭행을 당하면서도 엄마는 계속해서 놈에게 사정을 하고 있었다. 엄마의 잘못은 엄마가 아니라 돈이다. 엄마가 누구 때문에 고생을 하는데, 평상시도 엄마는 돈을 빨리 갚아야 된다고 습관처럼 걱정을 했었다. 그러나 목돈을 마련한다는 것이 어디 쉽더냐.

인수의 눈에서 번쩍 불이 났다. 원래 칼국수 그릇은 유난히도 크다. 테이블 위에 있는 사기대접이 확 인수의 눈에 띈다. 순간 인수의 동작은 발작을 했다. 공중을 날아간 분노의 사기대접은 쇠망치처럼 놈의 머리통을 찍었다. 인수의 키는 일백칠십오센

티미터라고 하지만 체중은 육십오 킬로그램 정도를 넘지 못했다. 체중이 없으니 힘이 나올 곳이 없었다. 비록 아버지 없이 성장은 했을망정 엄마를 닮아서 귀공자처럼 인상이 깨끗했다. 초등학교 시절부터 누구와 싸우는 꼴을 보지 못했다. 맞고 들어올 뿐이지 누구를 때려 본 적은 더구나 없었다. 자식을 위한 엄마의 마음도 그렇지만 엄마를 위한 자식의 마음도 다를 수 없었다.

탁, 둔탁한 소리와 함께 성난 황소처럼 엄마를 무섭게 찍어 누르던 놈은 갑자기 힘이 빠지면서 엄마 배 위에서 방바닥에 피그르 굴러떨어진다. 코와 입에서 붉은 피가 주르르 흐르면서 놈은 네 활개를 펼치고 축 늘어진다. 그리고 갑자기 마디숨을 푸푸 내쉰다.

—안 돼!

엄마는 비명을 지르면서 놈의 머리통을 감싸 안고 몸부림을 쳐댔다.

—여보슈, 정신 차려요? 이럼 안 돼요, 여보세요, 어서 정신 차려요, 어서!

그래도 놈은 아무 반응이 없이 푸푸 마디숨을 계속한다.

—이럼 안 돼요, 여보슈, 지발 정신 좀 차려요, 어서요!

엄마는 놈의 얼굴을 무릎 위에 받치고 놈의 뺨을 손바닥으로 찰싹찰싹 때리며 비명인지 하소연이지 울부짖는다. 그리고 가슴을 타고 앉아 입을 맞대고 바람도 불어넣어 보며 나름대로 심폐소생으로 응급조치를 해 보았지만 백약이 무효였다. 엄마가 그토록 깨어나기를 바라던 놈은 딸꾹질 같은 작은 소리를 꼴깍 목구멍으로 넘기면서 푸푸 하던 마디숨마저 뚝 끊어진다. 그리고는 몸뚱이가 축 늘어진다.

갑자기 엄마의 행동은 민첩해진다. 빨리 걸레를 가져오라고 소리친다. 방바닥에는 사기대접 칼국수 그릇이 두 동강이가 난 채 뒹굴고 있다. 인수도 넋이 나갔다. 뭐가 뭔지 파악이 안 된다.

―인수야 지금부터 내 말 잘 들어라? 놈을 때린 것은 네가 아니라 엄마다. 니가 마땅한 아르바이트를 구했다니 다행이다. 설령 엄마가 잘못 된다 해도 너는 아무 걱정 말고 학교는 꼭 다녀야 한다. 이것이 엄마의 희망이요 아버지의 뜻이다. 너는 어서 빨리 집으로 돌아가 있어. 또 네가 같이 있는다고 엄마가 살 수 있는 사건이 아니다. 둘이 같이 경찰에 엮여 들어간다고 죄가 가벼워지는 게 아니라면 너라도 있어 이곳을 빠져나가야 하고 사고 수습도 네가 해야 되지 않겠느냐? 우리 주변에 누가 있어 이런 일을 봐줄 사람이 있겠느냐?

주춤거리는 인수에게 등 떠밀며 엄마가 성화를 한다.

―그럼 이건 어떻게 하구?

피를 흘리며 쓰러진 놈과 사기대접을 비롯한 사건의 현장은 어수선했다.

―경찰이 출동할 때까지 현장은 보존이 되어야 하니 이건 이대로 두고 너는 어서 집으로 가!

소리치는 엄마의 목소리는 위기에 몰린 짐승의 마지막 비명소리 같았다.

─어서 가란 말야, 엄마가 죽는 꼴을 봐야 되겠니?

그리고 엄마는 112로 자수를 했다. 방어를 하기 위하여 칼국수 그릇으로 놈의 머리를 내려친 것이 어떻게 정통으로 그의 머리통에 맞아 죽게 했다고 경찰조사에서나 검찰조사에서 어머니가 일관되게 진술을 했다. 다행히 그 사실이 인정되어 정상 참작이 되었단다. 실형 2년의 선고를 받았단다. 인수 역시도 두 사람이 공법으로 잡혀 들어간다고 죄가 경감되는 것은 아니기에 사건을 수습하자면 자기라도 남아야 한다는 의지로 어머니의 뜻에 따랐다. 어떻게라도 자기가 살아남아야 어머니에 대한 구명운동을 할 수 있다는 생각이었고 노후를 돌 볼 수 있다는 의지도 가져보았다. 문턱이 닳도록 경찰서 조사실, 검찰청 검사실, 법원을 쏟아니며 때로는 정당방위에 대한 주장도 해보았고 남편의 유지를 받들어 오직 아들 하나를 믿고 이제껏 독신 생활로 모정의 외길을 외롭게 걸어온 슬픈 사연을 탄원서를 통하여 진정서도 제출도 했고 할 짓은 다 해보았다. 다행이었다. 실형 2년 판결은 후했다. 정당방위 죄를 참작했다는 판사의 판결문이다.

그래서인지 인수 엄마는 아들이 무사한 것을 다행으로 여기며 모든 것을 체념한 채 2년이란 수형생활 만기출소 잔여임기를 기다리고 있단다.

합의

오늘 남편 선호가 면회를 왔었다. 아니 이혼을 했으니 전 남편이다. 강희가 저지른 폭행사건을 해결하고자 요즘 동분서주 마음졸이고 있다는 것 강희가 모르지 않는다. 사건 자체는 폭행으로 합의만 하면 간단하게 해결할 수도 있지만 그런데 문제는 쌍방의 의견차가 너무 크다는 것 합의금으로 3억을 요구한다.

사건의 피해자는 42세로 젊은 자영업자다. 본인은 벤처기업으로 무역업을 한다고 하지만 실상은 중국을 드나들며 보따리 장사를 하는 위인이다.

사망사건은 아니다. 깨진 소주병에 얼굴과 목을 찔려 상처를 입은 자다. 무엇보다도 언어장애가 문제가 되고 있다. 얼굴 상처에 대하여서도 성형수술까지 해야 한단다. 물론 많이 다쳤다. 죽을 사람이 다시 살아난 생명이다. 치료비 및 손해 배상금으로 3억을 청구한다. 언어장애자까지 앞으로 정상적인 사회생활은 곤란할 것이란다.

보통 사람들 정년을 60세 호프만식으로 따져 봐도 그런 액수
는 나올 수 없었다. 피해자는 실수입이 월 이백만 원이라고 주장
하나 액수를 다 인정할 수는 없었다. 국가에 납부한 세액으로 볼
때 그자가 무역업을 했다는 것은 거짓에 불과 무직일 뿐이다.

국가에서 정해준 근로자 임금으로 계산할 때다. 사망을 했어
도 그런 액수가 나올 수가 없었다. 그런데 사망 사건과 달리 자기
생계비 3분의 1의 공제가 없다는 것이다. 그러나 자기 과실 30%
공제는 인정이 된다. 보험회사 방식으로 기타 공제를 하다 보면
기껏해야 수령액은 일억 오천만 원을 넘을 수가 없다. 사망을 했
을 경우다. 그런데 합의금으로 3억을 요구한다. 이런 요구는 가
해자를 구속 시켰으니 이를 미끼로 꽃놀이 흥정이다. 아무리 부
도덕한 자라 한들 이럴 수야 있겠는가. 3억이라고 하면 교통사고
보상액에 2배가 넘는다는 것이다.

친정아버지의 교통사고 때도 판사의 배상 판결은 그런 계산에
서 그 정도의 액수로 결정이 되었었다. 그렇다면 피해자의 배상
요구는 터무니가 없다.

유감스러운 것은 우리나라 형법은 폭행죄에 있어 원인은 중요
하지 않다. 결과만으로 죄를 따지는 것은 모순이 많다. 현행 형사
소송법은 시행착오에서 온 잘못 개정된 법률이란 것이다. 원인을
제공한 피해자는 콧노래를 부르면서 배부른 흥정을 하고 있어도
법은 가해자의 과오만을 따지고 있다. 봉을 잡았다는 듯이 이런

법의 맹점을 피해자는 최대한 이용하는 자세다.

강희는 자기 몸을 보호하기 위한 차원에서 폭행이었다. 정당방위 죄에 해당한다. 흉기는 최후의 수단으로 사용했다. 실형을 받을 때는 정상 참작이 될 것이다. 그러나 합의 과정에서는 참작이 아니 되고 있다. 이게 법의 맹점이 된다.

물론 피해는 컸다. 그 당시 내 몸을 지키기 위해서는 놈을 죽여야 했다. 필사의 저항으로 악에 받친 상태다. 여자가 남자를 힘으로 당해낸다는 것은 불가능하다. 힘없는 여자에게 놈은 완력으로 폭행을 자행했다. 이럴 때 여자의 최선 방법은 흉기뿐이다.

당장 죽을 지경인데 멀리 떨어져 있는 법으로 보호를 받기란 불가능했다. 이대로는 안 되는데 당할 수밖에 없었다. 그렇다고 흉기를 소지하고 있었던 것도 아니었다. 실랑이를 하던 차에 마침 흉기가 손에 잡혔다. 엄마도 강희 역시도 남자들에 얽힌 사연 때문에 인생을 망친 처지가 아닌가, 하는 생각에 극에 넘치는 분노가 폭발했다. 그 순간 강희는 완전 이성을 잃었다. 분노에 찬 흉기는 상대를 무차별 공격했다. 그자가 쓰러졌을 때는 죽은 줄로 알았다. 사실 죽이고 싶었다. 그래서 더 많이 찔렀는지도 모른다. 죽지 않았으나 대신 상처는 컸다. 그러나 형량은 엄청나게 다르다. 피해가 컸다 해도 폭행죄는 쌍방 합의만 하면 풀려나갈 수가 있다. 그러나 살인죄는 실형을 면치 못한다.

상해죄와 정당방위가 맞물리는 사건이다. 판결을 받는다고 봤을 때 참작은 충분히 될 것이다. 그러나 판결을 받았을 경우는 수감생활을 해야 한다. 수감생활을 하지 않으려면 쌍방 합의가 있어야 한다. 합의만 한다면 석방은 된다.

출소

−251번 면회.

교도소에서는 이름이 없다. 수형번호로 통한다. 한선호 씨가 면회를 왔다는 전달이다. 소주병에 찔려 죽을 줄 알았던 피해자가 극적으로 살아났다고 호들갑 떠는 것을 사건사고 방송 시간에 우연히 알게 되었단다. 성폭행 직전에 일어난 폭행사건이라고 했다. 가해자는 가냘픈 여인 강희라고 하기에 알았단다. 가출한 지 2년이 되는 해이다.

그런 후로 전 남편 선호는 수차에 걸쳐 면회를 왔었다. 이 사건으로 주인아저씨도 무척 고심했지만 놈의 욕심은 끝내 꺾지를 못했다. 돈으로 해결할 문제라지만 합의점을 찾기 위하여 아저씨도 선호도 부단히 노력했었다.

−합의를 했어.

선호는 몹시 초췌해 보였다. 후줄근한 그 모습이 바람만 불어도 쓰러질 것만 같았다. 놈이 요구하는 대로 그 많은 돈을 다 주고 합의를 했다니 너무도 터무니가 없다. 아버지의 허락을 받았다. 하지만 구로동에 나대지를 담보로 융자를 받았다 하니 선호에게 강희가 그처럼도 가치가 있었다는 건가 터무니가 없다.

강희는 온통 세상이 무너지는 느낌이다. 3억씩이나 요구하는 놈의 태도에 굴복했다니 이렇게 황당할 수가 없다. 서울에서 부동산 가치로 계산을 할 때 화폐가치의 3억은 별것 아니다. 서울 시내에서 아무리 싼 땅이라도 3억 가치의 부동산은 얼마든지 많다. 그러나 근로자의 임금으로 따질 때는 한 푼도 쓰지 않고 20년을 모아야 한다. 서울 변두리에서 30평대 아파트 한 채 값이다.

폭행사건에서 피해자가 고소를 취하하면 가해자는 감옥에서 풀려날 수 있다. 그렇다고 무죄가 되는 것은 아니다. 선호는 실수를 했다. 몸으로 때우면 될 일 강희는 일찌감치 포기를 했었다. 합의금이 너무나 많고 또 피해자가 너무나도 야비한 생각에 몸으로 때울 작정이었다. 여자가 남자의 폭력에 정당방위 차원에서 우발적으로 저지른 사건에 일 년 정도 고생하면 출소할 것으로 짐작했다. 형량은 살인사건에 비하여 폭력 사건은 너무도 가볍다. 정당방위 참작까지다.

피해자 측에서 손해배상 청구로 민사소송을 걸어온다 해도 원인을 제공한 정당방위 죄가 고려된다면 많은 액수를 상계 받을 가능성이 충분히 있다. 교통사고 보상금으로 따져도 1억5천 정도라면 충분하다. 미필적 고의가 아니라면 사망 사건도 그 정도에서 합의가 가능한 액수다.

　―나, 절대로 당신을 원망하지 않아. 걱정하지 말고 부담도 갖지마.

　강희를 향한 선호의 연민의 정은 언제나 애틋했다.

　친정엄마도 없는 외로운 강희를 선호는 알고 있다. 아무리 세상이 넓다지만 강희를 도와줄 사람은 한 사람도 없다는 사실을 선호는 알고 있다. 오로지 남편만을 믿고 살아오고 살아가는 강희에게 선호는 무한책임을 통감하는 바다. 타락하고 있는 강희를 꼭 잡아주어야만 한다고 여기고 있다. 선호도 강희의 결벽 증세를 안다. 사람들은 결벽증 증세를 대단하게 보질 않는다. 정신적 병이란 게 고칠 수 없는 무서운 병이라는 것을 사람들은 모른다. 일생을 약으로 다스려야 한다는 것을 막상 본인은 모른다. 때문에 약을 거부하는 환자도 많다. 그런 환자는 더구나 어렵다.

　강희에게 선호는 헤어진 남편일 뿐이다. 선호는 강희에게 자기의 한때 실수라는 것을 인정을 해달라고 진심을 터놓기도 했었다. 그랬어도 받아주지 않는 강희를 선호는 결벽증 증세에서 오는 강박관념이기에 어쩔 수가 없다는 생각을 충분히 하고 있다.

　피해자와 그런 줄다리기 와중에서 선호가 엉뚱하게 3억씩이나 주고 합의를 했다. 목마른 놈이 샘을 판다고 했다. 강희의 의사는 확인도 해보지 않았다. 선호 스스로 결정했다. 강희가 저렇게 된 것도 모두 선호 자신의 실수 때문이라고 여긴다. 그랬으니 그 많은 돈을 선뜻 내놓지 않았던가. 보통 사람이 할 수 있는 일은 아니었다. 3억을 만드는데도 혼자 감당한 것이 아니다. 아버지와 의논을 해서 아버지 소유의 땅을 은행에 담보한 돈이다. 공무원인 선호가 무슨 능력이 있어 그 많은 돈을 마련했겠는가? 처음 결혼할 때와 달리 선호 어머니는 강희를 아꼈다. 아들의 이혼을 막으려고 집안 어른들이 고심도 많이 했다. 그랬어도 강희의 고집은 결별을 선택했다.

그런 강희를 놓고 포기를 했어도 벌써 했을 텐데 선호는 아직도 강희를 포기치 않고 있다. 이미 결별을 한 마당에 선호는 강희에게 엄청난 투자를 했다. 대가를 바란 것은 아니다. 외로운 강희를 무조건 살리겠다는 연민의 정이었다. 강희가 집을 나간 것도, 가정이 파산된 것도 선호는 뼈아프게 뉘우치고 있던 차다. 톨스토이의 부활에서 네플류도프가 카투사를 따라 설원 시베리아까지 따라갔던 그런 심정이었다.

구치소에서 풀려난 강희가 그 사실을 뒤늦게 알았다. 강희 역시 선호에게 부담 주는 것이 싫어 요지의 땅이라 아깝지만 정리했다. 그게 3억 원이었다. 주머닛돈까지 몽땅 털어서 선호의 아버지 땅 은행 담보를 풀어주었다. 선호가 완강하게 거절을 했지만 강희는 물러나지 않았다. 강희가 레스토랑을 경영하면서 모은 재산을 몽땅 털었다.

그동안 강희가 노력한 덕분이다. 영업을 시작한 지 3년 강희가 돈을 벌었다고 소도시인지라 소문도 났다.

―강희, 그동안 장사 잘했지. 이거 백 평인데 사둬. 돈이 있으면 내가 사두고 싶은 땅이야.

벽에 붙은 관내 약도를 가리키며 부동산 아저씨가 권고를 했었다. 강희가 처음 가출했을 때 찾아들었던 부동산 아저씨다. 주인아저씨가 사랑방으로 이용하면서 고스톱 친구로 각별한 사이였다.

개발이 곧 된다는 설명이다. 오래전부터 도시계획 선은 그려져 있었으니 시행되는 날에는 한 그물 뜬다는 것이다. 내 말 믿고 투자하면 손해는 안 볼 거란다.

지주가 아들 사업 자금 때문에 급매로 나온 물건이란다. 그렇지 않고 개발을 앞두고 급히 팔 까닭이 없다고 했다. 지역 소식은 음식점만큼 빠른 곳도 없다. 도로가 곧 난다는 소문이 최근에 빈번했었다. 허나 언제 개발될지 관공서 하는 일은 예측 불가능이다. 점점 늘어나는 교통량에 병목현상을 언제까지 방치할 수는 없는 일이라 했다. 외곽도로로 연결되는 시내 중심 도로다. 극심한 교통체증에 시민들의 불만도 컸다. 자타가 공인하는바 우선순위 1호로 군청 도로공사 중 상위에 올라 있는 땅이란다.

주인아저씨도 긍정을 했다. 강희는 모험을 걸었다. 부족한 금액은 은행에서 융자도 했다.

잔금을 치르고 등기를 마친 3개월 후다. 도청에서 50% 예산지원이 확정되었다고 한다. 도로 확장공사가 시작되면서 하루아침에 땅값이 천정부지로 뛰어올랐다. 갑자기 강희가 돈방석에 오

른 셈이다. 이 소문은 레스토랑을 드나드는 사람들은 모르는 사
람 없다. 누울 자리를 보고 다리를 뻗으라고 피해자 놈도 그 땅이
강희 꺼라는 것을 잘 알고 있었다. 그 땅을 내놓으라는 식이다.
재산이 아깝거든 감옥에서 고생 좀 해보라는 배짱 흥정으로 합의
금을 그렇게 높게 잡은 것이다.

포기

강희는 목욕탕으로 들어간다. 윤 양의 음액이 자궁 안에서 여전히 존재하고 있는 느낌이다. 악성 세균이 세면바리처럼 자궁벽에 파고들어 강희의 피를 빨아먹는 느낌이다. 씻자. 씻어내지 않으면 세면바리 같은 지독한 세균이 강희 몸속에 흐르는 피를 모두 빨아먹어 결국 강희는 피가 말라죽을 것만 같은 착각이다.

선호가 실수한 이후부터 강희는 성 접촉을 아니 했다. 집착에서 오는 거부 반응이다. 그 집착증 증세를 극복해야 정상적인 부부생활도 다시 지속할 수 있으련만 강희는 지금 그게 안 되고 있다. 의사의 권고도 있어 선호가 무척 노력을 했지만 그 벽을 좀처럼 깨지를 못하고 있다. 강희는 완강하다. 이는 강희 자신도 모른다. 막무가내다. 아니 소름이 끼칠 정도로 거부 반응이 온다.

ㅡ언제까지 이럴 건데?

선호는 몹시 안타까워했었다. 빨리 회복되기를 바랄 뿐이다.

이제는 병적으로 진행하고 있다는 것이 선호에게도 느껴진다.

─나도 몰라요.

몸을 움츠리며 강희는 퉁명스럽게 쏘아붙인다. 강희 자신도 노력은 한다. 저 사람은 내 남편 일생 몸을 비비며 살아야만 할 사람이다.

그런데 단 하나 성생활만은 아니다. 어떤 정신적인 변화가 없을 때 한 이불 속에서 남편과의 성생활을 다시 계속할 수 없다는 생각이다. 살을 맞대고 살면서 한쪽에서 성생활을 기피한다는 것은 가혹한 고문이다. 강희도 그걸 알고 있다.

성性문제는 성으로 풀어야 한다는 정신신경과 의사의 권고다. 한 번만 접촉하면 풀어질 수 있다는데 그 한 번이 강희는 안 되는 것이다.

성가시게 구는 개에게 공격하는 성난 고양이처럼 움츠리고 있던 강희는 접촉해 오는 선호에게 물어뜯듯이 앙칼맞게 반항하지 않던가. 포효동물에게 물리면 죽는다는 절박한 위기에서의 반항처럼 그러했다.

강희에게 이 증세는 사실 어릴 때부터 잠재의식으로 머릿속에서 키워왔다. 어릴 적부터 강희의 심적 부담은 그리움과 원망 그리고 분노가 뒤엉키는 정서와 함께 심한 갈등으로 형성되었단다. 원인은 엄마로부터다.

구치소에서 출소는 했다지만 아직도 그 악몽은 가시지 않는다. 종일 마음이 무겁다. 청해온다고 잠이 오는 것도 아니다. 아무리 머리를 흔들어도 악몽은 털리지 않는다. 영업할 때 틈만 있으면 눈까풀이 쏟아지더니 이젠 완전 체질이 변한 듯하다. 몸뚱어리는 피로해도 막상 잠을 청하면 사념들이 말똥말똥 빛난다.

재혼

    강희가 구치소에서 수감생활을 하고 있을 때도 업소는 정상으로 영업을 했다. 은진이가 있어 다행이었다. 은진이가 가게에서 일을 시작한 동기는 주인아저씨의 소개다. 강희가 카운터를 보면서 홀까지 감당하기엔 너무 바쁜 손길이었다.

    —사람 하나 더 붙여 줄 테니 같이 해봐.

    주인아저씨가 은진을 데리고 왔다. 은진은 강희보다 두 살이 아래였다. 아저씨의 처조카 딸이라고 소개를 했다. 남편과의 결별로 초혼을 실패하고 상처 받은 여자라 그랬던지 맡겨진 일에 아주 충실했다. 인상도 곱고 밝은데 어쩌다 그런 몹쓸 신체적인 결함을 갖게 되었는지 보기에도 딱했다. 이혼의 사유는 출산의 결함이었다.

    외아들 집으로 시집을 갔다가 오 년이 지나도록 임신을 못 했단다. 검진결과 불임의 원인은 여자 쪽에 있다고 했다. 집안 어른들도 그랬지만 남편도 부모들과 같은 뜻이었으니 더 견뎌 낼 수가 없었다. 결국 이혼 쪽으로 결정이 되었다.

은진 역시 구차하게 매달리고 싶지 않았다. 호적까지 정리하고 친정으로 돌아와 시름을 달래고 있을 때다.

─집에서 혼자 있기 힘들 테니 나오너라.

고모부로부터 연락이 왔다. 세상을 혼자 살아갈 수밖에 없다는 처지에서 그녀 스스로 빨리 사회에 적응하고자 하는 의지가 필요했을 때다. 밝은 인상만큼이나 마음 씀도 고왔다. 여자로서의 은진의 흠이라면 오로지 불임성不任性이다.

안주를 보면 술 생각이 나고, 음악이 있으면 춤 생각이 난다 했다. 여자를 보면 어떻게 생긴 남자와 잘 어울리겠다 싶은 생각도 있다. 이게 얽히고설키는 인간사의 관계란 생각이 든다. 은진을 보니 남편 선호 생각이 난다. 서로 만나기만 하면 잘 어울릴 것도 같았다. 재혼을 하라는 어머니의 권고에도 선호는 강희가 돌아오기를 꼬박이 기다리고 있으니 강희 마음도 편치 않았다.

선호는 집 나간 강희가 어디에서 어떻게 지내고 있는지 몰라 궁금해했는데 KBS1 TV 방송 사건사고 프로그램에서 알게 되었다. 강희의 폭행사건이 특종으로 취급되었다. 강희 소식을 알게 된 선호는 다행이라 여겼다. 서둘러 사건을 해결한 이유도 거기에 있었다.

어쨌든 강희의 거처를 알게 되었다지만 사건이 해결된 후부터 선호는 주말마다 강희를 찾아왔다. 강희를 보호차원서도 그랬고 가게일도 도와주었다. 전구 같은 것도 갈아 끼워주고 벽에 못 질도 선호가 거들어 주었다. 특히 가게에서 술 마시고 주접떠는 진상들로부터 지켜주는 역할도 했다. 영업은 여자들이 앞에 나서서 한다 해도 알게 모르게 뒤에서 남자들이 도와줄 일은 많았다.

선호가 주말마다 내려와 강희 일을 도와주다 보니 가게에서 자연 은진도 알게 되었고 어울리기도 했다.

다행이다 싶었다. 이제 강희는 성性생활을 포기한 입장이다. 그런 강희를 선호도 포기를 했으면 좋겠다 싶다. 그럼 강희가 자유로울 것 같았다. 그렇다면 선호가 결혼을 해야 한다. 그래야 마음도 생활도 안정이 될 것으로 믿어졌다.

은진은 선호에게 잘 어울리는 동반자가 될 수 있다는 생각이다. 은진이도 선호도 그래만 준다면 아들 호진과 딸 수진이도 안심하고 은진에게 맡길 것 같았다. 불임병을 가지고 있는 은진을 만나게 된 것도 강희에게 다행이다 싶다. 신이 보내준 선물과도 같은 존재였다.

선호의 발걸음이 요즘 뜸해진 편이다. 늘 오던 사람이 지난주에 오질 않으니 궁금도 했다.

— 왜, 무슨 일 있어요? 늘 오다가 지난주도 걸렀으니 무슨 일 있나 싶어서요.

시내를 빠져나오는 시간 포함 서울에서 온정읍까지 두 시간이면 된다.

―퇴근 후 별일 없을 것 같아. 그러지 않아도 오늘 갈까 했던 중이야.

토요일 퇴근 후다. 선호가 왔다. 전화를 받고 곧바로 출발을 했단다.

―은진 씨 우리 식사하러 나갑시다.

강희는 은진을 데리고 선호와 한우 전문 고깃집으로 갔다. 조용한 방을 선택했다.

공기 순환제로 식탁마다 연소통이 육중하게 매달려 있다. 숯불판에서는 갈빗살이 지글지글 익고 있어 먹음직스럽기도 했다. 선호와 강희 사이에서는 살을 맞대고 부부생활을 수년 동안 해온 처지라 가릴 것 없다지만 은진에겐 조금 어색한 자리다.

강희가 먼저 선호에게 소주를 따라주고 은진에게도 따라 주었다. 선호도 강희의 술잔에 술을 가득히 따라준다.

―자, 우리 한잔해.

세 사람이 동시에 소주잔을 똑 부딪친 건배다. 처음엔 어색했지만 서로 권하면서 빈속에 주기도 오르고 보니 선호와 은진의 사이에도 조금씩 달라지기 시작했다. 그런 후로다.

선호는 서양음식을 좋아하지 않는 편이다. 그래서 가끔씩

―내가 가게에 있을 테니 저 사람에게 식사 좀 대접하고 오지?

이런 식으로 은진을 선호에게 접촉을 시켜도 보았다.

―제가요?

처음 은진은 펄쩍 뛰었다.

―그러면 어때, 모르는 사이도 아니고. 괜찮아. 갔다 와.

처음에는 등 떠밀듯이 했었다. 그런데 그런 일도 가끔 있다 보니 두 사람 간에 자연스럽게 어울렸다. 주말에 별일이 없으면 선호는 토요일 강희에게 내려오는 것이 일과처럼 되었다. 강희의 마음을 돌리고자 노력하는 선호에게 때론 잔인하다는 생각도 없지 않았다. 무엇보다는 선호와 성생활이 이루어질 수 없다면 헤어질 수밖에 없다는 강희의 결론이다. 그러나 선호는 강희의 마음이 언젠가는 돌아오리라 믿고 그렇게 기다리는 마음이다. 강희에게 억지로 강요해서 상처를 주고 싶지는 않았다.

그렇다. 한 이불속에서 접근하는 남편에게 매번 거절하자면 밤마다 전쟁을 치러야 하는 판에 이보다 더 지독한 학대가 어디 있고 더 가혹한 형벌이 어디 있겠는가. 선호와의 인연은 여기에서 끝내야 한다고 마음속으로 강희는 또 다짐한다.

때론 은진을 마트에 심부름시키면서 선호를 따라 보내기도 했다. 그렇게 1년 이상을 지내다 보니 두 사람 간 많이 가까워지기도 했고 친해지기도 했다. 이제는 터놓을 때도 되었다 싶다.

손님이 일찍이 끝나던 날 간판 불을 끈 다음이다.

―내 방에 가서 우리 맥주 한잔하지.

하루 일을 마치고 맥주 한잔 정도 마신 다음 잡념 없이 잠을 청하는 것도 피로회복에 많은 도움이 되고 있었다. 퇴근이라야 한 지붕 속 은진은 4층 아저씨네로 올라가면 되고 강희는 5층 옥탑으로 올라가면 된다. 수진이가 있어 은진과 같이 생활할 수 없었다. 하지만 가끔 은진을 데리고 맥주를 마시며 인생을 푸념하다 보면 늦어지고 그러면 그 자리에서 피그르 같이 잠들어 버리는 때도 있었다.

　─왜, 무슨 일 있어요, 언니?

　강희 옥탑방에서 마주앉아 맥주를 한 모금씩 마시고 나서다. 어린 딸 수진은 옆에서 곤히 잠들고 있다. 엄마가 없어도 저 혼자서도 잘 먹고 잘 놀며 잘 지내는 수진이가 더없이 가엽고 불쌍했지만 한편 그게 바쁜 엄마를 도와주는 역할도 되었다. 아이가 어쩜 그토록 어른스럽게 행동을 하는지 기특하기도 했다지만 측은지심도 들었다. 4층으로 내려와 주인집 할머니와 놀기도 한다. 할머니 역시 수진을 아주 예뻐한다. 그렇게 잘 어울리다 보니 그것도 강희에게 편리했다. 늘 엄마가 같이해주지 못하는 형편에서 큰 짐을 하나 덜어주는 셈이다. 불쌍한 생각이 들 때도 있지만 어쩔 수 없는 처지다.

　자기의 고집으로 여러 사람에게 못 할 짓을 한다는 것을 강희는 모르지 않지만 모두 운명 탓으로 돌린다. 시대적인 입장에서 민주화 바람이 거세게 부는 것도 운명이요, 거기에 휘말려 청춘에 요절한 아버지가 그렇고, 엄마가 저렇게 된 것도 모두 시대적 운명이란 생각이 든다.

　─은진이가 당장은 내일을 도와줘서 고맙기는 하지만 언제까지 이러고 있을 수는 없잖아?

　강희는 조심스럽게 말문을 열었다. 자칫 오해의 소지도 있거니와 전혀 생각해본 일이 없다고 거절할 수도 있기에 그랬다.

—언니 무슨 말인데 그토록 어렵게 말문을 못 터요?

은진은 쉽게 받아들이고 있었다.

—은진이가 어떻게 받아들일지 망설여지네?

—괜찮아요. 아무 이야기든 걱정 말고 해보세요.

그렇다. 여자들끼리 못 할 이야기가 뭐 있겠나 싶다.

—남자 한 사람 소개하려고 하는데 괜찮겠어?

잠시 망설이던 은진이가

—별로 뜻은 없지만 어떤 사람인가 말씀은 해보세요? 독약을 먹으라고 하는 것도 아닌데 뭘 그리 망설이세요.

지방행정 5급부터 시작한 사무관으로서 서울시청 산하에 있고 관운도 따르는 편이고, 양부모도 생존에 있다지만 차남이라서 직접 시부모를 모시지 않아도 된다고 했다. 애들은 남매를 두고 있어 출산에 부담은 없으니 은진이 편에서는 자유롭다고 장황하게 설명했다.

—지금 선호 씨를 두고 하는 말이예요?

은진은 대뜸 짐작을 하고 있다.

—그랬어, 은진도 대충 짐작은 하고 있듯이 우리가 재결합한다는 것은 불가능해. 무엇보다도 내가 성생활이 안 되잖아!

설명을 듣고 난 은진은 너무나 의외라는 사실에 펄쩍 뛴다. 어려운 강희의 처지를 모르는 바 아니다. 강희가 힘들어하는 것은 진도 잘알고 있다. 물론 농담이 아니라는 것도 이해를 한다. 처음

엔 펄쩍 뛰더니 오랜 대화에 은진도 다소 누그러졌고 긍정적이었
다.

무척 조심스러웠지만 처음 말을 꺼낼 때보다는 다소 희망적이
었다. 은진도 상처를 받을 만큼 받은 좋게 받아주는 그녀가 고마
웠다.

아무튼 선호에겐 실패한 은진의 결혼생활과 또 은진에겐 선호
와 헤어지게 된 동기와 현재의 입장을 기회가 있을 때마다 틈틈
이 설득을 하기 시작했다.

언제든 강희가 돌아오기만을 바랄 뿐 좀처럼 강희를 포기 않
던 선호가 자주 찾는 것도 강희 마음을 돌려보자는 의도도 있고
무엇보다 강희가 혹 잘못 될까 봐 지켜주겠다는 의도도 포함되었
다. 다중 업소다 보니 불량한 사람을 만나 망신을 당할 수도 있고
또 근사한 손님들한테 꼬임에 넘어갈 수도 있다는 생각이었지만
근래는 은진과 어울리는 재미도 있어 보였다.

어느 날이다.

─우리의 가정은 이미 깨졌어. 더 이상 미련두지 마, 여보, 그
리고 재혼을 해.

─강희야, 엉뚱한 생각 말아. 나는 당신을 언제든지 받아들일
마음의 준비가 되어 있어. 마음 정리되는 대로 집으로 들어와 알
겠어. 우리 부모님들도 그걸 바래.

─이 봐요, 선호 씨. 난, 이미 몸도 마음도 떠난 사람이야. 나는
절대 당신 곁으로 갈 수가 없어. 하늘이 무너져도 아닌 것은 아닌

거야?

말 같지 않은 소리를 한다고 강희는 일언지하에 거절을 했다. 섣불리 했다가는 오히려 일을 그르칠 수가 있을 것 같았다.

−쓸데없는 소리 그만해, 난 기다릴거야.

선호도 언성을 높인다. 선호의 마음 역시 변함이 없다. 일단은 대화는 여기까지 하고 선호를 돌려보냈다.

쉽지는 않다. 이왕지사 벌여놓은 일 물러나서도 안 된다. 반드시 성사를 이루어야 한다. 물론이다. 이런 일이 쉽게 이루어질 거라 처음부터 계산은 안 했다. 은진이라면 남편과 호진을 맡겨도 좋을 듯싶다. 어쨌든 두 사람이 잘만 이루어진다면 강희 마음도 한결 편할 것 같다.

은진이보다도 강희를 포기하지 않는 선호를 설득하는 데 더 문제가 있었다. 어차피 헤어져야 할 사람 차츰 거리를 멀리하는 것이 좋다는 생각에서 강희는 일부러 여보 당신이라는 호칭도 떼어버렸다.

토요일에 내려온 선호는 가끔 홀 소파에서 혼자 새우잠으로 밤을 보내고 가는 때도 있다. 근간에는 선호와 은진 사이에서 대화도 잘 이어졌다. 자연스럽게 접근이 되다 보면 언젠가는 가능성도 있어 보였다. 선호는 당사자가 은진이라는 것을 아직 모른다.

좀처럼 꺾이지 않는 강희를 설득해야 한다는 선호의 기세도 차츰 의지가 떨어졌다. 기회가 있을 때마다 그만 포기하라고 사정하듯 설득하는 강희의 태도가 일시적인 감정만은 아니라고 믿기 시작한 선호의 마음도 차츰 풀리기 시작했다. 굳은 신념도 흔들리는 데 감정이야말로 왜 아니 흔들리지 않겠는가. 재결합이 불가능하다고 주장하는 강희의 태도에 선호도 차츰 포기 쪽으로 기울어져 갔다. 오랜 세월 속에는 쇠도 녹는다 하지 않던가.

은진이 옆에 있어 강희의 설득이 먹혀들어 가는지도 모른다. 두 사람의 시간을 만들어주기 위하여 손님이 뜸할 때는 일부러 강희가 외출도 했다. 부족한 수면을 보충하든지 아니면 할인점을 찾아가 쇼핑도 했다. 눈에 띄는 패션이 있으면 딸 수진의 옷과 호진의 옷도 샀다.

그럴 땐 은진의 바쁜 손길을 도와 선호가 홀에서 심부름도 했다. 그러던 어느 날이었다. 은진을 일찍 퇴근시킨 뒤에 선호와 마주 앉았다.

─선호 씨 공연히 나한테 시간 낭비하지 마. 나는 절대 선호 씨와 재결합 할 형편이 아니야.

단호하게 말을 했다.

─결벽증이 그리 가벼운 증세가 아니라구. 하루에도 몇 번씩 내가 뒷물하는 것 당신도 모르지 않잖아.

─무슨 얘기야?

굳은 표정의 선호는 뚫어져라 강희를 건너다본다.

─은진 씨를 어떻게 생각하고 있어? 그동안 새겨봤으면 은진이가 어떤 여자라는 것쯤 알 수 있지 않겠어? 장난이 아냐. 잘 생

각해봐?

―…….

선호는 넋 나간 사람처럼 대꾸를 못 한다.

―선호 씨 이제 그만 나를 포기해? 내 맘속에서는 이미 선호 씨를 정리했어요.

선호도 그날은 별다른 감정을 나타내지도 못한 채 서울로 올라가고 말았다지만 설득은 되었다고 강희는 생각했다.

선호와 은진이가 재결합을 했다. 정말 다행한 일이었다. 강희의 부담은 이제야 풀리는 듯싶다. 선호 집안에서도 아쉽지만 강희를 포기했고 은진을 좋게 받아들였다. 은진은 누구에게라도 호감을 느낄 수 있는 인물이지만 어려운 여건에서 성사가 되었으니 다행이었다. 누구보다도 강희가 아쉬운 일이지만 사랑하는 선호의 앞길을 터주었다는데 다행이라 여겨졌다. 강희에게 있어 선호도 은진이도 정말 좋은 사람들을 진정으로 그들의 재결합에 행복을 빌었다. 그렇지만 강희에겐 반쪽의 몸이 떨어져 나가는 느낌이다. 선호는 정말 좋은 사람이었다. 세상 어디를 간다고 저런 사람을 만날 수 있을까 싶다.

이제 강희는 혼자가 되었다. 선호와 은진이의 결혼식을 하던 날 밤 이불을 뒤집어쓰고 팔자타령을 하며 강희는 밤새워 울고 울었다. 선호는 강희에게 하늘에서 내려준 인간사 최대의 선물이었다. 그런 사람을 등 떠밀어 억지로 보냈으니 죄악일 수도 있었다. 강희 인생에서 다시는 남자란 없을 것이다.

─내가 강희의 권고로 재혼을 한다지만 강희를 포기한 것은 절대 아냐.

─알았어요.

─언니 미안해. 그래서 말인데 우리 셋이 같이 살면 안 될까?

─그건 안 되지. 내가 옆에 있으면 신경이 거슬려서 안 돼.

─별 소릴 다 하네.

─내가 아파트 두 채를 마련할 거야. 하나는 강희가 옆에서 살 아. 그러면 되지 않겠어. 마음이라도 서로 의지하며 살아가자구!

선호의 배려이었다. 그 소리에 강희는 답변을 못 했지만 또 그랬으면 좋겠지만 한편 부담도 되었다. 선호도 은진이도 그리고 호진이도 수진이도 우리 모두 같이 살면 얼마나 좋을까 싶다.

─아이들을 생각해서라도 그럼 그게 좋겠네.

은진이도 긍정을 한다.

막상 그들을 떠나보낸 그날 밤 강희는 어쩔 수 없는 자신의 운명을 되짚어보면서 수진을 부둥켜안고 울고 또 울었다. 수진은 강희가 키우기로 선호는 순순히 허락을 했다.

선호와 특히 그 시아버지와 시어머니에게 은혜를 보답하는 의미로 또 그동안 그 가정에 분란을 키웠던 모든 사연들을 속죄하는 마음과, 은진의 행복을 비는 마음에서 강희는 급매로 땅을 처분했다. 그게 다행히 3억이 되었다. 합의금 때문에 담보로 제공했던 구로동 나대지의 권리를 은행 담보권에서 해제를 시켜 선호에게 되돌려 주었다. 늘 무거웠던 마음의 짐이었다.

부동산 아저씨는 아깝지 않느냐고 눈 딱 감고 조금만 기다리면 더 큰 물건이 될 텐데 꼭 그래야 되겠느냐고 만류도 했지만 강희는 아쉬운 마음을 미련 없이 던져 버렸다.

자정을 울리는 괘종 시계 소리가 열두 번을 울린다. 좀처럼 강희는 잠을 이루지 했다. 소곤소곤 옆에서 수진은 잘도 잔다. 가만히 수진의 얼굴을 들여다보던 강희는 눈물이 핑 돈다.

가족 찾기

    강희는 갑자기 엄마가 생각이 나고 요즘 따라 더욱 그리워진다. 지금쯤 엄마는 어디에서 어떻게 무엇을 하며 지내고 있을까 보고 싶다. 네 살 때 엄마와 헤어졌던 기억이 생각난다. 까물거리는 석유 등잔 밑에서 마지막 밤을 보냈던 그날의 엄마 그 얼굴을 아무리 되새겨보지만 선명하게 떠오르질 않는다. 어릴 적 일에 너무 세월이 많이 흘렀다.

    엄마가 강희 앞에 나타나 내가 니 엄마다, 하기 전에는 마찬가지 서로 알아볼 수조차 없게 되다니 운명치고는 너무나 기구하달까? 모녀지간에 서로 알아볼 수도 없다면 이제 영원히 남남으로 살다가 끝이 날 것이 아닌가? 절통할 일이 아닐 수 없다. 피는 물보다 진하고 피를 나눈 사람끼리는 혈연이라 하지 않던가. 그런 소중한 혈연이 서로 길바닥에서 만나도 몰라보고 지나쳐야 한다면 이거야말로 불행이 아니고 무엇이랴. 네 살배기 아이가 이젠 두 아이의 엄마가 되었으니 세월도 많이 흘렀다.

벌써 오래 전 이야기가 되었다. 남편 선호를 출근시킨 다음이
다. 간곡한 선호의 권고로 결혼 후 직장까지 그만두고 나니 너무
도 한적했다. 대한민국 젊은이들이 다 입사하기를 원하는 S그룹
이다. 그런 직장을 강희는 아쉬움 없이 던져버렸다. 선호를 위하
는 일이라면 세상 모든 것들을 다 버릴 수 있다는 강희의 마음이
었다. 그동안 선호와의 시간은 만족했고 행복했다. 여기까지 흘
러온 세월이 더 할 수 없는 귀중한 시간이었다. 선호를 남편으로
맞이했다는 사실이 신의 한 수 행운으로 여겨졌다. 결혼생활 5년
동안 아들 호진과 딸 수진도 얻었다. 남편은 겪어 볼수록 좋은 사
람이란 것을 다시금 느껴지던 때다.

핏줄이면서 기구한 운명으로 헤어져 만나지 못하는 가족 찾기
운동은 KBS1 텔레비전 아침마당에서 마련한 프로그램이다. 헤
어져 소식 몰라 애타게 기다리는 가족들에겐 정말 소중한 프로가
아닐 수 없었다.

처음엔 큰 기대 없이 시청을 했었다. 강희도 이산가족의 한 사
람이라고 하지만 별로 실감을 못 했고 관심도 없었다.

헤어졌던 사람들이 극적으로 만나 서로 부둥켜안고 우는 장면
들이 있기는 했지만 강희와는 무관한 사연 같았다.

그때다. 사십 대 중반 정도 보이는 여인이 눈에 확 들어오는 것
이 아닌가. 그녀는 고향이야기를 내내 눈물을 흘리고 있다. 그 순

간 강희는 얼굴이 확 달아오르면서 시선이 끌렸다. 그 여인은 아주 오래전에 헤어진 딸을 찾는다고 했다. 이름은 김강희라고 한다.

너무나 뜻밖이라서 그랬을까? 강희는 헉 숨이 막힐 정도로 온몸의 핏줄이 머리카락까지 뻗친다. 저 여인이 그토록 애타게 그리워했던 내 엄마란 말인가? 너무나도 기가 막혔다. 지금까지 어디에서 무엇을 하다가 나타났는지 그리움보다 원망과 분노가 더 솟구친다.

강희는 완전 흥분한 상태로 뚫어져라 화면을 들여다 보았다. 수심에 잠긴 엄마의 얼굴은 일그러져 있었다.

―그래 지금은 누구하고 같이 지내고 있습니까?

프로그램을 진행하는 아나운서가 그녀에게 묻는다.

―혼자 살고 있습니다.

―최철민과는 언제 헤어졌습니까?

―서울에서 3년 정도 같이 지냈습니다.

―그 후로는 어떻게 지내셨나요?

아나운서는 자신의 아픔처럼 신중하게 대화를 이어간다.

―별것 다 해봤지요.

―그렇다면 왜 진작 따님을 찾지 않았습니까?

사회자는 엄마를 빤히 들여다 보며 묻는다.

―생각은 굴뚝같았지만 맨주먹으로 찾아갈 수 없어 전세방이라도 마련한 다음 찾겠다고 미루다가 기회를 놓쳤습니다.

텔레비전 화면을 받으려고 얼굴은 똑똑히 들고 있으나 복받쳐

흐르는 눈물은 어쩔 수 없었던지 연신 손바닥으로 훔친다.

―엄마다!

강희는 언결에 함성처럼 터져 나온다. 20여 년 전에 아빠를 데리러 미국에 간다던 파렴치 했던 엄마다.

그녀는 다시 손등으로 얼굴을 훔친다.

―그랬군요. 그때 따님은 몇 살 정도나 되었다고 생각합니다?

―지금쯤은 20대 중반쯤에 되었겠네요? 가정주부가 되었을지도 모르구요.

―그럴 것입니다.

화면으로 보는 엄마의 얼굴이지만 네 살 때 보았던 얼굴 모습이 희미하게나마 떠오른다. 그동안에는 아무리 엄마의 얼굴을 그려보려고 해도 전혀 떠오르지를 않았던 모습이었다. 어린 딸을 버리고 떠나간 엄마의 얼굴이 어떻게 생겼는가? 얼마나 매정하게 생겼으면 어린 딸을 버리고 갔을까 퍽 궁금했었다. 당장이라도 나타난다면 얼굴을 박박 긁어놓고 싶은 심정이지만 미워하면 미워할수록 엄마는 어떤 사람일까 그리움만 더 할 뿐이었다.

화면으로 보이는 엄마의 얼굴은 약간 서양미가 깃들어 있는 인상이다. 갸름한 얼굴 바탕에 옴폭 들어간 눈매가 그랬고, 날카롭지는 않지만 오뚝한 코가 그랬다. 또 얼굴이 작은 편이다. 아직도 젊음이 있어 보였다.

할머니는 아니라고 했지만 한 달만 자면 온다던 엄마를 어린 강희는 철석같이 믿었다. 무척 엄마를 기다렸다. 전혀 기억할 수 없는 아빠라지만 미국물을 먹은 아빠는 훌륭한 사람으로 여겨졌다. 그런 아빠를 데리고 금방이라도 대문에 들어설 것만 같은 기대감에 오지 않는 엄마를 기다리며 칭얼대는 강희를 볼 때마다 할머니까지 마음이 울적해져 '에그' 천하에 몹쓸 년, 푸념도 했었다.

─강희야 드라마에 젊은 엄마 역할로 잘 나오는 탤런트 H양이라고 알지? 엄마가 보고 싶거든 그 여자를 봐. 니 엄마랑 비슷하게 생겼으니까.

할머니도 늘 그랬지만 동네 아줌들도 그랬다. 지금은 사십 대 후반에 접어들었다 하겠지만 아직도 엄마의 모습은 변하지 않았다.

─딸 강희는 인상이 어떻게 생겼습니까?

─동네 사람들이 저를 많이 닮았다고 하지만 잘만 자랐다면 저보다 훨씬 예쁠거예요.

─아 그렇습니까?

최철민과는 헤어졌을 거라는 짐작이 간다. 풍문에 의하면 그때 당시 바로 헤어졌다는 이야기도 있고, 그래도 몇 년 같이 있었다는 이야기도 있었다. 그토록 반정부 시위에 집착을 하던 최철민은 이제 출세를 하여 의정 단상에서 활동을 하고 있단다. 그랬으니 그런 사람 옆에서 엄마가 견딜 수가 있었을까 싶다. 엄마만 결국 최철민에게 이용당했을 뿐이다. 반정부 활동으로 감옥에 간다는 것이 보통 사람들이 하는 짓이라든가?

최철민과 헤어지게 된 이유라고 하면 서로 신분이 달라졌다는 것이다. 달라진 최철민에게 홍말순 그녀는 더 이상 이용 가치가 없게 되었단다. 그에게서 엄마가 필요할 때는 기소중지로 경찰의 수사망에서 도망을 다닐 때 뿐이라 했다.

수형생활을 하던 어느 날 최철민은 이미 스타가 되어 있었다. 6·29선언이 발표되면서부터다. 세상이 바뀌고 보니 반체제 인사에서 최철민은 친위대로 신분이 달라져 열사로 위상이 높아졌다. 오라는 곳은 없어도 갈 곳은 많아졌다. 잠행하고 있던 이무기가 승천할 기회를 만난 것이다.

교도소에서 혈맹을 맺은 동료들이다. 날개를 단 그 동료들 마찬가지 동아리 모임에서 정치모임에 이르기까지 연일 분주했다. 문민정부가 들어서면서부터 완전히 영웅이 되었다. 민주화 투쟁에 관하여는 누구보다도 경력이 화려한 최철민이었다. 그들 중에서 최철민의 목소리도 컸다. 반체제 운동으로 감옥에 갔다 온 화려한 경력은 그를 시대의 영웅으로 만드는 데 부족함이 없었다.

교통비도 없어 쩔쩔매던 그의 지갑에 거액의 수표까지 들어있었다. 뿐만이 아니다. 누구 하면 삼척동자도 알아볼 수 있는 잠룡 정치인들과도 회합이 잦았다. 그랬다. 그들은 때를 만났다. 최철민의 지느러미는 냇물을 떠나 강물을 헤졌고 다닐 만큼 컸고 삼손의 힘까지 생겼다. 헌법이 개정되고 문민정부와 함께 최철민은 여의도 입성에 드디어 성공을 했다.

─갸가 크게 될 줄 왜 몰랐겠소. 그늠의 자식은 어릴 때부터 남

들 아이들과 많이 달랐지요. 그느마 때문에 이 어미도 고생 많이 했는지라?

시장바닥에서 생선 장사로 연명하던 최철민의 어머니도 아들과 함께 승천을 했다. 당당하게 정치인의 어머니가 되었다.

어느 날 갑자기 찾아온 최철민의 신분 상승과 함께 홍말순의 역할은 모두 끝이 났다. 최철민이 가는 길에 홍말순은 한때 징검 다리가 되었을 뿐이다. 최철민이 그가 배가 고플 때 그리고 외로울 때 소신공양으로 밥상이나 차려주고 잠자리 역할이나 해주었을 뿐이었다.

─나쁜 사람이라고 욕하겠지만 어쩔 수가 없을 것 같아. 그동안 신세 많이 진 거 알아. 지금은 그렇고 다음에 한 번 찾아와. 그동안 진 신세 다 갚을 날이 올 거야?

사실상 결별 인사다.

─서로 어려운 처지에서 우리들을 맺어준 인연은 심술궂은 조물주가 내려준 운명으로 봐야 되지 않겠어.

─그건 맞지가 않아요. 다섯 살 연상에 저는 얘까지 딸린 기혼녀예요.

처음 최철민의 청혼을 받고 그녀는 단호하게 뿌리쳤었다. 최철민은 미혼이다. 그런데 어떻게 그와 신분을 같이 할 수가 있단 말인가.

─불행한 시대에 살고 있는 우리들 입장에서 그게 무슨 상관입니까? 서로 사랑만 하면 되는 거지.

최철민 스스로 약속을 하면서 홍말순 그녀의 가슴에 얼굴을 묻고 감격했던지 울기도 했었다.

그래서 그녀는 최철민의 진심을 믿고 강희까지 버리고 가출을 결심했는지 모른다. 그런데 세상이 달라지고 신분이 달라졌다고 건망증 증세는 아닐 테고 최철민은 그 사실을 까마득히 잊고 있었다. 길 가던 나그네 하룻밤 머물다 떠나는 주막집처럼 최철민은 그렇게 그녀 곁을 간단하게 버리고 떠났다.

변증법의 흑, 백 논리다. 필요하면 언제든지 뒤집을 수 있다는 그들의 신념은 확고했다. 최철민은 행동대원으로 반체제운동 제일선에서 투쟁하며 살아온 경력이다. 목적을 위한 일이라면 언제든지 강하게 돌진만 하면 된다는 식이다.

그 후 홍말순이 거처하는 단간 방에 최철민은 다시 들어오지 않았다. 그런 최철민에 홍말순은 심한 배신감에 분노를 느꼈다. 하늘이 무너지는 좌절감을 남편이 죽은 후에 또다시 느껴야 했다.

당초 그녀는 최철민과 어린 강희를 놓고서 갈음질을 했었다. 그 시점에서 갈등도 했고 고뇌도 했다. 두 길을 다 선택 못 한 이유는 최철민의 꼬임이었다.

—내가 지금 도망 다니는 형편에 어린 강희까지 데리고 가면 감당이 되겠어? 할머니가 옆에 있으니 우선 맡기고 자리를 잡은 뒤 데려가도 늦지 않을 텐데?

그 말도 틀린 소리는 아니었다. 어린 강희가 고생이 될까 봐 하는 소리란다. 갈 곳이 정해진 것도 아닌데 도망 다니는 최철민을 따라가면서 추운 겨울에 어린 딸까지 데리고 간다는 것도 억지란 생각도 들었다. 길게 잡아야 6개월이면 된다고 그녀는 생각했다. 엄마가 없어도 그때까지만 잘 견뎌 달라고 딸 강희에게 마음속으로 빌었다.

음식점 주방일 정도는 어디든 있다. 팔만 걷어붙이면 여자들이 일자리 찾는 것은 쉬운 일이었다. 최소한 6개월 동안의 시간이면 될 것으로 예측했다.

허나 아무리 노력을 해도 최철민의 뒷바라지 그 이상은 여유가 되지를 않았다. 인간의 삶이 그들이 생각하는 만큼 녹록지 않았다.

—태양을 구름이 가린다고 영원한 것은 아니란다. 태양에 구름은 언제든 걷히듯이 이 땅에 민주주의는 반드시 오고야 말 거야. 오늘날 군사 정부는 올 때까지 왔어. 고생이 된다고 왜 못 참겠어. 나는 그때를 기다리고 있는 거야. 이 땅에 밝은 태양은 다시 뜰 것이라 믿고 있었다.

—그때가 되면 꼭 여의도에 입성해 소리 높여 민주주의를 외칠 거야.

그럴 때 벌겋게 눈알이 충혈되는 최철민은 아집이 아니고서야 저렇게 미칠 수가 있으랴 싶었다. 인생의 모든 승부는 여의도 입성에 걸겠다는 최철민의 신념은 누구의 설득도 아니 되었다.

—이봐요, 나는 그런 호강 안 바랄 테니 허황된 꿈 버리고 차라

리 죗값을 치르고 나서 우리 평범하게 살아요.

그녀는 그런 최철민을 말렸다. 부富와 출세出世도 좋지만 엄마를 찾으며 울고 있을 강희를 데려오는 것이 급선무였다. 정치가 불안하면 항상 서민생활은 각박하고 어지러웠다.

최철민은 늘 1917년 러시아 프롤레타리아 혁명의 지도자 레닌을 신神같이 받들었고 중국 파波의 지도자 모택동을 숭상했다. 더 나아가서는 백두혈통 김일성 부자의 주체사상도 지향했다.

김일성이 어릴 때는 만주 지린성에서 우리나라 초대 해군참모총장을 역임했던 손원일 장군의 아버지 손정도 목사이면서 독립운동가 밑에서 살기도 했다며 이런 역사를 입에 달고 다녔다.

'독재 타도 호헌철폐'를 외치는 6월 항쟁으로 온통 나라 안이 어수선했다.

─나는 꼭 혁명가가 될 것이고 그 길을 가기 위하여 지금 이 고생은 디딤돌로 삼고 몸은 부서진다 해도 성공할 때까지 투쟁은 계속할거야.

부드득 이를 갈며 신념을 다지기도 했다.

그랬다. 그들 말대로 6·10항쟁은 드디어 성공을 했다. 6공화국이 오면서 감옥에 갔던 최철민이 금의환향했지만 1차 TY 정부 때는 별로 두각을 나타내지 못했던 최철민이었다.

386세대 민주화 운동 세력에서 인정을 받던 최철민은 6공화국 2기 문민정부 YS 때에 여의도 의정 단상으로 입성을 했다. 최철민은 용케도 그 줄기를 잘 찾아 탔다. 위장취업자들 중에서 최철민은 거물급 취급을 받았다. 문민정부가 들어서면서 더욱 활기차게 뛰어다니더니 결코 보람을 일궈냈다.

　—그럼 최철민은 지금도 여의도에 있겠네요?

　아나운서는 계속해서 질문을 했다.

　—아뇨, 한 번으로 끝났어요. 강경파 중에 강경파로 갑질을 서슴지 않더니 결코 유권자들로부터 외면을 당했어요.

　—그래 지금도 그분한테 이용당했다고 생각하시나요?

　—단념했습니다.

　보기 좋게 이용만 당했다고 가슴 아파하는 홍말순은 계속 눈물을 훔친다.

　—그래 따님을 찾아간 때는 언제였습니까?

　숙연한 엄마의 분위기를 알아차렸던지 진행자는 질문 방향을 바로 바꾼다. 그녀는 얼굴의 눈물을 훔친 다음 잠시 생각하는 듯하더니

　—최철민과 헤어지고 나서도 한참 후이었습니다.

　—그래 고향으로 찾아갔더니 따님이 없던가요?

　—예 그렇습니다.

　—그럼 그때가 언제쯤이던가요?

　—강희가 17세 정도 되었을 때에요.

　사회자도 아쉬운 듯 얼굴이 일그러진다.

　—왜 떠났는지 내용은 모르구요?

　—강희 공부 때문에 할머니가 땅 몇 때기 안 되는 전장을 팔아

가지고 서울로 떠났다는데 더 자세한 사정은 모릅니다.

  ―알았습니다. 홍말순 씨 자리에 가서 편안하게 앉아 기다려 보시지요.

  ―고맙습니다.

  ―따님께서 방송국으로 연락이 올 수도 있고 또 방송국에서 따님을 찾아낼 수도 있습니다. 희망을 갖고 기다려 보세요.

  엄마는 다소곳이 머리 숙여 인사를 하고는 자기 자리로 들어간다.

  ―만약의 경우 딸 김강희 씨가 지금 이 시간에 방송을 시청하고 계신다면 즉시 본 방송국 스튜디오로 연락을 주시고요, 시청자분들 중 혹시 김강희 씨를 아시는 이웃이 있다면 아래 연락처 02-780-00XX로 주시거나 010-9882-424X. 연락하여 주시면 고맙겠습니다.

  ―연락이 올까요?

  애가 타는지 엄마는 진행자를 바라보며 묻는다. 그 표정이 너무나도 진지해 보였다.

  강희는 얼른 수화기를 들었다. 그리고는 탁탁탁 번호를 찍다가 잠시 멈춘다. 막상 엄마라고 나타나니 그립던 때와는 달리 서먹하니 망설여진다. 마지막 자리 5자만 찍으면 뚜르르 뚜르르 신호가 갈 것이다. 그런데 그 5자를 찍으려니 심장은 물론 손가락까지 부들부들 떨린다. 이게 웬일이란 말인가? 마지막 5자를 찍지 못하고 강희는 슬그머니 수화기를 내려놓는다. 저런 엄마를

이제 만나서 무엇을 어떻게 한단 말인가?'

강희는 다시 수화기를 든다. 역시 손가락의 움직임이 마지막 5자 앞에서 잠시 멈췄다 찍었다. 방송시간이 거의 날 무렵이다. 뚜르르 신호가 간다. 그러자

ー여보세요, 어디시죠?

즉각적으로 응답이 온다.

ー…….

ー어디 누구세요? 말씀을 하시지요? 여보세요 말씀을 하세요…….

초조한 사람처럼 서둘러 댄다. 반가운 소식을 기다리는 사람 같다. 잠시 망설이던 강희는 수화기를 힘없이 내려놓는다.

그리울 때와 달리 왠지 먼저 회의감이 앞선다. 남편 선호한테는 엄마가 죽었다고 했다. 그런데 갑자기 엄마가 살아 있다니 그것도 말이 안 된다. 엄마를 용서할 수가 없다는 생각이다. 어린 딸을 버리고 떠난 엄마인데 이제 와서 핏줄이라고 용서가 될까? 핏줄은 그런 엄마를 용서할 수가 있을까?

수없이 강희는 자신에게 따져 묻지만 그럴 때마다 강희는 머리를 흔들었다. 핏줄도 핏줄 나름이다. 아무리 핏줄이라 해도 자신이 지킬 본분이 있다. 엄마는 그 본분을 망각했다.

강희는 전화기를 내려놓았다. 텔레비전 전원도 껐다. 집안이 갑자기 조용해진다. 가슴이 울렁거리면서 자꾸 눈물이 난다. 무얼 잊어버린 것 같은 허전한 마음이다. 공연히 그 프로를 보았나

싶다.

거실을 서성거리며 강희는 마음을 추스른다. 엄마가 살아있다는 것은 확실하다. 차림은 그다지 남루해 보이지는 않았다. 옷값이 싼 요즘 세상에 남루한 사람이 어디 있을까만은 얼굴에서 풍기는 인상은 그리 초췌해 보이지는 않았다. 어린 딸을 버리고 떠난 엄마가 혼자서 호의호식하며 잘 지냈다는 건가?

어린 시절엔 누구나 엄마는 신의 존재다. 그런 엄마가 그리워 밤새도록 울다 잠든 때도 한두 번이 아니잖는가? 초등학교 5학년 5월이었다. 학교에서는 어린이날 행사 준비에 한창 바쁠 때다. 효녀 심청이 연극이 있었다. 다행스럽게도 강희가 심청이 역으로 뽑혔다. 경쟁이 심했는데 최종 심사에서 선생님은 강희를 낙점했다. 강희는 좋아서 어쩔 줄 몰라했다. 선생님이 지도해주는 대로 대사를 외우면서 강희는 심청이의 대역을 열심히 연습했다.

그러던 중 문제가 생겼다. 늘 그랬듯이 학교에서 무대복까지 제공하지 않는다. 물론 예산 관계다. 선생님께서 무대복을 각자 본인이 준비를 하란다. 무대복은 하얀 날개옷을 입어야 한다고 했다. 선생님이 지정해주는 대로 배역에 따라 각자 준비해야 했다.

배역이 정해지면서 각자 무대복을 준비하라고 선생님이 일렀는데 주인공인 강희만 그 준비가 안 되었다. 할머니에게 몇 차례 날개옷을 만들어 달라고 졸라도 봤지만 할머니는 걱정만 할 뿐

능력 부족이었다.

─참 미처 생각을 못 했구나. 강희는 엄마가 안 계시지? 그걸 선생님이 생각을 못했구나. 미안하다.

몇 차례 독촉을 해도 약속 날짜까지 무대복을 안 가져오자 그때서야 선생님은 깨달았나보다. 강희는 엄마가 없다는 것을…….

강희는 날개옷 때문에 출연을 못 하게 되었다. 강희는 몹시 슬펐다. 이유는 엄마의 부재다. 엄마의 역할이 없기 때문이다. 강희는 그게 그렇게 억울할 수가 없었다. '너는 커서 영화배우가 되거라' 마을 아줌마들이 강희를 일러 농담하는 소리도 있었다. 예쁘게 생겼기에 아쉬운 생각에서 하는 소리들이었다. 엄마 없는 딸에게 불편한 점이 한두 가지가 아니다. 그럴 때마다 엄마에 대한 원망은 커져만 갔다.

그런 세월이 흘러갈 만큼 흘렀다. 천 번 만 번 밀려오는 파도의 물결처럼 엄마의 그리움 속엔 항상 원망도 뒤섞이었다.

기다림

이제야 엄마는 딸을 찾겠다고 나섰다. 그동안 강희가 겪었던 외로움과 슬픔을 어떻게 보상할 것이며 무슨 염치로 찾는단 말인가? 핏줄이란 그토록 대단한 존재란 말인가? 대단해서 그 핏줄을 이제라도 찾겠다는 것인가? 방송에 출연한 다음 엄마는 목이 타도록 딸을 기다렸겠지만 막상 강희는 연락을 하지 않았다.

언제든 방송국으로 연락하면 엄마를 만날 수 있다는 사실에 선택은 강희쪽에 넘어왔다.

그 무렵 경찰에서도 연락이 왔다. 잃어버린 가족을 찾아주는 코너를 경찰에서도 운영을 했었다. 경찰에서 사람 찾기란 오히려 쉽다. 주민번호 조회나 호적조회를 하면 컴퓨터에 소재가 뜬다.

컴퓨터에 뜨는 주소를 가지고 경찰이 소재 수사를 나왔다. 선호와 결혼을 하고 마포에 작은 아파트를 마련해서 첫 살림을 차리고 일 년쯤 되었을 때다. 인터폰이 울려 문밖에 나갔더니 정복

경찰관이 우뚝 서 있었다.

—김강희 씨 댁 맞아요?

—그런데요?

—김강희 씨 맞지요?

느닷없이 경찰이 찾아와 강희는 기분이 섬뜩했다. 잘못은 없지만 그래도 경찰이 찾아왔다는데 혹시나 하고 마음속으로 켕겼다.

—혹시 홍말순 씨란 분을 아시지요?

엄마의 이름이다. 당혹스러웠다. 어찌 모른다 할 수 있겠는가?

—…….

어찌해야 좋을지 강희는 순간 판단이 서질 않았다.

—상관은 없습니다. 설령 홍말순 씨가 엄마라 해도 강희 씨가 만나고 싶지 않다고 하면 개인정보 보호법에 의하여 업무를 집행할 수가 없습니다. 선택 사항입니다.

—제가 김강희는 맞는데 그분은 저희 엄마가 아니에요.

강희는 시침을 떼었다.

—홍말순 씨 말에 의하면 20여 년만에 찾는 딸이라고 하던데 이분이 엄마가 아니란 말이지요?

경찰관은 빛바랜 사진까지 들이대며 확인을 한다. 텔레비전에서 본 엄마의 얼굴과 윤곽이 같았다.

—네, 그분은 저희 엄마가 아닙니다.

—그럼 모르는 분인가요?

—아무튼 제 엄마는 아닙니다.

—엄마는 맞는데 솔직히 말해서 만나고 싶지는 않다 이 말씀
이지요?

경찰관은 몹시도 당황하는 강희의 표정에서 짐작이라도 했는
지 슬쩍 의중을 떠본다.

—네, 그렇습니다.

—물론 피치 못 할 사정이 있었겠지요. 그 사정이야 우리가 알
바 없고 네 알겠습니다. 그렇게 전달을 하지요.

자기 임무는 끝났다는 듯이 경찰관도 그 정도로 확인을 하고
갔다. 경찰관이 다녀간 뒤로는 더욱 마음이 착잡했다. 그날도 강
희는 온종일 흥분해서 떨리는 가슴을 움켜쥐고 울고 또 울었다.

엄마가 애타게 찾고 있다는 것을 재확인했다. 그런데 그때도
강희는 거절을 했다.

네 살 때부터다. 그동안 강희의 마음고생은 누구도 모른다. 그
럴 때마다 엄마에 대한 원망이 앞선다. 그렇게 이십여 년이 넘는
세월 동안 굳어진 응어리가 그리 쉽사리 풀리겠는가.

이제 와서 엄마를 용서한다는 것이 생각처럼 간단하지가 않았
다. 그리움이 원망으로, 원망이 분노로 절박한 감정이 강희의 가
슴속에는 지층처럼 겹겹으로 쌓였다. 그런 감정이 핏줄이라고 당
장 얼음 녹듯이 쉽게 풀린다 하던가.

강희는 어쨌든 당장은 아니라고 마음을 접었다. 각오도 했다.

핏줄인데 강희 마음이라고 다를 수는 없었다. 20여 년 동안이나 그립고 그립든 엄마다.

방송국에서도 다녀갔다. 그리고 한 달 정도 지나서다. 경찰관이 또 찾아왔다. 홍말순 씨가 지금 파출소에 와 있다는 것이다.

—핏줄인데 이젠 마음을 푸시지요?

지금 울면서 엄마가 기다리고 있다고 했다. 어쩌겠느냐고 서운한 마음 푸시고 앞으로 같이 잘 살아야 될 게 아니냐고 했다.

—아뇨 저는 아닙니다. 저는 엄마가 없습니다.

강희는 완강했다. 핏줄도 핏줄 나름 낳아줬다고 다 핏줄은 아니다. 부모 자식 간에도 책임과 의무는 존재한다. 엄마도 엄마 노릇을 해야 엄마이지 아무나 엄마가 되는 거는 아니라는 생각이다. 엄마 자신이 즐기던 잠자리에서 강희가 태어났을 뿐, 알뜰한 모성애로 태어난 것은 아니라는 거다. 강희는 저들의 신체적 결합에 일부분일 뿐이란다. 낳고 싶어 낳은 것도 아닌데 거기에 자식에 대한 사랑이 있다고 할 수 있을까?

그때도 지금도 마찬가지 그 여자는 자식보다도 성적 욕망이 더 컸을 거란 생각이다. 벌건 대낮에 꽁지를 맞대고 골목 안에서 신체적 욕망을 만끽하는 강아지들만도 못한 존재라는 생각이다.

그건 사실 사랑도 아니다. 다만 욕망일 뿐이다. 저들의 행위 중엔 물론 수놈의 성적 욕망밖에는 없을 테지만, 누가 뭐래도 암놈은 씨족 관계로 받아들였을 뿐이다. 재미있다고 골목 안에 모인 애들이 킥킥거리지만 암놈은 숭고한 씨족 관념으로 저런 짓들을 하고 있을 뿐이다.

하나를 가지려면 다른 하나는 포기한다는 것은 상대성 원리다. 두 개를 다 가질 수는 없는 것이 세상의 이치다. 그렇다. 두 개를 다 가진다는 것은 과욕일 뿐이다.

—한 번 버린 사람이 두 번은 못 버리겠습니까. 필요에 따라 열 번도 버릴 수 있습니다.

강희의 거절로 경찰관은 맥 빠진다는 듯 멋쩍게 뒤 돌아간다. 엄마가 간절히 기다리고 있다는 것을 알면서도 강희는 거절했다. 돌아가는 경찰관의 뒷모습에서 엄마의 모습이 보인다. 저 사람이 돌아가서 엄마에게 무어라고 말을 전할 것이며 전해 듣는 엄마는 어떤 표정일까?

강희가 고등학교 2학년 때다. 싸늘한 바람이 스칠 때마다 떨어지는 플라타너스 잎이 너풀너풀 허공을 감도는 깊은 가을이었다. 수업이 나고 교실 청소를 하고 있을 때다. 하교 길에 교문까지 나갔다가 친구가 헐레벌떡 되돌아왔다. 뛰어왔기에 친구는 숨결이 고르지 못했다.

—도망갔다는 니네 엄만가 봐, 지금 교문 밖에서 너를 기다려, 빨리 나가봐.

엄마가 찾아왔다는 말에 강희는 깜짝 놀랐다. 처음 듣는 엄마 소식이었다. 살아 있다는 엄마의 소식에 강희는 미칠 듯이 반가웠다. 지금의 강희에게 있어 엄마 소식보다 더 반가운 소식이 어디 있겠는가? 당장 뛰어나가고 싶은 충동감이 전신을 휘감는다.

친구는 반가운 소식을 전해주었다는 생각에 다소 흥분하며 떠벌린다.

─어서 나가봐!

생각 같아서는 금방이라도 띄어가고 싶은 심정이었으나 마음속은 흥분했어도 행동은 냉정했다.

친구는 왜 하필 '도망간 엄마'라고 불렀을까? 악의가 있어서 그랬던 것은 아닌 듯싶었으나 그 표현 자체는 강희에게 있어 아픈 상처를 건드리는 모양이 되었다. 엄마가 도망갔다는 것을 친구가 어떻게 알고 그렇게 함부로 표현을 했을까? 그 표현은 강희에게 무척 상처를 주는 표현이란 걸 친구는 몰랐을 것이다. 닭살이 돋아날 정도로 거부감이 반사작용으로 꿈틀댄다. 친구들이 알까 봐 두려워했던 개인 신상정보다. 친구는 왜 강희를 헤아리지 못했을까?

도망간 엄마가 왔다는, 표현을 다르게 엄마가 찾아왔다는 말로 친구가 전달했다면, 강희는 엄마를 만나러 한달음에 교문으로 뛰어갔을지도 모르는 일이었다. 도망을 했다는 그 표현에 순간 굴욕감이 전신을 휘감지 않던가? 찾아온 엄마를 돌려보낸 원인도 거기에 있었을 것이다. 알게 모르게 강희 엄마가 도망을 했다는 소문은 반 친구들이 대부분 알고 있었나 싶다. 그래서 친구는 얼떨결에 그렇게 표현을 했을 뿐 악의가 있었던 건 아니다. 강희도 그걸 안다. 그렇지만 강희의 마음은 용서가 안 되었다. 그때 강희는 후문으로 빠져나오고 말았으니 엄마는 허탕을 치고 말았을 것이다.

—암만해도 어떤 아줌마가 우리 집을 서성거리는 것 같아?

경찰관이 다녀간 어느 날 남편 선호가 강희에게 하는 말이었다.

대뜸 강희의 예감은 적중한다. 이웃집 아줌마한테서도 그런 이야기를 들었던 바가 있다. 그렇지 않아도 어떤 그림자가 강희 주변을 서성이는 것 같아 기분이 언짢던 때다.

—그럼 잡고 물어보지 그랬어요?

—그렇지 않아도 물어봤지.

—그랬더니 뭐라고 그래요?

—아무것도 아니라는 거야. 더는 물어볼 수가 없었어.

선호는 더 이상 신경 쓸 일이 아니라는 듯 목욕탕으로 들어간다. 선호는 장모가 죽은 줄로만 알고 있다. 엄마도 아버지와 같이 교통사고로 죽었다고 남편과 사귈 때부터 그렇게 꾸며댔다.

—우리 이사해요.

갑자기 강희가 이사를 하자고 보챌 때 남편은 몹시도 황당했었다.

—왜 갑자기 이사 타령이야?

—어쩐지 이 동네가 맘이 안 들어요.

—이사한다는 것이 보통일이야?

—전세 빼는데 어려울 게 뭐 있어요.

―그래도 그렇지 살림살이 추스르는 그게 쉽겠어?

　―걱정할 거 없어요. 당신은 일상적으로 출근하면 돼요.

　―당신 참 알 수 없는 사람야. 도대체 왜 갑자기 이사를 한다는
거야.

　―사정이 있으면 하는 거지 뭘 그래요?

　―글쎄 그 사정이 뭐냐 말야?

　남편이 알게 되면 당장 엄마를 받아들일 지도 모른다. 남편의
심성이 그렇다.

　―정말 장모님 돌아가셨어?

　가끔은 장모님이 있었으면 좋겠다고 했었다. 장모의 사랑이
때로는 그리웠던 모양이다. 그런 남편 앞에서 강희는 엄마를 받
아들일 마음의 여유가 없었다.

　속으로는 무척 궁금하게 생각을 했을 남편은 아내를 믿고 묵
인했다. 선호는 언제나 그런 식으로 강희를 믿고 한발 물러나 있
었다. 쫓는 엄마의 그림자가 싫어 이사를 강행했다.

　그런 후로 강희 주변에서 엄마의 그림자는 사라졌다. 무척 강
희를 보고 싶어 했을 것이다. 강희에게 지난 잘못을 풀어야 한다
고 그렇게 속죄를 해야 된다고 엄마는 다짐을 하고 다짐을 했을
것이다. 그런데 갑자기 강희가 이사를 하여 떠나버렸으니 얼마나
낙망과 더불어 허망했을까 싶다.

엄마의 운명

홍말순 그랬다. 그녀라고 핏줄을 버리고 싶어서 버렸겠는가?
세상일이 어디 그녀 뜻대로 살아갈 수가 있다든가? 자나 깨나 강
희 생각에 울기도 많이 울었단다.

한때 잘못된 생각으로 최철민을 따라가 질곡의 세월을 보냈을
망정 그녀 나름대로 노력은 많이 했다.

최철민과의 관계는 3년으로 끝이 났다. 386세대가 6·10항쟁
을 가져오면서 6·29 선언이 있던 대선 무렵 결별을 했다. 최철민
의 관계는 크나큰 착각으로 끝이 났다. 자수를 시켜 죗값을 치른
다음 평범한 사람끼리 평범하게 살아보겠다는 엄마의 작은 소망
은 최철민에겐 맞지 않다는 사실을 진작 감지했어야 했다. 서로
인생관이 달랐다는 사실을 진작 깨닫지 못한 것이 발등을 찍었다.

최철민이 떠나간 후 그녀는 다시 시작했다. 최철민을 뒷바라
지했던지라 수중에는 동전 몇 개뿐이었다.

주변에서는 꽤나 이름이 있던 한식집이었다. 허드렛일부터 시작했다. 열심히 하다 보니 주인아줌마의 눈에도 들었다. 맛과 향, 간에 이르기까지 주방장이 하는 일에 꼼꼼히 눈썰미로 수첩에 적듯 익혔다. 곁눈질로 배우고 익혔다. 고기를 삶는 데부터 맛을 내는 데까지 갈비찜은 어떻게 하고 갈비탕은 어떻게 하며 설렁탕은 어떻게 하는지 재료는 무엇이며 양념은 어떻게 하는지 나름대로 열심히 익혔다. 그리고 나서야 주인의 권고대로 서빙 자리로 왔다. 그게 7년이다. 이젠 강희도 많이 자랐을 것이다. 데려올 때도 되었다는 생각이다. 대학 공부도 시켜야 한다. 이왕 헤어진 마당에 강희를 데려오자면 거기까지는 꼭 감당을 해야 마땅하다는 엄마의 생각이다.

그래 강희야 그동안 고생했다는 것 엄마가 모르지 않는다. 지금부터라도 너에게 속죄하는 마음으로 살아갈 거다. 이젠 필요하면 한식집 개업도 가능하다는 생각이다.

홀에서 서빙을 하다 보니 사람도 사귀게 되었다. 건축을 하는 사람이다. 가족의 병사로 독신이란다. 영업주와도 절친한 사이다. 다세대 빌라주택을 건축 분양한단다. 돈도 벌었단다. 마땅한 자리니 재혼을 하라는 주인아줌마의 권고다. 수차 거절도 했다지만 간곡한 권고다.

―딸을 데려다 공부를 시켜야 해요.

―그럼 잘됐네. 저 사람 능력 있으니 걱정할 것 없네.

이래서 거절을 못 하고 재혼을 했지만 그 또한 잘못된 선택이었다. IMF로 인한 부동산 경기가 고꾸라지면서 강희를 데려온다는 꿈은 또 사라지고 말았다. 부도를 막고 기업을 살려보겠다는 의지에서 남의 돈까지 끌어다 썼지만 쓰러지는 기업을 떠받치기는 역부족이었다.

그자는 매일 술타령 주정까지 서슴지 않았다. 이성까지 잃고 행패를 부려대니 더는 견딜 수가 없었다. 두 번 실패한 결혼 세 번이라고 이혼 못 할 이유가 없었다. 놓아주지 않는다고 주저앉아 머물 수도 없는 처지다. 방법은 슬그머니 떠나면 될 것이다. 보따리 하나면 어디든 갈 수 있는 몸, 두려울 것도 망설일 것도 없었다.

서울 변두리 주변에 반 지하방을 하나 얻었다. 흠씬 곰팡이 냄새가 첫인상을 찌푸리게 하지만 찬밥 더운밥 가릴 처지가 아니었다. 내가 선택한 일 누구에게 탓할 일도 원망할 일도 아니었다.

수중에 든 것 톡톡 털어 리어카를 장만했다. 포장마차다. 리어카에 비닐로 포장을 하고 선반도 만들어 올렸다. 화덕 장치도 했다. 따끈한 우동과 닭똥집, 닭발, 머리고기, 한치회 등 메뉴는 다양했다. 주류는 소주, 맥주, 막걸리 등이다. 땅거미가 내릴 무렵 리어커를 끌고 나갔다. 장소는 대충 낮에 보아둔 곳이 있었다. 번화가에서 먹거리 동네로 접어드는 길목이다. 음식에 맛을 내는 데는 어느 정도 자신감도 있었다. 다시 시작을 하자. 지금도 강희는 엄마를 목이 빠져라 기다릴 것이다.

3일 동안 그런 데로 장사가 잘되었다. 일당은 충분히 떨어졌다. 4일째 되던 날이다. 펼쳐놓고 막 오픈을 할 때다. 체격도 우람하지만 인상도 고약하게 생겨먹은 사내들 서너 명이 눈앞에 우뚝 선다. 몽둥이도 하나씩 손에 들었다. 우려했던 대로다.

─누구 허락을 받았어 이거? 여기가 내 집 안방으로 착각하는 모양인데 생각 잘못한 거 아냐.

몽둥이가 언제 날아들지 기세가 당당했다.

─아저씨 봐주세요. 여자 혼자 살기가 힘들어서 그랬어요!

─살기가 힘들다고 남의 텃밭을 뺏어, 그럼 우리는 어떻게 하라구.

─아저씨 우리 같이 살아요, 네!

순간적이다. 탁 둔탁한 몽둥이 소리와 함께 쨍그랑 그릇 깨지는 소리가 진동을 한다.

─말로 하니까 안 되겠지, 이게 사정한다고 될 일야. 씨발.

탁탁 연거푸 몽둥이가 내려친다. 끝내는 우동 솥단지도 엎어지고 깨지고 여기저기 땅바닥에 널브러져 뒹굴기도 했다. 리어커까지 엎어졌다. 또 이렇게 거덜 나고 말았다.

그녀는 아연실색 풀썩 땅에 주저앉고 말았다. 목구멍을 타고 넘어오는 소리는 포효동물에 목덜미를 물린 채 죽음 직전의 톰슨 가젤의 비명소리였다. 눈물인지 땀인지 얼굴은 뒤범벅이 되었다.

황당하다. 거미줄처럼 얽힌 삶의 전쟁터에 내 몸 하나 비집고 들어갈 틈바구니가 없다니? 생각하는 것처럼 세상일이 간단치가

않다는 거 모르지는 않는다. 허나 번번이 길이 막힌다. 눈앞에 닥
치는 모든 사건들이 짜증으로 누적된다. 팔자라고 변명하기엔 자
신이 너무 초라했다. 그렇다고 손 놓고 있을 수도 없다. 누구 말
마따나 자기를 지켜줄 사람은 하나도 이 세상에 없다. 닭도 새끼
가 텃세를 하는 판에 하물며 폭력배들의 조직망에 얽혀있다는데
더 이상 이곳에서는 불가능했다. 공연이 비용만 낭비를 했다. 수
중에 가진 것도 없다. 발길이 닿는 곳마다 불행이 항상 도사리고
있다.

해는 저무는데 갈 길은 멀다. 그만큼 강희와 또 멀어진 기분이
다.

―이렇게 놀고 방세는 어떻게 하려고 그래, 닥치는 대로 아무
꺼라도 해야지.

집주인 여자의 걱정이다. 왜 아니 그렇겠는가? 보증금 까먹자
는 것은 주인 여자도 원하는 바가 아니다. 그건 서로 못 할 짓이
다. 그 경우를 염려해서 이야기다. 주인아줌마의 소개로 유통업
체 판매원으로 일을 해봤지만 그도 신통치가 않았다. 물건이라도
잘 팔리면 신역은 고되도 어려움을 참겠지만 이도 못 할 일이다.

딸 강희가 보고 싶다. 그렇다고 이런 꼴로 찾아갈 수야 없지 않
은가? 가진 게 아무것도 없는 맨손이다. 강희에게 엄마의 죄가 너
무 크다. 어떤 입장이든 강희를 찾아갈 명분은 있어야 한다. 모든
잘못은 엄마가 해놓고 핏줄이라고 용서를 해 달라는 것은 도리가

아니다. 엄마 없이 자란 강희의 고생을 왜 짐작을 못 하겠는가.
이런 꼴로 찾아가는 것은 강희에게 또다시 부담만 줄 뿐이다. 두
번까지 실망시킬 수야 없지 않은가? 핏줄이라고 강희가 용서한다
한들 엄마가 할 도리는 따로 있지 않은가? 찾아갈 명분도 없다.
너무나도 오랜 세월이 흘렀다. 세월이 흐를수록 강희하고의 거리
는 점점 멀어지고 있는데 안타깝게도 여건이 만들어지질 않는다.
무엇보다 돈이 필요한데 그게 안 된다.

 자신의 능력으론 한계가 있는 듯싶다. 고심도 많이 했다. 도대
체 되는 일이 없다. 마지막 카드라는 생각이 들었다.

YH 여성 근로자 사건

신기할 만큼 거룩한 자연의 힘으로 봄을 기다리는 희망찬 계절 속에서, 아름답게 움트는 생명들에겐 또 하나 엄격한 생존의 법칙이 아닐 수 없다.

따스하게 내리쬐던 한낮의 봄빛을 맞아 작은 앞뜰에 한그루 화려한 목련이 그처럼 활짝 꽃을 피우지 않았던가? 깊은 숙면 혹한의 긴 인고 속에서 생존의 몸부림으로 핀 꽃이련만 하루도 견디지 못하고 천둥번개의 철퇴를 맞아 그 생명을 다했는지 목련은 초췌한 모습으로 시들고야 말았다.

YH 사건을 주도해 국정 혼란 죄를 저질렀던 여성 근로자들이 35년 만인 2017년 1월 20일 재심에서 무죄판결을 받았다. 강산이 세 번이나 바뀐 세월 동안이다. 과연 올바른 재판부의 판결이었다고 할 수 있을까. 재심청구는 언제 하였기에 지금 와서 난데없이 그런 판결이 나왔는지 모르겠다. 또 언론에서는 그게 무슨 대단한 사건이라고 대서특필을 했다. 그렇다면 이제 와서 국민들의 세금으로 그들의 피해를 보상해주어야 한다는 건가? 국민들이 무엇을 잘못했다고 이제 와서 그들에게 머리 숙여 피해를 보상해주란 말인가. 해바라기를 따라가는 판사들의 권력 남용은 그칠 날이 없지 않은가.

대한민국 헌법은 판, 검사들에게 너무나 큰 권리를 주고 있는가 싶다. 그들의 권리가 도대체 어디까지이기에 국민들을 농락한단 말인가. 그렇다면 홍경래의 난도 만적의 난도 모두 찾아가서 보상을 해주어야 공평한 게 아닐는지? 삼권이 분립되면 사회는 공평할 것 같아도 국민들은 언제나 도마 위에 횟감뿐이다. 입맛나는 대로 그들은 맛을 돋우면 될 일이다. 무소불위의 권리는 언제나 그들 몫, 권력에 짓밟히는 국민들은 영문도 모르고 누구 칼에 맞아 죽는지 아무도 모른다.

YH사건은 여성 근로자들이 하필 신민당사에서 시위를 했고 그 사실은 세계사 전무후무한 역사적 사건이 되었다. 협상테이블에서 논의할 사건일진대 근로자들이 어떻게 해서 신민당을 시위장소로 선택을 하였고, YS 총재는 어떻게 해서 이들을 신민당사로 끌어들였는지 그 내막을 알다가도 모를 일이었다. 어쨌든 근로자들은 제1 야당인 신민당 총재인 YS의 지원을 받았으니 좋고 신민당 총재 YS는 독재 타도를 근로자들이 해주니 손 안 대고 코 푸는 격 피차 의기투합했다. 외신기자들도 신이 났다. 그런 그들 앞에서 국가는 치부를 드러내는 꼴이 되었으니 정부는 이보다 더

망신일 수는 없었다. 국가적 위상이 떨어지건 말건 야당 정치인들을 비롯한 YS 총재도 더할 나위 없는 기회로 활용을 했으니 3년 묵은 체증이 뚫리듯 속이 시원했을 것이다.

여성 근로자들을 정치적으로 보기 좋게 이용했다는 사실에 너무도 지능적인 사건이면서 또 치열했던 사건이었다. 근로자들이야 그렇다 치고 항상 삐딱하게 머리를 굴리는 야당 인사로서 역시 그런 인물 그런 역할을 감당했을 것이란다.

이 사건의 핵심 이슈는 임금 인상이 아닌 공장폐업을 정부가 막아달라는 억지 조건이었다. 경영주는 한국계 미국인이면서 또 개인 사업체다. 여기에 정부가 개입할 수 있다는 것은 한계가 있다. 국내 기업이라면 정부가 얼마든지 개입할 수도 있었을 것이다. 또 나라가 경제적으로 힘이 있었다면 다른 방법을 찾을 수도 있었을 것이다. 그러나 국가에서 첫 번째 건설한 공단이면서 입주자가 없어 사정하다시피 외국인들을 끌어들여 겨우 지탱하는 판에 사업이 안 되어 문을 닫겠다는데 무슨 방법으로 해결할 수 있겠는가. 규모는 작은 가발 공장이다. 크게 핫머니 한 것도 없는데 탈세로 간섭할 수도 없으니 그들을 어떻게 통제할 수 있단 말인가. 국제적인 문제로 발생할 수도 있는 사건이었다. 상대국은 한국교포 미국인 업체다. 더구나 국가로서도 타협이 불가능한 입장이다.

정부의 그런 약점을 YS 총재가 모를 리 없고 그런 배경을 두고 야당과 합세한 근로자들은 기고만장 날이 갈수록 거세고 거칠어졌다. 반면 국내 언론들은 물론 외신 기자들까지 특종 대서특필이었다.

YH사업체는 구로공단에 입주한 가발 공장이 맞다. 미국인의 기업체지만 근로자는 100% 우리나라 20세 전후 여성들이었다. 구로공단이 생기면서 초창기에 입주한 업체다. 여성 근로자들이 일자리를 찾아 무작정 서울로 상경 거리를 헤매던 판에 당시 그들의 기업은 우리 근로자들에게 일자리를 마련해준 고마운 업체이었다. 사업주는 재미교포 장영호다.

가발을 만드는 수공업 업체이기에 재료는 머리카락이다. 자원은 우리나라에서도 얼마든지 공급이 가능했다. 용돈이 부족한 여자들이 저마다 기른 머리를 잘라 파는 실정에서 파는 자와 사는 자에게 안성맞춤이었다. 공장에서는 가발을 만들어 생산량 100%를 미국 등 외국에 수출하는 업체가 되었다.

업주가 창업을 해서 십여 년 동안은 짭짤한 재미도 있었다. 구로공단에서 성공한 업체로 한때 뜨기도 했었다. 그러나 십여 년이 지나면서 서서히 하향길에 접어들었다. 중국을 비롯한 동남아 경제 후진국들이 너도나도 참여해 수요보다 공급 과잉상태를 이루게 되면서 하향 산업이 되었다. 생산과잉 추세에서 가격까지 곤두박질 수출 부진상태로 하향곡선에 직면하게 되었다. 임금은 하늘 높은 줄 모르고 치솟는 반면에 중국이나 동남아 국가들이 너도나도 참여를 하다 보니 임금 경쟁력을 잃어 손익 계산을 맞출 수가 없게 되었다.

농어촌 개발 경제 5개년 계획에서부터 시작된 우리나라 경제는 두 자리 숫자로 매년 성장하면서 차질 없는 성공으로 2차 도시 개발 계획도 성공을 했다. 3차 중화학 공업이 한창 개발되고 보니 우리나라 경제도 63년도에 1,600달러 수출에서 14년 만인 77년도에는 100억 달러에 도달, 6백2십5배 정도로 성장하면서 국민소득 70달러에서 2천1백 달러 시대로 접어들었다.

대동맥처럼 쭉 뻗은 고속도로 위에 바람을 가르는 자동차들, 용선이 하늘을 찌르는 포항제철, 하루에도 수천 대씩 쏟아져 나오는 자동차들, 푸른 바다를 누비는 조선산업과 석유화학 공장 등 새로운 첨단 산업들이 하루가 다르게 날개를 달고 솟아올랐다.

특히 삼성전자의 D드림 반도체들이 세계경제시장을 선점하면서 GDP가 급성장 신경제시대로 발돋움하면서 수공업으로 인건비를 뜯어 먹던 그런 식의 경제추세는 이미 종말을 가져오게 되었다.

신성장산업의 추세에 따라 구로공단에 입주한 공장들 인건비도 오를 만큼 올랐고 근로조건, 특히 시설 문제에서 열악했으니 그 여건을 맞출 수가 없게 되면서 구로공단의 수공업 시대는 이제 마무리할 때가 되었다.

국제적 여건도 안 좋았다. 특히 이집트와 이스라엘과의 6일 전쟁은 극적으로 끝이 났다지만 국제적으로 미치는 석유파동 그 여파는 실로 컸다.

미국의 지원 아래 이집트와 전쟁에서 이스라엘이 일방적으로 승리하면서 그 후유증은 전 세계적 추세로 엄청난 대가를 치러야 했다. 이집트를 지지하던 중동 산유국들이 1차 자원 무기화를 내세워 원유생산 감축을 단행하자 5, 6달러로 맴돌던 원유가가 15 내지 20달러로 대폭 인상을 했다. 그러자 미국 같은 나라에서는 가수요 현상이 일어나 원유공급이 고갈 중단되는 사태까지에 이르렀다. 이로 인하여 전 세계가 원유 폭탄을 맞은 셈이다. 원유 공급이 안 되니 공장들이 문을 닫아야 했고, 원유를 주원료로 하는 생산 주요 품목들이 가격 상승과 함께 공급 중단 사태에 이르니 매점매석까지 온통 몸살을 앓게 되었다. 중동 유류파동 사건은 전 세계의 재앙으로 번지면서 세계의 경제가 출렁 하향곡선으로 치달았다. 더구나 우리나라 같은 경우는 원유공장까지 만들어 생산 수출까지 하던 차에, 원유 공급에 차질을 빚는다는 것은 치명타였다.

극심한 에너지 고갈로 고유가 시대에서 공장 문까지 닫아야 할 판에 수출단가가 곤두박질하자 창업 당시보다 운영비가 몇 곱절 상승하는 기현상 추세가 되었다.

원유 공급이 원활할 수가 없자 박 대통령은 이란의 팔레비 왕에게 선물까지 제공하면서 원유 공급 대책을 세웠다. 상업 교류차 강희는 상무님을 따라 이란을 방문한 적이 있었다. 이란에서는 원유를 S그룹에서는 전자 제품을 공급하는 차원이다. 그때 팔레비 왕이 거처하던 왕궁을 탐방했었다. 이층에도 있었고 3층에도 있었다. 붉은색 반다지(내복과 속옷 등을 넣어 두는 전통 조선

시대 옷장)에 대한민국 박정희 대통령 선물이라는 설명서가 붙어 있는 것을 보았다. 그만큼 원유 공급이 심각했음을 짐작할 수가 있었다.

한국에서의 기업도 이젠 한계가 왔다고 특히 미국인 경영주들이 한목소리로 고심하지만 다른 대체 방법이 없었다. 한술 더 떠서 임금 인상을 요구하는 근로자들과 마찰도 빈번했다. 불순분자 위장취업자들이 공장에 침투해 근로자들을 선동하기 시작 급기야는 노동쟁의로 확산, 기업주들에게 맞서는 파업으로 치닫는데 한몫을 하기도 했다. 물론 위장취업자들의 행위는 불법이었다.

이런 사태는 전염병처럼 삽시간에 이 공장 저 공장으로 비화되어 노, 사 간의 마찰로 하루도 편안한 날이 없었다.

생산라인에서 차질이 오자 수요자들에게 공급부족 사태와 더불어 해약 사태까지 이어졌다. 수요에 공급이 따르지 못하는 형편에서 물건을 생산해야 할 근로자들은 연일 파업만을 일삼고 있으니 이쯤 되면 볼 장 다 본 사태가 아닌가.

이제는 임금이 싸다고 선호하던 외국인 업체들이 이구동성 한국에서 기업을 한다는 것은 옛날이야기로 보따리 싸 들고 떠나기 여념이 없었다.

3고 현상에서 기업들이 허덕이는 판에 쟁의를 일삼고 있는 근로자들의 행위는 내 밥그릇 챙기기에 혈안이 되어 있으니 이게 역행이 아니던가.

뭉쳐야 산다는 것이 그들의 제일 성聲이다. 두 번째는 내 권리는 내 스스로 찾고 지켜야 한다는 것이다. 세 번째는 투쟁이다. 그동안 빼앗긴 내 권리와 내 몫을 이제라도 찾아야 한다는 주장이다. 경영주와 맞서 투쟁을 하려면 조직이 필요하다고 했다. 비록 노조는 없지만 내부적으로는 노조에 버금갈 정도의 단체권을 구성했다. 선도 역할은 역시 위장취업자들과 산업선교회로부터 시작이 되었다.

그들은 대학을 다니다 휴학을 하고 취업을 했다고 했다. 기업마다 위장취업자들이 속속 침투했다. 그들에게 산업선교회까지 가담을 했다.

그들 중 S양은 등록금이 없어 취업을 했다고 위장을 했고, K양은 엄마 병원치료비 때문이라고 거짓말들을 했다. 그들 신분에는 더 이상 아는 바가 없었다.

그들은 대학공부까지 했으니 아는 것도 많았다. 노동법과 근로기준법에 대하여서는 변호사를 뺨쳤다. 노동법과 근로기준법에 대하여 이야기할 때의 그들은 신들린 사람들처럼 열변을 토했다. 신바람까지 났다. 그들의 일장 연설을 듣는 근로자들은 모두가 신기할 따름이다. 기업주와 맞서 싸울 수 있다니 이런 법도 있는가 별천지 세계와 같았다.

그들은 최저 임금제를 실시하는 경제선진국들의 예를 들어 근로기준법은 어떻고 쟁의는 어떻게 하며 어떻게 기업주와 투쟁을 해야 하는지 논리적이면서도 타당성 있게 아주 치밀하고 세심하게 알고 있었다.

마르크스 레닌주의에 따른 사회주의 이론이었다. 꼭 딴 세상에서 온 사람들처럼 듣기에 신선했다. 먼지, 소음, 열기 등 숨이 콱콱 막히는 공장에서 한 달 내내 일을 해준 대가가 백화점에 고작 외국 브랜드 한 벌 값밖에 안 된다고 역설들이었다.

근무조건을 개선하고 임금을 인상 현실화하는 것은 우리들이 살아가는 방법이라는데 반대할 근로자가 어디 있겠는가? 잔업수당도 제대로 안 챙겨주면서 하루 열 시간씩 일을 시키고 임금도 외국 특히 일본에 비하면 턱없이 낮고, 일 년에 두 번 명절 때마다 떡값이라고 주는 상여금과 여름 휴가비와 가을철에 김장보너스로 주는 돈 다 보태야 일 년 연봉으로 따져 200% 정도의 알량한 것이 상여금이란다. 또 수출 주문량이 많을 때는 야간작업을 하는 때도 많고 밤 10시까지 연장 근무를 해도, 주간 일당을 기준 시간제로 임금을 계산해 줄 뿐 야간 수당은 따로 없었다.

이런 실정에서 근로기준법에 따른 근무조건과 임금 인상을 기업주와 맞서 당당하게 요구할 수 있다니 그런 소리를 듣는 근로자들은 그저 신기하기만 했다. 부당해고를 금지해주는 법이 있다니 정말 신기했다. 잔업 수당과 휴일 수당을 150%로 주장했고, 상여금도 해마다 인상을 하다 보니 최근에는 400%까지 요구가 되었다. 그래도 근로 현장에서의 불평은 끊일 날이 없다. 한국도 이미 개발도상국에 올랐고 경제도 중진국에 진입 저임금 시대를 벗어나고 있는 추세다.

반대급부다. 한때 저임금으로 재미를 보았던 기업주들이 서서히 몰락하기 시작했다. 특히 중국이나 동남아 국가들에 비하여 생산비용이 몇 갑절 뛰었다. 사사건건 마찰을 빚는 근로자들의 존재가 경영주로서 이젠 한계가 오고 있음을 예고한다.

한국도 이제 수공업을 할 수 있는 여건이 아니다. 시대적인 차원에서 모든 기업들이 기계화로 넘어가는 과정이다. 적자운영에 오랫동안 고심도 했지만 뾰족한 방법은 없었다. 한술 더 떠 시민들의 발목을 잡고 임금 인상을 요구하는 철도와 지하철 노조들과 대형금속 노조들이 선도역할을 해주니 공장 근로자들은 덩달아 투쟁을 하는 과정에서 납품 기일을 앞두고 데모로 파업들을 일삼아 기업은 볼 장 다 본 것이 아닌가. 상거래에 유통기일을 어긴다는 것은 살인 행위와 마찬가지다. 기업은 신용이다. 품질을 속인다든지 납품 기일을 어기는 행위는 유통 질서를 파괴하는 행위다. 그 생명 줄을 근로자들이 틀어 쥐고 농단을 하니 엄청난 파급을 가져올 수밖에 없고 하루아침에 몰락을 가져올 수밖에 없었다. 이건 기업을 살인하는 폭력이다. 이런 아슬아슬한 판에서 기업을 운영한다는 것은 살얼음 판, 답은 뻔하다. 그렇다고 막상 폐업을 하자니 까다로운 일들이 한두 가지가 아니었다. 경기가 좋았던 시절에 챙겼던 마진도 다 까먹는 형편이다.

대체 방법으로 중국을 비롯 동남아국가들의 근로자들을 이용해도 얼마든지 생산은 가능했고 공급도 원활했다. 부득이 한국 근로자들을 고용할 필요가 없다는 결론이다. 한국에서의 생산단

가는 이제 경쟁력을 잃고 있는 실정이라 더 지탱할 능력이 없다면 폐업의 선택은 빠를수록 좋은 입장으로 기업들은 선회한다.

공장이 폐업을 하면 일자리가 없어진다는 절박한 사정을 이제야 근로자들이 깨닫는다. 때늦은 반성이다.

분쟁 때마다 이렇게 무리한 요구를 하면 폐업할 수밖에 없다고 경영주가 진실을 털어놨지만 선동자들은 절대 진실이 아니니 믿지 말라고, 만연된 기업주의 관습에서 오는 엄살일 뿐이라고 주장할 때와 상황은 180도 달라졌다.

상황이 이렇게 달라지면서 위장취업자들의 주장은 빛을 잃게 되자, 기업인들이 이익을 챙길 만큼 챙겨가지고 본국으로 핫모니(뭉칫돈) 송금을 했다는 또 다른 주장이 나온다. 폐업은 협박이라고 했다. 그런 악덕기업주들을 우리는 끝까지 성토해야 된다고 했다.

여기에 근로자들은 악덕기업주라고 일부 고발도 했지만 기업 실사를 마친 당국의 조사 결과로는 기업주들의 경영난이 사실로 드러났다. 이로 인해 기업들의 경영난을 뒤늦게 알게 되었고 경영진의 애로사항을 사실로 받아들이게 되었다.

설마 했던 사실에 당황하던 근로자들도 폐업 위기가 닥치고서야 기업주와 타협을 하고자 했지만 이미 버스는 지나갔다. 답은 폐업뿐이었다.

―우리는 어디로 가라고 제발 폐업만은 막아 주십시요.

경영주를 붙들고 때늦은 사정을 했지만 경쟁력을 잃은 한국에서는 더 이상 기업주가 견딜 수가 없었다.

이제야 근로자들이 불황이라는 것은 알고 있다. 기업을 경영하자면 호황만 있는 것은 아니다. 따라서 하향곡선도 있다. 그들은 당장 갈 곳이 없다. 제발 일자리만 빼앗지 말아 달라지만 이제와서 그런 근로자들의 주장은 경영의 손익계산에 맞지 않는 억지 주장이다.

소박한 근로자들의 주장 같지만 기업주가 적자운영에 못 견뎌 폐업을 하겠다는 것을 알면서 공장운영을 계속 해달라는 것은 경영원리의 역행이다.

공장이 이 지경에 이르자 S양은 온다 간다는 말 한마디 없이 바람처럼 사라지고 말았다. 대책을 수습하는 차원에서 그들의 의견을 듣고자 행방을 찾아 나섰지만 주소지마다 그런 사람들은 없었다. 그 사람들은 유령인물 위장취업자들이라는 것을 그때서야 깨달았다.

일부에서는 절대 그럴 수는 없다고 했지만 난상토론에 투표까지 해서 다수의 의견으로 결정된 사항이다. 고통을 기업주와 함께 분담하자는 차원으로 10% 임금을 삭감하자고 합의를 했다.

근로시간도 연장을 했다. 하루 여덟 시간에서 10시간으로 했다. 2시간이 어떻게 보면 별거 아닌 것 같지만 잔업수당 없이 일을 한다는 것도 근로자 측에서는 대단한 후퇴다. 또 상여금도 30%나 삭감이다.

잔업 수당과 상여금도 30% 반납했으니 근로자들에게 살점을 떼어내는 고통의 엄청난 후퇴다. 이쯤이면 그동안 수입의 20%가 감소되는 판이다. 이것은 곧바로 근로자들의 가계 적자로 이어진다. 근로자들은 그래도 그 적자에 대한 고통을 감수하겠단다. 이 정도라면 근로자들도 후퇴할 만큼 후퇴한 조건이다. 더 이상 물러날 자리는 없다. 기업주들에게는 듣던 중 반가운 소식이다.

근로자들의 임금 인상 소란에 시달려 온 기업주들이 늦게나마 진술한 근로자들의 뜻에 감동을 했다. 너무나도 애틋한 근로자들의 조건에 폐업은 어떻게든 고려해보겠다 약속을 했다. 다시 창업하는 각오로 경영을 해보겠다는 뜻이다.

하지만 국제적인 추세에 하향길로 접어든 공장인지라 근로자들의 그런 조건도 백약이 무효였다. 우선 상품에 대한 수출 가격이 하락했고, 수출량도 턱없이 줄어들었다. 때문에 아무리 근로자들의 애틋한 자린고비를 받아들여 경영을 한다 해도 생산의 코드가 맞지를 않았다. 종업원들의 뜻을 외면한 것은 아니지만 더 버틸 수 있는 여건은 없었다. 이익은 제쳐놓고라도 현상유지만 된다 해도 버텨보려고 했지만 적자 폭은 한강에 돌 던지기다.

역시 폐업은 불가피했다. 근로자들이 그토록 큰 폭으로 후퇴를 해도 타산을 맞출 수가 없었다. 불행은 언제나 겹쳐온다 했던가. 구로공단 수공업 업체들이 불황에 닥치면서 적자를 면치 못하자 YH 가발공장 업주도 드디어 79년 8월 9일 폐업을 선언했다. 여기에 여공들은 이색적인 이슈를 내걸고 데모를 시작했다. 동일방직 여공들 알몸 시위가 있은 지 얼마 후 사건이다. 정부를 향하여 제발 폐업만은 막아달라고 시위를 했다. 시위 주동자는 최순영이었다. 그녀는 김경숙과 강순자 등과 함께 신민당사로 YS을 찾아갔다. 그러자 데모의 귀재 YS는 여공들을 대환영 신민당사에서 총 4백 명 중 187명이 참가한 극한적인 데모를 시작했다. 기상천외한 사건이었다. 야당 대표가 당사로 데모집단을 초청해 같이 정부 타도를 외쳤으니 별꼴, 큰 역사의 물줄기 때마다 역시 YS가 나타나 합세했다. 대통령들을 두 명이나 없는 법도 만들어 구속시킨 YS의 심보가 그랬다. 그를 대통령으로 선출했다는 점은 국민들의 실수였다.

속된 이야기로 그들은 적당히 핫모니 하고 떠나면 그뿐이다. 그렇지만 당국에서는 근로자들의 요구에 적극 개입 기업의 운영 실태도 파악했고 탈세 부분도 조사를 했다. 그러나 나오는 게 별로 없었다. 그러자 당국에서는 행정적인 지원도 아끼지 않겠다고, 직장을 잃고 떠나는 근로자들을 위해서라도 어떻게든 폐업 경우까지는 고려해 달라고 경영주에게 부탁도 했지만 이건 억지, 방법이 없는 상황이다.

아무리 정부에서 부탁을 하고 근로자들이 사정을 한다고 받아들일 형편이 아니다. 중화학 공업으로 선회하고 기계 자동화로 가는 추세에서 수공업은 한계점에서 세월이 뜬 이야기다. 중국을 비롯한 동남아 국가들에 가격경쟁에서 밀릴 수밖에 없었다.

막상 폐업을 하려니 기업주는 기업주대로 근로자는 근로자대로 사정이 딱하기는 매한가지다. 대체 방법으로 기업을 인수할 새로운 인물을 물색도 해봤지만 그도 마땅치 않았다.

─여러분 방법이 없습니다. 정부에서도 기업들의 경영진단을 꼼꼼히 해봤지만 이제 우리나라 가발 사업은 완전히 하향길에 접어들었습니다. 제발 집으로 돌아가 주십시오. 더 이상 여러분들의 요구는 무리이고 시위는 절대 안 됩니다. 이것은 폭력이요 폭력은 불법입니다. 불법을 자행할 때는 공권력이 개입될 수밖에 없고 그렇다면 여러분은 제압을 당할 수밖에 없습니다. 해산해 주세요!

핸드 마이크에서 들려오는 경찰의 요구 사항은 차라리 사정이었다.

─우리들에게 직장을 달라. 폐업은 근로자들을 살인 행위다. 직장은 곧바로 우리들의 생존권이다. 정부와 기업주는 우리들의 생존권을 박탈하지 말라. 우리는 갈 곳이 없다.

임금을 반납하면서까지 공장의 폐업만은 제발 막아달라는 애틋한 근로자들의 주장은 그야말로 겉으론 신선했다. 언론사에서는 특종이라는 듯 민주화 운운하면서 연일 대서특필하고 있다. 언론사의 과장보도는 시위를 부추기고 있는 꼴이 되었다. 패널리스트들을 데려다 놓고 예측 보도까지 난무한다. 말로는 얼마든지 인심을 쓸 수 있다. 허나 인심은 광에서 나올 뿐 패널리스트들의 달변에서 나오는 것은 아니었다. 사회 혼란만 조장하는 격이다. 여기에 힘을 받은 근로자들은 더욱 과열해진다. 신문방송에서는 연일 근로자들의 입장만을 과장보도 했다. 갈 곳이 없는 근로자들이 뼈를 깎는 아픔으로 무임금으로 노동시간을 연장하고 상여금까지 반납하면서 폐업만은 제발 막아 달라고 하소연하는 간곡한 뜻을 외면하고 악덕 업주들은 이익만을 추구한 나머지 핫모니(뭉칫돈) 하고 있는 상태인데 정부에서는 이를 방치한다고, 외신까지 연일 보도를 멈추지 않고 있으니 정부에서도 난감했다.

─여러분, 여러분들은 지금 폭력 행위를 자행하고 있는 겁니다. 폭력은 불법입니다. 이런 행위는 국가나 사회에 해당 행위입니다. 제발 해산해 주십시오.

경찰의 핸드마이크에서 경고성 방송이 되풀이 나가도 근로자는 막무가내였다.

─여러분들이 자제하지 않고 폭력행위를 계속한다면 공권력이 개입할 수밖에 없습니다.

현 정부에서는 대중시위를 제일로 싫어하고 또 제일로 두려워했다. 미국 카터 대통령은 계속 인권을 들춰내고 있다. 카터 대통령은 야당들이 외치는 소리와 똑같이 한국을 일러 장기집권, 독재정권, 인권탄압국으로 인정하고 있다. 인권주의를 실현하라고 압력을 가하고 있다. 카터 대통령도 역대 미국 대통령들 중 무능한 대통령으로 낙인된 사람일뿐더러 단임으로 대통령직을 끝낸 사람이다. 그런데 그는 입만 벌렸다 하면 민주주의 인권문제들이다. 94년도 클린턴 대통령이 선제공격으로 북한의 핵시설을 파괴하겠다고 주장할 때 전쟁은 막아야 한다고 개인 자격으로 김일성을 방문 해결하겠다고 주제넘게 나섰던 위인이다. 막상 김일성을 만났지만 얻은 것은 하나도 없다.

시위가 점점 격렬해지자 사라졌던 위장취업자 S양이 다시 나타나서 시위에 가담 선동했다. 불리하면 도망하고 유리하면 나타나서 합세하는 것이 그들의 수법, 러시아의 마르크스 레닌이 그러했고 중공의 마우쩌뚱이 그런 수법으로 공산주의 혁명에 성공을 한 예다.

―우리들은 정부의 이런 약점을 최대한 이용해야 한다. 미국 카터 대통령도 우리를 돕고 있다. 그러면 우리에게도 승산은 있다. 우리 다 같이 투쟁하자. 승리하는 그날까지 싸우자. 우리에게 빵을 달라! 악덕기업주와 정부는 각성하라!

시위를 계속하면 정부에서 어떤 대책을 반드시 마련할 거라고 그러니 우리 절대 물러나지 말자고 주장한다. 이런 사태의 모든 책임은 정부에게 있으며 끝까지 정부가 책임을 져야 한다는 것이다. 그럼 해결책은 나온다는 것이다.

근로자들을 계속 선동 조종하는 사람은 S양이다. 근로기준법도 이들에 의하여 공부했고, 저임금 제도도 이들에 의하여 얻어진 지식이다. 노동법에 관하여는 초등학교 때 구구단 외우듯이 달달 외우고 있었다. 언제 어디서 질문이 들어와도 그들은 척척 대답을 했다. 근로기준법에 몇 조는 내용이 무엇이고 임투에 몇 조는 내용이 무엇인지 빠삭했다. 그러니 시위를 선동하는 것도 그들이요 잔꾀로 요령을 부리는 것도 그들의 머리에서 나왔다.

그들은 민주주의와 더불어 인도주의에 의한 국민의 권리를 부르짖었고, 정치인들이나 기업주는 우리들을 사람 취급을 하지 않을뿐더러 거기에 따른 기업주는 임금을 착취하는 집단이라고 했다. 그들은 근로기준법만이 아니었다. 시사상식을 비롯 정치에도 근로자들을 설득하는 지식이 풍부했다. 아무튼 그들은 정의감이 투철했다. 그들의 목표는 어떻게 하든 정부를 무너트려 뒤집는 게 목표다. 그들의 선동에 근로자들은 점점 흥분했다. S양 말대로 우리 여성 근로자들은 사람 취급을 못 받아 왔다고 믿었고 그동안 기업주들에게 이용만 당해 왔다고 분통을 터트렸다.

수차례 노, 사, 정 관계자들이 모여 숙의를 했지만 타협점을 찾지 못했다. 격렬해지는 근로자들의 기세는 꺾일 줄을 모른다.

YH 공장을 살리기 위하여 정부에서도 다각적으로 모색 검토해보았다. 행정력을 동원해서라도 기업을 다시 살릴 수만 있다면 지원을 아끼지 않을 테지만 기업이 살아야 경제가 발전할 수 있다는 것은 기본 원리다. 기업을 살리기 위한 차원으로 고리채 정리도 해보았던 정부의 고육지책이었다. 비전이 있는 사업체라면 금융지원도 아끼지 않을 정부 정책이다.

이로 인해 대한민국 정부는 지독할 만큼 인권을 탄압하는 국가로 국제적 여론으로 낙인이 찍히는 결과를 가져왔다. 국민들을 얼만큼 탄압을 했으면 저런 사태가 벌어질까, 특히 외신에서는 혀를 찼고 국가적 위상이 추락하는데 끝이 없었다. 그 손상 정도가 가늠이 가질 않았고 다시 한번 생각해 볼 일이 아닐 수 없게 되었다.

점점 시위가 과격해지자 여기에 맞서 경찰이 공장 정문에서 두 겹 세 겹 배수진을 치고 근로자들의 가두행진을 막았다. 만약의 경우 가두시위를 중단하지 않는다면 체포하겠다고 경고까지 했다. 상황이 이토록 긴박해지자 근로자들은 일단 후퇴를 했다.

―정부도 이젠 우리 편이 아닙니다. 이런 판에 더 투쟁을 하다 보면 우리는 모두 경찰에 끌려갈 것이 뻔합니다. 여기에서 일단 해산을 했다가 내일 신민당 당사로 시위 장소를 옮깁시다.

근로자 대표 최순영의 지휘다.

―제1 야당 신민당사는 세계의 눈과 관심이 집중되는 곳입니다. 우리들의 뜻을 만천하에 알리는 방법은 신민당 당사가 제일로 효과적일 것입니다. 거기에는 경찰도 함부로 개입을 못 할 것입니다. 우리들의 뜻을 적극적으로 도와줄 YS총재도 있습니다.

우리들에게 자리를 빌려주겠다고 이미 신민당사로부터 허락은 받아놓았습니다. 외신 기자들 앞에서 우리 맘 놓고 함성을 지릅시다. 악덕기업주와 악덕 정부를 규탄하는 우리들의 뜻을 지구촌 곳곳에 널리 알리도록 함성을 지르도록 합시다.

기상천외한 정말로 기발한 생각이었다. 그랬다. 기막힌 발상이었다. 해산한 줄로 알았던 근로자들이 신민당 당사로 헤쳐모인 것이다. S양의 머리에서 나온 발상이었다. 신민당에 YS 총재가 불러들였으니 근로자들은 얼씨구나 했다. 야당 국회의원들도 합세를 해준다니 천군만마를 얻은 셈이다. 경악을 금치 못 할 일이었다.

'근로자들의 탄압을 즉각 중단하라. 인권을 탄압하지 말라. 배고픈 우리에게 빵을 달라. 아니면 직장을 달라.'

신민당사 옥상에서 머리띠, 어깨띠, 프랑 카드를 비롯해 온통 붉은색으로 슬로건을 내걸고, 함성을 지르기 시작했다. 번쩍번쩍 기자들의 카메라 후레쉬가 터지고, 찰칵찰칵 셔터 터지는 소리와 함께 목이 터져라 질러대는 함성은 말 그대로 지구촌이 들썩거릴 정도였다.

강제해산을 시키고자 드디어 경찰의 출동 명령이 떨어졌다. 그러자 근로자들이 와ー아 쏠림현상으로 우왕좌왕 아수라장이 되었다. 근로자들이 경찰을 피할 수 있는 곳은 오로지 건물 3층 옥상뿐이다. 저마다 근로자들이 옥상으로 몰려들자 이때 겁에 질린 김경숙이가 경찰 포위망을 피하겠다고 3층 옥상에서 뛰어내렸다. 모두들 흥분된 상태다. 경찰의 진압과정에서 김경숙 양이 건물 밑에 쓰러져 있는 것을 발견하고 병원으로 옮겼으나 사망했다. 이로 인해 사건은 걷잡을 수 없이 커졌다.

거기에 야당 지도자 YS와 야당 인사들까지 합세하면서 신이 났다. 방송과 신문에서는 톱뉴스로 연일 보도되었다. 세계인의 시선을 집중시키는데 대성공이었다. 여당으로부터 탄압을 받는 야당의 모습이 적나라하게 드러났고, 착취를 당하고 있는 근로자들의 애틋한 모습들이 선명하게 드러나기도 했다. 세계의 여론은 이를 두고 인권을 탄압하는 군사정권 독재정치라고 맹비난을 했다. 정말 고약한 일이 아닐 수 없다. 모든 국력은 경제에서 오는 것이지 민주화가 밥 먹여주는 것은 결코 아니다. 민주화가 선진 국이 되는 것도 물론 아니다. 살기 좋은 복지국가와 국민의 생활 보장도 경제에서 올 뿐 민주화는 아니다.

불모지처럼 여겨졌던 우리나라 여건에서 경제 선진국으로 도약시키려면 다소 무리는 있을 것이다. 그게 먼 훗날 복지국가로 발돋움 하는 길이요, 그 길만이 국민들에게 보상 방법이 되리라 정부에서는 확신을 했었다.

'가난은 나라님도 어쩔 수 없다'는 체념으로 단군 이래 1961년 도까지 오천 년을 자포자기하며 살아온 민족이 아니던가. 적자운 영에 더 이상 견딜 수 없다고 폐업하는 기업주에게 정부라고 뾰족한 대책은 없었다. 이제 가발공장은 하향 사업, 더 이상은 버틸 수 없다는 것을 정부도 인정하고 있는 사실이다.

경제도 이제 1백억 달러 수출에 국민소득 천 불을 달성했으니 우리나라도 경제 중진국으로 진입했고, 멀지 않은 앞날에 선진국 으로 진입할 날이 오고야 말 것이다. 정부도 국민도 여기에서 조금 더 노력하자. 멀지 않아 가난은 이 땅에서 사라질 것이다. 자가용 타고 고향에 가는 시대가 반드시 올 것이고, 오도록 할 것이다. 이는 박 대통령의 불변의 의지였다.

그때가 오면 수출 5천 달러에 국민소득 2만 불 시대가 올 것이다. 그럼 경제는 일본을 앞설 것이다. 또 정치, 경제, 군사, 심지어는 인권 문제까지 사사건건 간섭하는 미국과도 관계 개선을 반드시 해야 한다.

현재 2백만 명을 한방에 살상할 수 있는 수소폭탄을 보유한 미국에 맞서 2백5십만 명을 한방에 살상할 수 있는 중성자탄을 서둘러 개발을 해야 한다. 장거리 탄도미사일을 장착하여 워싱턴을 겨냥하면 사정권에 안에 있는 미국도 우리나라에 간섭을 자제할 것이다. 최대의 방어는 최대의 공격이다. 약소국이라고 짓밟는 미국은 세계질서에서 초강대국으로서 현재 독주하고 있다. 민주화란 인권을 들춰 공연히 남의 나라 일에 간섭하고 경제와 군사력으로 무참하게 압박하는 게 요즘 카터 대통령의 오만과 남용이다.

또 공산주의와 김일성은 민족의 적이다. 미친개와의 타협은 불가능, 언젠가는 힘으로 응징 통일을 이룩해야 할 일이다. 현재로는 평화적인 협력과 통일은 이 땅에서 너무도 막연하다. 한반도의 평화를 위해서도 빠른 시일 내에 공산당을 제압해야 통일은 올 것이다.

그러려면 효율적 국토이용계획을 설계 전 국토를 권역별로 나눠 도로와 철도망을 구축 일일생활권으로 개발한 다음 그 지역 실정과 특성에 맞춰 고부가가치 기업을 육성 발전시켜 국민들이 평화롭게 살아갈 수 있도록 반드시 실현할 것이다. 대한민국을 지상천국으로 반드시 건설, 5천 년의 찌든 민족의 한을 씻어낸 다음 우리 민족끼리 오순도순 살아갈 수 있는 터전을 우선 과제로 박 대통령의 통일과 경제성장의 신념은 확고했다.

통일 대한민국의 인구가 일억 명을 돌파할 수 있다고 봤을 때 내수경기 체제로도 자급자족을 할 수 있도록 생산체제를 전환할 것이고, 그렇게 되면 세계 어느 나라에 의지하지 않아도 자립경제 체제는 완전하게 성취하게 될 것이다. 북한은 자원 보고寶庫의 지역이다. 북한이 보유한 자원만 잘 이용하면 세계 일등 국가로 충분히 발돋움 할 수 있다고 계산이 되었다.

하건만 요즘 국내 사정은 너무 좋지가 않은데, 미국의 압력까지 심상치가 않을뿐더러 정부로서도 고심 아니할 수 없는 문제들이었다. 특히 야당 사람들의 정신 상태가 그러했고 전국적으로 확산되는 근로 현장이 그러했다. 배움의 전당에서 미래 조국 발전을 위하여 열심히 학문을 탐구해야 할 학생들이 공부는 외면한 채 정치에 간섭 연일 데모를 일삼고 있으니 이 또한 극도로 사회의 불안을 조성하는 요인이 되고 있다는 것이다.

반대 아닌 반대로 좋은 일이나 나쁜 일이나 극한투쟁을 일삼는 야당 정치인들을 비롯한 대권주자들의 정권 야욕도 갈수록 심각하다. 정권을 탈취하기 위한 목표로 야당 인사들은 사사건건 생트집이다. 학생들은 물론 심지어는 순진한 공장 아가씨들까지 끌어들여 정치의 도구로 사용하고 있지 않은가? 야당 인사들은 국가 발전과 국민들의 안위를 생각해서 정치를 하고자 하는 태도가 아니고 권력에만 눈독을 들이고 있는 행위들이다. 이조시대 당파 싸움처럼 사사건건 반대요 시비다. 남생, 남건에 의하여 고구려가 망하고 대원군 이하응에 의하여 쇠퇴한 조선이 일본에 침략당하는 꼴을 우리는 역사에서 똑똑히 보았듯이 요즘 야당의 작태가 그렇다. 심각한 일이 아닐 수 없다.

천안문 사태를 되돌아본다. 민주화를 부르짖는 천안문 광장에는 재야인사들과 학생들 1백만 명이 운집했다.

─우리에게 자유를 달라. 독재는 물러가라. 그리고 빵을 달라!

시위양산은 점점 격렬했다. 정부에서는 해산을 요구했다. 인민 여러분 우리도 잘살 수 있는 좋은 나라를 이룩하기 위하여 노력하고 있으니 좀 더 참고 정부 정책에 적극 협력하여주기를 바랍니다.

호소문까지 발표하고 해산을 요구했으나 시위는 점점 격렬해지면서 사회 혼란으로 이어졌다. 시위대열을 내려다보던 덩샤오핑은 주먹을 불끈 쥐고 결단을 내린다.

─저기에 모인 군중이 1백만 명이다. 그들 중 열성분자 30만 명까지 모두 죽여라. 그래도 저들이 굴복을 하지 않으면 정치무대에서 내가 떠나겠다.

명령이 떨어지자 진압군은 탱크를 동원 싹쓸이 작전으로 무차별적으로 깔아뭉갰다. 발사 명령이 떨어진 총탄은 비 오듯 했다. 3천 명을 죽인다고 했을 때 시위들은 산산이 흩어졌다. 이처럼 진통을 겪어온 덩샤오핑 정부는 성공해 세계 경제 대국으로 중국을 발돋움시켰다. 그 과정은 우리나라 박정희 대통령의 새마을사업의 복사판이었다. 제2의 경제 대국이라 하지만 국민소득은 6천 달러 정도다. 13억 중국인 중 11억 명은 경제나 문화 혜택을 전혀 받지 못한 상태에서 빈곤에서 헤어나지 못하는 입장이고 그중 1

억 명은 중류층 나머지 1억 명이 상류층이면서 그들이 오늘날 중국을 이끌어 간다고 한다.

근로기준법에 저임금 제도를 적용치 않은 것은 먼저 기업을 살려야 한다는 확고한 정부의 취지다. 기업이 망하면 아무리 좋은 근로기준법도 쓸모를 잃는다. 근로기준법은 노, 사간에 기업을 효율적으로 육성 발전하자는 데 그 의미를 두고 있다. 그런 입장에서 기업이 망하는데 근로기준법이 아무리 좋다 한들 무슨 소용이 있단 말인가? 기업이 살아야 실업자들의 일자리도 창출되는 것이고, 종업원들의 임금을 비롯한 복지제도를 살려 나갈 것이 아닌가. 노사가 협력하여 기업을 살리면 저임금제도는 따질 것도 없이 자동적으로 생겨날 것이라고 했다. GNP 5천불 시대를 꼭 이루고야 말 것이다.

평화시장 전태일의 분신 행위는 그런 정부 방침에 커다란 쐐기를 박으면서 유해 사건으로 돌출되었다. 기업주와 근로자 간에 엄청난 불신을 안겨주면서 그로 인한 정부와 기업주의 의도와는 달리 전국을 망라해 산업체에서는 유행처럼 근로조건을 앞세운 농성이 그칠 날이 없었다. 여기에 여력이 약한 공장들이 속속 문을 닫아야 하는 사태까지 속출했다.

이 같은 현상으로 우리나라 경제에 초석이 되었던 구로공단도 다들 하향길에 접어들었다. 더구나 수공업手工業 업체들이 그랬다. 인건비가 고공행진을 했고 생산라인이 급속도로 자동화되면서 근로자들은 차츰 일자리를 잃게 되었다. 기계화가 근로자들의 일자리를 차츰차츰 점령해오는 결과를 가져왔다. 열 사람이 하던 일을 기계는 두 사람이 감당해 나갔다. 세상이 기계화 공업이 발전하는 단계로 업그레드 되는 판에 수공업手工業 업체들은 하나 둘씩 구로 공단에서 폐업사태를 이룰 수밖에 없었다. 지금의 구로공단은 수공업 업체들이 완전 사라진 채 디지털 단지로 탈바꿈하면서 고층 빌딩타워로 면도를 단장했다.

오천 년 역사를 통틀어 돌이켜보자. 식량 자급자족을 했던 시대가 어느 때 있었던가를? 바로 우리 세대가 아니던가. 어찌 피맺힌 민족의 한을 저버린 채 조국 근대화의 길목에서 위장취업자들의 선동에 휘말려 경제부흥에 발목을 잡혀야 하는지 안타까운 일이 아닐 수 없다. 이는 국헌을 혼란시키는 일이요, 체제에 도전하는 일일 진데 여기에 편승하여 야당 인사 좌파들까지 합세해 근로자들의 행위를 부추기고 있으니 참담한 꼴이 아닐 수 없다. 이들은 민주주의를 외치며 정부를 타도하는 게 목적이 되었다면 방법을 달리할 수 없는지? 기업이 살아야 근로자들의 일자리가 보장된다는 근본적 원리를 왜 저들은 외면하는가?

근로자들이 먼저 경영 현실에서 기업주들의 애로사항을 정확하게 파악하고 나서 근로조건을 맞춰 나가야 정상일 거다. 재정이 부실한 기업에 근로조건만을 주장하는 것은 서로 죽어야 하는 파산의 위기만 초래할 뿐이다. 물론 값싼 임금으로 근로자들을 착취해 돈을 번 악덕기업주들이 없지 않다. 그러기에 노, 사간에 공평한 나눔이 불신을 해소하는 방법이겠지만 이 또한 사회 현실에는 맞지 않는 경영형태를 가져올 수 있다. 기업을 한다고 다들 떼돈을 버는 것은 아니기 때문이다. 성공보다는 실패하는 기업주들이 더 많기에 그렇다. 투자를 한다고 모두 이익을 낼 수 있다면 누군들 주저하겠는가? 기업을 어떻게 경영하느냐에 묘가 따른다. 성패를 가늠할 수 있다는 것 누구도 모르지 않는다. 새로운 아이템을 끊임없이 개발해 나가는 것도 기업을 경영하는 데 필수조건이다. 그게 경영의 묘다. 이런 형평성 때문에 먼저 기업을 살린 다음 근로조건을 개선하는 것이 옳다는 정부입장에서 최저 임금제 입법을 보류한 것이다.

그래서 성장한 기업들이 많았다. 끊임없이 신기술을 개발하고 그러기 위하여 기업인들은 이윤을 재투자를 했다. 공장을 확장 한다든지 아니면 새로운 아이템으로 또 다른 사업에 재투자한다든지 해서 사회 경제발전에 기여를 했다. 정부에서도 기업인들을 앞세워 산업발전에 온갖 노력을 기울이고 있다. 새로운 기술을 도입하는 차원에서 유능한 인재들을 해외에 파견할 산업역군들을 양성하기도 수없이 했다. 기업인들이 바로 경제성장의 주인공들이다.

정부와 기업 사이의 이런 효과는 실로 컸다. 아침에 자고 일어나면 새로운 굴뚝들이 우뚝우뚝 솟아났고 활기찬 출, 퇴근길에 근로자들의 발길은 연일 힘차다. 100억 불 수출 목표에 정부도 기업인들도 근로자들도 하면 된다는 신념으로 희망을 불태워 온 때도 있었다.

그런데 야당 인사들이 소위 민주화를 부르짖는 일부 세력들과 학생들까지 합세해 정치가 아닌 정쟁으로 투쟁만을 일삼아 국정을 혼란케 했다. 근로자들까지 연일 투쟁을 일삼는다면 다시 오지 않을 기회에 발목을 잡는 처사가 아니던가? 이런 이유로 미국을 비롯한 경제선진국들이 국민소득 2만 불을 달성하면 2년 뒤 3만 달러 또 3년이면 5만 불을 달성해 나가는데 지금 우리나라는 2만 불 시대에서 머문 지 15년이 되도록 3만 불을 달성하지 못하고 있는 실정이다.

춘투라 했던가? 봄이면 의례적으로 임금 인상 조건으로 거대 금속노조 업체들이 파업에 돌입한다. 평균연봉 8, 9천만 원을 웃도는 업체들에 정부뿐만이 아니라 국민들까지 눈살을 찌푸려도 그들은 상관하지 않는다. 적과 적의 대결 구도에서 극한적 투쟁으로 파업들을 한다. 남로당 프락치들의 용산 철도노조 파업사태는 국운을 혼란케 하였거늘 오늘날 철도파업도 그때와 다르지 않은 지경에 이르고 있다. 시민들의 발목을 잡고 임금 투쟁들을 하겠다는 그릇된 불순분자들의 처사다.

자기 몫은 없어도 자기 일터에서 충실하게 살아가는 대다수 국민들은 많다. 쓰다 달다 한마디 불평도 없이 침묵하면서 제도권 안에서 그게 국가나 사회에 대한 사명처럼 묵묵히 일하는 사람들이 너무도 많다. 단체권도 없이 열악한 환경 속에서 머슴처럼 주는 대로 먹고 시키는 대로 일하는 그들이 바보 멍충이는 아니다. 그게 국가에 공헌하는 걸로 알고 있는 그들 앞에서 누가 누구에게 저토록 난폭한 행동들이란 말인가. 비폭력은 정말 아니 된다는 걸까.

우는 놈도 속이 있어 운다고 저렇게 해야만 하는 저들도 분명 맹목적일 수가 없다. 언젠가부터 데모를 하면 반드시 돌아오는 것이 있어 그런단다. 그게 저들의 이유와 목적이다.

파업하면 그처럼 명성이 높았던 대우조선을 비롯한 금속노조들, 그중에는 현대중공업 현대자동차 여기에 악명 높았던 쌍용자동차 등 파업사태에 몸살을 앓고 있던 전국경제인연합회에서는 다음과 같은 호소문을 발표했다.

근로자 여러분들에게 띄우는 호소문

─전국에 계신 근로자 여러분,

땡볕이 내려 찌는 삼복더위를 마다하지 않고 지금 이 시간에도 열심히 땀 흘리며 일하는 근로자 여러분, 그리고 분연하는 마음으로 밤낮을 가리지 않고 임금 인상과 근로 조건을 개선해 달라고 농성을 벌이고 있는 근로자 여러분!

여러분이 그토록 절박하게 외치는 요구 사항을 우리 기업인들이 왜 모른다 하겠습니까. 뼈저리게 피부로 느끼는바 절감하고 있습니다. 하지만 여러분들의 뜻을 받아들이지 못하는 사(社)의 형편도 있다는 사실을 먼저 이해를 해주어야 할 것 같습니다. 하루가 멀다 하고 노(勞)와 사(社)가 이렇게 맞서 극한적인 투쟁으로 맞서야 한다니 가슴 아픈 일이 아닐 수 없다 하겠습니다.

돌이켜보면 지난 20여 간 우리는 그 지긋지긋한 가난을 물리치기 위하여 얼마나 몸부림치며 열심히 일들을 해 왔는지 먼저 여러분들이 잘 알고 있지 않습니까? 싸우면서 일했던 월남 전쟁이 그러했고, 먼지가 풀풀 날리는 사막의 열도 중동지역 살인 폭염에서도 갖은 고초를 다 겪어가며 고통을 참아오지 않았습니까? 뿐이겠습니까. 서독 광부와 간호보조원들까지 우리 후손들에겐 절대 가난을 물려주어서는 아닌 된다는 신념으로 얼마나 조국 근대화를 외치며 혈맹을 다져왔습니까. 내 비록 고생은 할지라도 내 자녀들까지 물려줄 수 없다는 뼈를 깎는 아픔으로 견뎌오지 않았던가요?

우리들의 인내와 노력이 결코 경제와 무관치 않았다는 사실을 두 눈 똑바로 뜨고 체험하며 배워왔습니다. 하여 오늘날 우리들의 노력으로 쌓아 올린 경제와 더불어 국력이 얼마나 배양해 왔는가 그 찬란한 모습을 우리들이 직접 보고 있지 않습니까? 이처럼 훌륭한 역사를 창조한 분들이 바로 여러분들입니다.

근로자 여러분 우리 다 같이 뜻을 모아 우리 기업인들을 다시 한번 믿어주시고 근로 현장으로 복귀해 주십시오. 그게 새로운 산업 현장에서 새로운 국가 발전에 초석이 될 것입니다. 또한 기업인들과 정부는 결코 근로자 여러분들의 노고를 잊지 않을 것이며 반드시 여러분들의 노고는 헛되지 않을 것입니다. 조속히 근로 현장으로 복귀하기길 진심으로 바라겠습니다.

만물이 태동하는 희망찬 봄날에 허기진 배를 움켜쥐고 가난을 통곡하며 보릿고개를 기다려야 했던 슬픈 우리 민족이 아니던가요. 거기에 무슨 국민적 꿈이 있고 무슨 비전이 있었겠습니까?

수출 1,600달러에 국민 소득 60달러라면 세계에서 이보다 더 가난했던 민족은 없었습니다. 그 폐허 속에서 '싸우면서 일하자' 구호를 외치며 주먹을 불끈 쥔 채 홀연히 일어섰던 세대가 오 천

년 역사에 바로 우리 세대가 아닙니까? 일터에서 싸움터에서 이를 악물고 열심히 일을 했던 보람으로 무(無)에서 유(有)를 창조할 수 있었고요? 불가능이 없는 민족으로 세계사에 우뚝 솟아 한강의 기적을 이룩한 보람도 결코 여러분 근로자와 기업과 정부의 노력이었습니다. 이것은 땀과 피와 눈물로 조화를 이룬 민족의 긍지요, 위대한 업적이었습니다.

이만큼 탑을 쌓기 위하여 근로자 여러분들이 그동안 얼마나 희생이 컸고 노고와 인내가 필요했습니까. 때문에 여러분들의 노고에 상응하는 처우개선을 요구하는 것은 결코 무리는 아니라는 것 잘 알고 있습니다. 시기상조라 말하지도 않겠습니다. 여러분들이 흘린 땀만큼 우리 경제는 보람찬 탑을 쌓게 될 것입니다. 경쟁력 있는 산업사회에서의 대등한 동반자로 권익 보호에 심기일전 앞장설 준비 단계에서 싹을 틔우고 있지 않습니까.

우리들 노와 사가 유류파동 시기에 극한적인 대결 속에서 다투는 동안 모처럼 이룩한 국민경제가 위기로 빠져들어 물거품이 될 수 있다는 것을 여러분들은 각성해야 합니다. 근로자 여러분 열화와 같은 온 국민의 기대 속에서 노, 사, 정 간에 불신이 싹트고 불화가 깊어지면 위기상황 속에서 자칫 좌초할 수 있다는 점 모르지 않겠지요?

우리의 성공을 직시하고 견제하기에 혈안이 되어 있는 중국을 비롯한 경쟁국들이 수출이 감소되는 우리의 상황을 회심의 미소로 지켜보고 있다는 것도 직시해야 할 사항입니다.

우리들의 문제는 우리들 자신이 슬기롭게 풀어나가야 합니다. 태산도 한 걸음부터 내딛겠다는 겸허한 자세로 우리 당사자들끼리 풀어나갑시다. 열화와 같이 희망이 샘솟는 시점에서 우리들의 그릇된 판단으로 국가 경제는 물론 가족경제까지 무너져 생계에 위협을 받는 일이 온다면 여러분 그때는 감당이 아니 될 것입니다.

위장취업으로 인한 불순 세력들 때문에 장기휴업, 조업 중단 더 나아가 직장폐쇄와 폐업사태로까지 이어진다면 그것은 바로 우리 노사의 손실이며 국가 경제와 국민 전체의 손실로 이어질 것입니다.

대화를 뿌리치고 농성파업으로 치닫고 폭력까지 서슴지 않는 과격 행동은 결코 문제 해결에 아무런 도움이 되지 못한다는 것을 우리 다 같이 인식을 해야 하겠습니다. 근로자 여러분. 성숙한 민주시민의 긍지로 제 살 깎아 먹는 어리석은 행동은 삼갑시다.

근로자 여러분. 우리 진솔하게 대화할 수 있는 상설기구를 설치 공존공영의 협조 관계로 해결할 수 있도록 다 같이 협력합시다. 우리들의 생존권이 달린 우리들의 일터를 우리가 지키지 않는다면 누가 지켜준단 말입니까? 우리들의 경제발전을 방해하는 요인들은 얼마든지 많으나 재산을 지키는 일은 우리 노, 사 당사자들뿐이랍니다.

근로자 여러분 좀 더 잘 살 수 있는 내일을 선택하느냐, 아니면 30년 전 경제 파탄의 길로 가느냐? 절박한 갈림길에 서 있다는 것을 심각하게 받아들여야 할 때입니다. 우리는 결코 여기에서 주저앉아 좌절해서도 안 되고 좌절할 수도 없습니다. 이 시대를 같이 살아가는 일터에서 영광된 조국 건설을 위하여 다 같이 힘을 모을 때가 아니겠습니까. 우리는 노, 사가 한배에 탄 운명입니다. 노, 사간 분노의 함성을 우렁찬 기계 소리로 바꾸어 우리의 일터가 거룩한 성전으로 새 출발을 할 수 있게 마주앉아 우리의 문제를 풀어갑시다. 서로가 믿음과 사랑으로 따스한 손을 맞잡고 새롭게 일어섭시다.

1979년 4월 어느날
전국경제인연합회 일동

맞다. 그토록 염원했던 한강의 기적을 이룩해낸 우리의 경제다. 결코 나이롱뽕으로 딴 기적은 아니다. 그렇다고 기는 정도에서 날 수는 없다. 이것저것 다 챙기다 보면 아무것도 되는 일이 없다 할 것이다. 아직은 샴페인을 터트릴 때가 아니다. 모두들 어려운 처지에서 피차 허리띠를 졸라매고 때를 기다려야 할 시기다. 반드시 가난은 물리쳐야 한다. 정치와 국가행정이 일일이 어떻게 만인에게 다 만족할 수 있겠는가? 일부 불평을 한다 해도 대의명분으로 경제만 살리는 일이라면 그래서 경제를 살린다면 좋은 세상이 올 것이다. 그때가 오면 저임금 제도뿐이겠는가? 삼천리 금수강산에서 우리민족끼리 오순도순 행복의 노래를 우렁차게 부르며 다 같이 꽃을 피울 것이다. 이것도 하나의 시련의 과정이라고 여기자. 민주화가 밥 먹여주는 것은 결코 아니잖은가? 유행처럼 번지는 노사정 분쟁은 결코 국익에 도움이 되는 것은 아니라는 점이다.

경제인연합회의 호소문에 노조들의 반응은 다음과 같은 요구사항을 발표했다.

노사분규 해결을 위한 정부의 노력을 요구한다.
우리는 최근 빈번하게 발생하고 있는 노사분쟁에 대하여 심각한 우려를 표명하고 정부 및 기업, 언론에서도 노사관계의 안정을 위하여 공동으로 노력해 줄 것을 다음과 같이 우리들의 결의로 촉구한다.

민주화를 실현하려면 사회 각층의 전근대적 저해 요소들을 개혁함으로부터 출발해야 마땅하다. 작금의 노사분쟁은 지난 20여 년 동안 누적되어 왔던 노동문제의 필연적인 표출이므로 이에 해결 없이는 안정된 노사문화의 달성은 어렵다고 당 연맹에서는 기회가 있을 때마다 주장하여 왔다.

경제발전과 함께 급격히 대두된 노동자의 기본적인 요구는 노조의 결성과 임금 근로조건의 개선요구로 집약할 수 있으며 우리는 이 요구 배경에서 그동안 정부와 기업이 3저 호황에도 불구하고 임금 인상과 근로조건 개선에 사상 유례가 없을 정도로 인색했음을 절감할 수 있었다.

당 연맹은 사회적 열망 속에 진행되고 있는 당면한 노사분쟁의 해결을 위하여 정부와 기업에 다음 사항을 강력히 요구한다.

첫째, 노사 쌍방이 원칙에 입각하여 분쟁 해결을 자유롭게 할수 있도록 관권 개입을 자제하고 기업과 근로자 간의 갈등을 해소해야 한다.

둘째, 정부의 경제 및 노동정책 담당자들은 구태의연한 관료주의적 타성에서 탈피하여 기업과 근로자 간의 원만한 타협점을 모색 제시해야 할 것이다.

셋째, 여야 정치인과 정부 당국은 노동법의 전면적인 개정을 조속히 단행하여 노사분쟁의 합리적인 제도 내에서 평화적으로 해소될 수 있도록 제도상의 문제에 일대 쇄신을 기해야 한다.

넷째, 노사분쟁의 주요 원인이 되고 있는 극심한 저임금과 세계 최장의 노동시간, 그리고 근로기준법에 미달하는 각종 위법 행위를 즉각 중단하고 불법적으로 노동조합의 설립을 방해하는 부당기업을 정부 당국은 강력히 척결하라.

다섯째, 불균형 성장정책을 대폭 개선 고용 확대를 안정시키며 최저 생계비를 보장하고 근로자 조세부담을 경감하고 사회보장이 확충되는 복지 지향적 경제정책으로 정부는 대 전환하라.

기업인에게 바란다.

첫째, 기업의 성장과 부의 축적은 정부의 특혜와 근로자의 희생으로 가능했음을 깊이 인식하고 권위적이고 관료적인 경영 자세로 근로자들을 사물화하는 전근대적 행태에서 탈피하여 기업 경영을 공개하고 산업민주화 조치를 단행하여 근대적 기업으로서의 사회적 책임과 기업윤리를 확립하라.

둘째, 기업의 횡포에 대한 예방 차원에서 노사관계의 안정화가 달성될 수 있도록 현재 노사분규의 직접적 원인이 되고 있는 저임금을 최저 생계비로 보장할 수 있도록 재조정하고 노동시간 단축과 작업환경 개선 등의 정당한 요구를 대폭 수용하라.

셋째, 외부 세력의 개입을 빙자하여 기업은 근로자의 정당한 단체교섭을 무조건 거부할 게 아니라 진실한 대화를 통하여 노사분규 해결에 적극 노력하라.

넷째, 노동조합 결성을 방해하고 집단적 화해를 완화시키기 위하여 어용노조결성, 폭력적 수단을 조직하여 집단행동에 대응시켜 노사분규를 더욱 악화시키는 작태를 즉각 중지하라.

다섯째, 노사분규 등 경영상 애로를 빙자하여 기업은 휴업, 조업단축, 직장폐쇄 등 반사회적 행위를 중단하고 근로자의 요구를 기존 노동조합을 통해 수렴함으로써 당면 노사관계를 조기 안정시켜야 한다. 특히 노사 당사자가 아닌 일부 근로자와 무책임한 협상을 함으로써 근로자 간의 대표성 시비를 부채질하는 작태를 즉각 중단하라.

언론에게!

언론은 현재 일어나고 있는 노사분쟁의 진실한 원인과 근로자 요구를 객관적으로 파악하여 공정한 보도를 요망하며 특히 노사분쟁의 책임이 근로자 측에만 있고 이것이 일대 사회 혼란으로 이어져 민주화의 최대 장애요인으로 책임 전가되는 여론을 일부 시정해주기 바란다.

조합원에게!

우리 일백만 조합원과 일천만 근로자는 현재 진행 중인 산업민주화의 내실 있는 결실과 당 연맹이 추진하고 있는 헌법의 기본권 조항 및 노동법의 개정을 관철하기 위하여 총 단결할 것과 당면 노동문제 해결에 있어 법의 제도적 절차에 따라 상급 조직의 지도하에 요구를 관철해 나감으로써 이 어려운 국면을 슬기롭게 해결할 수 있도록 최대한 노력해 줄 것을 강조하는 바이며 자칫 과열된 노사분쟁이 산업민주화와 우리의 권익 신장에 역기능의 구실이 되지 않도록 노력해 줄 것을 당부 드리는 바이다.

한국노동조합 총연맹

YS 대표를 비롯한 야당 국회의원들의 적극적 후원을 받고 있는 YH 농성자들은 천군만마를 얻은 듯 기고만장했다. 거리의 시민들에는 정말 신기한 볼거리가 아니던가. 해산을 종용 설득했지만 농성자들은 막무가내 점점 과열하고 있었다. 수차에 걸쳐 경고도 했지만 이미 경고성 진압은 솜방망이에 불과했다. 실력행사를 해야 정부에서 적극적으로 개입 해결해 줄 것으로 근로자들은 착각들을 하고 있다. 그렇지 않아도 야당 총재가 경질되면서 야당을 탄압한다고 비난이 쏟아지는 판이다. 여당에 곱지 않은 시선이 집중되는 판에 야당대로 근로자들과의 합세는 안성맞춤 잘 맞아떨어진 호기를 타고 의기투합하는 판이다.

반대급부로 경찰이나 정부에서 볼 때는 이건 억지다. 적자 때문에 기업을 못 하겠다는데 이걸 어쩌란 말인가. 그렇지 않아도 미국 정부와는 껄끄러운 관계로 있지 않던가? 인권문제와 핵 개발 문제, 장기집권 등 사사건건 시비하는 요즘의 미국의 태도다. 그런 판에 그것도 야당 당사에서 시위를 하고 있으니 우려라 아니 할 수 없는 처지다.

설득도 할 만큼 했고, 자율적으로 해산을 바라는 시간도 소비할 만큼 했다. 설득과 인내도 한계가 있다. 이런 난동을 보고 더는 묵시할 수도 없다.

저마다 팔뚝을 걷어붙인 근로자들은 착용한 플래카드와 어깨띠 그리고 머리띠는 온통 빨강색 일변도다. 빨강색은 남의 눈에도 잘 띄고 대중을 흥분시킨다. 대중심리를 이용하는데 아주 적절한 방법이다. 여성 근로자들이 돌멩이 화염병까지도 휴대하고 건물 옥상에서 국제여론을 향하여 손짓발짓 핸드 마이크까지 사용 목소리를 높여 설쳐댄다.

언론사 텔레비전, 라디오, 신문 등도 특종으로 뉴스를 다루고 있다. 목불인견 더 방치는 안 된다는 당국의 판단이다. 여기에서 공권력이 물러나면 사회 안녕질서에도 막대한 영향을 미치게 될 판이다.

그렇다. 더 이상의 설득은 시간 낭비다. 국제적으로 국가 위상이 극도로 추락하는 입장이다. 개입을 아니 할 수가 없는 마지막 카드다. 삽시간에 신민당 당사는 아수라장이 되었다. 몸부림치는 아우성소리와 함께 경찰에게 강제로 끌려 나오는 모습은 사실 참혹했다.

여성 근로자들의 입장은 달랐다. 제발 폐업만은 하지 말아 달라는 소박한 소망일진대 이걸 강제로 해산시킨다는 것은 공권력의 지나친 간섭이요, 오히려 악덕기업주를 양성시키는 결과라고 공권력을 매도했다.

근로자들의 이런 사정을 공권력이 왜 모른다 하겠는가? 방관할 수도 없다지만 선택의 여지도 없다. 신민 당사에서 강제로 끌려 나오는 여성 근로자들의 모습은 그야말로 아비규환으로 신문이나 텔레비전을 시청했던 시민들은 하나같이 혀를 찼고 비분강개했다.

군복에 장비를 착용한 경찰들은 보기에도 막강했고 두렵게 보였다. 공권력에 무참히 짓밟히는 어린 아가씨들의 비명소리와 함께 흐트러진 머리카락과 옷매무새를 본 시청자들은 강력한 공권력에 우려감을 느낀 야당 쪽에 분노까지 표출했다.

조국 근대화의 기치를 하늘 높이 내걸고 그토록 강력하게 전진에 전진을 거듭하던 제3공화국 경제정권이 알몸시위로 공권력에 맞섰던 동일 방직과 더불어 YH 사건에 의하여 국민들과 더불어 국제사회에 많은 신뢰를 잃게 되는 계기가 되었다. 70년대 말 공권력에 맞서 극한적인 여성 근로자들의 시위가 이 나라 노동계에 큰 의미를 부여하면서 세계적 시위 강국으로 발돋움하기도 했다.

무참하게 끌려가는 여성 근로자들의 모습을 옥상에서 회심의 미소로 내려다보던 신민당 당수 YS는 특유의 깜짝 쇼로 '닭 모가지는 비틀어도 새벽은 온다'고 남의 말을 인용한 인기 발언으로 애드벌룬을 띄웠다.

시기적절한 표현으로 국민들을 공감시켰고 분노의 감정에 불을 지폈다. 여기에 외신기자들까지 사건을 호도해 까발려 앞 다투어 보도했다.

그랬다. 드디어 신민당사의 YH 시위사건은 곧이어 부마사태를 불러들였고 사전 예방 실패의 책임을 통감한 정보부장 김재규는 자신을 민주화의 투사로 자칭 정당화해 경호실장 차지철을 겨냥한 보복의 총알을 대통령까지 포함 시해를 했다. 대통령의 심장을 겨냥했고 머리통에 확인 사살까지 했다. 김재규 그는 마지막 현장에서 대통령이 되기 위한 방법은 아니었다고 주장했으나 미국의 사주는 분명 있었던 것으로 짐작되며, 미국에 의하여 권력의 중심부에서 민주화 혁명의 주인공으로 우뚝 솟아날 것으로 믿고 그토록 엄청난 행위를 저질렀다.

여기에 한술 떠서 강신욱을 비롯한 변호인단은 김재규 일당에게 민주화를 위하여 유신의 심장을 쐈다고 미화시켰다. 민주화를 위하여 독재를 무너트렸다고, 그래야 살아갈 수 있다고 김재규에게 주장하도록 시켰다. 김재규는 재판정에서 입만 열었다 하면 독재를 타도하고 민주화를 위하여 총을 쐈다는 주장이었다. 천하의 배신자 김재규의 항변이다. 대통령으로부터 가장 수혜를 많이 받아 권력의 중심에서 한 시대를 풍미했던 자가 대통령을 시해하고서도 뉘우치기는커녕 배신행위를 했다.

애통해 맞이할 비운의 10·26사태는 이렇게 왔다. 통일정부와 더불어 삼천리 금수강산을 지상천국으로 만들고야 말겠다는 야심 찬 지도자의 성취욕은 안타깝게 김재규의 총탄에 무너져야 했다. 애통이 아닐 수 없는 10·26 사태다.

누구의 심장에 쏜 총알인지는 몰라도 세계인의 눈을 주목시켰고 국민들의 감정을 분노케 하여 야당과 합세한 근로자들의 시위는 성공을 했는지 모르나 얻어진 것은 아무것도 없다.

폐업을 한다는 것도 간단한 일이 아니다. 각종 세금, 공과금을 비롯 근로자와의 임금계산까지 복잡했다. 무엇보다도 퇴직금 문제가 그러했다. 정부와의 약속은 퇴직금 정산은 물론 위로금까지 약속했었다. 허나 국상을 맞은 판에 이런 모든 절차들이 흐지부지되고 말았다.

기업주는 그 난리 통에 보따리를 챙겨 꽁지가 빠지게 도망해 귀국하자 결과는 허탈했을 뿐 이들을 위하여 누구 한 사람 도와줄 사람도 없고 챙겨줄 사람도 없이 상처만 남긴 채 산산이 흩어지고 말았다. 오백 년 조선 정부를 무너트리는 데 일조를 했던 동학란이 좌파정부의 재심 청구에서 무죄를 선고받았듯이 그게 무슨 큰 의미를 가질 수 있는지 모를 일이다.

당파 싸움이 극에 달했던 조선시대가 그랬다. 음해 모략으로 정적을 몰아내고 삭탈관직해 죽이고 유배를 보내면서 정권 탈취를 일삼지 않았던가. 특히 인조반정 후 숙종에 이르기까지 극에 달했던 당파싸움으로 정치 혼란 속에서 정묘호란에서 병자호란까지 불러왔고 심전도 비극에 효현세자 일행이 불모로 청나라에 붙잡혀 갔던 참혹한 역사가 있다. 세력과 권력의 대결에서 패한 정치인이나 선비들이 줄줄이 참수를 당했는가 하면 귀향지로 쫓겨 가는 사태로, 남해도가 귀향지 제1호로 손꼽기도 했던 조선시대 정치적 모순과 비극들이 오늘날 민주화를 외치는 정치 현실과 무엇이 다르겠는가.

악순환처럼 몰려오는 집단 이기주의가 근로자들과 학원가까지 합세하는 정치 노선에서, 폭동을 방불케 하는 시위 공화국이 아니던가? 화염병, 쇠파이프, 돌멩이, 몽둥들이 뒤죽박죽 소나기처럼 하늘을 난무하고 있다. 나 살기 위하여 적을 죽이는 전쟁이라고 저토록 험악하고 잔인할 수가 있을까. 이념까지 포함 분노와 증오가 담겨진 저들의 가슴 속엔 오로지 권력을 쟁취할 목적만 있다. 어떻게 보면 밥그릇 싸움도 포함한다.

전쟁이라고 이보다도 더 치열할 수는 없을 것 같다. 저런 폭거들에 맞서 시위 현장에서 희생되는 사람들은 전투경찰들이라니 안타까운 일이다. 생존의 존엄성과 삶의 가치까지도 불사하는 저들에 대책도 없이 죽어가고 있다.

전쟁도 아닌 시위 현장에서 죽어간 전투경찰의 숫자는 322명이나 된단다. 그 322명이 저들의 쇠파이프에 죽어갔다는 것이다. 자기들 몫 챙기기 위하여 주장하고 난동하는 저 시위대들에 의하여 젊은 생명들이 피지도 못하고 소리 없이 돌에 맞은 개구리들처럼 죽어갔단다.

내 조국 내 나라 내국민들을 지키기 위하여 존귀한 생명을 바친 저들의 원혼에게 우리 국민들은 무엇을 어떻게 위로해주고 명복을 빌어주었는지 또 국가는 그들의 저승길에 어떤 예우로 보내주었는지 뉴스판에 한 글자도 뜨질 않고 있어 아무도 모르는 채 사라지고 있을 뿐이다. 어느 나라 공권력이 이렇게 나약하고 또 불공평할 수가 있을까?

최루탄에 맞아 억울하게 죽었다고 온통 텔레비전을 맥질하던 이한열 같은 경우는 민주화 열사로 우뚝 솟았고 그래서 천하에 유명한 인사로 떠올랐건만, 나라를 지키다 죽어 희생된 322명의 전투 경찰들은 도대체 어디로 사라졌고 그들이 간 곳이 어디길래 아는 사람 하나도 없다 함에 답답할 뿐이다.

누가 누구의 쇠파이프에 맞아 322명이나 죽었는지 그 이름들을 아느냐고 물어봐도 저마다 대답해 주는 사람은 이 세상에 한 사람도 없다.

여의도 국회 의사당 앞에나 과천 종합청사 앞에는 일 년 열두 달 시위가 그칠 날이 없다. 내 몫 챙기기 위해서란다. 한두 패거리도 아니다. 오늘날의 세월호 사건이 그러하듯이 해마다 쌀값 인상 문제를 놓고 농민 시위가 그렇고, 시민들의 발목을 잡는 서울 지하철 노조를 비롯 금속노조 대우 조선과 현대자동차와 쌍용자동차 등이 그렇다.

정부에게 바라는 배상 요구부터 노, 사, 정 간에 협상 문제들까지 산적한 사건들이 줄줄이 불거지는 판에 시위 대열들은 끝없이 이어지고 있다. 일 년이고 십 년이고 요구사항이 관철될 때까지 저들의 목소리는 커져만 갈 뿐이다. 행정부는 물론이고 사회가 온통 뒤집힐 만큼 크고 과격한 시위일수록 그들에게 돌아가는 몫은 더 커지기 때문에 그들의 기세는 시위를 즐기는 쪽으로 변질되어가고 있으니 그럴 만도 하겠다. 그들 앞에서의 공권력은 왜 그처럼도 부재상태로 방치하는가. 그처럼 그들이 갈망하던 민주주의가 바로 저런 것이란 말인가. 도저히 용서가 안 되는 참담한 꼴로 변질해 가고 있다는 것이다.

전 세계적으로 우리나라 시위문화가 일등국가요 모범국가로 주목받고 있다니 그래서 데모 천국의 나라가 되었다니 이것도 자랑이라 할 수 있을까? 공권력이 식물상태로 몰락하다 보니 쇠파이프와 벽돌 조각에 맞아 죽은 사람은 다름 아닌 전경과 의경들이란다. 이 나라는 바야흐로 시위 공화국 근로자들의 공화국이 될 판이다.

금속노조 민주노총 저들의 임금은 연봉으로 7천에서 9천만 원을 상회한다. 그런데도 저들은 시위를 한다. 도대체 저들이 요구하는 임금은 어디까지 끌어 올릴 작정이며 근무조건은 얼마큼 개선되어야 만족하는지 알 수가 없다. 춘투에 오는 먹구름은 해마다 그들의 단골 메뉴로부터 시작되고 있으니 하는 말이다.

농민들의 쇠스랑을 비롯한 농기구까지 동원되는 서슬 퍼런 현장은 살기마저 허공에 번뜩인다. 여기에 경찰은 방패와 경찰봉으로 맞선다. 폭거들과 맞서 해산시킬 수 있는 유일한 도구 최루탄도 경찰 손에서 좌파 정부가 뺏앗아갔다. 싸움판은 죽기 살기로 극렬하다. 이것이 저들이 원하는 인권이요 민주화란다. 민주주의 꽃을 피우기 위하여 이렇게 치열한 싸움을 해야만 한단다.

사회 질서가 파계되고 기업이 망해도 그들은 알 바가 아니란다. 당장 필요한 조건만 얻어내면 된다는 식이다. 거기엔 민주노총이란 노동단체가 있다. 이들에 RPS 일당까지 지급하며 시위 현장마다 투입시킨단다. 이런 그들의 업무는 일종의 직업인과 같은 존재들이다. 이들은 목적이 달성될 때 까지다. 이들이 있어 시위는 더욱 치열하다는 것이다. 이것이 사회적으로 악순환이 된다는 사실을 저들이 모르지 않는다. 모든 상품은 생산원가가 있다. 거기엔 마진도 포함한다. 임금이 오르면 물가가 오른다. 그렇다 치면 임금이 오른다 해도 큰 도움은 아니 된다. 물가가 오르면 임금을 깎아 먹는 결과를 가져오므로 사회적으로 큰 파장을 이룬다. 그래도 저들은 데모를 한다. 기업주나 근로자 간에 상반된 조건, 이게 부메랑이다. 서비스업도 마찬가지 마진을 포함한 생산원가가 있다.

 그렇다면 뒷전에서 자영업이나 하면서 불평없이 살아가는 대다수 우리 소시민들은 단체권도 없고 힘도 없으니 모든 피해는 그들 몫이다. 내라는 세금 다 내면서도 내가 낸 세금이 어떻게 쓰여 지고 있는지조차 모르는 소시민들 앞에서 표로 먹고사는 정치인들은 한술 더 뜬다.
 내 꺼 주는 게 아니면 인심 못 쓸 일도 없다. 손해 볼 일 없으니 상관없다.
 그렇다. 광해군과 인조반정, 박정희 대통령과 YS, 박근혜 대통령과 JY 대통령 등 일련의 역사적 사건들을 한눈으로 보게 되므로 하는 말이다.
 요즘 귀국한다고 떠들썩한 대우그룹 회장 김우중은 공적자금 31조를 작살 낸 장본인이다. 기업에 투자한다고 부정으로 11조 원이나 대출을 받아서 외국으로 빼돌렸다. 대통령들이 몇천억 원을 부정축재 했다고 야단들이지만 이는 김우중에 비한다면 새 발의 피다.

재취업

    홍말순은 지인의 소개로 전자제품 부품 공장에 일을 나가기 시작했다. 식당이나 파출부 따위가 싫어 수입은 적은 편이지만 출근을 했다.

    그런데 어디를 가나 생산 공장은 그놈의 노조가 말썽이다. 한 때는 홍말순도 당당한 기업주로 경영을 했었다. 뼈아픈 기억이 상처로 가슴에 남아 생생하게 각인하고 있다.

    지금의 처지는 그 반대 입장에서 종업원의 자리에 있다. 그러나 과거는 과거 현실적인 입장에서 열심히 하자고 다짐을 하며 일을 시작했다. 우선 나 자신을 위하고 다음은 공장을 위하고 다음은 건전한 기업정신을 살리겠다는 일념으로 열심히 일을 하면 왜 안 되겠는가 싶다. 그게 너 살고 나 살자는 협력의 길이다 싶다.

    기업은 사회에 미치는 특성과 함께 생산 수출과 내수에 뛰어난 아이템만 잘 맞아떨어지면 성공을 할 수 있다. 그게 아니면 실패의 확률은 높다. 또 대기업에 부품을 납품하는 생산 공장도 있다. 메이커와 유대관계만 잘 형성하면 마진은 박해도 기업은 안전 빵이다. 아무리 여건이 좋아도 경영이 부실하면 그도 하루아침에 무너진다. 경쟁사회에서 뒤떨어지는 기업은 살아남기 어려운 세상이다. 1등만이 살아 남는다는 글로벌 시대에 경쟁은 치열하다.

호황과 불황은 언제나 존재한다. 우리가 겪고 있는 사회의 흐름은 5년 주기로 불황과 호황이 바뀌어 왔다. 불황의 시기에 손한번 잘못 대도 기업은 곤두박질한다. 호황 때라고 흥청망청하면 기업이라고 버틸 수 있을까? 전멸 등을 통과할 때는 언제든지 위험성을 내포하고 있다. 재테크 한다는 것도 마찬가지 가장 큰 위험 요소를 내포하고 있기에 조심해야 한다는 것은 당연하다. 공장마다 차별성은 있겠지만 불행은 언제나 동반하고 그럴 때 불황이 오면 감당이 안 된다.

아버지가 경영하던 강희네 공장도 한때는 잘 나갔었다. 그런데 망했다. 호황이 항상 지속되는 걸로 잘못 판단해 재투자로 공장을 확장했던 일이 일차 잘못되었고, 이 차는 불행하게도 위장취업자들의 과녁에 들어갔다는 것이 결정적인 패인이 되었다. 수출 부진으로 고통을 겪고 있는데 종업원들은 임금 인상을 요구하며 파업을 외치고 있다. 몰려오는 먹구름을 피하지 못한 까닭이다. 노조들의 등쌀은 정말 견디기 어려운 악조건, 결국 무너지는 기업에 아버지의 목숨까지 함께 묻어야 했다.

임금을 착취하는 악덕기업은 마땅히 저지해야 된다는 것은 마땅한 지론이다. 하지만 상여금 포함 30% 인상을 요구하는 노조들의 주장은 엉뚱할 정도다. 곳간에서 인심 난다고 배 불리는 악덕기업은 퇴출되어 마땅하다는 근로자들의 농성은 기업을 몰락으로 내몬다. YH 여성 근로자 사건 이후 근로 현장마다 승리의 도취감에 흥분들을 하고 있다. 망해가는 공장을 상대로 제발 직장을 빼앗지 말아달라고 하면서도 정부를 상대로 싸워 이겼다는 자신감에 도취 팽배한 시점이다.

홍말순의 기업도 호황 때 재투자를 하느라 챙긴 돈 한 푼도 없이 실속은 없었다. 그런데 노조들이 보는 눈은 아니다. 재투자도 돈을 번 게 아니냐는 지론이다. 그러나 기업이 부도가 나면 모두가 황이다. 때문에 결과에 따라 재투자는 돈을 번 게 아니다. 재투자를 해서 다행히 기업이 살면 기업의 규모만 커질 뿐 기업주에게 그걸 가지고 돈을 벌었다 하기엔 조금 이른 판단이다. 기업은 언제 무너질지 예측 불허다. 시대의 흐름에 있어 파도타기를 잘하면 살아남겠지만 태풍이 한 번으로 그치는 것이 아니다. 그때마다 업주의 지혜로 잘 버텨야 하는데 누구나 그게 잘 안 되고 있다. 항상 작두날을 타는 기업주 사정을 근로자들은 잘 모른다. 이런 기업주의 속사정도 모르면서 근로자들이 그동안 돈을 많이 벌었으니 불황을 핑계하지 말라고 농성을 하면 기업은 더 버틸 수가 없었다. 좋은 아이템으로 한때 돈을 벌었다 하더라도 돈을 벌었다 소문이 나면 유사 기업들이 여기저기 죽순처럼 돋아나니 영원히 좋을 수는 없다. 자유시장 경쟁에서 독점은 불가능, 그런 기대와 욕심은 일찍이 버리는 것이 당연하다. 무엇이든지 일등 상품을 개발해 나가지 않으면 그 기업은 살아남을 수가 없다는 것이다.

여기 이 공장도 마찬가지다. 노조들과의 말썽이 끊이지를 않는다. 종업원들이 모였다 하면 경영주에 대한 불만과 투쟁 일변도다. 내용은 간단하다. 근로자들의 복지 문제다. 일은 편하게 하고 임금은 많이 달라는 것이다. 여기에 근로자들은 반대할 이유가 하나도 없다. 놀면서도 먹여준다면 얼마나 좋겠는가. 그러나 기업주는 땅 팔아 장사하는 것도 아니다. 재원이 있어야 기업을 경영할 수 있다. 그 재원이 조달 안 된다면 말로未路는 뻔하다. 기업은 철저한 이윤을 추구한다. 이윤을 추구하되 기업주 혼자만의 것은 아니다. 기업주는 근로자들을 먹여 살려야 할 의무와 책임이 따른다. 국가 지도자도 집안의 가장도 가족들의 부양도 마찬가지다. 거기엔 공평성이 따라야 한다. 그 공평성이 어긋나면 삐걱거리게 마련이다. 노조도 또 기업주도 그 공평성을 유지하지 못하면 기업은 망한다.

홍말순이 다니고 있는 공장도 예외가 될 수는 없었나보다. 호황 때 다소 돈은 벌었다고 하지만 재투자를 했을 뿐 챙긴 돈은 한 푼도 없단다. 더구나 유사 기업이 생기고 가격 경쟁으로 돌변하면서 더 어려워졌다.

335

근로자들에 지급되는 급료는 그들의 생활비와 직결한다. 임금 지급은 우선 순위 제1호다. 이런 현상이 지속되면 생활까지 위협 받는다. 허나 광에서 인심 난다고 경영난에 봉착하면 어떻게 임 금을 지급한단 말인가. 기업주가 임금을 지급하도록 종업원들이 열심히 자기 소임을 다해주어야 할 텐데 따로따로 행동들을 하고 있으니 경영난은 점점 어려워질 수밖에 없지 않은가. 책임과 의 무는 외면한 채 임금 인상과 근로조건에 노동시간 단축까지 요구 하고 있으니 의무보다는 권리만을 주장하는 격, 그 기업이 원활 할 수가 없다. 기업주는 생산원리와 시장원리를 정확하게 판단 슬기롭게 대처를 해나가는 것이 경영이다. 내 욕심 챙기노라 경 영에는 맘이 없고 자금 빼돌리기에 연연한다거나 시장원리를 잘 못 판단해 수요는 줄어드는데 엉뚱하게 사세확장이나 한다면 문 제는 야기될 수밖에 없다. 임금도 지불하기 어려운 형편에 노조 들은 그런 사정을 모르고 한술 더 뜬다면 이는 막가자는 판 아닌 가. 기업은 기업주와 종업원들이 공존해야 같이 사는 방법이요 그게 기업의 생명력이다.

홍말순은 일찍이 젊었을 때 그 경험을 했었다. 그런데 홍말순 의 처지가 바꿨다고 그 반대편에 서서 임투의 대열에 설 수는 없 었다. 시도 때도 없이 경영주와 맞서 싸우는 근로자들의 꼴이 싫 다. 기업이 몰락해서야 되겠는가. 절이 싫으면 중은 떠나면 그만 이다. 그런데 떠나지도 않고 말썽이나 부리고 있으니 딱한 노릇 아닌가. 아니 이건 기업이 아니라 적과 적의 다툼일 뿐이다.

공장이 도산되면 재투자를 했다 해도 다 물거품 수요에 생산이 맞아떨어지면 그때는 여러분들의 뜻을 전폭적으로 받아들일 터 그때까지만 허리띠를 졸라매고 열심히 해보자고 기업주가 설득을 하고 사정도 해보지만 막무가내다. 당장 내 놓으라는 식이다.

고향에 땅이라도 있다면 그들 주장대로 당장 팔아다 주겠지만 땅도 없고 진퇴양난 지경이다. 정말 대책이 없다. 물론 종업원이 있어야 기업을 운영할 수 있다지만 기업이 죽으면 종업원도 없다는 걸 그들이 모르지는 않을 텐데 설득이 안 되고 있다.

기업도 노조도 서로 사는 방법을 찾아야지 각자 뜻과 이해가 다르면 같이 죽는다. 그런 지경에 위장취업자들은 사실 노조도 아니다. 그들은 일방적으로 노동법과 근로기준법을 놓고 선동한다. 이들은 근로자들의 권익만을 내세울 뿐 경영의 어려움을 상관하지 않는다. 비정규직 차별 문제도 그들은 골치 아플 정도로 들춘다. 모두가 자금이 해결해 줄 문제들이다. 금융권에 대출도 목에 꽉 찼다. 목을 딴다고 해서 돈이 나온다면 그렇게도 해주려는 기업주에게 극단적인 언어까지 사용하면서 불신한다. 투쟁을 해야 악덕기업주들이 빼돌린 돈을 내놓지 처분만을 바라고 있다는 것은 악덕기업주만 배불린다는 주장이다. 잔인할 정도로 강성 투쟁이다.

　－기업주를 한번 믿어주는 게 당연하지 않을까?

파업 현장에서 먼저 기업을 살리자는 홍말순의 조언이다. 그런데 그 한마디는 노조 측에서 일파만파로 번졌다. 기업주의 간

첩이라고 매도하면서 따돌림의 냉대는 결국 얼마 못 견뎌 쫓겨나야 했다. 심금을 터놓고 고락을 나누던 어제의 동료가 오늘의 적이 되어 갈등을 한다. 슬픈 일이다.

동료들의 신의를 깨고 우정을 말살시키는 불신지대로 어느 때부터 몰락해버린 근로 현장이 되었다. 어디서 언제 몽둥이가 날아올지 예측 불가능한 판에 서로 감시하고 눈치 보기에 팽팽 눈알이 돌아간다.

어느 모임이든 강경파가 있고 온건파가 있다. 언제나 강경파는 힘의 원리를 내세워 투쟁을 요구하고 온건파는 합리적으로 타협의 노선을 선택한다. 두 힘이 부딪칠 때는 밀어붙이기식의 강경파에 온건파는 언제나 밀린다. 서로의 이견은 얼마든지 좁혀 나갈 수가 있을 텐데 타협보다는 다툼의 쪽을 선택한다. 극렬파들의 의견은 타협으로 한다는 것은 항상 미진한 상태로 소기의 목적을 달성할 수가 없다는 것이다. 기업주를 제압해나가야 우리의 뜻대로 펼쳐나갈 수 있다는 논리는 한 치의 양보도 없다.

끝까지 가면 반드시 우리의 조건은 관철시킬 수 있다는 것이다. 노, 사 간 마주앉아 장시간에 걸쳐 협상을 했지만 추석 명절에 특별상여금 100% 지급을 요청하고, 전반기분까지 포함 임금 인상 15%를 요구한다. 여기에 기업주가 내놓은 조건은 특별 상여금 50% 마지막 4/4분기 연말 정기 상여금에서 50% 본봉 인상 10%를 제시했지만 어림도 없는 일이다. 협상이 안 되는 이유는 홍말순 때문이라고 근로자들은 믿고 있다. 홍말순이 기업주와 쏙

닦거려 이간질을 한 까닭이란다.

협상은 끝내 결렬되고 말았다. 종업원들은 일손을 놓고 있는데 납품업체들의 독촉은 빗발친다. 불똥은 엉뚱 곳으로 튄다. 홍말순을 간첩으로 몰아친다. 공장을 그만둘 수밖에 없었다. 홍말순을 비롯 일부 온건파들이 결국 노조의 등쌀에 못 견뎌 쫓겨나고야 말았다.

얼마 안 있어 공장도 쓰러졌고 2백여 명의 종업원들도 뿔뿔이 흩어지고 말았다. 기업도 노조도 다 같이 몰락한 셈이다. 누적되는 적자에 기업주가 더는 지탱할 수가 없었던 모양이다. 그놈의 IMF가 결정적 요인이기도 했다.

임금 인상과 원자잿값 인상, 근로시간 단축 등 3고 현상으로 인하여 더 이상 한국에서 사업이 힘들다고 기업주는 나름대로 포기를 원한다. 노조도 없고 인금이 싼 중국이나 동남아 쪽 나라들을 선호할 수밖에 다른 카드는 없다.

아이템만 기발하면 자본주를 찾기는 쉽다. 풍문에 의하면 공장을 폐쇄한 그 기업주는 중국으로 갔다고 했다. 중국에 가서 승부수를 찾아보겠다고 했단다. 한국인 기업주들에게 중국 정부에서는 특혜를 준다. 땅은 그냥 빌려줄 테니 얼마든지 오라고 대환영이다. 행정도 최대한 지원해주겠다는 것이다. 자본과 기술을 가졌다면 얼마든지 오라고 환영이다. 기업인이 요구하는 조건에 얼마든지 맞춰 줄 수가 있다는 것이다. 중국은 노조 파업이 없다. 중국이 세계 2대 경제 대국으로 발돋움할 줄 누가 짐작했겠는가.

입立의 지도자 덩샤오핑의 경제 정책이다.

　기업을 폐쇄 조치하고 공장 문을 닫은 뒤 기업주가 떠나자 온건과 일부 양심적인 종업원들까지도 일자리를 잃고 말았다. 그들은 가슴 아프게 후회들을 하면서 공장을 떠났지만 주동자들은 기업은 망했어도 기업주는 망하지 않는다고 악담을 남기며 떠났다.

　우리나라의 시위 현장은 언제나 전쟁을 방불케 한다. 완전히 적과의 싸움처럼 치열하다. 내가 너를 죽이지 않으면 내가 너에게 죽는다는 적대감이다. 극렬한 다툼은 결국 죽음으로 갈 수밖에 없다. 분명 적은 아닌데 한풀이 싸움 마당으로 치닫다 보니 결국 기업은 죽고 만다.

　시름시름 홍말순은 몸이 아프기 시작한 지 오래다. 항상 피로하고 이따금 가슴이 뜨끔거린다.

엄마의 병원

세상이 온통 얼어붙는 황량한 겨울밤 강희는 자꾸 먼 옛날의 기억 속으로 빨려들어 가는 기분이다. 현재의 강희는 엄마의 수술비 마련이 안 되고 있다. 강희가 감당할 형편이 아니다. 시기를 놓치면 엄마의 형편은 더욱 어려워질 텐데 그렇다.

강희 곁을 선호도 떠났고 은진이도 떠났다. 그래서 그럴까, 낯선 외로움이 무섭게 몰려오고 있다. 일찍이 경험하지 못했던 아픔이었다. 내가 무슨 독불장군이라고 그토록 애원하는 선호와 은진을 등 떠밀다시피 떠나보냈단 말인가? 지금 강희 곁에는 아무도 없다. 쓸데없는 아집으로 좋은 사람들 다 떠나보냈으니 이제 후회스럽다. 그러나 이미 배는 떠났다.

뿐만이 아니다. 근래 들어 갑작스럽게 엄마가 무척 보고 싶다. 갈 곳 없는 불쌍한 엄마가 어느 길바닥에서 각 조각을 펴놓고 노숙하고 있지나 않나 별생각이 다 든다. 엄마가 옆에 있다면 당장이라도 은진이가 하던 일자리를 메꿔줄 수도 있으련만 아쉽기 한량없다.

그토록 안타깝게 찾아다니고 찾아왔었는데 그런 엄마를 야멸차게 뿌리친 것이 요즘 들어 죽도록 후회스럽다. 지금 생각하면 별다른 이유도 없이 공연한 객기로 불쌍한 엄마를 그토록 모질게 학대를 했나 싶다. 그런지도 벌써 10여 년이 훌쩍 넘었다. 역시 핏줄은 핏줄인가 보다. 아까부터 자꾸 눈물이 쏟아진다. 그토록 엄마를 원망했는데 이토록 가슴이 터지도록 보고 싶다니 강희 자신도 헤아릴 수가 없다.

느닷없이 전화벨이 오늘따라 요란하게 울린다. 늦은 밤 무겁게 짓눌리던 정적이 한순간에 깨진다. 전화가 올 만한 곳이 없을 것 같은데 전화벨은 계속 울린다.

―여보세요?

―김강희 씨가 맞습니까?

Y병원 15병동의 수간호사라 자기소개를 먼저 한다. 사람을 찾는다고 했다.

―그런데요?

―제가 찾는 사람이 대충 맞는 것 같은데 말씀을 드려도 좋겠습니까?

―말씀해 보시지요?

―홍말순 씨를 아시지요?

둔기로 머리를 얻어맞는 느낌이다. 잠시 얼떨떨했지만

—저희 엄마 맞습니다.

뜻밖에 소식이라 너무도 놀랐지만 참으로 오랜만에 들어보는 이름이다. 이 세상에서 사라져버린 이름처럼 아무도 불러주는 이 없는 이름이 아니던가. 더구나 타인으로부터 듣는 이름이라서 오늘따라 감회가 깊다.

—의논드릴 게 있어서요.

—거기가 어딘가요?

—홍말순 씨가 지금 우리 병원에 환자로 와 계십니다.

예감했던 대로 좋은 소식은 아니었다. 비보를 듣고 보니 가슴이 철렁한다. 엄마가 아프다니 웬일일까?

—어떻게 알고 연락을 하셨어요?

—전화번호 책을 보고 동명이라면 무작정 찾아 나가는 중입니다.

—다행이네요. 동명 2인이 한두 사람이 아닐 텐데요?

—이름이 특이한 편이라서 생각보다 많지는 않았어요.

간호사는 빠를수록 좋다고 했다. 증세가 심각하다니 짐작이 간다.

오래전 텔레비전에 '그 사람이 보고 싶다'에 나왔을 때는 엄마를 원망하다가 기회를 놓쳤다.

엄마를 찾아야 한다는 생각이 갑자기 떠올랐던 얼마 전의 일이다. 혹시나 하고 방송국으로 전화를 걸어보았더니 결번으로 나온다. 주소를 따라 찾아도 갔지만 이미 엄마가 떠난 후다. 오래전에 이사를 했다는 이웃들의 답변이다.

내 집에서 기둥뿌리를 박고 사는 것도 아닌데 혼자 사는 살림살이 보따리 몇 개면 훌쩍 떠날 수 있는 형편에서 열 번인들 그게 무슨 대수가 되겠는가. 별다르게 연락처를 남길 이유도 없었기에 엄마는 그냥 떠났을 것이다.

파출소에도 찾아가 확인을 했지만 방송국에서처럼 같은 답변이었다. 지역에 따라 지역 전화번호는 자동으로 바뀐다. 아쉬움만 남긴 채 포기할 수밖에 없었다. 그때서야 강희는 털썩 땅바닥에 주저앉아 가슴을 쳤다. 공연한 객기로 두 번째 엄마를 잃은 셈이다. 엄마도 마음고생을 해봐야 딸의 심정을 이해하겠지 하는 삐뚤어진 생각을 하다가 또 엄마를 잃었다. 언제든 방송국에만 가면 엄마의 연락처는 알 수 있을 거란 태만이 착각으로 돌아왔다.

엄마가 찾는다는 사실을 알고도 찾아오지 않는 딸을 엄마는 얼마나 애타게 기다렸을까! 또 얼만큼 딸을 보고 싶어 했고, 얼만큼 원망하며 딸을 그리워했을까. 만감이 교차하는 강희는 눈물이 펑 쏟아진다. 집 잃은 미아처럼 정처 없이 거리를 헤메고 다닐 초라한 엄마가 눈앞에 어른거릴 때마다 강희는 발등을 찍어가며 후회를 했었다. 엄마는 어디에서 지금 밥이나 굶지나 않고 있는지, 엄마 생각에 간절, 강희는 꼬박 밤을 지새울 때도 있었다.

전화를 받고 강희는 깜짝 놀란다. 하필 병원이라니, 엄마가 어디가 어떻게 아파서 병원에 있다는 것인지 갑작스런 소식에 황망하다.

—엄마가 어디가 어떻게 아파서 병원에 계실 정도인가요?

—지금 전화로 드릴 말씀은 아니고 조만간 병원에 들리시죠?

—알겠습니다.

전화를 끊은 강희는 공황장애라도 온 듯한 느낌으로 머릿속이 휑 돈다.

엄마가 어디가 어떻게 얼마나 아픈지 뜻밖에 소식을 듣고 보니 가슴도 철렁한다. 지난 세월 동안 상처를 받을 만큼 받았다. 더 받을 것도 없다. 이젠 미움도 없고 원망도 없으니 자유롭게 만날 자신도 있을 것 같다.

이젠 마음의 상처가 아물 만큼 세월도 흘렀다지만 과연 핏줄은 핏줄이었다. 엄마! 얼마나 숭고한 이름이던가! 엄마라고 부를 때마다 혀에서 오는 촉감은 언제나 감미로웠다. 그런 위대한 사랑을 헤어져 잊고 살아온 세월이 그 얼마든가. 그러나 이제 후회한들 그게 무슨 소용이 있으랴. 즐거울 때나 슬플 때나 따뜻한 엄마의 품속을 잊고 살아온 비운의 모진 세월 속에서 굳어질 대로 굳어진 슬픔에 이젠 울 일도 없고 웃을 일도 없을 것 같지만 역시 핏줄은 핏줄이었다. 남남끼리 만난 부부가 위대한 핏줄을 생산 사랑과 더불어 연緣의 운명을 지정을 해주었으니 이보다 더 얼마나 거룩하다 할까?

부랴부랴 Y병원 11병동을 찾아간 강희는 밤이 늦어서야 도착을 했다. 두 명의 간호사는 열심히 컴퓨터에 매달려 환자들의 진료 사항을 체크하고 있다. 환자별로 시간에 맞춰 체온도 재야하고 혈압도 체크해야 하며 약도 제때 복용시켜야 한다. 강희는 간호사 앞으로 다가갔다.

―수간호사님을 만나 뵈려고요?

간호사가 강희에게로 눈을 돌린다.

―왜 그러시죠?

간호사는 신원을 묻고 이유를 묻는다. 강희가 신원을 밝히자

―아, 그러세요.

기억을 하고 있었다는 뜻이다. 간호사가 신속하게 칸막이 안으로 들어간 잠시 후다. 기다렸다는 듯 서둘러 나온 수간호사가 조심스럽게 말문을 연다.

―홍말순 씨가 지금 폐 기능을 많이 상실했습니다.

간호사가 검진 결과를 설명해준다. 암세포가 퍼질 대로 퍼졌다는 것이다. 가족이 있으면 모두 연락을 해두는 게 좋겠다는 주치의의 당부인데 홍말순 씨는 전혀 연락할 사람이 없다고 고개를 저었다는 것이다.

지금은 생生을 포기하고 모든 걸 체념하고 있단다. 답답해서 홍말순 씨가 잠든 틈을 타 가방을 뒤져봤단다. 수첩도 없는 가방 속에서 빛바랜 어린 계집애 사진이 한 장 있었는데 그 뒷면에 이름과 주소와 전화번호가 적혀 있었지만 모두가 옛날 거라 소용이

없었다고 했다. 다음은 전화번호부를 찾았지만 동명이인이 너무 많았다고 경위를 설명한다.

간병인이 건네준 종이쪽지엔 00아파트 00동 0000호 강희라고 적혀있고 그 글씨체는 여자의 솜씨가 아니고 큼직한 남자의 글씨 체로 휘갈겼다.

경찰관이 컴퓨터에 뜬 주소를 보고 적어주었다고 했다. 수간 호사에게서 건너 받은 쪽지를 얼마나 만지작거렸는지 회색 손때가 묻어날 정도였다.

수간호사의 말을 듣던 강희는 가슴이 울컥한다. 가슴이 찢어 지는 아픔이다. 그동안 엄마를 잊고 살았던 분노와 원망이 뒤엉 킨 감정 때문일까, 엄마가 사경을 헤맨다니 이렇게 참담할 수가 없다.

상상으로도 엄마의 얼굴은 그려지질 않는다. 꿈속에서 나타나 는 얼굴이 있다지만 그때마다 모습이 달라 어떤 모습이 엄마의 진짜 얼굴인지 단정할 수가 없었다. 너무 어릴 때 엄마가 떠나서 그렇다. 본체가 없는데 상상한다고 그 얼굴이 그려지겠는가? 그 럴 수밖에 방법이 없겠지. 할머니에게 들어 대충 아는 바이지만 그 여자라면 연령은 대충 맞는다.

할머니 그늘에서 엄마 없는 고생도 할 만큼 했다. 강희는 엄마 품속을 모르고 자란 아이다. 엄마가 떠나던 마지막 전날 밤 강희 에게 엄마는 무한한 사랑을 베풀었었다. 단 그 하루를 강희는 희미하지만 기억할 뿐이다. 그 오랜 세월과 함께 강희는 외로움도 느낄만큼 느꼈다. 엄마 없는 아이라고 놀림도 많이 받았고 남모르게 혼자 뒷전에서 울기도 많이 울었다. 어린아이가 엄마 없는 생활에서 치러야 하는 마음고생은 어떤 고통도 비교할 수 없다. 그런데 이제 와서 나보고 어떻게 하라고……!

이제 강희도 남매를 둔 엄마의 자리에 있지 않던가? 이미 감정은 굳어질 대로 굳어지고 메마를 대로 메마른 두터운 벽이 깨질 수 있을까. 엄마의 도움이 필요하지도 않지만 필요하다고 도움을 청할 마음이 있을까. 내 자식들에게는 절대 그런 고통을 주어서는 아니 된다 했지만 지금 강희의 가는 길도 평탄치가 않다.

강희의 가슴속에 쌓인 원망은 빙하의 얼음층 같다고나 할까. 그런 마당에 엄마를 만난다고 무슨 감정이 남아있어 울고 웃겠는가? 울 일도 없고 웃을 일도 없을 것 같다. 그만큼 다져지고 굳어졌다. 달은 태양과 다르게 빛은 있어도 열이 없다. 달빛처럼 이성만이 강희의 가슴속을 감쌀 뿐 열을 발산할 수 있는 원망마저 시들었다 하겠다.

수간호사의 말을 듣던 강희는 울컥 눈물이 쏟아진다. 수없이 엄마를 생각했지만 그것도 어릴 적 이야기 성인이 되고부터 감정이 많이 무뎌지기도 했었다. 그런데 아직도 이런 감정이 남아 있었나 강희 스스로도 설마 할 정도다. 엄마를 생각할 때마다 원망만 남아 심사가 뒤틀렸을 뿐이었는데 그런데 이렇게 가슴이 뜨겁게 벅차 오르다니 놀라운 일이다.

─얼마 안 남았답니다. 이 병원으로 온 지 한 달쯤 되었나요. 보호자도 없이 혼자 입원을 했습니다. 그분의 곁에는 현재까지 아무도 찾아온 사람이 없습니다. 마지막 기회 선택의 여지가 없다고 봅니다. 묵은 과거 다 버리고 용서를 하십시오. 미워도 엄마가 아닙니까. 모든 허물 이젠 강희 씨가 거둘 때입니다.

엄마가 죽어가고 있단다. 자식이 엄마의 주검 앞에서 태연할 수 있을까. 미물이 아니라면 그럴 수는 없을 것이다. 곰곰이 생각을 해봐도 강희 역시 선택의 여지가 없다. 그렇다고 이게 용서라 할 수가 있을까.

핏줄이라고 모든 것을 용서하란 말인가? 나를 낳아주었으니 무슨 짓을 저질러도 엄마는 용서를 받을 수 있을까. 그래서 어린 것을 버리고 떠났을까. 자활 능력도 없는 어린 것을 버리면 그 자식이 온전하게 자랄 수 있다고 믿었을까. 그래서 나만 살자고 떠났을까?

엄마 없는 아이가 세상을 어떻게 살아가야 한다는 것은 엄마가 모르지 않았을 것이다. 어린것을 버렸으니 무거운 어깨 부담이 없었던가. 마음 편히 살 수 있었으니 자식을 찾아야겠다는 생각조차도 없었을까.

그랬던 엄마가 딸 앞에 주검을 가지고 왔다. 나는 예수님의 용서도 모르고 부처님의 자비도 모른다. 이제 와서 나보고 어떻게 하라고. 핏줄이니까 무조건 용서를 하라고? 강희는 가슴을 움켜잡고 절치부심 마음을 저린다.

홍말순 환자께서는 딸을 찾는 일도 포기했으니 설령 안다 해도 강희 씨에게 절대 연락을 해서는 안 된다고 부탁까지 했단다.

—마지막 기회 선택의 여지가 없었습니다. 슬펐던 지난 과거 다 잊어버리고 용서를 하십시오. 미워도 엄마가 아닙니까. 모든 허물 이젠 강희 씨가 거둬야 할 때라고, 그렇게 권고하고 싶네요.

숙연히 듣고만 있는 강희에게

—따님이 살아 있다는데 병원 측에서도 인정상 그냥 넘어갈 수가 없었습니다. 언짢게 생각지 마시고요. 원이라도 풀고 싶다면 수술이라도 해주는 게 좋을 것 같습니다.

수간호사의 권고다. 어미가 죽어가고 있다는데 자식이 엄마의 주검 앞에서 어찌 의연할 수가 있을까 싶다. 아무리 미물이라 할지라도 핏줄을 나눈 인연인데 천년이 간다고 다시 돌아올 수 있을까! 선택의 여지가 없다는 생각입니다.

—엄마는 지금 어디 계신가요?

무겁게 강희가 입을 열었다.

—엄마를 만나는 것보다 먼저 주치의 선생님을 만나보는 것이 좋을 듯합니다. 자초지종 이야기는 나중에 나눠서도 늦지 않습니다. 주치의 선생님도 강희 씨가 오기를 많이 기다렸습니다.

강희의 뜻과는 상관없이 일방적으로 말을 쏟아 놓았던 수간호사는 앞장을 선다. 강희는 묵묵히 수간호사의 뒤를 따라 주치의 방으로 들어갔다. 외래진료실이 아니고 교수실 겸 연구실이다. 테이블이 하나 있고 테이블 앞에는 소파도 있고 침대도 있다. 연구에 몰두하다가 피로하면 잠시 쉴 수 있도록 꾸며놓은 방이다.

—홍말순 환자 따님이세요.

수간호사가 주치의에게 강희를 소개한다.

—아 그래요. 어떻게 연락이 되었든가요?

테이블에 앉아 의료서적을 들척이던 주치의가 소파로 자리를 옮겨 앉는다. 수간호사도 강희에게 소파를 가리키며 앉으라고 권고를 한다.

—따님께서 엄마를 많이 닮으셨습니다.

침울한 분위기를 환기시켜보자는 속셈인지 우선 말문을 그렇게 트고 난 주치의는 다시 표정을 바꾸며

—제가 할 말은 아닙니다만 엄마를 용서하시지요? 홍말순 씨에겐 세월이 얼마 남지 않았습니다.

강희는 할 말을 잃고 물끄러미 주치의를 건너다보고 있었다. 엄마에게 들어 주치의도 강희의 가족관계를 대충 아는 듯했다.

잠시 생각하는듯하더니 주치의는 심중에 있던 말을 무겁게 꺼낸다.

—생각보다 환자의 상태가 안 좋습니다. 솔직하게 말씀드려서 이대로 방치하면 홍말순 환자는 살아서 병원 문을 나갈 수가 없습니다. 따님이 엄마를 용서하지 않으면 방법은 없구요.

—그게 무슨 뜻인가요?

—폐 이식수술까지 생각을 해야 합니다.

너무나 끔찍한 주문인지라 강희는 핑 머리가 돈다. 어떻게 이

지경까지 왔나 가슴이 짓눌린다. 너무나도 끔찍한 일 같아서 신중히 생각해볼 일 같았다.

저 여자는 어린 딸을 속이고 떠나버린 뒤 35여 년 만에 나타난 사람이다. 가정윤리를 사려 깊은 성리학 유교 사상에 두고 대대로 지켜나갈 전통적인 핏줄을 헌신짝처럼 내동댕이치고 떠나버린 여자다. 보통 여자라면 그런 짓을 할 수가 있었을까. 그런 엄마인데 백번 천번 참회한다고 용서가 될까? 환자는 이미 모든 것을 포기하고 주검을 기다리고 있단다. 딸에게 손톱만큼도 부담을 주어서도 안 되고 추한 꼴을 보여주고 싶지 않다며 연락도 하지 말라고 부탁을 했었단다. 엄마의 심정으로는 그랬을 것이다.

강희의 가슴에 맺힌 응어리는 누가 풀어줄 건데 정말 참담하기 그지없다. 너는 내가 낳아주었으니 네가 엄마를 책임지는 것 마땅하다 이런 말인가? 두 사람의 수술비도 만만치 않을 터 그 엄청난 비용과 함께 가슴속에 들어있는 장기까지 떼어 주라고?

수술이 잘 된다는 보장도 없다. 그렇다고 병원도 의사들도 누구도 책임질 사람은 이 세상에 없을 것이다.

수술이 잘못되어도 책임을 묻지 않겠다고 각서에 도장까지 찍으라고 한다. 사람은 죽어도 의사들은 책임을 묻지 말아 달라는 약정이다. 그렇다. 의사들은 어떠한 경우에도 책임을 지지 않을 것이다.

하물며 폐 이식 수술은 어느 부위보다도 까다로워 성공률이 낮다고 하지 않던가. 췌장 다음으로 위험한 병이다. 후유증으로 문제가 생길 경우에는 사람도 잃고 돈도 잃게 된다. 병원 측에서는 최선을 다했다고 오리발을 내밀며 변명을 늘어놓기 바쁠 것이다. 그런 위험천만한 행위를 35여 년 만에 만난 딸에게 주치의는 권고를 하고 있다.

─그런 부담을 모두 제가 감당하라구요?

강희는 순간 울컥 분노가 치민다. 장기도 내놓고 수술비도 감당하란다. 장기를 내놓는 것은 신체의 일부분을 떼어 내주면 된다지만 수술비는 어떻게 감당할 건가 엄청난 일이 아닐 수 없다. 강희는 그런 소리를 하는 주치의의 얼굴을 빤히 건너다본다. 저 사람이 어떤 의도에서 그 엄청난 일을 권고하는지 의심이 간다. 사명감으로 정말 환자를 살리고 싶어서 그런지, 아니면 병원 수가를 올리고자 환자를 놓고 흥정을 하자는 건지, 아니면 말구 식으로 생색이나 내보자는 소리인지 그 속셈을 누가 알겠는가? 병원에서도 인도주의적인 사명감이라면 강희로서도 기꺼이 받아들여 마땅하겠지만 사회 일각에서는 그렇지 못한 경우도 없지 않다. 병원 측에서는 예약을 하는 과정에서 선입금 선례를 이야기한다. 그렇다면 병원 측에서 합당한 조건을 내놔야 마땅하지 않겠는가. 진료진과 원무과의 입장은 다를 수도 있다. 환자의 병을 고치는 데 최선을 다할 뿐이라는 의료진과 진료를 받았으니 진료비는 당연하다는 원무과의 입장은 다를 것이다.

─물론 어려운 일이지요. 쉬운 일이라면 이렇게 신중하기까지 하겠습니까? 병원 측에서도 별다른 방법이 없으니 당연히 따님에

게는 의논은 해야 할 것 같아서 드린 말씀입니다. 의료진 측에서의 입장이었다. 최대한 딸을 찾아야 하고 그렇다면 선택은 딸에게 맡기자고 했단다. 또 죽어가는 엄마를 딸에게 보여주는 것은 병원 측의 도리이기도 했다.

홍말순은 DNA가 RH형이라서 유전자 관계로 남의 장기를 받기가 용의치 않다고 했다. 인터넷에 장기 기증자를 띄어도 보았지만 아직 소식이 없으니 희망은 없단다. 더구나 장기를 사려면 수술비가 더 추가될 것이란다.

―용서를 하세요. 이대로 놔두면 엄마는 죽습니다.

하기 좋은 말로 후회는 남기지 말라는 것이다.

―신중히 선택을 해야 합니다. 시간의 여유도 그리 많지 않습니다. 지금도 많이 늦었다지만 희망을 가져 볼 겁니다. 바로 결심을 해주십시오.

병원을 찾아갈 때 강희의 생각은 이제는 엄마를 모두 용서하고, 엄마를 모시고 같이 살아야겠다고 다짐을 했지만 막상 현실은 그렇지가 못했다.

강희의 표정을 살피며 진지하게 설명을 하던 주치의 표정 역시 너무나도 담담했다. 예사롭게 넘길 일은 분명 아니었다. 결코 적지 않은 세월이라지만 아직도 모녀지간이란 핏줄은 유효해 천륜은 영원한 것이란 뜻인가. 굳어질 대로 굳어졌고 희석될 대로 희석된 줄 알았던 감정이 몸속 어디선가 다시 꿈틀거리고 있다.

동토에 움트는 풀잎처럼 얼어붙은 줄 알았던 엄마의 간절한 정이 새롭게 강희의 가슴속에 살아 움트는지 짜릿한 감각이 오고 있다.

주치의실에서 나온 강희는 간호사의 안내로 병실로 따라 들어 갔다. 엄마는 6인실 창문가 구석에 홀로 있었다. 다른 환자들은 모두 보호자들을 끼고 있는데 엄마만 혼자 물끄러미 천정만 바라 보고 있다.

─흥분은 금물입니다. 조용하게 맞아주는 것이 좋습니다.

수간호사가 강희를 바라보며 가만히 주의를 시킨다. 강희가 다가가자 엄마는 당황하는 표정이더니 이내 조용히 눈을 감는다.

반듯하게 침상에 누워있는 살 빠진 엄마의 얼굴엔 혈색마저 푸르스름하게 변해가고 있다.

─따님이 오셨습니다. 눈을 떠보시지요?

수간호사가 엄마와 딸 사이를 막고 있는 서먹한 감정을 연결 해준다.

─따님이 왔어요.

움푹 패인 눈까풀이 위로 치켜 올라가면서 엄마의 눈이 가늘 게 떠진다. 눈은 감고 있었으나 잠은 들고 있지 않았던 모양이다. 문병 오는 사람들도 없었으니 늘 혼자였을 것이다.

잠시 강희의 얼굴을 올려다보던 엄마의 얼굴이 약간 경련을 인다. 당황하는 기색도 없지는 않다. 그리고는 도로 눈을 감으면 서 가만히 손을 내민다.

─왔어!

가래가 끓은 목소리에 힘도 없지만 맑지도 않았다.

−예, 저 왔습니다.

강희가 엄마의 손을 잡고 인사를 한다. 엄마의 손은 꼭 삭정이 같았다. 온기도 없고 기력도 없다. 엉망으로 망가진 손등은 꿈틀 대듯 퍼렇게 멍든 핏줄이 지렁이처럼 튕겨나왔다. 몸 신체 중 한 가지 변하지 않은 것이 있다면 나뭇가지 같은 긴 손가락 마디에 호박씨 같은 작은 손톱뿐이다. 그야말로 오랜만에 나눈 첫 대화 다. 엄마의 눈가에서 흘린 눈물이 관자놀이를 타고 하필 귀속으 로 흘러 들어간다. 귀가 간지러울 테지만 엄마는 씻어낼 생각도 하지 않는다. 그런 엄마의 표정은 준열하고 냉엄했다. 모든 것을 포기한양 삶의 무거운 짐을 모두 내려놓아서 그럴까? 전혀 괴로 움 같은 것은 없어 보인다. 주검을 앞둔 사람의 표정과 다름이 없 다 할까? 그런 엄마의 표정을 내려다보는 강희는 울컥 가슴이 복 받친다.

주술적 상징이라고 해야 할까? 표정 하나도 바뀌지 않는 엄마 는 처연하기 그지없다. 세상 모든 것들을 다 포기한 양 엄마는 주 검의 공포 앞에서도 저렇게 처연할 수가 있을까 싶다.

−강희야 미안하다. 엄마가 잘못했어! 모두 용서해다오.

눈은 뜨질 않고 있다. 차마 강희 얼굴을 똑바로 바라볼 수가 없 었던 모양 엄마는 울컥 흐느낀다. 솟구치는 감정을 억제할 수가 없었던 모양이다.

몸뚱어리는 무너지고 있어도 정신은 맑은 듯싶었다. 엄마는 강희의 손만 꼬옥 잡았을 뿐 별다른 표정은 없다. 경이로운 일이었다. 그토록 오랜 세월 동안 떨어져 있다가 만난 딸 앞에서 호들갑이라도 떨며 감격해서 복받쳐야 하는 게 엄마들의 감정이 아닌가. 엄마라고 떳떳하게 나설 수 없을 만큼 어떤 삶을 어떻게 살아왔기에 저토록 감정도 메말랐단 말인가. 그런 생각에 강희는 더욱 가슴이 갈기갈기 찢어진다.

엄마의 입술이 파르르 떨린다. 얼굴은 부석부석해도 반사작용으로 눈자위는 푹 들어갔고 눈까풀은 천근 무게로 동자를 덮고 있다. 세상모르고 평화롭게 잠들어 있는 어린 강희를 혼자 놔두고 도망을 나온 엄마가 무슨 염치가 있어 딸을 똑바로 바라볼 수 있겠는가.

대화는 어디서부터 시작을 해야 하고 감정처리는 어떻게 해야 할지 착잡한 심정을 정리하고 있는 듯싶다. 솟구치는 감정을 억제하노라 일그러지는 얼굴 모습은 낯설 뿐이다.

왜 이 지경까지 와야 했고 무엇이 우리 가정을 이토록 짓밟아 놓았는지 모르겠다. 세상이 떠들썩하도록 소리 높여 부르짖는 저들의 민주주의가 무엇인지 엄마도 강희도 모른다. 아버지 역시도 모른다. 주어진 일에 열중하며 사는 것이 우리 내 보통 사람들의 삶 거기에 독재주의가 무엇이며 민주주의는 무엇이란 말인가. 강희가 태어나면서부터 시작된 민주화 투쟁은 끊일 날이 없으니 민주주의란 도대체 무슨 존재이기에 그 잘난 정치인들이 끝도 없이 항상 입에 달고 다닌다 말인가. 그들이 주장하는 민주주의가 그토록 좋으면 자기네들끼리 할 일이지 왜 나라를 이토록 뒤흔들어 놓는가. 최철민의 모습을 또 다시 떠올린다.

엄마를 내려다보고 있는 강희는 기가 막혀 말문을 열지 못하고 있다. 어떤 경우가 닥치더라도 감정에 치우쳐 흥분하는 경우는 없을 것이요, 눈물도 엄마 앞에서는 흘리지 않겠다고 다짐을 하고 또 다짐을 했었다. 그런데 막상 무너지는 엄마의 처연한 모습을 내려다보고 있노라니 감정을 추스를 수가 없다.

강희는 한 발짝 앞으로 다가가서 환자용 침대 밑에 있는 보호자용 보조 의자를 끌어내어 거기에 앉아 엄마와 키를 맞춘 다음 손을 꼭 잡았다. 엄마의 손을 잡은 강희는 내심 놀랍다.

그동안 어떻게 세상을 살아왔기에 강희의 손바닥으로 전달되는 엄마의 손바닥은 한없이 부드러워 엄마의 품속에 간직한 한없는 사랑을 따뜻하게 풍겨주는 그런 손길이 아니었다. 파충류의 피부처럼 껄끄럽고 차갑지 않던가. 노동하는 남자의 손바닥처럼 거친 엄마의 감촉이 강희의 손길에 전달되고 있었다.

자식을 버리고 떠날 때 최철민은 엄마의 희망이었을 것이다. 가족들이 모여 사는 평범한 가정에서 소박한 희망을 꿈꾸던 엄마의 소망이 최철민의 배신으로 다 꺼져버린 채 상처만 고스란히 남아 저 가슴속에도 돌덩어리처럼 무겁고 딱딱한 응어리가 담겨져 있을 것이 아닌가.

정치는 국민 생활과 직결되는 사안이다. 또한 국력은 경제지

민주주의가 아니다. 민주주의는 데모를 일삼는 시위꾼들이나 정치인들끼리의 전용어다. 인기 작전으로 권력을 다툼하는 현장에서 내지르는 명분의 목소리일 뿐 국민들에게는 아무 상관이 없다. 보수면 어떻고 진보면 무슨 상관이랴? 빨갱이면 어떻고 흰둥이면 어떠하랴. 어느 쪽이든 간에 국민들이 잘살게만 해준다면 그런 정치를 국민들은 바랄 뿐이다. 그게 아니면 국민도 찾지 말고 민주주의도 찾지 말며 조용히 떠나는 것이 옳을 것이다.

정치 부재다. 극심한 불황으로 국민들은 생업의 자리를 잃고 가정은 파산한 채 갈 곳이 없어 거리로 내몰리면서 노숙을 하는가 하면 자살을 하는 판에 민주주의는 뭐 말라비틀어진 행위이며 과거청산 역사 바로 세우기란 또 뭐 말라비틀어진 정치란 말인가? 역사는 과거로 흘러간 사건일 뿐이다.

강희네 가정이 무너지기 시작한 것도 위장취업자들로부터 시작했고 그리하여 아버지가 죽고 또 엄마가 불안전하게 만난 최철민으로부터 망가졌다.

가엾은 여인! 강희는 울컥 화가 치민다. 기대와는 다르게 이런 꼴을 보니 오히려 분노가 가슴속에서 머릿속까지 치민다.

최철민 나쁜 자식! 정의로운 민주화를 찾으며 사자후하던 자가 한 여인의 인생을 그토록 망쳐 놓고 나서 이젠 국가와 민족을 위하여 한 몸 바치겠다고, 그들은 필요한 대로 말을 수시로 바꾼다. 민주화로 국민들이 다 같이 잘 사는 나라를 만들겠다고 언감생심 부르짖는 파렴치한 족속들, 지금도 이북에서는 무력으로 통일을 하겠다고 핵무기 개발에 혈안이 되고 있는 꼴들을 최철민 정녕 너는 모른단 말이냐?

6·29 선언이 발표되면서 386세대들의 승리의 포만감에 최철민의 인생은 백팔십도로 달라져 가고 있다. 철옹성 같이 영원할 것 같던 5공이 자기들 세력들에 의하여 무너졌다는 자부심에 최철민은 사뭇 도취되어 있다. 하루아침에 세상이 달라진 기분으로 상상을 초월할 만큼 포만감도 컸다. 달라진 세상을 보는 그의 눈빛이 온통 여의도로 쏠릴 뿐 홍말순 같은 존재는 까마득히 사라져버렸을 것이다.

홍말순에게 했던 그동안의 모든 약속들은 빠르게 거짓말로 변색되어가는 판에 최철민 그는 하나의 처세수단으로 홍말순을 이용했을 뿐이다. 헌신짝처럼 배신을 일삼는 그는 파충류들의 이빨에서 맹독처럼 뿜어 나오고 있다.

민주화 운동은 데모꾼들의 출세용으로 뒤집혀가고 있는 판에서 그 기류를 타는 최철민에겐 날개를 달고 있기에 원망은 분노로 치밀고 분노는 저주로 돌변하고 있다.

─물론 쉽지 않은 일 이 자리에서 어떻게 결정을 바라겠습니까. 신중히 생각을 해보세요. 결단은 빠를수록 환자에게 좋다는 것입니다.

의사의 권고처럼 강희에겐 그토록 간단한 문제가 아니었다. 신체 일부분을 떼어 주는 것도 모자라 수술비까지 감당하자면 준비도 필요했다. 도대체 핏줄이란 게 무엇이기에 이토록 엄청난 일을 감당해야만 하는지 강희 자신 마음이 무겁다.

선택은 강희 쪽으로 넘어왔다. 저 여인의 생명을 살릴 사람은 이 세상에 아무도 없다고 했다. 병실을 나올 때 간호사가 주치의의 의도를 재확인해준다.

충분히 생각할 여유도 없이 너무 말을 쉽게 한다. 강희의 사정도 모르고 단지 딸이라는 관계만 믿고 주치의는 당장 결정해주기를 바라고 있다. 강희 역시 막상 누구와 의논할 사람이 없이 스스로 결정할 문제다. 죽든 살든 폐 한쪽을 떼 주어야 한단다. 수술 비용은 어디서 감당해야 할지 답답했다.

엄마, 얼마나 숭고하고 거룩한 이름이던가! 엄마라고 부를 때마다 혀에 오는 그 촉감을 무엇에 비교할 수 있단 말인가. 세상에서 이보다 사랑스런 존재가 어디 또 있다더냐. 그런 엄마를 살리기 위해서는 아무리 생각을 해봐도 당장 도움받을 사람은 선호뿐이었다.

강희가 폭행죄로 구치소에 있을 때 합의금으로 3억을 썼다. 3억이라면 지역에 따라 다르겠지만 30평대 서울 강북에서는 아파트 한 채 값이다. 그게 강희의 총재산이었다. 본래는 전남편 선호가 감당을 했지만 이를 나 몰라라 할 순은 없었다. 옆에 은진에게까지도 부담을 주는 경우가 된다.

본래 강희는 몸으로 때울 생각으로 합의는 일찌감치 포기를 했었지만 선호가 일을 저질렀다. 그런 강희에 대한 선호의 사랑은 지극했다. 강희가 감당한 3억은 부동산을 담보로 대출을 받았기에 가능했다.

사람의 심장은 한번 멎으면 다시 살아나지 못한단다. 나무뿌리에서 움트는 새순처럼 다시 소생할 수가 없는 것이 인간의 생명이다. 허나 돈은 벌면 된다. 노력하면 불가능한 것도 아니다. 인간 삶에 경제는 조건일 뿐 생명의 가치와 비교할 수는 없는 존재다.

수술의 성공 여부를 떠나서 엄마에게 주는 마지막 효도요 한때 미워했던 속죄이기도 했다. 엄마를 살려야 한다. 이제 엄마를 위하여 살아야겠다는 의지가 강희의 가슴속에서 용광로의 불길처럼 뜨겁게 솟구치고 있다.

―제가 당장 돈이 필요해요.

전후 사정에 대한 설명도 없이 용건부터 불쑥 내밀었다. 선호는 갑자기 찾아온 강희를 보고 놀랐지만 또 사용처도 없이 무조건 돈을 빌려달라니 당혹스럽기까지 했다.

―왜, 무슨 일인데 말하면 안 돼?

―싫어. 잘되면 나중에 이야기해 줄 거야.

당장 엄마의 병세를 선호에게 일러주고 싶진 않았다. 늘 선호에게 엄마가 없다고 했었다. 엄마를 다시 만날 수도 없거니와 이런 일이 생길 거라곤 꿈에도 생각지 못했다. 그냥 혼자의 가슴에 묻고 살아왔을 뿐이다.

선호는 몹시 궁금했으나 그렇다고 강희가 싫어한다는 것 뻔히 알면서 자꾸 캐묻기도 그러했다.

　－무슨 일인지는 모르지만…….

　－지금은 말하고 싶지 않아.

　－알았어, 내가 마련해 볼게.

　더 이상 물어보지도 않고 선뜻 대답하는 선호는 역시 이 세상에서 다시 찾아볼 수 없는 사람 같았다. 저렇게 착한 사람을 단한 번 실수를 했다고 그토록 간곡한 만류에도 불구하고 뿌리치고 뛰쳐나왔으니 언젠가 그 죄를 받을 것이란 자책도 한다. 적어도 강희에게 있어 선호는 신이 내려준 배필이었다. 저런 사람에게 한 치도 부담을 주어서는 안 되는데 의논할 사람이 마땅히 없었다. 이제 공직 초임자일 뿐인데 무슨 능력이 있다고 무리하게 부탁을 했나 싶기도 했다. 기다리고 말고 할 사이도 없었다. 선호에겐 어진 부모님들이 힘이 되어 주었다.

　－마련을 해볼 테니 필요한때 와.

　그런 선호에게서 돈뭉치를 받아든 강희는 가슴이 벅차올라 눈물이 펑 쏟아진다.

　－울긴, 어서 눈물을 거둬.

　선호는 가만히 강희를 가슴에 안는다. 마르지 않는 샘물처럼 엄마의 품속 같은 사랑이 느껴진다. 나중에 은진으로부터 들은 소식이다. 선호가 융통해준 돈은 아파트를 담보로 은행에서 대출을 받았다.

　－언니 너무 힘든 것 같아, 내가 도와줄 것 없어?

은진이도 선호 옆에서 근심에 찬 얼굴표정으로 강희를 바라보고 있다.

─아냐. 잘되면 나중에 말해 줄게!

강희가 돈다발을 움켜쥐고 병원을 찾아간 것은 사흘 후다.

─생각 참 잘하셨습니다. 큰맘 먹었네요. 죽어가는 생명 앞에서 무슨 이유가 있겠습니까?

반가워하던 주치의는 간호사에게 수술 준비를 서두른다. 강희는 아무 생각도 하고 싶지 않았다. 왠지 무거운 짐을 내려놓는 듯 마음은 가벼웠다.

장기 이식

 강희가 간호사를 따라 수술실 문 속으로 빨려 들어가자 철컥 금속성 소리를 내며 문이 콱 닫힌다. 미지 세계와 인간사를 갈라 놓는 육중한 문이 쾅, 그 문을 닫는 파열음이 강희의 가슴에 철렁 어떤 예고와도 같은 느낌으로 다가온다.

 날카로운 포효동물의 송곳 니(齒牙) 속으로 빨려들어 가는 느낌이랄까? 세상을 통째로 집어삼켜도 양이 차지 않는 그런 게걸 같은 어떤 존재에게로 빨려들어 가는 강희의 공포감은 오싹 소름까지 돋아난다. 인간의 힘으로는 도저히 대항할 수 없는 어떤 신의 가호만이 심판할 수 있는 그런 느낌이다.

 도살장으로 끌려가는 황소 놈을 봤다. 죽음을 예감이라도 했던지 유난히도 큰 황소의 눈가에는 이미 주르르 눈물을 흘리고 있었다. 그러더니 도살장 입구에 다다르자 뒷걸음질을 친다. 머리를 좌우로 흔들며 우웅하고 비명을 지른다. 그런다고 주검을 피할 수 있는 요행은 없다. 어차피 인간에게 선택이 되었다면 살아남기는 어려울 것이다. 그러나 저토록 커다란 덩치와 무한한 힘을 가진 황소라 할지라도 저승사자 앞에서 무슨 힘이 필요하겠는가? 사형장에 끌려온 황소는 딱 한방이다. 눈과 눈 사이 정수배기에 퍽 쇠망치가 과격을 하자 바닥으로 팍 고꾸라진다. 그리고 짧은 시간 파르르 몸을 떨더니 그조차도 스르르 행동반경이 줄어들면서 멈춘다. 속수무책으로 황소가 죽는 것을 보았다.

지금 강희가 그 기분이다. 어떤 힘에 의하여 주검 앞으로 끌려가고 있는 느낌마저 든다. 황소는 타의에 의하여 끌려가 주검을 바쳤지만 지금의 강희가 수술을 거부한다면 저 게걸 같은 짐승의 아가리 같은 문을 빠져나갈 수 있을 것이다. 거부를 하고 빠져나갈 수 있는 권리가 강희에게는 아직도 남아있다. 그러나 이미 선택된 일이다. 강희에게 생명의 불씨를 피워 잉태 생산해준 거룩한 엄마다. 아무리 자연의 섭리라 해도 이보다 더 소중한 존재는 세상 어디에도 없다. 이젠 엄마의 생명줄을 딸 강희가 이어주어야 할 은혜로운 사명 앞에서 거룩하게 서 있는 것이다. 지상명령으로 받아들이자.

─불안하시지요? 참으세요.

수술실에는 온통 의료기구들이 꽉 들어차 있고 크레졸 냄새가 진동을 한다. 라이트가 강희의 몸뚱어리를 집중적으로 밝히고 있다. 눈이 부시다.

간호사가 부추겨 강희를 수술대 위로 눕힌다. 강희는 모든 것을 포기했다. 수술대 위에 올라가 눕자 흰 가운은 물론 장갑, 모자, 마스크까지 뒤집어 쓴 사람들이 칼을 들고 쫙 몰려든다. 다음 흰 보자기 같은 천으로 얼굴을 덮는다. 생과 사의 가림막 같다.

—마음을 편안히 가지십시요. 염려 안 해도 됩니다.

수술대 위에 올려놓은 강희의 몸뚱이를 굴려서 엎어 놓는다. 척추가 따끔 한다. 주삿바늘이 살 속을 뚫고 들어갔다.

—하나 둘 셋 하고 숫자를 세 봐요?

—하나, 둘, 셋, 넷, 다섯, 여섯, 일곱, 여덟, 아홉, 열, 열하나……. 정신이 자꾸 몽롱해진다. 몸뚱어리가 허공으로 붕 뜬다. 차츰 의식이 사라진다. 그다음부터는 아무 생각도 아픔도 고통도 없이 완전 무아지경이다. 이대로 생을 마감한다면 누구 한 사람 강희를 챙겨줄 사람도 슬퍼할 사람도 없이 몸뚱이는 의사들의 뜻대로 마구 처분될 것이다. 억울하다고 소리쳐도 대꾸해 줄 사람이 아무도 없을 것이다.

한편 공평치 못한 세상 살아서 번민하고 고생하느니 차라리 이대로 죽는 것도 편할 듯도 싶다. 깨어나지 말까?

무아의 경지에서 얼마를 헤매었는지 모른다. 눈을 떴을 때다. 천정에 형광등 불빛이 밝게 눈 속으로 들어온다. 지금은 밤이라고 했다. 아침 일찍 수술실로 들어갔던 사실을 강희는 기억한다. 얼마간 어떻게 무슨 수술을 했는지조차 모르겠다. 누가 옆에서 챙겨주는 사람도 없다.

엄마도 마찬가지다. 단 두 사람밖에 없는 피붙이가 만나자마자 수술대에 올랐으니 운명치고는 너무 기가 막히다. 생명줄! 그 생명줄을 자기가 주어도 속죄가 안 될 판에 오히려 받고 있으니 엄마 마음인들 편하겠는가. 얼마의 시간이 흘렀는지 모른다.

─수술은 잘 끝났습니다. 회복만 하면 됩니다. 안심 하십시오.

불안한 시각으로 내려다보는 간호사가 안심을 시켜주며 위로까지 해준다.

─참으로 어려운 일을 하셨습니다.

강희는 자꾸 눈물이 쏟아진다.

─강희 씨도 다른 보호자가 없습니까?

수간호사가 강희를 일러 묻는 말이다. 수술을 한다는 데 아무도 들여다보는 사람이 없으니 궁금한 마음 당연할 것이다. 강희는 고개를 끄덕여 답을 한다.

─홍말순 환자도 수술이 잘 되었답니다. 워낙 몸이 쇠진해서 수술 중 잘못될까 몹시 염려를 했지만 다행입니다. 수술이 잘되었다 해도 마취에서 깨어나지 못하면 소용없는 일이거든요.

강희에게 적극 권고했던 일에 보람을 느꼈는지 수간호사도 밝은 표정이다. 주치의도 장담은 못 한다고 했었다. 다만 최선을 다할 뿐이라고 했다. 그런데 수술이 잘 끝났다니 모두에게 값진 보람이라 했다.

마취가 풀리자 통증은 장난이 아니었다. 수술 부위가 집채만한 바윗덩어리에 짓눌려 살덩어리가 으서지는 아픔과 함께 예리한 바늘로 꼭꼭 온몸을 쑤셔대듯 사지가 뒤틀린다. 알고는 못 할 짓이었다.

왜 이런 고통을 겪어야 했는지 착잡한 심정이었지만 항문에서 가스가 나오면서 강희는 빠르게 회복이 되었다. 한 시간이 다르게 통증도 가신다. 정신도 맑아진다. 수술 후 사흘이 지나자 천근 무게로 짓눌리던 몸통도 조금씩 움직일 수 있고 대소변도 가릴 수 있었다.

남들이 하지 못 하는 일을 나는 해냈다는 자아 만족도 있다. 한 인간의 생명을 살렸다는, 그중에서도 자기를 낳아준 엄마의 생명 줄을 이어주었다는 것은 정말 거룩한 일이다 싶었다.

홍말순 씨는 수술은 잘되었지만 워낙 기력이 쇠진해서 회복이 늦어진다고 주치의는 말했다.

엄마는 아직 중환자실에 있다. 강희가 먼저 퇴원하고자 준비하고 있을 때 간호사가 허둥지둥 달려왔다.

―홍말순 씨가 갑자기 이상해요.

당황하는 간호사를 따라 강희가 중환자 실로 뛰어 들어갔다. 면회 시간도 아닌데 보호자를 중환자실로 불러들이는 것은 사고가 있을 때 일이다. 보호자를 불러들일 때는 임종을 예고할 때도 있다.

이미 주치의를 비롯 간호사들까지 그 팀들이 모두 모여서 산소 호흡기를 쓰고 있는 엄마를 걱정스레 내려다보고 있다. 푸우

푸우 한숨처럼 길게 엄마는 마디숨을 쉬고 있다. 눈은 감은 채 의식이 없는 상태다. 혈색을 잃은 얼굴 표정은 몹시 일그러져 사람의 꼴을 이미 잃고 있다. 환자가 잠시 체온과 맥박이 떨어지는 이상 현상을 일으키고 있다는 주치의의 설명이다. 원인은 수술 부위의 융기 및 침강 현상으로 즉 세포 기능이 들어가는 놈과 받는 놈끼리 활동의 밸런스가 원활하지 못해 발생하는 기현상이란다. 환자가 안정을 취해야 할 테니 더 좀 지켜보자고 판단을 하기엔 아직 이르다 했다.

엄마는 깨어나야 한다. 제발 그랬으면 좋겠다. 그래서 어떻게 살아왔는지 엄마랑 그동안 쌓인 한限을 풀고 풀어야 한다. 꼭 깨어나서 모진 세상 부대끼며 살아온 삶의 매듭을 풀어헤쳐 놓고 엄마는 어떻게 살아왔고 강희는 어떻게 살았는지 따질 것은 따지며 한을 풀어야 한다.

불확실한 생로병사生老病死의 기로에서 숨가쁘게 매달려 선택의 여지도 없이 환자를 의사들에게 내맡긴 채 대책도 없이 시름하는 보호자 대기실에는 후우 후우, 여기저기에서 땅이 꺼지는 한숨만 토해낸다. 모두들 침통한 표정들이다. 환자가 깨어나기를 학수고대하고 있다.

죽음도 자연의 질서라고 했던가. 자연의 섭리와 생로병사에 매달린 모든 생명들은 언젠가 죽음을 맞이하고 있다.

엄마의 세월은 여기까지가 벼랑일까, 마디숨으로 연명하는 엄마의 몸은 빠른 속도로 심장의 고동이 일 초 일 초 떨어져 나가고 있다.

―엄마! 엄마로 하여금 내 가슴속에 박힌 상처가 어떻게 생기고 얼마나 큰지 알고나 있는 거야? 이렇게 가면 나는 어떻게 하라구요. 늦었을망정 모진 사연들을 한가닥 씩 펼쳐놓고 한오락 한오락 풀어야 할 것 아냐 엄마!

가슴을 움켜쥐고 강희는 오열한다. 죽음은 많은 것을 용서하는 힘이 될까? 운명이란 것이 이런 것일까? 어떻게 이처럼 참혹할 수가 있을까?

피닉스는 죽은 어미 새에서 태어난다. 잉태부터 어미의 살점을 몽땅 뜯어먹고 어미 새가 죽으면 비로소 세상에 태어난다. 또 사마귀는 암놈이 수놈의 살을 뜯어 먹으면서 짝짓기를 한다. 짝짓기가 끝나면 수놈은 죽는다. 잉태는 엄청난 희생의 대가라고 할까? 그게 바로 종족 번식의 법칙, 그 종족의 법칙은 이렇게 돌아가고 돌아오고 있다.

핏줄! 그렇다. 핏줄이라는 게 어디 그렇게 간단한 표현으로 넘어갈 일이라든가? 아버지의 뼈를 받아 엄마의 뱃속에서 열 달 동안이다. 엄마의 신체를 갉아 먹고 자라면서 뼈를 만들고, 살을 만들고, 핏줄을 만든 다음 얼굴에 눈, 코, 입과 귀를 만들지 않았던가? 다음은 기계의 엔진처럼 가슴속에 오장육부를 만들고 팔다리를 만들어 마지막으로 성性을 부여받은 다음 엄마의 산고를 치르고 나서 엄마의 자궁을 통해서 세상에 태어난다. 그렇게 DNA의 줄기세포를 유전으로 이어받아 엄마의 모습으로 닮아서 생명으로 태어난다는 것이다.

핏줄 그렇지! 이 모두를 일괄적으로 표현해서 핏줄이라고 한다. 이런 미묘하고 거룩한 과정을 곡예 하듯 아슬아슬하게 연을 맺은 것이 종족의 보존이다. 그러기에 미워한다고 미움이 되고 연을 끊는다고 끊어지는 것이 아니다. 사랑이 미움 되고 미움이 사랑이 되는 부모자식 간이다. 엄마가 그리울 때마다 미워도 했고 원망도 했다. 그러나 그게 미움이 되고 원망이 될 수 없는 존재였다.

그렇다고 엄마의 존재 없이 자랄 수는 없다. 아이를 낳으면 당연히 부양의 책임이 엄마에게 있다. 그 책임을 못다 했을 때 엄마의 자격을 포기한 거나 마찬가지다. 낳았다고 다 엄마는 아니잖은가? 미물도 제 새끼는 거둔다. 인간에겐 고도의 문명을 가지고 있다. 윤리와 도덕도 있기에 미물과 다른 것이 인간이다. 그래서 만물의 영장이라 하지 않던가. 모든 우주 만물의 존재를 인간이 지배하는 것도 재능이 있었기에 가능하지 않았던가.

오랜 세월 동안 응고된 감정이다. 당장은 감정처리가 안 될지 모르나 영원할 수야 없을 것이다. 핏줄이기에 그럴 것이다.

강희가 선호와의 만남과 헤어짐도 엄마 역시 최철민과의 만남과 헤어짐도 모두가 운명일진대, 또 강희의 결벽증도, 최철민의 엉뚱한 탐욕의 원인도 모두가 생生의 존재에서 오는 업보業報이거늘 누가 감이 책임을 따진다 할 것인가.

자식을 버리면서까지 최철민을 따라간 엄마의 운명도, 애절한 선호의 사랑을 배신하고 떠나온 강희도 모두 운명으로 돌리자. 최철민의 위장취업도 아버지의 공장이 망한 것도 모두 운명으로 돌리자. 그게 서로가 살아가는 방법인 걸, 그 운명을 누가 거절하고 막고 누가 탓하랴!

―엄마의 기력이 급격히 떨어지고 있습니다.

수간호사가 홍말순을 가리키며 의사에게 안타깝다는 듯이 말한다. 의사가 아니라 해도 누군들 짐작이 왜 아니 가겠는가.

간호사가 서둘러 온도계를 환자의 입속에 집어넣고 체온을 재고 환자의 손목에 손가락을 대고 맥을 짚어보기도 한다. 환자의 눈도 까본다. 급격히 환자의 체력이 떨어진다. 숨결의 속도 역시 급속히 떨어진다.

간호사로서는 더 이상 손을 쓸 수가 없던지 별다른 조치도 없이 주치의를 부르러 나갔다. 잠시 후다. 간호사가 주치의를 데리고 황급히 병실로 왔다. 병실로 다급하게 들어왔지만 주치의도 별다른 방법이 없다는 듯이 환자의 눈을 까보고 나서 호흡기를 씌운다.

―아직은 더 지켜봐야 하겠습니다. 보호자는 대기실에서 기다리세요.

강희는 다시 보호자 대기실로 쫓겨 나왔다. 의사들에게 엄마를 맡기고 나오니 온몸의 힘이 발바닥 아래로 쭉 빠져 내린다. 어떤 소중함을 잃은 듯한 예감에 무중력을 느꼈던지 온몸이 붕 뜬다. 강희는 보호자 대기실로 돌아왔다. 보호자들이 꽉 차 있다. 저마다 근심 어린 표정들이다.

강희 옆에서 온종일 안달복달하는 여자의 아들은 의무경찰이라고 했다. 그 아들이 임금 인상을 요구하는 근로자들 시위 현장에서 쇠망치로 머리를 맞고 쓰러졌다고 한다. 누가 휘두른 쇠파이프인지 아무도 모른다. 화염병, 돌멩이, 몽둥이가 비 오듯 난무하는 시위 현장은 그야말로 아비규환 치열한 전쟁터다. 부모 때려죽인 원수에게 덤비듯 발광들을 하는 시위대는 도대체 어떤 존재들인지 이해가 안 간다.

상품이 만들어지기까지는 생산 과정이 있고 원가가 형성되며 마진이 형성된다. 기업주는 반드시 그 코드를 맞추어야 한다. 적자가 누적되면 기업은 망한다.

과다한 임금 인상은 물건값을 올리는 데 결정적 결과를 가져온다. 그럼 인플레이 상승요인이 된다. 그렇다면 근로자들의 생활이 다시 팍팍해진다. 근로자들은 임금 인상 시위를 또 할 수밖에 없다. 이런 집단 이기주의 악순환은 단체권이 없는 불특정인들에게 돌아간다. 정치인들에게 국가 예산은 보는 X이 임자다. 내라는 세금 다 내면서 단체권 없이 조용히 살아가는 사람들은 정부와 정치인들의 완전 봉이다. 이렇게 악순환은 계속되는 판에 국민 생활이 편할 날이 있겠는가?

창문 밖으로 지는 저녁 해를 본다. 검붉은 연기를 내뿜으며 훨훨 타오르는 불길 같다고 할까? 비를 담은 먹구름의 중심 부분이다. 검붉은 구름이 거센 바람과 함께 연기처럼 휩싸여 용트림을 치고, 가장자리 얇은 구름은 용광로의 불길처럼 붉게 타오르면서 고승의 다비식으로 승화한다 할까, 엄마의 인생도 소용돌이 저 불길 속에서 훨훨 타고 있다. 꿈이다.

간호사에 의하여 중환자실로 강희가 불려 들어갔을 때 이미 엄마는 의식을 잃고 있었다. 엄마 인생 삶의 자락에 서 있는 강희는 일몰과 함께 인생무상을 느낀다. 찢어지는 가슴을 안고 오열도 한다. 이렇게 갈 걸 구차한 삶의 뒤안길에서 그토록 노심초사 발버둥 쳤단 말인가? 남은 것은 아무것도 없는데 무엇을 위하여 고뇌하며 고통을 겪어야 했는지 알 수가 없다.

—어린 자식을 버리고 떠나온 몹쓸 년이 입이 바수거리만 한들 무슨 할 말이 있겠느냐, 구차하게 변명이나 늘어놓을 바에야 차라리 묵언으로 가겠다고 했습니다.

담당 간호사가 전해주는 엄마의 유품은 간단했다. 화장품은 한 개도 없다. 상의는 티셔스에 잠바 차림이었고 청바지를 입고서 병원으로 왔다고 했다. 브래지어가 한 개 있고 팬티가 몇 개 있을 뿐이다. 엄마가 남긴 말이다. 모기지론으로 의탁한 원룸은 치료비로 사용토록 하고 또 하나의 통장은 남편의 주검에 대한 보상금이라 했다. 꼭 강희에게 물려 줄 유산이란다.

교통사고로 받은 아버지의 보상금을 35여 년 동안 가슴에 품고 다녔다 한다. 이는 강희 몫 꼭 강희에게 전달되어야 한다고 했다. 생각보다 통장은 무게가 실렸다. 1자부터 시작된 숫자는 아홉 단계다. 끝자리 5원까지 그려져 있다. 이 유산금을 강희 몫으로 남기기 위하여 그동안 한 푼도 쓰지 않고 고스란히 간직해 왔다고 했다.

삶의 그림은 작았을지언정 엄마의 처지로는 여기까지 오기가 그토록 고통스럽고 험한 길이었나 보다.

엄마는 반드시 강희에게 속죄를 하고 세상을 떠나도 떠나야 한다고, 그래야 백만 분의 일이라도 용서받을 수 있다고 벼르고 별렀단다.

35여 년 만에 만난 엄마가 애틋한 딸의 정성도 외면한 채 생을 마감한 애달픈 사연이 방송에 전해지면서 알게 되었다고 선호가 찾아왔다. 또 강희가 맺어준 재혼녀 은진도 왔고 아들 호진과 딸 수진도 왔다.

ㅡ언니 왜 이랬어?

은진이가 울먹거린다.

ㅡ엄마아!

수진은 왈칵 강희의 치맛자락에 매달려 울음을 터트린다. 옆에 있던 호진도 강희 품에 와락 안긴다. 쓰러지는 강희를 부축이느라 선호는 등 뒤에서 꼬옥 강희를 품고 있다.

그믐날이다. 달도 없고 별도 없다. 먹구름까지 가세한 칠흑같은 어둠이 세상을 온통 뒤덮고 있다. 눈을 뜬들 보이는 것은 아무것도 없다. 차라리 눈을 감자. 닭울음 소리를 들으며 새벽이 올 때까지 꼬옥 눈을 감자!

극한적인 대립으로 권력과 탐욕이 충돌 모략과 음해를 서슴지 않으며 참사와 더불어 귀양을 보내던 이조시대의 당파 싸움이 오늘날 진보와 보수 좌파와 우파의 극한적인 대립에서의 처절한 정치사가 무엇이 다르다 할 것인가. 민주화는 시위를 일삼는 일당들의 명분일 뿐 대다수 국민들에게는 아무 가치도 소용도 없는 존재일 뿐이다. 내 것도 아닌데 내 것처럼 국민의 혈세는 보는 X이 임자 자기 것처럼 인심 쓰고 다니는 그런 정치인들은 다 꼴 보기 싫다.

재물이 탐나거든 기업하느라 골머리 썩지 말고 여의도로 오란다. 정치판에 눈먼 돈은 얼마든지 있단다. 그 돈은 먹는 X이 임자란다.

기다려주지 않는 세월 속에서 다시 오지 않을 엄마의 품속을 그리며 오늘도 강희는 먹구름 속을 그렇게 헤집고 간다.

사회주의란? 인간의 권리는 누구든 공평해야 한다는 것은 엥겔스가 첫 번째 내놓은 이론이다. 이를 마르크스가 논리적으로 체계화시켰고 레닌이 공산주의를 접목시켰는가 하면 실행화 과정에서 공산주의 제도는 악명 높은 폐장 디스토마처럼 마구 세상을 오염시키는 역할을 했다.

특히 러시아 스탈린의 제도권에서 그랬다. 자유민주주의와 양립되는 대립 구도에서 사상思想에 상반相反되는 민족주의자들에게 사회주의社會主義는 무자비할 정도로 살상을 거듭하면서 이데올로기 대결 구도로 세상을 두 동강으로 갈라놓는 역할도 했다.

1917, 11, 07이다. 상트페테르부르크 에르미타주 궁전(박물관) 광장에 수만 명의 노동자 농민들이 집결해 임금 인상을 요구하는 대규모 집회가 있었다. 이게 바로 볼셰비키 혁명으로 가는 시발점이 되었다.

'위대한 러시아 제국이 사회주의 노동당 이념에 따라 개혁을 한 다음, 공평한 사회로 가야 마땅하다'고 강력하게 주창하는 레닌의 공산주의 이념에 따라 수만에 이르는 노동자 농민들이 대중적 폭력시위에 가담했다.

그 무렵 니콜라이 2세 러시아 황제는 네덜란드 헤이그에서 만국 평화회의(이준 열사가 할복자살을 했던 곳)를 무사히 마치고 가족들과 함께 휴양을 즐기고 있을 때이다. 그때 황궁에서 긴급 연락이 왔다. 레닌이 주동하는 노동자 농민들이 임금 인상을 요구하며 폭력적 시위를 자행 정부 타도를 외치고 있다는 보고였다. 니콜라이 2세 황제는 시위 주동자가 레닌이라는 데 충격을 받자 사살 명령을 내렸다.

그러자 상황은 급변 진압군과 시위대가 충돌을 했고 진압군을 제압한 시위대는 휴양지에서 머물고 있는 니콜라이 황제 2세와 더불어 가족들까지 체포 처형을 했다. 이 사건이 러시아 제국을 붕괴시키고 볼셰비키 혁명이 성공하면서 소련제국이 탄생을 하게 되었다. 따라서 세계는 이데올로기 분열 대립 양상을 가져오면서 냉전의 시대로 도래되었다.

우리나라에는 8·15 해방과 더불어 박헌영에 의하여 사회주의 이념이 지하조직으로 흘러 들어왔고, 47년도 임금 인상을 요구하는 용산철도파업이 발생하면서 그처럼도 악명 높은 폭력적 시위 문화가 유래되었는가 하면 노조 천국 시위 천국으로 거듭 변모해 왔다.

그뿐이랴 노조를 위장한 불순세력은 정부 조직 속에도 단단하게 뭉쳐있는가 하면 학원가 전교조를 비롯한 최고의 학문을 연구하는 각 대학에서도 교수협의회(노조)가 조직되어있으니 더구나 기업 현장이야 말을 해서 무엇하랴.

대우조선을 비롯한 대기업은 말할 것도 없고 중소기업의 아주 작은 업체까지도 노조가 구성되면서 노동법에 저촉되다 보니 업주가 자유로울 수가 없듯이 그야말로 노동법이 헌법의 권위까지 위협해 주객이 전도되지 않았나 싶다. 이제 우리나라에서는 기업할 수 있는 풍토가 아니다. 사使가 노勞의 눈치를 봐야 하고 비위를 맞추는 기현상이 확전일로 치닫고 있으니 그렇다.

그 위세가 너무 막강하다. 거기에 학생들까지 합세를 한다면 현행정부쯤 뒤집는다는 것 일도 아니다.

3·15 부정선거를 규탄했던 4·19 학생 데모가 자유당 정권을 무너트렸고, 월남 파병을 반대하는 6, 3세대가 있었는가 하면 YH 여성 근로자 시위와 부마사태가 제3공화국을 무너트렸고, 군부독재를 규탄하는 386세가 6·29선언을 가져왔다. 거기에 따른 5·18 시민 궐기가 있었고 국정 농단 광화문 촛불시위가 박근혜정부를 무너트렸으니 그들 앞에 정부나 기업은 회오리 앞에 촛불 신세다. 손바닥 뒤집듯 정부를 그처럼 쉽게 몰락 체제를 바꿨던 사실들이 오천 년 우리 역사 속에서 언제 또 있었다 하던가?

그렇다면 제도권 밖에서 시위와 무력을 행세하는 중국의 홍위병 세력과 무엇이 다르랴? 중국의 유방이 건국한 한나라가 홍위병에 무너졌고 주원장이 건국한 명나라가 홍위병에 무너졌으며 홍위병에 의하여 모택동이 문화혁명을 주도하지 않았던가? 중국의 홍위병은 오랜 역사와 전통을 자랑할 만큼 힘과 위력을 가지고 있는 무섭고 절대적 세력이다.

그렇다면 근래 우리나라 역시 반체제 세력들에 의하여 여러 차례 정부를 무너트렸으니 중국의 홍위병들과 무엇이 다르다 할 것인가?

우리나라 신라는 천년사직을 이어왔다. 세계 역사상 유례없는 찬란한 전통이다. 고구려 역사가 육백 년이고 백제역사가 오백 년이다. 고려역사가 오백 년이요 조선이 오백여 년이다. 그런데 8·15 해방 후 대한민국 정부는 6공 제7기 대통령에 이르기까지 폭력적 시위에 무너진 정부가 몇 번이던가?

외침이 있을 때 의병이 있어 적과 싸워 위기를 모면했던 사실은 있었을망정 정부를 무너트린 세력은 없지 않았던가? 홍경래난이나 동학란 등 소규모 내란은 있었을망정 그 내란이 국가를 뒤집어엎을 만큼 큰 세력은 아니었다.

그랬던 오늘날의 우리 민족이 용산 철도파업을 시작으로 중국의 홍위병들보다도 더 무서운 존재로 급부상하고 있으니 유감스런 일이 아닐 수 없다. 이젠 정부도 기업도 사회주의 이념, 노조 세력들에 의하여 먹잇감으로 전락한 상태로 되어버렸으니 이런 것이 자유민주주의를 부르짖는 그들의 국가 체제라면 단호히 나는 반대한다.

개인의 영달로 대통령이 되기 위하여 일찍이 정계에 뛰어들어 일생 동안 자유민주주의 외치며 노조와 학생들을 끌어들여 시위를 하고 그 힘으로 표를 얻고 대통령이 되는 영광을 누렸겠지만 국가와 사회질서를 유린한 바탕 위에 그들의 천국이 되었다면 이게 옳다 하겠는가?

노조의 등쌀에 막상 주객이 바뀐 기업주는 노조의 눈치를 봐야 하는 판에 소신과 창의력을 잃은 기업주들이 무슨 의욕이 있어 창업을 하겠는가? 내 나라에서 뿌리를 내리지 못하는 기업주들의 마지막 선택은 국외로 탈출하는 방법이라니 기현상이 아니고 무엇이며 망국의 징조가 아니면 무엇이라 변명하겠는가?

젊은 층 실업자가 100만 명이 넘는다고요? 출산 인구가 점점 줄고 있어 수십조 원을 투자해도 효과가 없다고요? 그래서 대책이 없다고요? 이 모두가 정치 부재 탓이란 걸 정치인들만 모르고 있다니 한심한 노릇이라 하겠다.

무엇보다 사회주의 이념에 따라 표를 의식하는 철새정치인들로 하여금 불순세력들이 판을 치는 사회구조 속에서 철학적 도덕이 깨지고 질서가 깨지는 풍토가 판을 치는 여건 속에서 무슨 희망이 있다 하겠는가? 시위를 잘해서 대통령이 된 소신 없는 대통령들에 의하여 나라를 이 모양으로 만들었다면 그들은 극구 변명을 할 것이다. 외국에 나가 있는 기업들만 모두 국내로 불러들이면 실업자가 생길 이유가 없다는 것이다.

좋은 기업들 외국으로 다 몰아내고 이제 와서 일자리 타령은 때늦은 일이고, 당장 좋은 일자리 놓기 싫어 결혼을 기피하고 출산을 기피하는 여성들 쪽에서 또한 생각을 바꿔야 함에도 표를 의식하는 정치인들과 국민 모두가 반성해야 할 일이다. 지금 우리 사회는 물질 만능시대에 도취 위험수위에 직면하고 있다. 사회주의와 노조 천국은 잘못된 길, 이게 바로 서고 정치권이 각성하지 않는 한, 우리 조국은 미래가 없다는 것을 지적한다.

강력한 힘의 지도자가 백마를 타고 하늘에서 내려왔으면 좋겠다는 희망을 단체권 없는 소상공인들은 학수고대 손을 모으며 바란다.

그해 봄에 피었던 꽃

초판 1쇄인쇄 2020년 6월 8일
초판 1쇄발행 2020년 6월 10일

저   자 김동형
발행인 박지연
발행처 도서출판 도화
등   록 2013년 11월 19일 제2013 - 000124호
주   소 서울시 송파구 중대로34길 9-3
전   화 02) 3012 - 1030
팩   스 02) 3012 - 1031
전자우편 dohwa1030@daum.net
인   쇄 (주)현문

ISBN ㅣ 979-11-90526-11-1 *03810
정가 15,000원

도화道化, fool는
고정적인 질서에 대한 익살맞은 비판자,
고정화된 사고의 틀을 해체한다는 뜻입니다.